DE ENGEL VAN DE DOOD

EEN BRITSE MISDAADTHRILLERMYSTERIE

DS TOMEK BOWEN ESSEX MOORDMYSTERIES-SERIE

BOEK 6

JACK PROBYN

CLIFF EDGE PRESS

 Uitgegeven door: Cliff Edge Press, Essex.

eBook ISBN: 978-1-80520-215-8

ISBN: 978-1-80520-216-5

Eerste editie

Bezoek de website van Jack Probyn op www.jackprobynbooks.com.

HOOFDSTUK
EEN

Haar lichaam golfde en bewoog mee op de muziek, haar heupen draaiden elegant, schouders bewogen vrij, hoofd loom bewegend terwijl de chemicaliën en substanties door haar bloedbaan circuleerden. Ze had haar ogen gesloten zodat ze zichzelf volledig kon verliezen, zichzelf één kon laten worden met de geluidsgolven. Ze haalde de vingers van één hand door haar haar terwijl de zware bas bij elke beat door haar lijf schoot.

Om haar heen, haar ogen nog steeds gesloten, hoorde ze het geluid van mensen, tientallen, honderden van hen, schreeuwend, roepend in elkaars gezicht in een poging te praten, te flirten, en hopelijk aan het einde van de avond, als het geluk aan hun zijde was, te neuken.

Ze was al door een paar benaderd, dronken, met alcohol dampend uit hun adem, de geur van hun overvloedig aangebrachte aftershave die zich in haar keel nestelde, allemaal hopend op een kans. En er waren er een paar geweest waarin ze interesse had getoond, met wie ze langer dan dertig seconden had gesproken voordat ze zich onvermijdelijk van hen had afgewend en verder was gegaan met dansen. Voor die selecte groep was het geluk aan hun zijde geweest. Half geluk, trouwens, want ze was niet verder gegaan dan het uitdelen van haar nummer. Als ze het hele pakket wilden, zouden ze meer werk, meer moeite moeten doen. Ze moesten het verdienen.

Ze bleef dansen, swingen, haar lichaam en spieren ontspannend, bezwijkend aan de trance waarin de muziek haar had gebracht. Dit alles was een aangeleerde sport, een kunst. In de afgelopen maanden had ze geleerd om zichzelf echt los te laten, zichzelf te bevrijden van de beperkingen en angsten die ze zichzelf oplegde, om een andere staat te bereiken, een die etherisch en bijna buitenlichamelijk was.

Plotseling, midden op de dansvloer, werd ze zich bewust van de drang om te drinken, om wat van de vloeistof aan te vullen die ze voortdurend uitplaste en uitzweette, en met haar beker stevig in haar hand, ogen nog steeds gesloten, bracht ze haar arm naar haar mond. Het voelde als een verlengstuk van haar lichaam, alsof iemand anders de beweging voor haar maakte, en gedurende enkele momenten zochten haar lippen naar het rietje, haar tong stekend uit haar mond als het hoofd van een schildpad dat uit zijn schild komt. Een seconde later voelde ze het rietje in haar mond gestoken worden. Ze opende haar ogen en zag een man direct voor haar staan, die het rietje met zijn vingers leidde, een warme glimlach op zijn gezicht. Ze herkende hem vaag. James? Ashton? Percy? Of een andere rare naam? Het was een van hen. Terug voor ronde twee. Hard aan het werk, echt proberen de club met meer te verlaten dan haar mobiele nummer dat twaalf uur later automatisch elk nummer of elke oproep zou blokkeren.

De man boog zich dichter naar haar toe en legde een hand op haar middel. Terwijl hij dat deed, ving ze een vleugje op van vers aangebrachte aftershave, dik, wurgend, maar toch een van de aangenamere, verdraagbare. Misschien had hij het in de toiletten aangebracht en was hij er een fortuin voor aangerekend door de toiletbediende. Ze vroeg zich af voor welke hij had gekozen: Armani, Yves Saint Laurent, Dolce & Gabbana, Boss? Ze kende ze allemaal, maar deze kon ze niet thuisbrengen, hoewel de herkenning ervan in haar achterhoofd bleef hangen.

'Kan ik je nog een drankje aanbieden?' schreeuwde hij, zijn woorden nauwelijks hoorbaar.

Voordat ze kon antwoorden, voelde ze een andere hand op haar. Deze keer van haar vriendin, Elodie, die haar arm greep en haar wegtrok. Een moment later was ze herenigd met haar trio vriendinnen.

'Waarom deed je dat?' vroeg ze, verrast door hoe slecht verstaanbaar haar woorden klonken.

'Hij probeerde eerder iets in je drankje te doen,' antwoordde Elodie, tegen haar oor leunend. 'Ik zei hem op te rotten toen hij je het eerste drankje kocht. Ik heb het barpersoneel gevraagd het te vervangen.'

Ze keek naar haar drankje, zich afvragend of ze enige aanwijzing zou zien dat het gedrogeerd was, maar herinnerde zich toen wat Elodie haar net had verteld, dat ze naar de verkeerde beker keek.

'Ik zei je toch dat je voorzichtiger moet zijn,' berispte Elodie haar terwijl ze een hand op haar heup plaatste. 'Je moet waakzamer zijn, meid.'

Ze wuifde de hand van haar vriendin afwijzend weg en richtte haar aandacht weer op de man, die verlegen aan de rand van de groep was blijven hangen, dansend, zijn voeten uit de maat van de muziek schuifelend, doend alsof hij niets van hun gesprek had gehoord, hoewel zijn lichaamstaal suggereerde dat hij alles had gehoord. Toen schuifelde ze naar hem toe, haar benen en knieën wankelend. Ze had te lang op haar hakken gestaan. Of het was de alcohol die door haar aderen stroomde. Ze wist niet hoeveel ze op had, maar ze was ervaren genoeg om te weten dat ze nog steeds controle had over haar lichaam, nog steeds controle over haar vermogens. En toen ze de man naderde, gaf ze hem haar drankje om even vast te houden, schoof toen haar rokje langs haar dijen naar beneden tot het op een verantwoord niveau zat. Toen ze er tevreden mee was, pakte ze het drankje, draaide haar rug naar hem toe en begon op hem te dansen, draaiend, hun lichamen gescheiden door minder dan een centimeter, geleidelijk dichter en dichter bij elkaar komend, totdat ze zijn kruis tegen haar achterste voelde. Ze kon de warmte en stank van zijn adem in haar nek voelen. Ze voelde ook aarzeling, een korte pauze terwijl hij wachtte om zijn handen op haar lichaam te leggen. Eerst een op haar middel, toen de andere om haar borst gewikkeld, alsof ze zijn bezit was, zijn trofee voor de avond. Hij had haar geclaimd, en ze was blij om hem te laten denken dat hij dat had gedaan.

Laat hem denken dat het geluk aan zijn zijde was.

Terwijl ze dansten, begon ze zijn halfstijve penis harder tegen haar te voelen drukken, haar porrend als een kind dat een slapende hond probeert te wekken. Hij kon zoveel porren en duwen als hij wilde, maar ze had besloten dat deze hond zou blijven slapen.

Ze maakte oogcontact met haar vriendinnen, genietend van het comfort en de veiligheid van haar nieuwe metgezel. Af en toe probeerde hij haar nek te kussen, en zelfs zijn kans te wagen op haar lippen, maar elke keer trok ze zich terug, hem blijvend plagen. Wraak voor het proberen te drogeren van haar drankje. Ze wist wat haar vriendinnen nu zouden denken: dat ze stom was, roekeloos, dat ze niet in controle was en niet wist in welk gevaar ze zichzelf bracht. Maar ze wist het wel degelijk. Ze had veel ergers meegemaakt dan dit. In de grote lijn der dingen was dansen met een man in een nachtclub tam vergeleken met wat ze had gezien, had doorgemaakt, had ervaren. Haar vriendinnen waren er nog niet klaar voor om daarover te horen.

Misschien op een dag. Maar niet nu, niet wanneer haar beste vriendin al haar bewegingen in de gaten hield, proberend de moed te verzamelen om in te grijpen.

Zij en haar nieuwe metgezel bleven de volgende tien minuten zo staan, hun lichamen tegen elkaar gedrukt, elk genietend van hun tijd om heel verschillende redenen. Totdat uiteindelijk, na genoeg gezien te hebben, Elodie haar vertelde dat het tijd was om te gaan. Ze hadden een Uber die buiten op hen wachtte, en ze wilden die niet missen.

Terwijl ze werd weggetrokken, rende de man, die nu hongeriger was dan ooit, achter haar aan, volgde haar als een kind, haar hand vasthoudend richting de uitgang.

'Laat haar met rust!' schreeuwde Elodie in het gezicht van de man, terwijl ze probeerde hen uit elkaar te trekken.

'Mag ik met jullie mee?' vroeg hij.

De toon in zijn stem was meer dan hoopvol, bijna smekend.

'Rot op,' antwoordde Elodie.

'Wat als jij met mij meegaat?'

Wanhoop doordrong zijn woorden. Zijn laatste poging om geluk te hebben.

Ze besloot hem een wortel voor te houden.

'Je hebt mijn nummer,' zei ze, terwijl ze uit de club werd getrokken. 'Stuur me een berichtje.'

Toen de taxideur achter haar dichtsloeg, zag ze de man in zijn zakken graven en zijn telefoon tevoorschijn halen.

HOOFDSTUK
TWEE

Zelfs in een diepe slaap ziet ze er prachtig uit. Zacht, elegant, engelachtig. Haar oogleden fladderen zachtjes terwijl haar ogen eronder bewegen, het enige teken van leven in haar verder levenloze lichaam. Zelfs de bewegingen van haar borstkas zijn nauwelijks waarneembaar onder haar strakke zwarte jurk.

Ik hurk naast haar op mijn knieën, mijn voeten plat op de ondergrond, zodat mijn knieën in een hoek van vijfenveertig graden staan, mijn ellebogen tegen mijn heupen gedrukt, vooroverleunend, mijn oor boven haar mond en neus, luisterend naar de zwakste fluisteringen van adem die mijn wang strelen. Dan laat ik mijn wijsvinger over haar hals glijden, bewegend van de tegenoverliggende kant helemaal naar mij toe, voelend hoe het kraakbeen en de botten eronder bewegen. Ik stop wanneer ik de hartslag voel, het enige wat haar in leven houdt, het bloed van het ene deel van haar lichaam naar het andere verplaatsend. Zwak, maar gestaag, ritmisch. In de stilte wordt het versterkt, overstemt het het geluid van mijn ademhaling, het geluid van de straat beneden.

Boem-boem.

Boem-boem.

Boem-boem.

Het zou slechts één sneetje met het lemmet kosten, één diepe insnijding in de ader, in de levensbuis, om al dat mooie, perfecte bloed uit haar lichaam te laten stromen.

Maar nog niet. Er zijn dingen die ik eerst moet doen. Dingen die ik moet ervaren. Voordat ik naar de volgende fase ga in onze tijd samen, wil ik een laatste mentaal beeld van haar in deze toestand opnemen. Vies, smerig, onrein - hoerig. Dat moet allemaal veranderen. Ik moet haar terugbrengen naar haar engelachtige staat.

Ik til mezelf op van haar lichaam en rol haar op haar buik. De achterkant van haar jurk is vastgemaakt met een rits, de zoom snijdt in haar vlees. Maar er zit nauwelijks lichaamsvet aan haar, dus het puilt niet uit aan de zijkanten. Langzaam trek ik de jurk helemaal naar beneden tot aan haar onderrug totdat deze los genoeg wordt om haar ervan te bevrijden. Delicate, zachte bewegingen zijn vereist. Niets te overhaast, te drastisch. Tijd is, meer dan wat dan ook, het belangrijkste. Ik wil hiervan genieten, erin zwelgen, het me herinneren voor de rest van mijn leven.

Zodra ik de jurk voorzichtig van haar lichaam heb verwijderd, netjes opgevouwen tot een klein vierkant en naast haar hoge hakken gelegd, bekijk ik haar figuur. Vanavond heeft ze ervoor gekozen geen beha te dragen en alles te laten hangen. Maar ik ben blij te zien dat ze nog steeds ondergoed draagt - dun, kanten, bijna niets eraan - dat ze tenminste enige *waardigheid heeft bewaard. Ik verwijder wat er nog over is van haar kleding en leg het naast de jurk. Nu is ze volledig naakt, glanzend onder de lichten. Ik baad in de aanblik van haar tengere figuur, volledig gevormd en evenredig op alle juiste plaatsen. Haar borsten hangen naar één kant en nu kan ik het rijzen en dalen van haar borstkas zien. Alles aan haar is perfect. Haar teennagels, haar voeten, haar dunne kuiten, haar slanke dijen, haar vulva, de twee polen van haar heupbeenderen die uitsteken, haar kleine, netjes gevouwen navel, helemaal tot aan haar zichtbare ribben en sleutelbeenderen. Het ligt allemaal bloot. En het is allemaal voor mij.*

Maar het is niet perfect-*perfect.*

Er zijn een paar ergernissen, een paar kleine defecten. Zoals de tweedaagse stoppels op haar benen en oksels. Zoals het kleine plukje haar op haar schaambeen. Het dikke zwarte haar op haar onderarmen waar ze altijd onzeker over is geweest. Helemaal tot aan de dunne witte haartjes die zich op haar nek en bovenlip hebben gevormd. De afgebladderde vinger- en teennagellak die dringend vervangen moet worden. De lui aangebrachte mascara die verwijderd moet worden. Dit zijn allemaal slechts onvolkomenheden en irritaties die haar schoonheid verminderen.

Er moet nog veel werk worden verzet voordat ze de engel kan worden die ze altijd al had moeten zijn.

Gelukkig is er genoeg tijd.

HOOFDSTUK
DRIE

Tomek koesterde zijn tweede biertje van de avond, terwijl hij zijn mond open- en dichtklapte om de smaak te savoureren. Vanavond probeerde hij een nieuw biertje. Een of andere IPA, hipster, fruitig smakende onzin gemaakt met liefde en een bewonderenswaardig maar naïef bedrijfsethos dat bij elke bestelling een boom plantte. Maar ondanks zijn snobistische houding tegenover alles wat geen Heineken of Guinness was, moest hij toegeven dat hij het best lekker vond. Hij had zijn horizon een beetje verbreed, en hij genoot ervan. Hoewel hij niet te hard van stapel wilde lopen en alles op de kaart wilde proberen; hij had het planeetreddende biertje alleen geprobeerd omdat Abigail het had aanbevolen. Vanavond was haar speciale avond, en hij wilde haar niet van streek maken. Hij had zelfs de locatie geboekt die zij had gevraagd, het bier gedronken dat zij had aanbevolen, en de outfit gedragen die zij voor hem had uitgekozen. Zijn oorspronkelijke plan bestond uit een strak, blauw-roze gestreept overhemd met een crème-kleurige chino, waarop ze had gezegd: 'Je gaat verdomme niet zo naar buiten.' Tot zijn grote teleurstelling; het was niet alsof hij de outfit niet speciaal had gekocht, alsof hij er geen moeite in had gestoken. Er was een half uur in M&S dat hij nooit meer terug zou krijgen.

Uiteindelijk had ze een effen wit T-shirt onder een trui met hoge kraag voor hem uitgekozen. Het was afschuwelijk en kriebelig, en hij voelde zich een lul - een *uber* lul - terwijl hij daar midden in het restaurant zat en eruitzag alsof hij rechtstreeks uit de jaren tachtig kwam. Maar het was haar speciale avond, en hij wilde er niets van zeggen.

Terwijl hij het bier op tafel zette, wreef hij met zijn vinger over de jeuk in zijn nek en richtte zijn aandacht op Kasia. Vanavond had ze haar mooiste spijkerbroek aangetrokken en een klein satijnen shirtje, vergezeld van een volledige laag make-up. Ze was bezig met het sturen van een berichtje naar iemand, vermoedelijk een vriendin, en was de afgelopen tien minuten verzonken in het apparaat.

'Hoe was school vandaag, Kash?' vroeg hij.

'Wel oké.'

Zoals altijd. Of anders was het wel "prima". Het taalgebruik van een tiener die door een turbulente en woelige tijd gaat. Tomek dacht dat hij op die leeftijd waarschijnlijk net zo ondoorgrondelijk was geweest als zij.

'Welke lessen had je?'

'De gewone.'

'Geweldig. Welke dan?'

Ze maakte het versturen van haar berichtje af - of Snapchat, of Facebook, of Instagram, of TikTok; wat het ook was dat ze gebruikte - voordat ze hem haar volledige aandacht gaf.

'Ehm... wiskunde, scheikunde, biologie, natuurkunde en gym.'

'Wow. Dat is een heftige dag. Vooral met al die saaie vakken.'

Nu begreep hij waarom ze niet in de stemming was om erover te praten.

'Ja.'

Tomek voelde aan dat hij niets meer uit haar zou krijgen, hoeveel moeite hij ook zou doen, dus liet hij het erbij. Abigail, zijn vriendin van vier weken, besloot dat het tijd was om zich ermee te bemoeien.

'Je vader vertelt me dat je ooit een koffiehuis zou willen hebben.'

Kasia richtte haar aandacht weer op haar telefoon. 'Ja. Ooit. Misschien.'

'Nou, ik denk dat dat een geweldig idee is. Maar het is veel werk. Denk je dat je die uitdaging aankunt?'

Meer eenlettergrepige antwoorden. Meer staren naar haar telefoon.

'Ik denk dat je het in je hebt,' vervolgde Abigail, terwijl ze de steel van haar wijnglas tussen haar vingers hield en de voet van het glas met haar andere hand ronddraaide. 'Als je ooit iemand nodig hebt die je helpt met een bedrijfsplan, dan ben ik je vrouw!'

Kasia hief langzaam haar hoofd op. Tomek kon aan haar gezicht zien wat ze dacht - "Jij bent er misschien niet meer als ik op dat punt in mijn leven ben" - maar gelukkig zei ze het niet. In plaats daarvan antwoordde ze met een geforceerde reactie: 'Ja. Oké. Misschien.' Toen richtte ze haar aandacht weer op de zwarte spiegel in haar hand.

Voordat Tomek kon ingrijpen, kwam het eten. Lamsschenkel met pruimensaus, gebakken aardappeltjes en gefrituurde groenten voor hem. Beef wellington geserveerd met ui en truffel in een rode wijnjus voor Abigail. En een kipburger met friet voor Kasia. Het standaardgerecht van elke tiener die door zijn kieskeurige fase gaat. Tomek kon zich niet herinneren dat hij door zoiets was gegaan, maar hij had verhalen gehoord van Nick over zijn drie kinderen die door vergelijkbare fases gingen. Weigeren te eten omdat ze geen honger hadden, een hekel hebben aan de aanblik, geur en smaak van alles wat gezond was, altijd gaan voor het vettigste en meest calorierijke op het menu, en terugvallen op bevroren kipnuggets en friet bij elke maaltijd van de week. Op die leeftijd had het echter, zoals bij Kasia het geval was, geen invloed op hen; dankzij hun hypersonische stofwisseling en constante beweging op school en buitenschoolse activiteiten waren ze voortdurend in beweging, deden ze voortdurend iets, verbrandden ze het vet. Toch had Tomek besloten om het op de achtergrond in de gaten te houden. Zijn zorg bij haar was dat het zou kunnen uitgroeien tot een eetstoornis, een complex. Ze had de afgelopen maanden zoveel meegemaakt dat hij zou liegen als hij zei dat hij zich geen zorgen maakte over de maatschappelijke druk waaronder ze op school werd gezet. En omdat ze zich niet bij hem zou openstellen, kon hij alleen maar zijn gedachten de vrije loop laten.

Maar dit ging niet over Kasia. Dit ging over Abigail, over haar grote avond, haar reden tot feest.

Naast hem pakte Kasia haar mes en vork, zonder enige aandacht voor etiquette. Tomek hield haar tegen. Hij hief zijn glas, en wachtte tot de meiden hetzelfde deden.

'Op Abigail,' zei hij, terwijl hij het iets hoger hief, 'de nieuwe hoofdredacteur van de *Southend Echo*. Op Abigail.'

'Op Abigail...' zei Kasia halfhartig.

'Op mij,' voegde Abigail toe met de zelfingenomenheid van iemand wiens ego momenteel zo hoog was als de maan.

Normaal gesproken zou dat soort gedrag Tomek hebben geïrriteerd. Maar niet vanavond. Het was haar speciale avond, en ze verdiende het. Ze had de afgelopen maanden zo hard gewerkt dat het fijn was om eindelijk te zien dat het zich uitbetaalde. Enkele weken geleden was de oprichtend hoofdredacteur van de *Southend Echo*, een van de grootste en populairste kranten in Essex, gearresteerd voor mensenhandel. Hij, samen met een handvol andere leden van Southends politieke elite, hadden zich aan de verkeerde kant van een strafrechtelijk onderzoek bevonden, waardoor tientallen levens waren getroffen. Als gevolg daarvan was de positie van hoofdredacteur vrijgekomen. In het begin was het een functie die niemand wilde hebben, alsof deze besmet was door het gedrag van de voormalige redacteur, zijn geur verweven in de stof van zijn stoel, zijn vingerafdrukken over al het meubilair, een onuitwisbare vlek. Maar toen had Abigail het briljante idee gehad, en de moed om het uit te voeren, om te solliciteren naar de functie. Ze had Tomek op een avond bij zich geroepen en hem uitgelegd waarom ze geschikt was voor de baan. Een mini-interview. Aan het einde ervan had hij haar geadviseerd ervoor te gaan, dat ze niets te verliezen had. In zijn ogen was zij de juiste persoon voor de baan, ook al was hij niet degene die ze moest overtuigen. Die last viel op de raad van bestuur van de krant, en zo volgde een langdurig proces van het opstellen van een driemaanden-, zesmaanden-, negenmaanden- en twaalfmaandenplan over hoe ze de inkomsten zou stimuleren en de reputatie van het bedrijf zou verbeteren. Als lokale bedrijven niet bij hen wilden adverteren, zou er geen geld binnenkomen. Als er geen geld was, waren er geen banen, geen collega's. Uiteindelijk had de raad van bestuur haar plan goed gevonden en haar de functie aangeboden.

'Wat is het eerste op je to-do lijst als nieuwe hoofdredacteur?' vroeg Tomek terwijl hij begon te eten.

'Ik moet Sami en Khalid ontslaan.'

'Auw.'

'Ja. Ze gooien me echt in het diepe.'

Niet zo diep als zij zullen zijn als ze erachter komen dat ze volgende maand hun huur niet kunnen betalen.

'Liever jij dan ik,' zei hij.

'Maar kijk naar de positieve kant, jij en ik gaan veel nauwer samenwerken. Veel meer elkaars rug krabben...'

'Bah!' Kasia liet haar mes en vork op tafel vallen. 'Niet dit weer! Ik heb er genoeg van dat jullie twee praten alsof jullie in een of andere porno zitten!'

'Hoe weet jij wat porno is?' vroeg Tomek, haar achterdochtig aankijkend.

'We hebben dit al besproken! Ik weet van deze dingen! En ik wil er niet meer over praten!' Ze trok haar servet van haar schoot en smeet het op tafel, klom toen uit haar stoel, het geluid van hout dat over keramiek schraapt echode door het restaurant.

'Waar ga je heen?'

'Naar het toilet, als dat *goed* is voor jou?'

Tomek liet haar gaan zonder te antwoorden. Het restaurant waar ze zaten was veel te chic om een scène te maken. Hoogwaardig, luxe, en met een dure rekening die daarbij past. Toen ze buiten gehoorsafstand was, richtte hij zijn aandacht weer op zijn eten.

'Misschien kun je dat gespreksonderwerp laten verdampen,' zei Abigail.

'Waarom?'

'Omdat het het niet waard is. Het is oude grond. We hebben het er al eerder over gehad. Laat het los.'

Tomek keek naar de wc-deur, om er zeker van te zijn dat ze nog niet snel terugkwam.

'Wat bedoelde je met dat we tegen elkaar aan zouden schuren?'

'Ik heb nooit iets gezegd over tegen elkaar aan schuren,' antwoordde Abigail. 'Je haalt mijn woorden uit hun verband, en dat waardeer ik niet. Ik had het over ons, jij en ik, de krant en de politie.'

Juist. Natuurlijk bedoelde ze dat. Invloed, daar draaide het allemaal om. Ze zou haar macht als hoofdredacteur van de krant willen gebruiken om informatie uit hem te krijgen over de nieuwste zaak. Hoewel hij toegaf dat het in het verleden was gebeurd, was het gedaan zonder dat de machtsdynamiek tussen hen veranderde. Voorheen stonden ze op gelijke voet. Ze hadden het allebei gedaan om hun respectievelijke carrières te bevorderen. Nu met het verschil tussen hen zou dat ongetwijfeld veranderen. Het was onmogelijk voor het om niet te veranderen.

Tomek keek opnieuw naar de wc-deur. Die was open gegaan, en Kasia slenterde terug naar hen, nam er de tijd voor.

Voordat ze bij de tafel kwam, leunde Abigail naar voren en verlaagde haar stem.

'Hoewel als je vanavond wel tegen elkaar aan zou willen schuren, ik geen bezwaar zou hebben tegen dat idee.'

Het was tenslotte haar speciale avond.

HOOFDSTUK **VIER**

De regen geselt mijn gezicht zo hard dat het in mijn ogen komt en me dwingt te knipperen. Ik probeer het weg te vegen, maar het heeft geen zin. Mijn haar is doorweekt, mijn broek plakt aan mijn dijen en mijn sokken worden snel nat, ondanks dat mijn schoolschoenen zogenaamd waterdicht zijn. Maar ik negeer het en ga door. Adrenaline raast door me heen als een krachtige en gewelddadige drug.

Adrenaline en angst.

Doorspekt met een vleugje bezorgdheid.

Ik ben laat. En Michał wacht op me. Broer Michał. Mijn oudere, grotere, sterkere broer die me altijd verslaat bij armworstelen of echt worstelen.

Ik ben net de straat overgestoken. Aan de overkant, honderd meter verderop, zie ik de kinderen voor de slijterij. Ze hangen daar zoals gewoonlijk rond, leunend op de sturen van hun fietsen, hun energiedrankjes en smerige tijdschriften openend. Ik denk dat er zelfs eentje een sigaret uit een pakje haalt, de kleine klootzak. Denkt waarschijnlijk dat hij de stoerste jongen is die ooit op aarde heeft rondgelopen. Hij heeft geen idee dat hij een enorme lul is.

Ik negeer ze en richt mijn aandacht weer op het park. Een paar honderd meter verderop, aan de rechterkant. Dezelfde ingang die ik tientallen, honderden keren eerder heb gebruikt voor en na school - en duizenden keren sindsdien. Buiten de ingang staat een enkele, eenzame straatlantaarn, metaalgrijs en roestig, bedekt met hondenpis, met een zwak natriumlicht dat op de grond valt. Maar niets ervan is sterk genoeg om het park te verlichten. Het is gehuld in duisternis. Een dikke, kleverige, onheilspellende duisternis die me doet denken aan de nachten in Polen, tijdens de stroomuitval.

Ik kom abrupt tot stilstand voor het park. Op de grond heeft zich een kleine modderplas gevormd. Meer dan een meter breed en een meter lang. In het midden is een metalen poort, bedekt met roest, waarvan de verf afbladdert. Ik grijp het met mijn handen en gebruik mijn tenen om mezelf in de lucht te duwen en over de plas te springen. Ik ontloop net de troep, maar mijn inspanningen zijn tevergeefs. De hele plek is verdomme smerig en overal bedekt met modder. Ik had net zo goed erdoorheen kunnen rollen voordat ik binnenkwam; het zou geen verschil hebben gemaakt.

Ik kijk naar mijn schoenen als ik het hoor. Het geluid, van rechts. Het gejammer, het gekreun, het gegiechel. Ik kijk, maar ik zie niets, alleen de contouren van de speeltuin. De schommels, de glijbaan, de wip en de draaimolen. En de figuren die erin staan.

Dan begin ik me te concentreren, scherper te stellen. Het geluid van banden die over het asfalt rollen begint geleidelijk te vervagen, en het geluid van regen die in de modder slaat begint te verminderen, totdat ik alleen nog maar het geluid van mijn ademhaling hoor. Hijgend van het rennen dat ik zojuist heb gedaan.

Langzaam, aanvoelend wat er voor me ligt, laat ik mijn blik een fractie zakken en zie het lichaam liggen in het puin, ineengedoken tot een hoopje. Mijn broer. Michał. Dan hef ik mijn blik op, en in de duisternis kan ik zijn moordenaar zien, zijn ogen, geel en doordringend als die van een kat. Nathan Burrows, die over Michał heen staat.

Maar er is een probleem.

Het is alleen hij.

Alleen.

Niemand anders.

Alleen Nathan en Michał. Eén moordenaar, één slachtoffer.

Ik probeer te bewegen, maar ik sta als bevroren. Er is iets dat me tegenhoudt. Alsof iemand zijn armen over mijn schouders heeft geslagen en me daar vasthoudt, zoals die keer dat papa me in een berenklem hield om te voorkomen dat ik achter Dawid aan zou rennen in de tuin. Hoewel ik kleiner was dan hij, slechts een paar centimeter, was ik nog steeds bereid om hem van hetzelfde laken een pak te geven.

Net als nu.

Ik ben opgefokt. Ik moet weten wat er met Michał is gebeurd. Ik moet weten waarom hij niet beweegt.

Uiteindelijk, na tien, twintig seconden, voel ik de beperkingen beginnen los te laten, hun greep verzwakken. En ik stap vooruit. Ik kom dichterbij.

Eén stap wordt er twee.

Twee wordt drie.

En voor ik het weet, ren ik, sprint ik, storm ik op Nathan Burrows af. Zodra dat ventje me ziet aankomen, draait hij zich om en rent weg. Maar deze keer zet ik de achtervolging in. Ik volg hem naar de achterkant van de speeltuin, door een smal, met struiken omzoomd steegje. Bakstenen en puin van de bouwwerkzaamheden die in de buurt plaatsvinden, liggen over de grond verspreid. Luifels van braamstruiken en klimplanten hangen van boven. Het geluid van zijn voetstappen, op de voet gevolgd door de mijne, echoot door het pad. Aan het einde is een zacht, dof, zielig natriumlicht. Voor de rest zijn we gehuld in duisternis, vertrouwend op ons vermogen om erdoorheen te kijken, om de vaagheid en vormen te onderscheiden.

Maar Nathan is sneller dan ik. Hij loopt uit. Ik maak geen schijn van kans. Vijf, zes jaar heeft hij op mij voor.

Aan het eind van het steegje slaat hij linksaf. Voordat ik er kom, struikel ik, mijn voet blijft haken achter een omhoogstekende tegel of een stuk steen, mijn lichaam gaat over de kop, waarbij mijn broodtrommel en waterfles sneuvelen. Maar dat kan me allemaal niets schelen. Ik moet hem volgen. Ik moet hem achtervolgen.

Nadat ik mezelf op de been heb gehesen, strompel ik naar het einde van het steegje, terwijl ik voel hoe de pijn in mijn knie en handen toeneemt. Het is niets vergeleken met de pijn die Michał voelde, zeg ik tegen mezelf. Maar tegen de tijd dat ik bij de straatlantaarn kom, is Nathan Burrows verdwenen, opgelost, verdampt in het halfduister van de straat.

Het duurt niet lang voordat ik aan Michał denk, dus draai ik me om en ga terug naar hem. Even wou ik dat ik dat niet had gedaan. Ik wou dat ik was gebleven waar ik was. Ik wou dat ik de school niet eens had verlaten.

Ik wou dat ik niet te laat was geweest in de eerste plaats.

Hij ligt daar op de grond, jas uit, schoenen weggegooid, broek rond zijn knieën, tas aan de kant geworpen, de inhoud omgekeerd en verspreid over het asfalt. Mijn ogen bewegen van de bovenkant van zijn lichaam naar beneden. Grote stukken van zijn schedel ontbreken, en zijn dikke blonde haar is doorweekt met de kleur karmozijnrood, de witte brokken van zijn blootgestelde hersenen en botweefsel glinsteren vochtig in het gedempte licht. Zijn ogen - zijn verdomde ogen - zijn ingeslagen met bakstenen en overgoten met accuzuur. Het bewijs ervan ligt op zijn gezicht en in de plooi van zijn kin. Twee bakstenen, gedeukt op de plekken waar ze opengespleten waren door een steen of een andere baksteen.

De bovenste helft van zijn lichaam is met rust gelaten. Het is pas als ik bij zijn onderlichaam kom dat ik misselijk word. Zijn penis - iets wat ik nog nooit eerder heb gezien, behalve toen we als peuters samen in bad zaten - is bewerkt, verminkt met een mes. Bloed blijft eruit druppelen alsof het het laatste stukje van hem is dat nog leeft.

Tranen wellen op in mijn ogen terwijl ik naar mijn dode broer kijk, de beelden van zijn lichaam die zich langzaam in mijn geheugen griffen, open voor dertig jaar van kwelling en interpretatie. Ik wil wegkijken. Ik weet dat ik dat zou moeten doen, maar ik kan het niet. Iets, zoals de armen van mijn vader om me heen in de tuin, dwingt me om te blijven, om te kijken. Om de schuld die ik bij hem heb in me op te nemen. Om de nachtmerries en schuldgevoelens te absorberen waarvan ik weet dat ze me de rest van mijn leven zullen achtervolgen.

Ik was te laat.

Ik had hem kunnen redden.

Ik had hem moeten redden.

HOOFDSTUK
VIJF

Tomek trok de dekens van zijn lichaam af en zwaaide zijn benen over de rand van het bed. Op het nachtkastje naast zijn hoofd lag zijn telefoon, aangesloten aan de oplader. Hij tikte erop met zijn vinger, zag dat het iets voor vier uur 's ochtends was, en haalde de stekker eruit. Slaperig, gapend en aan zijn oksel krabbend, liep hij naar zijn kledingkast aan de andere kant van de kamer. Abigail lag vast te slapen, de zachte geluiden van haar ademhaling (je kon het nooit snurken noemen, *nooit;* ze weigerde te geloven dat ze het deed en had dat haar hele leven al gedaan) werden door haar neusgaten uitgeblazen. Ze zag er zo vredig uit als ze sliep, maar hij wist dat ze elk moment wakker kon worden. Ze was een van de lichtste slapers die hij kende. Subtiele bewegingen waren belangrijk.

Met beide voeten stevig op het tapijt geplant, op plekken waar geen krakende vloerplanken zaten, pakte Tomek de handgreep tussen zijn vingers en streelde die voorzichtig open. Af en toe - bij twintig graden, veertig, tachtig - krijsten de scharnieren tegen hem. Elke keer keek hij achterom naar Abigail, maar ze bleef slapen, ongestoord door de geluiden. De IKEA-kast was een puinhoop: minstens twaalf paar schoenen onderin gegooid die hun eigen spelletje Jenga speelden; onderbroeken en sokken rommelig in een klein vakje gepropt; te veel hangers en kleren voor de rail die bovenlangs liep. Maar wat hij zocht, lag in het bovenste vakje, stevig achterin weggestopt. Hij had het daar voor de zekerheid gelegd. Buiten het zicht van Abigails en Kasia's nieuwsgierige ogen. Hij rommelde in het vak en haalde het voorwerp eruit. Toen nam hij het mee naar de woonkamer, voorzichtig om niet op een van de vloerplanken te kraken. Aan de eettafel trok hij een stoel uit en ging zitten, waarbij hij het voorwerp op het oppervlak legde.

Het was een dunne envelop: een brief uit HMP Wakefield, een brief van Nathan Burrows. Hij was die ochtend gekomen, tijdens zijn vrije dag, terwijl Kasia op school was. Hij had hem tien minuten vastgehouden, ernaar starend, overwegend of hij hem zou openen, terwijl de woorden van de eerste brief die hij had ontvangen door zijn hoofd speelden. Uiteindelijk had hij het gelaten. Het was het niet waard om Abigails grote avond te verpesten. Hij had niet afgeleid willen worden. Maar na de nachtmerrie die hij net had gehad...

Hij was er zeker van dat er een verband was: de tweede moordenaar, degene die sinds die middag dertig jaar geleden in Tomeks brein opgesloten zat, was afwezig geweest in zijn nachtmerrie. Precies zoals Nathan had gezegd dat het zou zijn.

Er was niemand anders daar, Tomek. Ik heb hem helemaal alleen vermoord. Je hebt het je de hele tijd verbeeld.

Tomek haalde diep adem voordat hij de brief omdraaide en met zijn duim opende. Zodra deze uit de envelop was, hield hij zijn adem in en verspilde geen tijd met het lezen ervan:

Beste Tomek,

Axxepteer alsjeblieft mijn exkuses voor de vertraging. Ik ben druk geweest hier in Wakefield. Ze hebben een nieuwe besigheidsontwikkelingskursus geopend en ik heb er een paar van bijgewoond om te proberen iets over besigheid te leren. Maar ik heb moeite met het leesmateriaal. Ik leer langzaam, en ik hoop dat je het me kunt vergefen. Wees alsjeblieft geduldig. Ik heb mijn celgenoot die helpt, maar soms is hij net zo slecht.

Hoe dan ook, hoe gaat het met je? Hoe is het met Kasia? Hoe is het met Abigail? Ik zag in het nieuws over haar promotie. Zeg haar alsjeblieft dat ik haar feliciteer. Ik wed dat ze erg tevreden en trots is. Jij zou dat ook moeten zijn.

De vorige keer was ik van plan te vragen hoe het met je ouders gaat? Hoe hebben ze het gehad? Als ze me willen komen bezoeken, zijn ze meer dan welkom. Ik ga nergens heen! Misschien kunnen jullie er allemaal een leuk familie-uitstapje van maken. Vergeet niet om Dawid ook uit te nodigen. Heeft Dawid je ooit verteld dat hij me een keer kwam bezoeken? Dat was nu vele jaren geleden. We praatten, we discussieerden. Er waren dingen die hij wilde weten, en dus vertelde ik hem. Maak je geen zorgen, ik vertelde hem hetzelfde als ik jou vertelde. Dat ik helaas Michał alleen heb vermoord. Er was niemand anders bij me. Soms denk ik dat het beter zou zijn als dat wel zo was, weet je? Zodat ik wat van de schuld die ik voel voor wat ik je broer heb aangedaan met hen zou kunnen delen, maar ik zal die luxe nooit hebben. Het spijt me dat je dit zo lang hebt gedacht. Het moet zo pijnlijk voor je zijn geweest al die tijd. Ik wil het goedmaken met je. Daarom wilde ik de dialoog openen. Reageer alsjeblieft. Ik hoop dat je de tijd kunt vinden. Ik weet dat je een drukke man bent, maar het zou leuk zijn om weer met je te praten. Als je ooit telefonisch zou willen praten, aangezien dat veel veel makkelijker kan zijn, heb ik net een nieuw nummer gekregen - vertel het niet aan de bewakers! Ha ha! Ik heb het op de achterkant van deze brief voor je gezet. Verlies het alsjeblieft niet. Ik mis je stem en zou die graag weer willen horen.

Denk aan je.

NB

Onder Nathans initialen stond een handtekening, en inderdaad, op de achterkant stond een mobiel nummer. Elf cijfers, geschreven in het netste handschrift dat mogelijk was zodat er geen verwarring kon zijn, geen mogelijkheid dat Tomek het verkeerde nummer in zijn telefoon zou invoeren.

Klootzak.

Klootzakklootzakklootzakklootzakklootzak.

Zoveel gedachten, zoveel emoties die door zijn hoofd raasden. Plotseling voelde hij zich misselijk, een diepe knoop die zich in zijn maag samentrok (en het was niet het eten). Toen verdween het gevoel bijna net zo snel als het was gekomen, en werd hij begroet door een oude bekende: woede. Dezelfde emotie die hij had gevoeld toen hij de eerste brief las. Hij had in het document willen springen om Nathan te wurgen terwijl hij het schreef. Hij had zijn oogballen eruit willen rukken en er batterijzuur in willen gieten. Hij wilde vergelding voor de gruwelijke dingen die hij zijn broer had aangedaan.

Dat herinnerde hem eraan.

De andere.

Dawid.

Die kleine klootzak, die Nathan bezocht zonder iemand iets te vertellen. Waarover hadden ze gesproken? Wat had Dawid aan Nathan gevraagd? En waarom had hij het al die jaren voor hen verborgen gehouden? Had hij verwacht dat niemand het ooit zou ontdekken?

Tomek kreeg plotseling de drang om de telefoon te pakken en hem te vragen, om de antwoorden op die vragen en meer te weten te komen. Maar het was te vroeg, nog donker buiten. Het zou moeten wachten, een gesprek voor een andere dag.

Hij keek nog eens naar de brief en las hem nogmaals door. Drie dingen verontrustten hem: ten eerste Dawids geheime ontmoeting met Nathan Burrows, ten tweede hoe Nathan had geweten van Abigails promotie toen het nieuws pas een week eerder was uitgebroken, en ten derde dat hij Nathan begon te geloven. Hij overwoog serieus de mogelijkheid dat er geen andere moordenaar was geweest, dat hij het die middag en in de dertig jaar daarna had verzonnen.

Hij sloot zijn ogen en liet zijn gedachten teruggaan naar de nachtmerrie die hij zojuist had gehad; het was zo levendig, zo intens geweest. Het was een van de helderste nachtmerries die hij zich ooit kon herinneren. En toch, was er iets van waar geweest? Hoeveel was feit, hoeveel was fictie gecreëerd door zijn hersenen en onderbewustzijn? Al die tijd had hij zich een tweede moordenaar voorgesteld. Maar misschien was er een reden waarom hij het gezicht nooit duidelijk had kunnen zien. Misschien was er een reden waarom de politie nooit een tweede moordenaar of enig bewijs had gevonden dat er iemand anders aanwezig was geweest. Wat als Tomeks gebroken en kwetsbare geest hem had opgeroepen, letterlijk een hersenspinsel, een onschuldige en generieke vorm die zijn hersenen hadden vervormd en gemanipuleerd tot een figuur? Het was een vraag waarmee hij talloze keren in de loop der jaren had geworsteld, en nu trok zijn meest recente, zijn helderste nachtmerrie tot nu toe, hem in de andere richting. Weg van zijn identiteit.

En de naam, Charlie, de naam die hij ooit tijdens een nachtmerrie had gehoord en die hernieuwde hoop had gewekt - wat als dat ook verkeerd was? Meer recentelijk was dat een vraag waarmee hij had geprobeerd te worstelen, een waar hij iets minder vertrouwen in had, alleen omdat het dezelfde naam was als iemand die betrokken was geweest bij een moordonderzoek in die tijd, en hij had zichzelf ervan overtuigd dat het zijn onderbewustzijn was dat hem riep. Waarom zou, na dertig jaar, plotseling een naam bij hem opkomen? Het sloeg nergens op. Hij wist dat de hersenen op mysterieuze manieren werkten, maar ze waren niet zó mysterieus. Er zat meestal wel iets achter wat er gebeurde.

Hij begon te denken dat niets ervan echt was geweest.

Net toen hij het vel papier in tweeën wilde scheuren, hoorde hij een geluid; de woonkamerdeur die kraakte terwijl deze opengIng, gevolgd door het geluid van nagels die over hout krasten. Tomek draaide zich zo snel om dat hij voelde hoe zijn ruggengraat onder de druk boog.

'Wat- Wat doe jij wakker?' vroeg hij aan Abigail, terwijl haar hoofd door de opening in de deur gluurde.

'Ik kreeg het koud. Ik kon je niet naast me voelen.'

'Dus werd je wakker?'

'Ik had mijn knuffelmaatje niet.'

Tomek kromp ineen. 'Ik ben zo terug. Geef me even een minuut.'

'Wat ben je aan het doen?' vroeg ze.

'Ik schrijf in mijn dagboek.'

Het was geen complete leugen. Maar het was ook niet helemaal de waarheid. Op dit moment wilde hij niet dat ze het wist. Niet omdat hij haar niet vertrouwde met de informatie, maar omdat hij niet wilde dat ze in paniek zou raken over het feit dat Nathan Burrows, een moordenaar die een levenslange gevangenisstraf uitzat, intieme details over haar wist.

'Had je weer een nachtmerrie?' Ze kwam voorzichtig dichterbij en legde een troostende hand op zijn rug.

'Ja.'

'Een erge?'

'Nee,' loog hij. 'Maar het was verwarrender dan de andere.'

'Je kunt me er later over vertellen. Nu moet je terug naar bed. Je moet morgenochtend vroeg op.'

HOOFDSTUK
ZES

Tomek slaagde er niet in zijn geeuw te onderdrukken toen hij de rechtszaal verliet. Door zijn onderbroken en versnipperde nachtrust voelde hij zich moe en suf, alsof hij weer een tiener was die tot de lunch in bed wilde blijven liggen. Het was zijn derde bezoek aan de Crown Court van Southend in de afgelopen drie dagen. Hij was er als getuige bij een moordzaak op Two Tree Island, een klein zoutmoeras gelegen in Leigh-on-Sea. Het slachtoffer, Reece Cartwright, was op zijn achterhoofd geslagen en voor dood achtergelaten door dezelfde ooggetuige die beweerde hem te hebben gevonden. Volgens zijn bekentenis, die kort na het vinden van het moordwapen in het nabijgelegen struikgewas was afgelegd, had het slachtoffer de dader midden op het pad tegengehouden en hem lastiggevallen, dronken en onder invloed van iets anders. Toen de avances van het slachtoffer niet afnamen, had de fietser hem op het hoofd geslagen in een poging hem af te schrikken, maar hem in plaats daarvan gedood. Een simpele daad van zelfverdediging was nu uitgemond in een moordonderzoek en wat binnenkort een gevangenisstraf zou worden. De vraag waar de jury nu voor stond was echter of het moord of doodslag was. Tomek vermoedde, met al zijn jaren ervaring, dat de man voor doodslag veroordeeld zou worden. Er was niet alleen geen bewijs dat de twee ooit vóór dat noodlottige moment met elkaar in contact waren gekomen, maar de aard van de moord suggereerde ook dat het op de een of andere manier een ongeluk was geweest, een uit de hand gelopen klap. Het was een ongelukkig einde voor een man die, volgens zijn vrienden en familie, door een van de moeilijkste periodes van zijn leven ging.

Het mooie aan het bijwonen van rechtszaken was dat het slechts dertig seconden van kantoor was, dus binnen een halve minuut was hij terug op het hoofdbureau van de recherche en liep hij naar de incidentkamer. Eenmaal daar ging hij direct naar de keuken en begon een kop koffie te zetten. DCI Cleaves, het hoofd van het team, had onlangs genoeg geld in het budget gevonden om een geavanceerde automatische koffiemachine aan te schaffen - uitgerust met een digitale interface, een capaciteit voor twintig liter koffiebonen en een strakke afwerking - die tweewekelijks door een technicus van het bedrijf waar ze hem hadden gekocht, moest worden schoongemaakt en onderhouden. Het was, kortom, een van de geweldigste dingen die Tomek ooit had gezien, slechts één stap verwijderd van de fancy, overdreven koffiemachines die je zag in zaken als Starbucks en Caffè Nero. Behalve beter. Je hoefde de melk niet op te schuimen of de waterstralen na elk gebruik schoon te maken - de machine deed alles voor je. Kort na de aankomst ervan was er opschudding ontstaan, een koortsachtige opwinding, en hadden zich rijen van zijn collega's gevormd, die allemaal ongeduldig wachtten om de machine te gebruiken. Bij een paar gelegenheden had Tomek moeten ingrijpen en sommigen uit elkaar moeten halen, waarbij hij zichzelf tussen hen in wurmde om een confrontatie te voorkomen voordat het lelijk werd, en dan aan het einde ervan, de rij oversloeg. Ondanks dat de machine twee weken oud was, was de fascinatie van het team voor het koffiezetapparaat niet afgenomen, en er stond nog steeds een rij voor hem toen hij terugkwam. DC Nadia Chakrabarti, de HOLMES-invoerder en uitvoerder van het team, verantwoordelijk voor het beheren van ieders taken tijdens de verschillende onderzoeken die ze op elk moment gaande hadden, was bezig haar mok onder het mondstuk te plaatsen, toen Tomek vroeg: 'Hulp nodig daarmee, Nads?'

'Ik ben zwanger,' snauwde ze. 'Geen verdomde invalide.'

Acht maanden, om precies te zijn. Op het punt van bevallen. Ruim over tijd voor haar zwangerschapsverlof. Verschillende teamleden, inclusief HR, hadden gesuggereerd dat ze het beste kon maken van de tijd voor de baby kwam, om te ontspannen, een beetje tot rust te komen, maar ze had gezegd dat ze zich niet wilde vervelen, dat ze niet de hele dag thuis wilde zitten en niets doen behalve wachten tot het moment kwam, niet wanneer er nog een berg werk te doen was. Een berg werk die, ondanks haar intelligentie, nu ook inhield dat ze moest leren hoe ze de koffiemachine goed moest gebruiken; Tomek keek toe hoe ze een paar ogenblikken worstelde terwijl ze één hand op haar buik legde en met de andere naar de juiste knop zocht om in te drukken.

'Weet je zeker dat je geen hulp kunt gebruiken? Weer zwangerschapsdementie?'

Ze zuchtte, keek achterom, en wierp hem een boze blik toe.

'Als je nog één keer zwangerschapsdementie noemt, sla ik je hersens zo in dat *jij* een babybrein hebt.'

'Halverwege ben je al, maat. Denk dat mijn ouders en broers het meeste werk daarvoor al voor je hebben gedaan.'

Nog een zucht, nog een boze blik. Tomek besteedde er weinig aandacht aan, glipte toen langs drie leden van het burgerpersoneel, verontschuldigde zich met een beleefde fluistering zoals Britten dat doen, en stopte naast Nadia. Vanachter hem klonken kreten en boegeroep.

'Ze is zwanger! Ik help gewoon iemand in nood.'

'Jij zult in nood verkeren als je zo doorgaat,' zei ze, en keek weer naar de knoppen.

'Moeilijke beslissing,' zei hij, 'dezelfde nemen die je altijd neemt.'

De uitdrukking op haar gezicht suggereerde dat ze hem een klap wilde geven, maar er de energie niet voor had. In plaats daarvan liet ze een lange zucht ontsnappen en liet de spanning in haar lichaam zakken. 'Goed dan. Jij doet het maar. Warme chocolademelk, alsjeblieft.'

'Eén warme chocolademelk en flat white komen eraan!' zei hij tegen een nieuw koor van gekreun en kreten. Hij draaide zich om naar de menigte. 'Hé! Niemand van jullie was bereid om deze *zwangere* vrouw te helpen. Het is alleen maar eerlijk dat ik mijn rechtmatige beloning krijg.'

'Je bent zo'n martelaar, Tomek,' spotte Nadia. 'Het is een wonder dat je nog geen ridderorde of CBE hebt gekregen - of een van die andere onderscheidingen.'

Wijzend naar de menigte achter hem, zei hij: 'Ik doe het voor mijn fans. Ik doe het niet voor mezelf.'

'Pah! En ik heb het lichaam van Kim Kardashian.'

Binnen enkele ogenblikken was Nadia's warme chocolademelk klaar, en net toen hij het haar wilde overhandigen, plaatste hij zijn mok onder het mondstuk en drukte op de knop voor zijn eigen drankje. Toen hij zich weer naar Nadia omdraaide, zag hij dat ze hem verbijsterd aankeek, haar ogen zo wijd als de rand van haar mok. En toen keek hij naar de vloer. Ze had de drank op de vloer laten vallen, de inhoud over de tegels gemorst, de mok gebroken.

Maar dat was niet de enige vloeistof die hij zag. Haar broek, haar dijen, waren donker gekleurd.

'Nads...?'

'Ik denk dat mijn vliezen net zijn gebroken.'

HOOFDSTUK
ZEVEN

Tomek was volkomen nutteloos geweest, fladderend als een duif op cocaïne, teamleden opzij duwend en ongelukken veroorzakend terwijl ze tegen kasten aan botsten en hun polsen stootten aan ladegrepen. Maar het ergste was toen hij begon te schreeuwen. Zijn bevelen - althans, dat waren het voor hem - waren niets anders dan onsamenhangend gekrijs, het soort dat je zou kunnen horen van een gestrande zeehond die om hulp roept. Hij was een nachtmerrie, en op een gegeven moment was Nadia midden in het kantoor gestopt, had hem bij zijn schouders gepakt, hem een klap in zijn gezicht gegeven en hem toen kalm en duidelijk verteld: 'Ga zitten, hou je kop, en adem.' Zij had degene moeten zijn die in paniek raakte, die haar verstand verloor, niet Tomek. Het was voor hem een angstaanjagende beproeving. Geef hem een seriemoordenaar of een achtervolging met hoge snelheid - zowel in een auto als te voet - op elke dag van de week en hij zou zo cool als wat zijn, maar dit... dit voelde als het ontmoeten van een meisje voor de eerste keer; hij kon niet fatsoenlijk praten, hij kon niet stoppen met zweten, en hij was er zeker van dat er ook een beetje plas was.

Het was dan ook een enorme verrassing toen Nadia hem toestemming had gegeven om haar naar het ziekenhuis te rijden. In een situatie als deze, had ze gezegd, waarin ze er zo snel mogelijk moest komen, was het de *enige* keer dat ze hem vertrouwde met iets dat met haar zwangerschap te maken had (ook al zou het technisch gezien het laatste zijn wat hij kon doen, afgezien van het bevallen van de baby; hij besloot het niet te vermelden). In plaats daarvan had Tomek afwezig geknikt, onzeker, terwijl tientallen gedachten en beelden en scenario's door zijn hoofd schoten terwijl hij daar op kantoor zat, luisterend naar haar stem en haar ademhalingsoefeningen volgend. Maar al die angst en twijfel verdwenen zodra hij de stijve leren stoelen van de poolauto zijn lichaam voelde omarmen.

Nadat hij de motor had aangezet, draaide hij zich naar haar toe en zei: 'Nadia, het is me een eer om je te rijden in je uur van nood.'

Hijgend, haar gezicht vertrokken van de pijn, draaide ze zich naar hem toe, ontblootte haar tanden en schreeuwde in zijn gezicht: 'Rijd! Of ik doe het verdomme zelf!'

Voor Tomek was dat geen optie, en dus was hij door het verkeer gescheurd, een paar rode stoplichten genegeerd (hij zou haar man later wel de boetes laten betalen) en met piepende remmen tot stilstand gekomen voor de Spoedeisende Hulp van het Southend Hospital. Daar had hij een rolstoel uit een gang gevorderd en, alsof hij Jack Reacher was die zich een weg baande door een stad zonder gevangenen achter te laten, stormde Tomek door de gangen en zorgde ervoor dat ze zo snel mogelijk werd geholpen.

Nadia's man, Sharif, kwam een half uur later aan. Op dat moment was de baby al goed op weg, en Nadia was naar een van de kamers langs een van de vele gangen gestuurd. De man was in paniek en wanhopig, en Tomek had zijn best gedaan om zijn angsten weg te nemen en hem te kalmeren, maar aangezien hij zelf niet bepaald het toonbeeld van ontspanning was geweest, zat er geen overtuiging in wat hij Sharif had verteld te doen. Het laatste wat hij van de man had gezien, voordat hij de verloskamer in was gerend, was een blik van shock en angst op zijn gezicht, alsof het besef van wat er in de komende dertig minuten - en de komende dertig jaar van zijn leven - ging gebeuren, plotseling tot hem was doorgedrongen.

Tomek had besloten om te blijven. Niet omdat hij de baby wilde zien, maar omdat hij zo overweldigd was door alles dat de plotselinge stortvloed aan emoties die hij op kantoor had gevoeld, was teruggekomen en hem aan de grond genageld had. Om een of andere onverklaarbare reden voelde hij zich geraakt door de geboorte van de baby, en terwijl hij wachtte, besloot hij dat dat een gedachtegang was die hij nog niet wilde verkennen. Of misschien wel nooit.

Eén was genoeg, dank je.

Iets meer dan een uur later keerde Sharif terug naar de wachtkamer, stormend door de deuren. Zodra hij Tomek zag, pauzeerde hij.

'Wat doe jij hier nog?' vroeg Sharif voordat hij zijn eigen familie aansprak, die tijdens de bevalling de wachtkamer was binnengedruppeld.

Tomek klom uit zijn stoel en vouwde zijn handen samen. 'Hoe is het met haar? Hoe is het met de baby?'

'Goed. Ze zijn allebei in orde. Zowel moeder als zoon zijn gezond en gelukkig.'

Het nieuws werd begroet met een koor van gejuich van Nadia's en Sharifs families. Handen werden geschud, lichamen omhelsd. Het was een aangename, prachtige ervaring en een schitterend schouwspel dat een glimlach op Tomeks gezicht toverde. Toen realiseerde hij zich dat hij de vreemde eend in de bijt was en geen reden had om daar te zijn.

'Ik zal het nieuws doorgeven aan het team,' vertelde hij Sharif zachtjes terwijl hij aanstalten maakte om te vertrekken.

Net toen hij de deur wilde openen, riep Sharif hem terug en vroeg of hij de baby wilde zien voordat hij weg moest. Ja, had Tomek zonder nadenken geantwoord. Maar terwijl hij door de gang wandelde, steeds dichter bij de pasgeboren baby komend, begon Tomek te begrijpen hoe Sharif zich had gevoeld. Er vormde zich een knoop in zijn maag, een brok in zijn keel. De lichten in de gangen leken te dimmen, en de muren leken op hem af te komen, alsof hij in een horrorfilm zat. Maar zodra Sharif de deur voor hem opende, verdween dat allemaal, en de kamer werd gevuld met een schitterend licht dat zelfs de somberste kleuren accentueerde.

Tomek was niet aanwezig geweest bij Kasia's geboorte. Namelijk omdat hij er niets van had geweten. Hij had haar niet geboren zien worden. Hij had haar niet voor het eerst in zijn armen gehouden. Hij had niets van dat alles meegemaakt. Hetzelfde gold voor de eerste dertien jaar van haar leven. Maar hier, nu, nu maakte hij het plaatsvervangend mee.

Nadia, gekleed in een ziekenhuishemd, zat rechtop in bed met de baby in haar armen.

'Tomek,' zei ze, heen en weer kijkend tussen Sharif en hemzelf, 'ben je er nog steeds?'

'Ik... het spijt me. Ik kon het niet opbrengen om terug te gaan. Niet totdat ik wist hoe alles was. Hoe is het met hem?'

'Zo goed als goud. Schattig. Helemaal geen problemen.'

Tomek benaderde haar behoedzaam, om te voorkomen dat plotselinge bewegingen de vreedzaam rustende baby zouden storen. Toen hij bij Nadia's bed kwam, boog hij zich voorover om de baby te bekijken. Het kleine wezentje lag genesteld in een deken, op zijn gezichtje na, dat werd bekroond door een dun laagje haar en wat lichaamsvloeistoffen die nog aan het opdrogen waren op zijn voorhoofd. Zijn ogen waren dichtgeknepen en zijn kleine lipjes bewogen snel.

'Dat wordt een kletskous, die kleine,' zei Tomek. 'Dat garandeer ik je. Heb je al een naam?'

'Nog niet.'

'Wat dacht je van "Tomek"?'

'Waarom zouden we dat doen?'

'Omdat je zonder mij hem niet hier ter wereld had gebracht - in ieder geval niet hier.'

Sharif en Nadia wisselden een blik uit.

'Je maakt een grapje toch?'

Tomek kon zijn blik niet van de baby afhalen. 'Ik voel alsof ik deel heb uitgemaakt van zijn geboorte. Ik voel dat ik er *iets* mee te maken had.'

Ze wisselden nog een blik uit.

'Ja,' zei ze. 'Je hebt gelijk. Het was vijftig procent ik. Negenenveertig procent Sharif. En één procent jij omdat je me door de deuren hebt geholpen. We hadden dit echt niet zonder jou kunnen doen. Met z'n drieën hebben we een baby gekregen. Gefeliciteerd.'

Tomek was zo overweldigd van vreugde dat hij Nadia's spot niet eens opmerkte.

'Maar ik denk niet dat we onze baby Tomek gaan noemen,' zei ze, deze keer strenger.

'Waarom niet?'

'Omdat als *jij* een voorbeeld bent... Ik gewoon die ellende niet wil.'

Tomek begreep dat, waardeerde haar openhartigheid. 'Hoe groot is hij?'

'Vier kilo en driehonderd gram,' antwoordde Sharif.

'Jeetje, Nads. Wat heb je hem te eten gegeven?'

'Een streng dieet van kikkerbilletjes, kaviaar en paddenstoelen. Wat denk je zelf?'

Het was toen dat Tomek Nadia in haar puurste, meest kwetsbare schoonheid zag. Haar haar en gezicht waren bedekt met zweet, en de wallen onder haar ogen leken klaar om ingecheckt te worden voor een eersteklasvlucht naar de andere kant van de wereld. Toch straalde ze op de een of andere manier, alsof ze alle vreugde van de wereld in zich had, gevangen in haar uitdrukking en glimlach. Tomek wist niet wat er in zijn hoofd omging - was dit wat het voelde om broedse gevoelens te hebben? - maar hij vond het niet prettig.

'Hij zal degene zijn die jou de volgende keer door de ziekenhuisdeuren duwt,' zei hij. 'Maar tegen die tijd zul je ziek en zwak zijn.'

De gloed op haar gezicht nam iets af. 'Ik mag dan wel veel medicatie en pijnstillers hebben gekregen, Tomek, maar ik zal je *wurgen* als je nog één ding zegt dat me kan overstuur maken. En denk maar niet dat ik het niet doe omdat je mijn meerdere bent...'

Tomek bracht zijn hand naar zijn hoofd in een gebaar van salueren. 'Ja, kapitein. Begrepen, kapitein. En op die noot laat ik jullie met rust.'

Er waren geen bezwaren van Sharif of Nadia. En hij kon het hun niet kwalijk nemen. Hij had zijn welkom al overschreden, en het laatste wat ze wilden terwijl ze dit kostbare moment met elkaar deelden, was dat hij ronddwaalde en hen herinnerde aan zijn bijdrage van één procent aan de gelukkigste dag van hun leven. Een bijdrage van één procent waar hij in de komende dagen zou proberen niet te veel over op te scheppen.

Voordat hij vertrok, kuste hij Nadia op de wang, streek over het voorhoofd van de kleine en schudde toen Sharif's hand.

Toen hij bij de deur kwam, riep Nadia hem terug.

'Tomek?'

'Ja...'

'Als je iemand op het bureau vertelt hoe slecht ik eruitzag, steek ik alles in brand waar je van houdt.'

HOOFDSTUK
ACHT

Tomek had in bijna twintig minuten geen adem kunnen halen. Zodra hij door de deuren van de crisisruimte was gestapt, werd hij omringd door zijn collega's, die hem bestookten met wel twaalf vragen per seconde. Ze waren als een uitgehongerde troep hyena's, wanhopig, en Tomek was overduidelijk hun prooi, en de informatie die ze wilden was het vlees op zijn botten. Hij begon te begrijpen hoe het was voor beroemdheden die achtervolgd worden door paparazzi, waarbij bijna elk aspect van hun leven onder een vergrootglas ligt. Zijn collega's, Rachel en Martin in het bijzonder, wilden moment-voor-moment updates. De drie woorden, 'En toen wat? En toen wat? En toen wat?' waren op de verboden lijst in het kantoor geplaatst. Hij wilde die woorden voor lange tijd niet meer horen, zien of er zelfs maar aan denken.

Nadat hij de hongerige menigte had verzadigd met zijn licht aangedikt verhaal (waarbij hij de één procent had opgekrikt naar een aangename vier of vijf), liep hij naar zijn bureau. Hij was net zo ver gekomen dat hij zijn hand op de rugleuning van zijn stoel legde toen hij detective-inspecteur Victoria Orange zijn naam hoorde roepen van de andere kant van het kantoor.

Diep zuchtend nam Tomek een moment om zichzelf te herpakken voordat hij naar haar toe liep.

'Als ik nog één keer moet uitleggen wat er gebeurd is, dien ik mijn ontslag in,' vertelde hij haar.

Ze stond in de deuropening, haar armen over haar borst gevouwen. Ze droeg een nette broek en een felgekleurde oranje bloemenblouse die de kamer verlichtte. 'Ik heb het al gehoord,' zei ze.

'Hoe dan?' Hij probeerde de verrassing en lichte afkeer in zijn stem te verbergen, maar dat lukte niet.

'Sharif,' antwoordde ze. 'Hij belde me vanuit het ziekenhuis om te vertellen dat zowel moeder als zoon gezond en wel waren.'

'Dus je wist het, maar wilde niets tegen de rest van het team zeggen?'

'Niet wanneer ik wist hoezeer ze je levend zouden verslinden als je terug zou komen. Ik moet toegeven, het was best vermakelijk om naar te kijken.'

Tomek keek haar boos aan.

'Kom in ieder geval binnen. Er is iets wat je misschien wilt horen.'

Toen Tomek de drempel van haar kantoor overschreed, werd hij in het gezicht getroffen door een muur van koude lucht. Om een of andere goddeloze reden had ze haar airconditioning aan staan midden in maart, terwijl het buiten nog steeds onder de tien graden was, en dat al weken zo was. Hij sloot de deur achter zich en bleef staan, terwijl hij zijn gewicht op zijn linkervoet balanceerde.

'Wat heb ik gedaan?'

'Het is jammer dat dat je standaardreactie is, maar ik kan niet liegen, zelfs ik ben verbaasd dat ik je niet heb binnengeroepen voor een of andere overtreding of voor je onbezonnen gedrag.'

'Dit moet dan wel ernstig zijn.'

'Juist het tegenovergestelde.' Victoria liep om haar bureau heen en ging zitten, terwijl ze haar haar uit haar gezicht streek. 'Vanochtend, terwijl jij weg was, kwam er een vrouw binnen. Een vrouw genaamd Rose Whitaker, met de rest van haar familie. Ze zijn gekomen om een vermist persoon te melden.'

'Juist.' Hij maakte zich klaar voor wat er komen zou, vrezend voor het ergste, ook al wist hij uit de context van het gesprek tot nu toe dat het, alles afwegend, dat waarschijnlijk niet zou zijn.

'Je hoeft er niet zo bang uit te zien. Ik ga je niet ontslaan.'

'Dat zou je niet eens kunnen als je zou willen,' zei Tomek uitdagend. 'Alleen mijn maat, Nick, kan dat doen.'

Victoria schudde haar hoofd. 'Nu begin ik tweede gedachten te krijgen. Misschien was dit toch geen goed idee.'

Tomek trok de stoel tegenover haar uit en ging zitten. 'Nee, nee. Ik ben één en al oor. Schiet op, zussie.'

Het vingerpistool dat hij op haar afvuurde viel niet in goede aarde. Ze zuchtte zwaar door haar neusgaten en leunde naar voren, haar ellebogen op het bureau rustend.

'Ik was van plan jou aan te stellen als hoofdonderzoeker in deze zaak.'

'Mij?'

'Ja.'

'*Mij?*'

'Ja. Ben je doof?'

'Waarom?'

'Omdat je jezelf nu al twee keer herhaald hebt.'

'Nee, ik bedoelde waarom ik?'

'Je doet het weer. Je blijft het woord "ik" zeggen.'

Tomek opende zijn mond om haar te corrigeren, maar toen zag hij de zelfvoldane grijns op haar gezicht en begreep het. Hij lachte geforceerd. 'Ik snap het. Je maakt een grapje.'

'Een koekje van eigen deeg. Ik weet zeker dat jij hetzelfde zou hebben gedaan als de rollen waren omgedraaid.'

Tomek koos ervoor niet te reageren omdat ze absoluut gelijk had.

'Ik denk dat je de kans hebt verdiend om een onderzoek als dit op eigen houtje te leiden. Jij wordt de hoofdonderzoeker, en dat betekent dat je alles wat daarbij komt kijken moet managen. Nick en ik vonden dat het tijd werd. Maar we zullen je nauwlettend in de gaten houden, zorgen dat je niet kloot met het budget en al dat soort dingen.'

'Budget?' Tomeks ogen lichtten op. 'Mag ik met al dat geld spelen?'

'Godverdomme,' fluisterde ze terwijl ze haar hoofd schudde. 'Waar ben ik aan begonnen. Ik-'

Ze stopte zodra ze de zelfvoldane grijns nu op zijn gezicht zag.

'Touché, Bowen. Touché. Maar je krijgt er niet veel van, dat kan ik je gratis vertellen. En ik kan je ook maar een beperkt team geven.'

'Waarom?'

'Omdat er andere verantwoordelijkheden zijn. Er gebeurt momenteel te veel om je een volledige bezetting te geven.'

'Prima. Wie krijg ik?'

'Dat is jouw keuze.'

'Hoeveel?'

'Twee... hooguit drie.'

Tomek hoefde daar niet eens over na te denken. De namen verschenen direct in zijn hoofd.

'Chey en Rachel.'

'Waarom denk je er niet even over na?'

Tomek voelde de terughoudendheid in haar stem.

'Ik heb mijn beslissing genomen. Ik wil graag Chey en Rachel.'

Alsof het spelers waren in een NFL-selectieronde.

Ze zuchtte langzaam, proberend niet te laten merken dat ze ontevreden was met de beslissing.

'Goed. Je mag ze hebben. En nu, wegwezen. De familie wacht beneden op je in vergaderzaal één.'

HOOFDSTUK **NEGEN**

Tomek voelde zich als een leraar die te laat kwam voor een ouderavond met de slimste leerling van de school. Toen hij de kamer binnenkwam, keken de leden van de familie Whitaker hem aan, zichtbaar onder de indruk, alsof ze al uren zaten te wachten en zich afvroegen waar hun belastinggeld naartoe ging.

Bij binnenkomst legde hij een notitieboekje op tafel en stelde hij zich voor aan de familie. Er waren in totaal drie personen. Rose Whitaker, een vrouw van in de dertig die eruitzag alsof ze mode-advies had ingewonnen bij Kate Middleton en de verschillende roddelbladen die haar kledingkeuzes nauwlettend volgden, met uitzondering van de diverse sieraden die ze droeg. Haar vingers waren bedekt met ringen bezet met diamanten, om elke pols een armband, een grote ketting met een hartvormige hanger die tussen de knopen van haar blouse bungelde, en een paar oorbellen die Tomek veel ingetogener vond dan de rest van het ensemble. Tomek wilde liever niet raden hoeveel dit alles had gekost, aangezien het waarschijnlijk meer was dan hij op al zijn bankrekeningen had staan, en hij had al zo'n goede dag dat hij niet wilde dat die op enigerlei wijze werd bedorven.

In haar gezelschap, ontdekte hij al snel, waren Rose's schoonouders, Daphne en Roy Whitaker, een echtpaar van eind vijftig dat eruitzag alsof ze de afgelopen dertig jaar getrouwd waren geweest, waarvan slechts een deel plezierig was geweest. Ook zij zagen eruit alsof ze meer droegen dan Tomek in totaal bezat, alleen was het in de vorm van hun designerkleding. Vreemd genoeg werd Tomeks blik getrokken naar de manchetknopen van de man: een paar blauw-rode, met diamanten bezette passagiersvliegtuigen. Roy Whitaker leek het type man dat redelijk meegaand was, maar elk moment kon omslaan, en niet veel mensen zouden het waarderen als hij dat deed. Daphne Whitaker daarentegen zat rechtop, met opeengeperste lippen en een blik van stille veroordeling op haar gezicht. Tomek kreeg de indruk dat zij de zwijgende meester van de familie was die iedereen controleerde met een hoofdknik of het vernauwen van haar ogen.

'Dus...' begon Tomek, die zich plotseling enigszins geïntimideerd voelde door hen allemaal. 'Ik begrijp dat u een vermiste persoon wilde melden?'

'Ja,' antwoordde Roy terwijl hij een hand op de schoot van zijn vrouw legde. 'Onze dochter, Angelica.'

Tomek noteerde de naam.

'Ze is ons kostbare kleine engeltje,' vervolgde Roy.

'Dat geloof ik graag. Wanneer heeft u haar voor het laatst gezien?'

'We hebben haar de afgelopen dagen niet gezien,' antwoordde Daphne, met een dunne, afgemeten stem.

'En u denkt dat ze al die tijd vermist is?'

'Nee.' Deze keer werd de vraag beantwoord door Rose, die voorover leunde in haar stoel. Ze keek naar Roy en Daphne voordat ze verder ging, bijna alsof ze om goedkeuring vroeg. 'Ik heb haar gisteren voor het laatst gezien, in de middag. Ze werkt voor mij in mijn juwelierswinkel aan de Leigh Broadway.'

Dat verklaarde de verblindende hoeveelheid diamanten op elk deel van haar lichaam. En nu ze het noemde, merkte hij ook de sieraden op bij haar schoonouders. Het feit dat ze die waarschijnlijk allemaal in de loop der jaren cadeau hadden gekregen, maakte hem er minder van onder de indruk.

'Bent u de eigenaar van Whitaker's, net naast Tangerine, aan de Broadway?' vroeg hij.

Rose knikte, haar gezicht vulde zich met trots. 'Schuldig bevonden.'

'Ah, leuk. Ik heb het gezien, loop er vaak langs, maar ben er nooit binnen geweest. Werd altijd een beetje afgeschrikt door de...'

'Door de prijzen?'

Tomek werd verlegen. 'Ja. En het feit dat ik tot voor kort niemand had om voor te kopen.'

Maar nu Abigail in zijn leven was gekomen, nu ze net haar grote promotie had gekregen, en nu ze over een paar weken jarig was... zou hij zijn gewoonten misschien moeten veranderen.

'Het is niet *zo* duur,' legde Rose uit. 'We bedienen allerlei soorten budgetten. U zou eens langs moeten komen, en als u ons kunt helpen Angelica te vinden, zou ik u graag dezelfde korting geven die ik de rest van de familie heb gegeven.'

Angelica.

De naam verscheen in zijn gedachten in felrode letters.

'Angelica. Juist. Waar waren we?' Hij raadpleegde zijn aantekeningen. 'U was bezig uit te leggen waarom u de laatste persoon was die Angelica heeft gezien...'

'Omdat ze voor mij werkt,' legde Rose uit, terwijl ze over haar achter haar oor gestoken haar streek. 'Ze werkt bij mij tijdens het laagseizoen.'

'Laagseizoen?'

'Tijdens de wintermaanden, wanneer ze haar niet zoveel nodig hebben. Ze is stewardess. Bij TUI.'

Tomek krabbelde de notitie in zijn boek.

'Een stewardess?'

'Ja,' antwoordde Roy met een zweem van trots. 'Ze was ongelooflijk goed in haar werk, maar bij bedrijven zoals dat zijn de drukste maanden in de zomer, dus begrijpelijkerwijs, wanneer het rustiger is, hebben ze niet veel personeel nodig en moeten ze hen laten gaan. Het is geen volledig betrouwbaar inkomen, en het betekent dat ze zes maanden per jaar geen werk heeft en een baan nodig heeft, maar we zijn gelukkig dat we Rose in de familie hebben, die vriendelijk genoeg is om haar een baan te geven voor de rest van het jaar. We hebben door de jaren heen geprobeerd haar te overtuigen om van bedrijf te veranderen, naar een meer... respectabel en veilig werk in de branche...'

'...maar de concurrentie voor die functies is zo hevig dat slechts een handjevol mensen elk jaar wordt geselecteerd, zoals ik kan bevestigen,' voegde Daphne toe. Terwijl ze het zei, strekte haar rug zich, en haar kraaienpootjes verdwenen toen haar uitdrukking werd vervangen door zelftrots.

Rose leunde naar voren en wees naar haar schoonmoeder. Voor Tomek's begrip legde ze uit: 'Daphne was haar hele carrière stewardess bij BA, en Roy was piloot.'

'Zo hebben we elkaar ontmoet,' voegde Roy eraan toe.

Tomeks ogen vielen op de manchetknopen van de man, die hij afwezig met zijn vingers bewreef.

'Natuurlijk hadden we graag gezien dat ze zich bij de familietraditie zou aansluiten, zogezegd, en dat ze bij de BA-bemanning zou komen - ik heb zelfs contact opgenomen met enkele van mijn voormalige collega's om te zien of ze een goed woordje konden doen of haar hoger op de lijst konden zetten - maar ze weigerde. Zei dat ze de dingen op haar eigen manier wilde doen.'

Tomek werd herinnerd aan een gesprek dat hij een paar weken geleden met Kasia had gevoerd. Ze zaten samen in een café, genietend van een ontbijtje en een koffie, toen Tomek grapte over haar deductieve vermogens en dat ze politieagent zou kunnen worden. Ze had hem toen ronduit nee gezegd, en verteld dat haar droom was om ooit een koffiezaak te openen. Tomek had daar geen probleem mee. Het was haar leven. Ze was vrij om haar eigen keuzes te maken - binnen redelijke grenzen natuurlijk - en als ze onderweg fouten moest maken, dan zou hij er altijd voor haar zijn. Maar voor de familie Whitaker voelde Tomek dat het niet hetzelfde was. Hij voelde aan dat ze veel ruzies hadden gehad over Angelica's keuzes, en dat zij constant het gevoel had dat ze niet aan de verwachtingen van haar ouders voldeed. Tomek wilde niet dezelfde relatie hebben met zijn dochter.

'Kunt u me vertellen wat er gebeurde toen u Angelica voor het laatst zag?' vroeg Tomek, waarbij hij de vraag richtte aan Rose.

'Natuurlijk,' zei ze terwijl ze een pluisje van haar rok veegde zodat die er bijna onberispelijk uitzag, gloednieuw. 'We waren aan het werk in de winkel. Het was een rustige dag, net als de voorgaande dagen, dus ik zei dat ze een paar minuten eerder weg mocht. Ze ging gisteravond uit en wilde zich klaarmaken. Bovendien is er aan het einde toch niet veel voor mij te doen. Het langste deel is het uithalen van alle sieraden uit de etalages en ze in de kluis opbergen.'

Tomek knikte, maar hij gaf nergens om dat alles. Hij vroeg waar Angelica de avond ervoor naartoe was gegaan.

'Uit met een groep vrienden.'

'Hoeveel?'

'Vier in totaal, inclusief Angelica.'

'Kent u hun namen?'

'Alleen voornamen. Beetje vreemd als ze over hen zou praten met hun volledige namen, vindt u niet?'

'Inderdaad. Heeft ze u verteld hoe ze hen kent?'

'Van haar werk. Ze zijn allemaal stewardessen,' antwoordde ze. 'Ze hebben elkaar allemaal bij TUI ontmoet, maar ik geloof dat ze zei dat ze nu allemaal voor verschillende bedrijven werken. Ze zijn door de jaren heen uit elkaar gegaan, maar ze hebben allemaal contact met elkaar weten te houden - als ik me niet vergis, was een van hen misschien ook een vriendin van school.' Ze wendde zich tot Roy en Daphne. 'Elodie... ik denk dat ze zo heette. Zegt die naam een van jullie iets?'

Hun gezichtsuitdrukkingen waren leeg. Ze keken elkaar aan en schudden langzaam hun hoofd. Het was duidelijk te zien dat ze heel weinig wisten over het leven van hun dochter, dat ze haar misschien hadden afgewezen vanwege haar keuzes, en dat Rose van hen drieën de persoon was die haar het beste kende.

'Het is geen probleem,' ging Tomek verder. 'Ik ben er zeker van dat we hen op de een of andere manier kunnen vinden. Heeft ze u verteld waar ze naartoe gingen?'

'Memo Night Club in Southend. Kent u die?'

'Ik ben dan wel oud, maar zó oud ben ik nou ook weer niet. Ik heb ook een paar mensen buiten gearresteerd, dus ik ken het vrij goed.'

Hoewel de club aan de binnenkant misschien wat veranderd was sinds Tomek er voor het laatst was geweest, was hij er bijna zeker van dat het type mannelijke klant dat er kwam niet was veranderd.

'Toen u gisteravond afscheid van haar nam, hoe leek ze toen? Boos? Overstuur? Opgewonden?'

'Opgewonden, honderd procent. Ze keek er echt naar uit om haar vrienden te zien. Zei dat ze lange tijd niet uit was geweest, dat het hun laatste uitspatting was voordat het seizoen weer begint.'

Tomek knikte en bleef in zijn notitieboekje schrijven.

'En wanneer merkte u dat er iets mis was? Vermoedelijk toen ze vanochtend niet op het werk verscheen?'

'Inderdaad.'

'Heeft ze ooit eerder zoiets gedaan? Heeft ze zich ooit ziek gemeld of is ze te laat gekomen?'

De afgelopen minuten had Tomek zijn vragen aan Rose gericht, waarbij hij Angelica's ouders volledig negeerde alsof ze er niet eens waren, en vanuit zijn ooghoek zag hij Roy trillen van diepe frustratie.

'Onze kleine engel is een zeer respectabel, stipt en aangenaam persoon. Ze zou zich niet zomaar ziek melden of ervandoor gaan zonder gegronde reden. Het is niet alsof ze uitslaapt - we hebben in haar huis gekeken en ze is daar niet geweest. Nee, er is iets met haar gebeurd en wij eisen te weten wat. We hebben uw hulp nodig om haar te vinden.'

Dat had een van Tomeks volgende vragen beantwoord: of iemand naar haar woning was gegaan om te controleren of ze daar niet was. Maar dat beantwoordde nog steeds zijn oorspronkelijke vraag niet. Hij wendde zich tot Rose en wachtte tot ze zou antwoorden.

'Ze is... sorry, Roy... ze is een paar keer te laat geweest, na uitgaansavonden, maar het was nooit *te* erg - twintig, dertig minuten hier en daar. Vijfenveertig *maximaal*. Ze heeft er nooit de draak mee gestoken zoals nu. Nooit een reden gegeven om me zorgen te maken over waar ze zou kunnen zijn. Vanochtend heb ik haar mobiel denk ik wel vijftig keer geprobeerd, en er kwam geen antwoord. Normaal is ze aan dat ding vastgelijmd. Dat was het moment waarop ik wist dat er iets mis was, zoals Roy al zei. Daarom zijn we hier.'

'Ik begrijp het,' zei Tomek. 'Dus zou u zeggen dat dit ongebruikelijk is voor haar?'

'Ja.'

'Wat voor persoon is ze tijdens een avondje uit? Of in het algemeen?'

'Waarom is dat belangrijk?' vroeg Daphne.

'Nou...' Tomek pauzeerde even. 'Als ze met vrienden naar een nachtclub is gegaan, en met iemand aan de bar is gaan praten, dan is ze misschien met diegene meegegaan.'

'O, nee. Nee, nee, nee. Niet onze Angelica. Ze is wel de ziel van het feest, ja. Zeer extrovert, praat altijd met mensen, heeft altijd een glimlach op haar gezicht - het is een deel van de baan, het wordt er ingebakken - maar ze is niet *gemakkelijk*.'

'Niemand suggereert dat, mevrouw Whitaker.'

Daphne gaf haar man een klap op zijn arm. 'Zeg het hem, Roy. Hij heeft het mis over onze Angelica.'

Roy keek naar zijn schoot, draaide de vliegtuigmanchetknoop een paar keer rond, waardoor deze in een neerwaartse spiraal belandde, voordat hij antwoordde. 'Absoluut,' zei hij, hoewel de intonatie in zijn stem zijn woordkeuze tegensprak. 'Onze dochter was een heilige... ze was een engel.'

'Wacht maar tot Johnny terug is,' voegde Daphne toe, terwijl ze met haar vinger naar Tomek begon te zwaaien, alsof hij degene was op wie ze haar woede en frustratie moest richten. 'Hij kan u alles vertellen over hoe ze is. Hij zal u hetzelfde vertellen als wij.'

'Wie is Johnny?' vroeg Tomek met een schouderophaling. Zijn geduld begon een beetje op te raken.

'Angelica's broer, mijn man,' antwoordde Rose.

'Waar is hij nu?'

'Weg voor werk. Dublin. Hij komt vanmiddag terug. Hij heeft een vroegere vlucht naar Southend Airport kunnen regelen nadat ik hem vertelde wat er is gebeurd.'

Tomek gaf haar een dankbare glimlach. Van de drie was zij degene die het meest wilde helpen, die bereid was eerlijk te zijn over Angelica en wat er met haar gebeurd zou kunnen zijn. Terwijl haar ouders verblind waren door hun eigen relatie met hun dochter. Tomek wist welk familielid hij in de toekomst zou gebruiken voor informatie. Aan het einde van de bijeenkomst informeerde hij hen over de volgende stappen: dat ze een team naar haar huis zouden sturen; dat ze haar telefoon zouden monitoren; en dat ze met haar vrienden en iedereen van de avond ervoor zouden spreken. Maar belangrijker nog, hij vertelde hen dat hij hen op de hoogte zou houden. Ze zouden worden geïnformeerd op basis van wat ze nodig hadden om te weten, en als SIO zou alleen hij bepalen welke informatie ze nodig hadden om te weten.

HOOFDSTUK
TIEN

Tomek nam de mok koffie met dank aan en zette deze voorzichtig op zijn knie. Hij had er eigenlijk geen zin in, maar had het uit beleefdheid geaccepteerd. Van hen tweeën had de persoon die hij kwam bezoeken het meer nodig. Elodie Lockets eerste woorden tegen hem waren: 'Jezus, ik heb zo'n kater.' En dat was te zien aan haar vermoeide gezicht, de gesprongen bloedvaatjes in haar ogen door slaapgebrek, het warrige haar en de kleur die uit haar gezicht was weggetrokken door uitdroging. Als dat nog niet genoeg was, zat de make-up van gisteravond nog op het gezicht van de negenentwintigjarige, klonterig en uitgelopen. Hij wilde niet weten hoe haar kussen eruitzag, hoewel hij op de achtergrond het geluid van een wasmachine hoorde die bezig was met een wasbeurt, en vermoedde dat ze hem al een stap voor was.

Elodie droeg een chique Primark-pyjama met aardbei- en banaanopdruk, met een gebreide sjaal eromheen gewikkeld. Ze woonde in een huis dat ze deelde met twee andere meisjes en een man, die allemaal hadden toegestemd dat ze de woonkamer mochten gebruiken voor hun gesprek. De plek deed Tomek denken aan een studentenhuis, met de schuurplekken op de muren, de gele recyclingbak vol lege wodka- en bierflessen, en de schimmel in de hoeken en op muren waar niemand de moeite voor had genomen om er iets aan te doen. Het huis was een puinhoop, maar Elodie daarentegen niet. Onder de kater en klonterige make-up zag ze er verzorgd uit, en aan de manier waarop ze op de rand van de bank zat en de sjaal om zich heen had gewikkeld, probeerde ze zo min mogelijk in contact te komen met het meubilair en de atmosfeer. Tomek kreeg de indruk dat ze daar net zomin wilde zijn als hij. En hij zou er geld op durven zetten dat haar kamer de schoonste van allemaal was.

'Ik ben hier om met u te praten over uw vriendin, Angelica Whitaker,' begon hij, terwijl hij de koffie op de grond zette. Toen hij zijn pen en notitieboekje tevoorschijn haalde, zag hij een insect vanonder de bank naar de mok kruipen, als een van de speeltjes uit *Toy Story*, schuilend in de schaduwen.

'Angelica? Wat is er met haar gebeurd?'

'Ze is vanochtend niet op haar werk bij haar schoonzus verschenen. Haar familie heeft haar als vermist opgegeven. Ik wil u gewoon een paar vragen stellen over gisteravond en over uw relatie met Angelica. Plus alles wat u me kunt vertellen dat volgens u belangrijk zou kunnen zijn.'

Terwijl hij sprak, vloog Elodies hand naar haar mond, en begon ze zwaar te ademen, haar kleine gestalte ging op en neer met elke ademhaling.

'O mijn God. Ze is vermist?'

'We proberen niet te snel conclusies te trekken,' antwoordde hij. 'In de meeste scenario's zoals dit duikt de persoon in kwestie meestal op een gegeven moment op, ongedeerd en veilig, misschien een beetje verward.'

'Maar dat denkt u niet over Angelica, wel?'

Op dit moment wist Tomek niet wat hij moest denken.

'Waarom zegt u dat?'

'Omdat u met mij praat. Vanwege gisteravond. U denkt dat er misschien iets...' En toen brak ze in tranen uit, haar lichaam schokte en trilde - en niet omdat de verwarming in het huis uit stond. Tomek sprong op van de bank en haastte zich naar de badkamer, waarbij hij onmiddellijk wenste dat hij dat niet had gedaan. Hij rukte de wc-rol van de houder en haastte zich terug, gaf het aan haar en verontschuldigde zich omdat hij niet wist waar de echte tissues waren.

'Die zijn er niet,' zei ze, sniffend.

Een minuut of twee verstreek terwijl Elodie in de tissues huilde en de tranen en make-up over haar gezicht smeerde. Toen ze klaar was, zag ze eruit als een vrouwelijke versie van de Joker; zwarte vegen ter grootte van sinaasappels omringden haar ogen, en sporen van lippenstift die hij eerder niet had opgemerkt, zaten uitgeveegd op haar wangen. Hij begon te twijfelen of ze wel zo verzorgd was als hij aanvankelijk had gedacht. Toen ze eindelijk gekalmeerd was, leunde ze naar voren, steunend met haar ellebogen op haar knieën, starend naar het toiletpapier in haar handen, ermee spelend, het in stukjes scheurend met haar vingers.

'Vertel me over gisteravond,' zei Tomek zachtjes. 'Neem alle tijd die je nodig hebt.'

'Wat... wat wilt u weten?'

'Alles. Begin bij het begin.'

Voordat ze dat deed, snoof ze het snot weg van haar neus, kuchte, en ging rechtop zitten, beheerst.

'Kom op, El,' zei ze tegen zichzelf. 'Kom op. Je kunt dit.' Ze schudde even met haar hoofd, gaf zichzelf een paar tikken tegen haar wangen, en toen ineens viel haar gezicht vlak, alsof ze een ander persoon was geworden. Het trillen was gestopt, de snelle ademhaling, de tranen, het gesniffel - ze was zelfs gestopt met spelen met het toiletpapier. Ergens in haar hersenen had ze een schakelaar omgezet en nu was ze de verpersoonlijking van kalmte en vastberadenheid. 'We hadden het eeuwen geleden al gepland. Het is een van onze dingen. Net voordat het nieuwe zomerseizoen begint, brengen we de paar weken ervoor door met uitgaan en feesten, genieten van onszelf omdat we weten dat we dat de komende maanden niet kunnen doen. Het seizoen is zo druk dat we niet altijd kunnen bijpraten of afspreken, en het is nog moeilijker wanneer sommigen van ons in verschillende landen zitten. We hebben deze avonden als onze laatste lol, als je het zo wilt noemen. En gisteravond was niet anders. Het was ik, Ange, Xan en Zoë. De vier ruiters, zo noemen we onszelf. We zijn al jaren samen. Ange en ik zaten samen op school en zijn tegelijk in de branche gestapt. Daarna ontmoetten we Xan en Zo toen we bij TUI werkten. Gelukkig zijn we meestal allemaal gestationeerd op Southend Airport of Stansted, dus we zijn buiten het seizoen nooit te ver van elkaar verwijderd.'

'Waar ben je gisteravond naartoe gegaan?' vroeg Tomek.

'Memo, in Southend.'

'Hoe laat kwam je daar aan?'

Elodie pakte haar telefoon en ontgrendelde deze. Een paar seconden scrollde ze door het apparaat, zoekend naar haar antwoord. 'Tien uur drieënvijftig,' zei ze. 'Zoë en ik gingen eerst naar binnen om de drankjes te halen terwijl de anderen geld wilden pinnen.'

'Hoe laat bent u vertrokken?'

Weer wat gecheck op de telefoon. Deze keer draaide ze het scherm naar hem toe. 'Kwart over één 's nachts,' zei ze. Op het scherm stond haar Uber-app, met de naam van de chauffeur, het exacte tijdstip waarop ze waren opgehaald en de route die ze naar huis hadden genomen. Tomek stak zijn hand uit naar het apparaat en nam het van haar aan. Hij bekeek de kaart, noteerde alle lokale herkenningspunten en de plaatsen waar ze waren gestopt.

'Klopt het dat jullie Angelica als eerste hebben afgezet?'

Elodie knikte. 'Zij woont het dichtst bij.'

'En de rest van jullie?'

'Ik woon het verst weg. Nou, eigenlijk is dat niet waar. Xanthia woont het verst weg, maar zij bleef gisteravond bij Zoë slapen omdat ze helemaal in Chelmsford woont en niemand van ons genoeg verdient om de taxi helemaal daarheen te kunnen betalen.'

Tomek gaf de telefoon aan haar terug. Hij vroeg zich af hoe het Chey en Rachel verging bij hun gesprekken met Angelica's andere vrienden.

'Waren je vrienden allemaal net zo dronken als jij?' vroeg hij.

Elodie schoof haar telefoon tussen haar been en de zijkant van de bank en wikkelde haar sjaal strakker om zich heen.

'We waren allemaal behoorlijk dronken. We hadden een paar drankjes gehad in de Last Post voordat we naar Memo gingen. Maar van ons allemaal was Ange denk ik het dronkenst. Ik bedoel, ik heb haar op haar slechtst gezien, en ze was daar heel dichtbij.'

'Op haar slechtst, hoe bedoel je?'

Elodie's ogen dwaalden af naar de vloer, waar ze aarzelde, verzonken in gedachten. 'Deze gasten bleven haar maar drankjes kopen. Ongeveer vier of vijf van hen. Ik was op een gegeven moment de tel kwijt, stopte met het me te interesseren. Maar ze hing helemaal om hen heen, grinding, dansen.'

'Gebeurt dat vaak?'

'Je zou het niet geloven. Ze krijgt altijd de meeste aandacht tijdens het uitgaan. Het is alsof alle mannen naar haar toe zwermen, alsof ze een soort lulsignaal heeft dat alle klootzakken aantrekt. Maar ze doet nooit iets met ze, zoent ze nooit of zo. Ze plaagt ze graag. Ze laat ze een drankje voor haar kopen, en dan gaat ze door naar de volgende. Het is een goedkope avond uit, maar ook stom. Ik heb haar zo vaak gewaarschuwd voor de gevaren ervan. Daarom gaan we altijd samen uit en letten we op elkaar.'

Tomek voelde aan dat Elodie iets niet vertelde.

'Hoe bedoel je?'

'Nou, gisteravond was er deze gast, toch? Lang, donker en knap - helemaal haar type - helemaal bezweet en zijn ogen zo wijd als de verdomde draaitafels van de DJ, toch? Hij komt naar haar toe bij de bar en probeert iets in haar drankje te doen. Ik zag het niet, maar Xan wel. We probeerden het iemand te vertellen maar niemand luisterde naar ons, dus verhuisden we naar een ander deel van de club. Hij vond ons een paar minuten later en ging rechtstreeks weer naar Ange. Hij was verliefd op haar, alsof hij een stijve had en die tegen haar aan wilde wrijven.'

'Maar jullie lieten hem dat niet doen?'

'Ik wou dat het zo was. We vertelden haar dat hij eerder had geprobeerd iets in haar drankje te doen, maar het kon haar niet schelen. Ze zei dat we haar moesten vertrouwen en toen ging ze met hem mee, danste met hem, wrijvend over hem heen.'

Tomek probeerde zich de negenentwintigjarige Angelica niet voor te stellen die haar heupen tegen een man aan draaide die van de wereld was, omdat hij bang was dat het meisje in zijn gedachten zou veranderen in zijn dochter. Hoewel ze nog maar dertien was, wilde hij er niet aan denken hoe dat ooit - over slechts vijf jaar - ook zij zou kunnen zijn, zichzelf in gevaar brengend, overgeleverd aan walgelijke mannen zoals degene die Elodie net had beschreven.

'Is er iets gebeurd tussen die twee?' vroeg hij.

'Nee. We hebben haar weggetrokken en toen zijn we naar huis gegaan voordat er iets kon gebeuren.'

'Hoe reageerde hij daarop?'

'Hij volgde ons de club uit.'

'Volgde hij jullie in de taxi?'

Elodie pauzeerde, starend naar het tapijt. 'Dat weet ik niet. Ik heb het niet gezien. We waren zo gefocust op onszelf daar weg te krijgen dat ik hem eigenlijk vergeten was.'

Tomek maakte een aantekening om de nachtclub te bezoeken. Het zou nog lang duren voordat die openging, maar hij wist zeker dat er nog steeds medewerkers bezig zouden zijn om alles klaar te zetten voor een zaterdagavond vol door alcohol aangewakkerde uitspattingen en capriolen.

Tot nu toe had alles logisch geklonken. De groep was uitgegaan, ze hadden een goede tijd gehad, ze waren terug naar huis gegaan, en toen was Angelica in de tijd tussen het uitstappen uit de taxi en het op werk verschijnen 's ochtends vermist geraakt. Ze had haar huis verlaten en was niet teruggekomen.

'Heeft ze ooit eerder zoiets gedaan?'

Elodie hoefde niet lang na te denken. 'Heel vaak.'

'Bedoel je dat ze naar huis is gegaan, kort daarna midden in de nacht het huis heeft verlaten, en niemand daarna contact met haar heeft kunnen krijgen?'

'Oh! Bedoelde u dat?' Elodie krabde aan haar achterhoofd. 'Dat heeft ze maar een paar keer gedaan. Sorry, ik dacht dat u bedoelde of ze eerder met jongens in de club had gedanst, want dat doet ze altijd. Ze is altijd degene die een praatje maakt met gasten tijdens het uitgaan - het helpt dat ze altijd als eerste naar haar toe komen, zoals ik al zei, maar ze vindt het geweldig.'

'Wanneer is ze in het verleden midden in de nacht weggegaan, Elodie?' vroeg Tomek, in een poging haar weer op het juiste spoor te krijgen.

'Met een paar van haar exen. Terugkruipen naar hen voor een snelle onenightstand, ook al hadden we haar gewaarschuwd dat niet te doen.'

Tomek begon te begrijpen dat dit een vrouw was die deed wat ze wilde, het advies van haar vrienden negeerde, ook al was het in haar eigen belang, en zich niet leek te bekommeren om de gevolgen. Behoorlijk het tegenovergestelde van het engelachtige beeld dat haar ouders van haar hadden.

'Is het mogelijk dat ze gisteravond hetzelfde heeft gedaan?'

Elodie dacht even na. 'Mogelijk. Maar ze is al een paar maanden niet meer met Sammy.'

'Sammy is een van haar exen, neem ik aan?'

'Ja. En dan heb je Cole daarvoor. Dat zijn de meest recente twee die ze in het afgelopen jaar of zo heeft gehad. Ze duren meestal niet erg lang.'

'Waarom niet?'

'Ze haalt eruit wat ze wil en gaat dan verder. Soms nemen ze het goed op - alleen omdat ze achter hetzelfde aan zitten en blij zijn dat zij degene is die het uitmaakt, zodat zij niet als klootzakken overkomen - terwijl anderen dat niet doen.'

'En in welke categorieën passen Sammy en Cole?'

Haar mondhoeken gingen omhoog terwijl ze een lach onderdrukte. 'Sammy valt zeker in de tweede categorie, terwijl Cole... het kon hem geen bal schelen dat ze uit elkaar gingen. Vrij zeker dat ze voor elkaar gewoon seksmaatjes waren.'

Tomek tuurde naar zijn mok. Inmiddels had zich een dikke laag vuil en zeepresten aan de bovenkant gevormd. Hij keek er argwanend naar terwijl het bewoog en trilde tegen een onzichtbaar briesje, alsof er zoveel bacteriën en schimmel in zaten dat het een eigen leven was begonnen.

'Sorry daarvoor,' zei ze. 'Ik heb ze zo vaak verdomme gezegd dat ze mijn mok niet moeten gebruiken, en als ze het dan toch doen, hebben ze niet eens het fatsoen om hem goed schoon te maken.'

Tomek kon zich daarin vinden. Hij had in zijn midden tot late twintiger jaren in verschillende gedeelde woningen gewoond. Niet omdat hij het leuk vond om bij mensen te verblijven, maar omdat hij het zich niet kon veroorloven om een eigen plek te betrekken. Hij was op zijn achttiende het huis uit gegaan en was later uit het huis van een ex-vriendin gezet, bij wie hij destijds woonde. Daarna volgde een reeks van slapen op banken van vrienden, waarbij hij zijn best deed om zo schoon en respectvol mogelijk te zijn, gevolgd door een veelheid aan logeerkamers en gedeelde appartementen, totdat hij uiteindelijk een eigen plek had weten te bemachtigen. Die was zo kostbaar voor hem geweest dat hij er ruim tien jaar was gebleven tot enkele maanden geleden, toen hij en Kasia gedwongen waren te verhuizen vanwege ruimtegebrek.

Hij pakte de mok op en gaf hem aan haar terug, met een medelijdende blik op zijn gezicht.

'Is er nog iets anders wat u denkt dat ik zou moeten weten?' vroeg hij terwijl hij opstond van de bank. 'Iets anders wat u gisteravond hebt gezien? Iemand die u volgde? Iets waarvan u denkt dat het de moeite waard is om te onderzoeken?'

Haar ogen vielen op het tapijt, en haar been wipte op en neer. Het was toen dat Tomek voor het eerst haar gelakte teennagels opmerkte. Rood, verleidelijk. Er was een tijd, slechts een paar jaar geleden, dat hij in bed zou zijn beland met een vrouw van haar leeftijd, iemand aanzienlijk jonger. Sommige vrouwen met wie hij was geweest, vonden hem leuk vanwege zijn leeftijd, terwijl anderen hem leuk vonden vanwege zijn baan en de fantasie die daarbij hoorde. Maar het was allemaal oppervlakkig geweest, fysiek, het samenkomen van twee geile individuen wanhopig naar de aandacht van een ander. Hij was blij geweest het hen te geven en zij waren meer dan blij geweest het te ontvangen. Dat was allemaal beginnen te veranderen sinds Kasia in zijn leven was gekomen, maar er waren momenten waarop hij voelde dat de driften hem overspoelden, het verstandige, logische deel van zijn hersenen vertroebelden en hem deden terugvallen. Hij zat stevig op de wip, slechts een zucht of twee verwijderd van terugkeren naar zijn oude leven, waarin hij vervulling en voeding had gevonden in de aanraking van een jongere vrouw. Diezelfde sensatie stroomde nu zijn bloedbaan in terwijl hij haar rode teennagels bekeek, zijn ogen steeds verder langs haar benen omhoog bewegend.

Op dat moment merkte Elodie zijn blik op die langs haar omhoog kroop, maar ze deed geen moeite om hem te stoppen of haar been te bedekken. In plaats daarvan streek ze haar haar weer achter haar oor.

'Nee...' zei ze langzaam. 'Er is niets anders waarvan ik denk dat u het zou moeten weten.'

HOOFDSTUK **ELF**

Memo nachtclub was al meer dan dertig jaar, sinds het begin van de jaren negentig, een vaste waarde in de uitgaansscene van de Southend high street – letterlijk ondergronds, aangezien de club twee trappen naar beneden lag. De eigenaar, Jimmy Rayner, had het ontworpen en gebouwd, en ondanks een turbulent en stormachtig verleden was het blijven bestaan terwijl de rest van de winkelstraat en andere nachtclubs ten onder gingen. Door de jaren heen had de club verschillende bijnamen gekregen. Sommige positief, andere negatief, variërend van 'Messy Memo' tot 'Mandy Memo', wat volgde op een weekend van overmatig drugsgebruik en resulteerde in strengere regels en grotere uitsmijters bij de deuren en op de dansvloeren. De club was beroemd om zijn Monday Night Memo, of MNM zoals het al snel bekend werd, en had ooit sterren als Danny Dyer, Professor Green en de boyband JLS aan het eind van de jaren nul mogen verwelkomen. Naar Memo gaan was een initiatieritueel voor iedereen die in Southend of binnen een straal van zestien kilometer woonde. En als je een plek nodig had met veel laat geopende kebab- en pizzazaken, met gemakkelijke toegang tot taxi's en vervoer naar huis, was het de perfecte plek. En op het hoogtepunt van de jaren negentig rave- en danscultuur, die elke twintigjarige van die generatie in zijn greep hield, bood het de perfecte mix. Tomek was er in het verleden talloze keren geweest (talloze, voornamelijk omdat hij zo dronken was dat hij zich veel van de avonden niet herinnerde), en had er zelfs met een paar meisjes van zijn school gezoend. Over het algemeen had hij goede herinneringen aan de plek.

Ondanks dat de club er zo lang zat, was er niets veranderd. De ingang van het gebouw was nog steeds een gat in de muur dat via dezelfde houten deuren, hangslot en ketting werd betreden, die Tomek zich herinnerde van zijn eerste bezoek. Het was een wonder dat het door de jaren heen niet vaker was ingebroken of gevandaliseerd. Boven de deuren stond de naam van de club, met spuitverf op de muur gespoten, vermoedelijk om te voorkomen dat mensen de bewegwijzering zouden beschadigen of dat het een gevaar zou worden. Zelfs het rookgedeelte, afgebakend door metalen hekken die in de grond waren gelast, was net zo klein als twintig jaar geleden. Niets aan de buitenkant was veranderd. Maar dat maakte het juist zo mooi, zo historisch. Als een kasteel, of Buckingham Palace, een plek van lokaal historisch belang. Het was te geliefd om te moderniseren of op welke manier dan ook te updaten. Het was een deel van Southends erfgoed, een deel van zijn geschiedenis, en niemand durfde het aan te raken.

De benedenverdieping was hetzelfde als de buitenkant. Oud en onaangeroerd, nog steeds met dezelfde rondlopende trap die hij ooit wankelend was afgedaald, zich vasthoudend aan de leuning voor steun; de eerste bar die regelmatig voor opstoppingen zorgde en tot te veel ruzies leidde als ego's botsten; de kleverigste dansvloeren die een mens ooit had meegemaakt; de DJ-booth achterin de dansvloer, met podia aan weerszijden, en nog een bargedeelte in dezelfde hoek; de tweede dansvloer die een ander soort muziek speelde, gericht op een andere consument.

Het kwam allemaal terug toen hij van de laatste trede stapte. Gekleed in zijn netste schoenen, de wijde spijkerbroek, het strakke Topman V-hals shirt dat meer borst liet zien dan ooit de bedoeling kon zijn, zijn vrienden aan zijn zijde, alcohol al door zijn aderen stromend, zijn lichaam zou meetrillen met de muziek. Mannen en vrouwen waren overal, dansend, genietend, een dikke laag rook die in de lucht hing en snel zijn longen vulde. De rij voor de toiletten die nooit korter leek te worden, maar dat was oké want je maakte altijd een nieuwe beste vriend terwijl je stond te wachten om te plassen – of zelfs wanneer je naast iemand stond tijdens het plassen.

Tomek had in zijn twintiger jaren het maximale uit die dagen gehaald, en een deel ervan was doorgesijpeld naar zijn dertiger jaren.

Hoewel er delen van hem waren die het misten, besefte hij dat hij nu veel te oud was voor zoiets. Hij was verdomme veertig. Niemand die ook maar enigszins respectabel was, zou dit op zijn leeftijd nog moeten doen.

Onder aan de trap liep hij door de grote boog die de eerste dansvloer met de tweede verbond. Daar waren de lichten aan, en hij zag het interieur van de club in volle glorie. Het maakte hem ongemakkelijk. Het was als het binnenlopen van een fel verlichte bioscoop. Desoriënterend en verwarrend. De stoelen en de vloer waren vuiler dan je in eerste instantie dacht, bedekt met popcorn en zoete drankjes, en het voelde gewoon verkeerd om daar te zijn. Wachtend op hem achter de bar was de manager, Marcus Rayner, Jimmy's jongere broer. Het woord dat onmiddellijk bij Tomek opkwam was *Oasis*, een van 's werelds grootste bands. Marcus zag eruit alsof hij nog steeds vastzat in de jaren negentig, met zijn lange bakkebaarden, zijn bobkapsel, parka-jas en ronde zonnebril. Het enige dat ontbrak aan deze Liam Gallagher-imitatie was een meer opvallende monobrauw.

'Ben jij die rechercheur die gebeld heeft?'

'Definitely, maybe.'

'Wat?'

Tomek zuchtte diep, niet in staat zijn teleurstelling te verbergen.

'Ja, ik ben de rechercheur. Heb je voorbereid wat ik aan de telefoon vroeg?'

'Ik heb de banden, maar de dienst van die gast begint pas om tien uur.'

'Dus zou u hem kunnen bellen en vragen of hij eerder kan komen, zoals ik vroeg?'

De Liam Gallagher-imitator hief zijn kin op in een daad van microagressie. Tomek was degene met alle macht, en hij wist het.

'Dat fuckt mijn dienstrooster op. Ik kom vanavond één man tekort, op een zaterdag nog wel – onze drukste avond.'

Tomek haalde zijn schouders op. 'Dat is niet mijn probleem. Ik zou denken dat u, gezien alles wat de club in het verleden heeft meegemaakt, gewend bent om alles te doen wat u kunt om de politie te helpen met hun onderzoek.'

Tomek verwees naar een incident dat had plaatsgevonden rond de millenniumwisseling. Een meisje was seksueel misbruikt in een van de herentoiletten. Het was een rustige avond geweest, en de aanvaller had haar naar binnen gesleept, de deur achter hen gesloten, en vervolgens haar leven onherroepelijk veranderd. Het was een van de donkerste dagen in de geschiedenis van de club geweest, maar nog lang niet zo donker als het voor het slachtoffer was geweest. Er was een boycot gevolgd van ongeveer twee maanden, voordat het vergeten werd en mensen tot het besef kwamen dat ze nog steeds een plek nodig hadden om uit te gaan en Londen te ver weg was.

'We hebben volledig meegewerkt tijdens dat onderzoek,' zei Marcus.

'Niemand zegt dat je dat niet deed. Ik zeg alleen dat er nu weer zoiets is gebeurd en we je hulp nodig hebben.'

'Maar het gebeurde niet in ons pand, dat wil ik overvloedig duidelijk maken.'

Overvloedig. Tomek lachte om de woordkeuze. Alsof het hem vrijpleitte van alle schuld, zoals wanneer een politicus zijn handen waste in onschuld van het bloed van onschuldige slachtoffers en kinderen omdat hij niet de trekker had overgehaald, maar slechts de machinegeweren en explosieven had verkocht aan de persoon die dat wel deed.

'Dat weet ik,' antwoordde Tomek, 'maar je hebt een zorgplicht tegenover je klanten en een van hen, het meisje dat we proberen te vinden, werd gisteravond bijna gedrogeerd, maar haar vriendinnen zagen het en hebben haar gered. Dus, ga je nu dat telefoontje plegen of niet?'

Tomek wierp de man een harde, ondoordringbare blik toe. Marcus hield deze een goede twee seconden vast voordat hij uiteindelijk toegaf en in zijn zak tastte naar zijn telefoon. Minder dan een minuut later bevestigde Marcus dat de medewerker die gisteravond achter de bar had gestaan direct zou komen om met Tomek te praten. Hij was slechts tien minuten verwijderd.

'Dat was toch niet zo moeilijk, hè?'

Marcus zei niets terwijl hij Tomek de rug toekeerde en een deur opende die eruitzag alsof deze op de muur was geschilderd. In al zijn jaren dat hij hier kwam, had hij die nog nooit gezien. Het was als iets uit een sciencefictionfilm, de manier waarop het een gat in de muur sneed.

Tomek volgde de man naar binnen en probeerde zijn opwinding te verbergen.

'Dus hier gebeurt de magie,' merkte hij op.

'Geen magie. Alleen zaken. Helemaal geen magie. Ik laat jullie niet binnenkomen om de boel op drugs te testen.'

'Nou, zie je, nu je dat hebt gezegd, wil ik juist wat mensen meenemen om te zien wat voor soort troep we zouden kunnen vinden.'

Marcus' ogen werden klein.

'Ik maak een grapje. Laat me gewoon zien wat je hebt en dan ben ik weer weg.'

Marcus hoefde het geen twee keer te horen. De kleine ruimte was een kantoor, compleet met een oversized bureau, een waardeloze stoel met meer gaten dan een kaasrasp, een computer, twee monitoren en een kleine plank met uitpuilende mappen die wankel op de rand balanceerden. Het was krap, benauwd, maar toch merkwaardig gezellig. Tomek vroeg zich af hoeveel een-op-een gesprekken en persoonlijke beoordelingen Marcus daar had gevoerd - ofwel om te intimideren of om een move te maken. Kort daarna wekte Marcus de machine tot leven, logde in op zijn account, en wachtend op hen op het scherm was een bewegend beeld van Angelica Whitaker op de dansvloer, pratend met een man, zijn gezicht vlak tegen de zijkant van haar hoofd gedrukt. Tomek herkende haar onmiddellijk. Voor zijn aankomst had Chey bevestigd dat ze Angelica's sociale media-accounts hadden gevonden. Ze had drie persoonlijke accounts op verschillende platforms en een extra Instagram-account dat ze gebruikte als reisblog, waarin ze haar avonturen door Europa voor werk documenteerde. Elk account had duizenden volgers, met honderden likes op elke post, en tientallen reacties eronder. Het zou veel tijd kosten om alles door te spitten, en met een gereduceerd personeelsbestand begon Tomek zich af te vragen of dingen zouden achterblijven. Of misschien hadden ze het niet nodig. Misschien keek hij nu naar de persoon die wist waar ze was - de man die Angelica's middel aanraakte, zijn handen steeds lager en lager bewoog, totdat ze zich losmaakte. Tomek voelde een knoop in zijn keel vormen; hij kreeg altijd een griezelig gevoel bij het bekijken van de momenten voor iemands dood of verdwijning, alsof hij het voordeel had van kennis achteraf om er iets aan te doen. Soms wilde hij gewoon tegen het scherm schreeuwen. 'Ga niet die kant op!', 'Ga niet naar huis, ga in plaats daarvan terug naar het huis van je vriend!' Het was als het kijken naar een horrorfilm waarbij je de beslissing van het stereotype blonde slachtoffer in twijfel trekt om alleen een donkere kamer binnen te gaan, en met je ogen rolt wanneer ze er later weer uit wordt gejaagd, om vervolgens slachtoffer te worden van een messenman in een kostuum of clownsmasker. Behalve dat dit anders was. Dit was geen entertainment. Dit was het echte leven.

En Angelica Whitaker was nog steeds vermist.

Tomek bracht de volgende vijf minuten door met het bekijken van de beelden. Van Angelica die danste, schuurde met de man, precies zoals haar vrienden hadden gezegd. Van de man die haar dicht tegen zijn lichaam hield, zijn hand die bij verschillende gelegenheden boven haar drankje zweefde. Toen van haar die werd weggetrokken van de engerd, en de engerd die haar als een verloren puppy de trap op volgde. Buiten hadden de camera's laten zien hoe de meisjes vertrokken, instapten in de Uber, terwijl de man was blijven staan, achtergelaten, in de steek gelaten. Tomek vroeg Marcus om de camera's op hem te richten toen hij terug de club in ging. De beelden toonden vervolgens dat hij nog een uur in de club was gebleven, strompelend over de dansvloer, loerend naar de vrouwen, zijn volgende slachtoffers selecterend, tot het moment dat de lichten aangingen en degenen met wie hij had gedanst beseften wat voor fout ze hadden gemaakt. Nadat iedereen naar de uitgang was gegaan, strompelde de man de hoofdstraat af en verdween uiteindelijk uit het zicht. Aan het einde dacht Tomek niet dat de man het waard was om achteraan te gaan, maar het zou geen kwaad kunnen om iemand langs te sturen om met hem te praten. Het enige probleem was het vinden van zijn naam en adres.

'Hoe heeft hij zijn entreegeld betaald?'

Marcus haalde zijn schouders op, niet behulpzaam. Tomek vertelde hem terug te spoelen totdat ze zagen dat de man bij de club aankwam. Samen keken ze hoe hij betaalde met een pinpas. Tomek maakte een notitie van het tijdstip en vroeg om zijn binnenkomst vanuit een andere hoek te zien. Deze keer liet het zien hoe de man naar de uitsmijters ging, zijn ID overhandigde, en de uitsmijter het onder een blauw licht scande. Een seconde later verscheen een vergrote versie van het rijbewijs van de man op het scherm, met een groen vinkje eroverheen. Tomek zei tegen Marcus om de beelden te pauzeren en in te zoomen. Voor bewakingsbeelden, die bekend staan om hun lagere resolutie dan televisies uit de jaren '50, was deze verrassend hightech, en Tomek kon de naam van de man met gemak lezen: Adam Egglington.

Hij maakte een foto van de man op zijn telefoon net toen de medewerker arriveerde en ongemakkelijk in de deuropening bleef staan. Zijn wangen waren rood en hete lucht ontsnapte snel uit zijn mond en neus.

'Alsjeblieft,' zei Marcus tegen Tomek, wijzend naar de jonge man die niet ouder was dan vijfentwintig. 'Hij is helemaal voor jou.'

Zonder iets te zeggen haalde Marcus een memory stick tevoorschijn, kopieerde de beelden erop en gaf deze aan Tomek. Voordat Tomek de man kon bedanken, leidde hij Tomek naar de bar en zei: 'Als je me nodig hebt, ben ik hier. Hopelijk heb je alles wat je nodig hebt.'

Tomek voelde dat de manager eigenlijk wilde toevoegen: "Want als dat niet zo is, moet je een andere keer terugkomen."

Daarmee sloot Marcus de deur stevig, waardoor Tomek en de barman alleen achterbleven bij de bar. De jonge man heette Adrian en werkte sinds zes weken bij Memo.

'Bedankt dat je bent gekomen,' zei Tomek tegen hem.

'Ik zit nog in mijn proeftijd. Ik had niet veel keus. Bovendien bent u van de politie... dus het moet ernstig zijn. Is er iets gebeurd?'

Tomek legde de situatie uit. Adrians ogen werden groot terwijl hij luisterde, en plotseling zag hij er bang uit, alsof hij degene was die ervan beschuldigd werd iets met Angelica's verdwijning te maken te hebben.

Tomek liet hem een foto van Angelica zien die Elodie hem had gestuurd, gevolgd door een andere die ze op Xanthia's sociale media hadden gevonden. Het was een foto van alle vier de meisjes, poserend en lachend naar de camera, in het midden van de Last Post, hun laatste stop voordat ze naar Memo gingen.

'Herinner je je dat je deze vrouw in de zwarte jurk hebt gezien?'

Adrian pakte de telefoon van Tomek aan en bekeek deze aandachtig. Zijn lippen persten op elkaar en zijn wangen spanden zich. 'Sorry,' zei hij. 'Maar ze komt me niet bekend voor. Ik bedoel, ik heb gisteravond veel mensen bediend.' Zijn handen trilden nerveus toen hij de telefoon teruggaf aan Tomek. 'Ze... ze lijken allemaal een beetje op elkaar, en we hadden het ontzettend druk. Ik herinner me niet specifiek dat ik haar bediend heb.'

Tomek probeerde de zenuwen van de man te kalmeren met een warme glimlach, maar het was duidelijk te zien dat hij geschokt was door het nieuws van haar verdwijning, alsof hij er op de een of andere manier verantwoordelijk voor was en de last moest dragen om haar te vinden.

'En deze kerel? Hij werd gezien terwijl hij met haar danste en drankjes voor haar kocht. Er werd ook gemeld dat hij probeerde iets in een van die drankjes te doen.'

Deze keer herkende Adrian het gezicht van de man onmiddellijk.

'Ja. Ik herinner me hem. Twee meisjes kwamen naar me toe met een drankje dat ik net had ingeschonken en vertelden me dat er iets in zat. Ik wist niet wat ik moest doen, dus vertelde ik het aan een van de gasten op de vloer, maar ik denk niet dat ze er iets aan gedaan hebben... Ik raakte afgeleid door andere klanten en ben het volledig vergeten.' Hij legde zijn handen op zijn hoofd. 'O God! Ik heb het verkloot, hè? Ik heb het echt verkloot. Fuck... Ik wist dat ik had moeten-'

Tomek legde een troostende hand op de schouder van de man. Zijn snelle ademhaling stopte onmiddellijk, en hij leek even tot zichzelf te komen. Toen hij zijn ademhaling onder controle had, zei Tomek: 'Het is oké. Ze is niet gewond geraakt. Hij heeft haar niet pijn gedaan. En hij heeft niemand anders pijn gedaan. Je hebt je werk gedaan. Zie het gewoon... als een les voor de volgende keer.'

'Fuck...' ging Adrian door, nog steeds verloren in zijn eigen gedachten. 'Dat is het. Ik ga mijn proeftijd verkloten. Ik moet een nieuwe baan gaan zoeken. Ik-'

Tomek legde een hand op zijn andere schouder. Het was het beste wat hij kon doen om de vijfentwintigjarige niet in het gezicht te slaan.

'Je baan is veilig. Als mijn interactie met meneer Rayner een indicatie is, denk ik niet dat het hem veel kan schelen wat je wel of niet hebt gedaan. Je baan is veilig. Je hebt niets om je zorgen over te maken.'

HOOFDSTUK **TWAALF**

Een controle in de interne politiedatabase terug op het bureau toonde aan dat Adam Egglington een strafblad had. In de afgelopen twee jaar was hij gearresteerd voor openbare dronkenschap en wangedrag op de hoofdstraat van Southend, met een tweede arrestatie voor dezelfde overtreding langs de boulevard, behalve dat hij bij die laatste van de middel naar beneden naakt was gevonden, liggend op het strand, starend naar het maanlicht, terwijl hij zand wegveegde uit plekken waar het nooit hoorde te komen. De arresterende agent had daarom openbare zedenschennis aan de aanklacht toegevoegd. De meest recente arrestatie was zes weken geleden, en ervan uitgaande dat hij sindsdien niet was verhuisd, hoopte Tomek dat hij voor de juiste flat stond.

Hij klopte op de deur van de eenkamermaisonette in Lee Chapel South, op loopafstand van Basildon Hospital, en wachtte. Toen er geen antwoord kwam, deed Tomek een stap terug van de veranda, op het verwilderde gazon, en keek omhoog naar het slaapkamerraam. De gordijnen waren dicht, wat zijn zicht belemmerde, behalve een klein raampje dat bovenaan was opengelaten.

Tomek probeerde de deur nogmaals. Deze keer tuurde hij door het raam ernaast, waarbij hij zijn handen als een vizier tegen zijn gezicht hield en zijn ogen samenkneep. Maar het was vergeefs. In een laatste poging, voordat hij naar de buren zou gaan, hurkte hij neer, opende de brievenbus, en net toen hij Adam's naam wilde schreeuwen, overviel een gewelddadige, penetrante stank zijn zintuigen, waardoor hij achterover op de betonnen tegels viel. De geur was zo sterk dat die in zijn keel bleef hangen, en gedurende enkele seconden probeerde Tomek het op te hoesten, maar eindigde met kokhalzen en droog overgeven op de veranda. Het was de geur en smaak van braaksel, braaksel dat de hele dag had staan rotten, bederven en stollen.

Tomek vond de gedachten die opborrelden niet prettig en besloot om uniformondersteuning te bellen. De meldkamercentralist aan de telefoon vertelde hem dat het minstens vijf minuten zou duren voordat ze zouden arriveren. Vijf minuten te lang.

Besluitend dat hij niet zou wachten, bonsde Tomek een laatste keer op de voordeur, en toen er nog steeds geen reactie kwam, klopte hij aan bij de buren. De vrouw die opendeed was angstig en voorzichtig tegenover hem, maar zodra hij haar zijn legitimatie had getoond, ontspande ze een beetje.

'U heeft toevallig geen sleutel, neem ik aan?' vroeg Tomek. Het was een schot in het duister, maar soms werden de eenvoudigste opties over het hoofd gezien.

De buurvrouw schudde haar hoofd.

'Wat dacht u van een hamer of zoiets?'

De vrouw keek hem ontzet aan, met priemende ogen. Hij keek naar haar hand, zag een ring en vroeg: 'Getrouwd?'

Ze knikte, haar ogen nog steeds wild, alsof ze een buitenlichamelijke ervaring had. Ze ervoer een vecht-of-vluchtreactie, en op dit moment deed ze geen van beide, helemaal niets.

'Heeft uw partner iets wat we kunnen gebruiken?'

'Hij... hij is niet thuis.'

Tomek vloekte. Het laatste wat hij wilde doen, was tijd besteden aan het doorzoeken van het huis en de tuinschuur van een volslagen vreemde.

En toen kwam het bij hem op.

De tuin!

Zonder te vragen wurmde Tomek zich langs de buurvrouw en haastte zich naar de kleine set tuindeuren aan de achterkant van het huis. De buurvrouw, in haar verwarde toestand, was een paar seconden achter hem aan, de radertjes in haar hersenen hadden tijd nodig om zich aan te passen en te beseffen wat er in haar huis gebeurde.

'Sleutel,' zei hij tegen haar, geïrriteerd. 'Ik heb een sleutel nodig. Ik moet de tuin in.'

Ze wees naar een kleine pot die in de hoek van een andere vensterbank was geklemd. Tomek reikte ernaar, pakte de sleutel en liet zichzelf naar buiten. De tuin was in zijn vroege lentestaat. De bloemen begonnen te bloeien, het gras was te lang en het leven keerde terug in de bomen. En de lucht was er vol van. Het zou een aangename ervaring zijn geweest om daar te zitten, ware het niet dat het ziekenhuis om de hoek lag en het geluid van sirenes elke twee seconden afging.

Tomek richtte zijn aandacht op het huis van Adam Egglington. De twee waren bijna identiek: de keukendeur, de terrasdeuren die uitkwamen op de tuin, het raam erboven. Het was alsof hij in een spiegel keek. Hij pauzeerde even, zijn opties overwegend. Zoals hij het zag, was er maar één: hij zou moeten inbreken en later de consequenties onder ogen zien.

Voordat hij over het hek sprong, doorzocht hij de tuin van de buurvrouw, op zoek naar iets zwaars genoeg om het glas te verbrijzelen. Hij vond het in de vorm van een baksteen die was losgekomen bij een klein bloemperk. Hij bukte om het op te pakken, en net toen hij het over het hek wilde gooien, riep de buurvrouw naar hem: 'Wat doet u? U kunt dat niet meenemen.'

Tomek bekeek het voorwerp in zijn hand. 'Het is een baksteen. Gaat u die echt missen?'

Toen, voordat ze kon antwoorden, gooide hij het over het hek voor hem. Het was pas toen hij voor het hek stond dat hij besefte dat hij het over het verkeerde hek had gegooid. De buurvrouw had hem afgeleid, en zijn lichaam was naar de tegenovergestelde richting gedraaid toen hij het wierp.

'O, verdomme! Sorry!'

Nog een bocht, nog een baksteen, waarbij hij deze keer meer kracht moest gebruiken om hem uit de grond te trekken. Nu was hij haar en haar man twee bakstenen schuldig. Hij gooide hem over de juiste schutting en, met een vogelbad als steun, lanceerde hij zichzelf in Adams tuin. De landing was zacht, zijn lichaam rolde als een ton over het woekerende gras en onkruid. Na enkele seconden zoeken, waarbij zijn vingers door de begroeiing woelden, vond hij uiteindelijk de baksteen. Terwijl hij op het huis afstormde, zijn arm naar achteren zwaaiend, klaar om het voorwerp te gooien, stopte hij toen hij een man zag verschijnen in de weerspiegeling van de wolken in het raam. Adam Egglington lag op zijn sofa, plat op zijn rug, zijn gezicht en nek bedekt met braaksel. Zijn borstkas bewoog niet, en toen Tomek op het glas klopte, kwam er geen reactie. Tomek drukte zijn gezicht tegen het raam en tuurde naar binnen. In het vervagende licht kon hij het gezicht van de man zien, lijkbleek onder de dikke spetters braaksel. Hij was volledig gekleed en droeg nog steeds dezelfde kleren als de avond ervoor. Hij moest thuisgekomen zijn, bewusteloos op de bank zijn gevallen, en zo dronken zijn geweest dat hij in zijn eigen braaksel was gestikt. Het zien hiervan herinnerde Tomek aan de keer dat hij bijna hetzelfde lot had ondergaan. Hij was negentien geweest, was met zijn vrienden uit geweest, en was wakker geworden op zijn zij met een plas braaksel naast zijn hoofd, korstig aan de buitenkant, zacht en sponsachtig aan de binnenkant, als een lichaamssappen-flapjack. Dagenlang daarna kon hij nog steeds de stank ervan heet in zijn neusgaten ruiken, maar wat hem echt was bijgebleven was de bijna-doodervaring, het onwrikbare feit dat hij had kunnen sterven als zijn lichaam nog negentig graden was gedraaid. Dat was het, alles wat tussen hem en de dood had gestaan. Iets zo willekeurigs als een hoek van negentig graden.

Voordat hij er verder over kon piekeren, werd het geluid van sirenes luider, en hij realiseerde zich dat het de versterking was die hij had opgeroepen, die voor het huis stopte. Hij sprong over de schutting, rende terug door de keuken van de buren, en vond hen in de voortuin. Hij werd begroet door twee verwarde gezichten.

'Nee, u bent niet op de verkeerde plaats,' vertelde hij hen. 'Maar ik heb hem gevonden. Hij ligt in de woonkamer aan de achterkant van het pand. Heeft u een ramkop?'

Een van de agenten in uniform knikte, en draaide zich toen naar het voertuig. Hij kwam terug met een grote stormram in zijn hand.

'Mooi,' zei Tomek, en keek toe hoe de man vervolgens met het zware metalen voorwerp tegen de zwakke, houten voordeur beukte. Die maakte geen schijn van kans, en na één klap bezweek hij.

Maar Tomek kon de mannen niet naar binnen volgen. Iets hield hem stevig op zijn plaats, hield hem buiten terwijl de wind begon aan te wakkeren en zich om hem heen wikkelde.

Hij kon het niet verdragen om naar de man te kijken die in een plas van zijn eigen braaksel lag, omdat hij, voordat hij zijn ogen enkele momenten eerder van het beeld had afgewend, alleen zichzelf daar had kunnen zien liggen, iets langer en groter, meer ruimte innemend, bedekt met zijn eigen braaksel. Hij kon het niet verdragen om te kijken en herinnerd te worden aan wat had kunnen zijn.

HOOFDSTUK
DERTIEN

Toen hij de ruimte voor grote incidenten binnenkwam, zat het beeld nog steeds in zijn hoofd. Hij had het niet kunnen afschudden gedurende de hele tijd dat de forensische recherche en de geüniformeerde medewerkers het lichaam van Adam Egglington hadden onderzocht en weggehaald. Ingeprent, onuitwisbaar. Elke keer zag hij zijn eigen gezicht in plaats van dat van Adam.

In de MIR wachtten Chey en Rachel op hem. Tomek had hen gevraagd hun informatie klaar te hebben voor de vergadering. Normaal gesproken zou een inspecteur een schriftelijk rapport eisen van elk personeelslid dat actief aan een onderzoek werkte, iemand die daadwerkelijk aan de frontlinie stond. Maar Tomek hield niet van rapporten. Ze waren een constante ergernis voor hem, en het was niet de manier waarop hij het onderzoek wilde leiden. Als hij zelf al geen zin had om ze te schrijven, kon je er zeker van zijn dat hij ook geen zin zou hebben om ze te lezen.

'Hoe is het, chef?' vroeg Chey op een opgewekte toon.

'Ik zeg helemaal niets, want de komende tien minuten wil ik alleen maar luisteren.'

'En misschien ook een dutje doen, als ik je zo zie,' voegde Rachel er zonder excuus aan toe. 'Ik heb alleenstaande moeders gezien die er minder moe uitzien dan jij.'

Een glimlach flitste over Tomeks gezicht. Hij kon altijd rekenen op zijn team - vooral degenen die hij specifiek had uitgekozen - om zijn humeur op te vrolijken. De onderlinge plagerijen tussen de drie van hen waren waarschijnlijk de beste van het hele bureau (volgens Tomek alleen) en dat was een van de redenen waarom hij hen had geselecteerd: wat licht in wat hij vermoedde een verder donker en deprimerend onderzoek zou worden.

Tomek trok een stoel onder de tafel vandaan en liet zich erin zakken. Het was pas de eerste dag van het onderzoek, en hij voelde zich nu al leeg. Alsof hij niets meer te geven had. Was dit hoe Nick zich vierentwintig uur per dag, zeven dagen per week voelde? Was dat waarom hij altijd zuchtte, omdat hij twintig jaar geleden al genoeg had gehad en nu nog maar aan een zijden draadje hing?

'Waar wil je dat we beginnen, chef?' vroeg Chey.

'Bij het begin. Hebben we enig idee waar ze is?'

Chey schudde zijn hoofd. 'Haar telefoon staat nog steeds uit, en dat is al zo sinds de vroege ochtenduren. Ik heb contact opgenomen met haar provider voor meer informatie, en ik zou het morgenochtend moeten hebben.'

Tomek draaide op zijn stoel en keek naar de muur met whiteboards die langs één kant van de ruimte liep. De aantekeningen en afbeeldingen van een eerder onderzoek waren daar nog niet verwijderd, en Tomek vond een klein leeg gedeelte van het bord naast Chey en Rachel. Hij pakte een stift en veegde een kleine vlek van het oppervlak.

'Wat is de tijdlijn?' vroeg hij, schrijvend op het whiteboard. 'Zij en haar vrienden verlieten Memo om kwart over één. Volgens het Uber-account van Elodie Locket werd Angelica precies om achtentwintig over één, dertien minuten later, afgezet bij haar flat.' Tomek herinnerde zich dit alles uit zijn hoofd, terwijl de andere twee hun aantekeningen doorzochten en de informatie die ze hadden vergeleken met wat hij hen vertelde. 'Ze zou om negen uur 's ochtends op haar werk in Leigh Broadway zijn.' Hij trok een lijn tussen de twee tijdstippen, ging er meerdere keren overheen en liet genoeg ruimte om de gaten op te vullen. 'Dat geeft ons een venster van zeven uur waarin ze vermist raakte. Wat kunnen jullie daaraan toevoegen?'

Chey raadpleegde zijn aantekeningen. 'Het laatste signaal van haar telefoon naar een zendmast was om twee minuten voor twee 's nachts, wat is...' Hij pauzeerde terwijl hij het tijdsverschil berekende. 'Iets meer dan twintig minuten nadat ze thuiskwam.'

Tomek noteerde de tijd en actie op het bord. 'Juist. Dus ofwel heeft ze hem zelf uitgezet, of de batterij was leeg, of iemand anders heeft hem voor haar uitgezet. Hebben we ooggetuigenverslagen van haar die het huis op dat moment verlaat?'

Rachel schudde haar hoofd. 'Nog niets. Uit wat ik heb verzameld bij de geüniformeerde collega's, en van de buren waarmee ik zelf heb gesproken, heeft niemand haar gezien of gehoord. Het was midden in de nacht. Iedereen sliep.'

'Juist. En wat betreft beelden van beveiligingscamera's? Heeft iemand zich daarmee gemeld?'

Chey en Rachel schudden tegelijkertijd hun hoofd, met dezelfde verontschuldigende blik op hun gezicht.

'Nog iets anders?'

Weer een gesynchroniseerd hoofdschudden.

'Dus ze... verdwijnt gewoon?'

Tomek haalde zijn vingers door zijn haar en krabde aan zijn achterhoofd, zich er scherp van bewust dat beiden hun ogen op hem gericht hadden, hij in de bestuurdersstoel, leidend in het onderzoek. Twee paar verwachtingsvolle ogen die wachtten tot hij hen vertelde wat te doen. Hij wist niet zeker of hij dat wel leuk vond. Hij had geen ideeën. Eerder, toen iemand anders het onderzoek leidde, was hij in staat geweest om met antwoorden te komen, met oplossingen zonder problemen. Mogelijk omdat hij niet de last van iemands leven op zijn schouders had - dat hij zich op de een of andere manier een stap verwijderd voelde - of mogelijk omdat het een ego-ding was geweest, een kans om zichzelf te bewijzen aan Victoria en Nick. Maar nu hij dat had gedaan, nu hij had laten zien dat hij het wél kon, voelde hij alsof hij bij de eerste hindernis viel, en hij had geen idee welke kant hij op moest gaan.

Kom op, Tomek, zei hij tegen zichzelf. Je houdt ofwel je kop en blijft vooruit strompelen, wat er ook in de weg staat, of je draait je nu om en gaat terug naar de startlijn.

Hij besloot dat de tweede optie geen optie was.

'We hebben een tijdsvenster van zeven uur waarin ze vermist kan zijn geraakt. De twee mogelijkheden zoals ik het zie zijn, één: ze heeft het huis in die tijd verlaten en is nog niet teruggekeerd, of twee: iemand is naar haar huis gegaan. Zo simpel is het.' Hij richtte zijn aandacht weer op het bord, maakte een cirkel in het midden van wat er nog over was van de witte ruimte, en trok er twee rechte lijnen uit. Eén voor het verlaten van het huis, de andere voor iemand die naar haar huis ging. 'Zodra we hebben vastgesteld welke van deze twee het is, kunnen we van daaruit het grotere plaatje opbouwen.' Hij drukte de dop op de pen met een bevredigende en voelbare *klik*, en ging toen terug naar zijn stoel. 'In de tussentijd, vertel me alles wat je hebt over Angelica Whitaker. Wat weten we over haar dat ons kan helpen?'

Beide rechercheurs keken naar hun aantekeningen, de vraag ontwijkend. Totdat Chey uiteindelijk de moed verzamelde om als eerste te spreken.

'Ik ben begonnen met het doorzoeken van haar Instagram, omdat ze die het meest regelmatig bijwerkt. Ze heeft twee profielen. Eén is een persoonlijk account, dat ze veel minder gebruikt, terwijl de tweede een soort reisblog/influencer-ding is. Ze heeft enkele duizenden volgers, maar heeft ook enkele duizenden berichten op elk van hen. Het gaat behoorlijk wat tijd kosten om alles door te spitten. Maar uit het korte onderzoek dat ik heb gedaan en de eerste paar berichten die ik heb bekeken, lijkt ze dingen over zichzelf en over haar leven te plaatsen. Wat ze doet, waar ze is. Maar ze zegt niet te veel in de bijschriften - soms is het maar een emoji of twee.'

'Zouden die iets kunnen betekenen voor iemand?'

'Mogelijk. Ik zou moeten analyseren wie er liket en commentaar geeft.'

Tomek knikte. 'Rach?'

Detective Constable Rachel Hamilton kuchte voordat ze sprak. 'Xanthia Demetriou, een van Angelica's beste vriendinnen, was vol lof over haar. Ze had geen kwaad woord over haar te zeggen. Het leven van het feest, altijd bruisend, altijd extravert en in voor uitgaan, ze vond het fijn om bij iedereen te zijn en iedereen vond het fijn om bij haar te zijn. Vriendelijk, zorgzaam, vol levenslust, altijd klaar voor haar. Het was alsof ze verliefd op haar was.'

'Ze kennen elkaar van werk, toch?'

'Soort van,' legde Rachel uit. 'Ze hebben elkaar *ontmoet* op het werk. Maar Xanthia werkt nu bij een apotheek. Niet de carrièreswitch die ze wilde, maar de markt voor stewardessen zit momenteel op slot. Het was het enige wat ze kon vinden. Hopelijk kan ze volgend jaar iets krijgen.'

'Wat had ze te zeggen over gisteravond?'

'Alleen dat ze een leuke tijd had. En ze herinnert zich duidelijk dat ze Angelica de voordeur zag openen en achter zich zag sluiten. Dus volgens haar is ze zeker het huis *binnen* gegaan.'

'En Zoë?'

'Bevestigde alles wat Xanthia zei. Ze zag Angelica zonder problemen haar huis binnengaan.'

De vraag die nog steeds bleef, was hoe ze eruit was gekomen.

HOOFDSTUK **VEERTIEN**

Het blikkerige geluid van Kasia's goedkope Dell-laptop bereikte hen op de bank. Ze had zich na het eten opgesloten in haar slaapkamer en keek ongetwijfeld naar een van haar onschuldige, hersendodende realityprogramma's of een van die meidenseries die tegenwoordig op alle streamingdiensten te vinden zijn. Telkens als hij inlogde op zijn Netflix of Amazon Prime, werd hij overspoeld met tienerdrama's en programma's die het algoritme aan Kasia voerde om haar betrokken te houden. Het was genoeg om hem helemaal af te schrikken van televisiekijken. En het deed hem overwegen om de rekening helemaal niet meer te betalen. Maar hij wist dat dat zou voelen alsof hij haar arm afhakte, of op zijn minst achter haar rug vastbond terwijl hij haar dwong de afstandsbediening te vangen. Dus in plaats daarvan deed hij het eervolle: hij bleef zijn vuist ballen elke keer dat hij de automatische afschrijvingen elke maand voorbij zag komen.

Vanavond was hij echter zeer te spreken over de streamingdiensten. Abigail was er, en hij had haar een zender laten kiezen. Hij had geen idee wat ze had aangezet, maar het stelde hem in staat om zijn gedachten af te schakelen en ze te laten dwalen waar ze maar wilden. Terwijl zij opgezogen was in haar programma, verdwaalde zijn geest in diepe gedachten zoals: waarom noemen we gebouwen gebouwen terwijl ze al gebouwd zijn, en waarom zeggen we dat we naar boven komen voor lucht als we niet eens onder water zijn? Hij worstelde al een goede vijf minuten met deze specifieke raadsels toen Abigail haar benen op zijn schoot legde en eiste dat hij haar voeten zou masseren.

'Heb je niet de hele dag achter je bureau gezeten?' vroeg hij haar.

'Ja. Maar op *hakken*. Je weet niet hoe dat voelt.' Ze wiebelde met haar tenen voor zijn gezicht. '*Alsjeblieft*. Ze doen vandaag zo'n pijn.'

Met rollende ogen zei hij: 'Je bent een grotere diva dan ik. En ik vind het al erg als ik gel in mijn haar heb gedaan en het buiten regent!'

'*Alsjeblieft*,' smeekte ze, zonder te hebben geluisterd naar wat hij net had gezegd.

'Oké, als ik daarna mijn voeten gemasseerd krijg? Ik heb een prachtige eksteroog die uitgekneed moet worden.'

Tomek had haar nog nooit zo walgend zien kijken.

'Dat is fucking smerig. Ik kom niet in de buurt van jouw voeten.'

'Maar ik heb de hele dag op de mijne gestaan...'

Zijn poging om haar zand in de ogen te strooien met een schattig, onschuldig gefladder met zijn wimpers werkte niet.

'Drukke dag?' vroeg ze, terwijl ze haar tenen ontspande en Tomek ze begon te kneden met zijn duim en knokkels alsof het deeg was.

'Zeer.'

'Wat is er gebeurd?'

'Een vrouw van eind twintig werd als vermist opgegeven door haar familie. Ze ging gisteravond uit met wat vrienden, werd afgezet bij haar flat, en verdween toen. Haar manager, die toevallig haar schoonzus is, zei dat ze vanochtend niet op haar werk verscheen.'

'En jullie kunnen haar niet vinden?'

'Ik zou er niet aan denken als we haar al hadden gevonden.'

'Je denkt aan een andere vrouw?'

'Niet op die manier,' zei hij met een schudden van zijn hoofd. Hij stopte met het masseren van haar voeten, en ze wiebelde met haar tenen om hem eraan te herinneren door te gaan.

'Ik maakte een grapje,' zei ze, en richtte haar aandacht weer op de televisie voor welgeteld twee seconden voordat ze die weer op hem richtte. 'Denk je dat ze dood zou kunnen zijn?'

Tomek voelde aan waar het gesprek naartoe ging.

'Weet ik niet.'

'Denk je dat er iets met haar is gebeurd?'

'Niet zeker.'

'Denk je dat jullie haar zullen vinden?'

Hij antwoordde niet.

'Is ze met iemand meegegaan tijdens haar avondje uit? Zou het die persoon kunnen zijn? Wat als het een van haar vrienden is? Of misschien ging ze wandelen en heeft iemand haar ontvoerd...'

Tomek wist dat ze aan het vissen was naar informatie, een hoop spaghetti in zijn gezicht gooide om te zien wat bleef plakken. Maar hij zou er niet in trappen, noch zou hij er iets van opeten.

'Luister,' zei hij, terwijl hij zijn greep op haar voet losliet, 'als de tijd rijp is, zullen we de informatie met je delen.'

'Waarom hebben jullie dat nog niet gedaan? Als dit een vermissingszaak is, kunnen we jullie helpen. Geef ons alle informatie die je hebt, laat ons zien hoe ze eruitziet, en we kunnen het nieuws verspreiden. Welke aanwijzingen heb je?'

'Geen. Nog niet.'

'Waarom lieg je tegen me?'

'Dat doe ik niet.'

'Jawel. Ik kan zien wanneer je tegen me liegt. Ik vind het niet leuk dat je iets voor me verbergt.'

Alle gevoeligheid en speelsheid was uit haar toon verdwenen. Nu klonk ze geïrriteerd, streng. Professioneel.

'Ik vertel je de waarheid,' hield hij vol. 'We hebben geen aanwijzingen.'

'Waarom doe je dit me aan? Waarom wil je me niet helpen? Ik ben net begonnen met deze nieuwe baan. Ik zou iets als dit goed kunnen gebruiken. Dit zou echt goed voor me zijn om de primeur over te krijgen.'

'Je overdrijft.'

'Nee, dat doe ik niet. Jij bent degene die tegen me liegt, die dingen voor me verborgen houdt. Wie heb je hier nog meer over verteld? Wie heeft er met je geflirt voor de informatie?'

'Bedoel je zoals jij vroeger deed?'

Ze haalde naar hem uit. Een klein schopje tegen zijn dij, als een hamer die naar beneden zwaait. Het was maar klein en deed hem totaal geen pijn, maar er zat bedoeling achter. En het herinnerde hem meteen aan waarom hij niet aan langdurige relaties begon. Zijn vorige twee waren vergelijkbaar geweest. Zijn eerste vriendin, Kasia's moeder, had hem verbaal en emotioneel mishandeld, hem voortdurend ondermijnd en hem klein laten voelen. Zijn tweede officiële vriendin, die een seriemoordenaar bleek te zijn, was, afgezien van het moordende aspect van haar persoonlijkheid, neurotisch, jaloers en een beetje psychotisch geweest. Het was alles wat hij ooit had gekend. Alles waaraan hij ooit gewend was geraakt. Misschien had hij een type - een type dat hem klein en nutteloos liet voelen.

'Je reageert overdreven,' herhaalde hij.

Nog een schop. Harder, deze keer.

'Nee, dat doe ik niet. We *hebben* dit verhaal nodig, Tomek. Vandaag hadden we een voorpagina, een breaking news-verhaal over een groep kinderen uit Londen die een krab met de trein helemaal naar de boulevard van Southend hebben gebracht zodat het "zijn beste leven kon leiden".'

'En deed hij dat?'

Nog een schop. Deze keer miste ze en scheelde het weinig of ze had zijn kruis geraakt.

'Dat is het soort onzin dat we de laatste tijd publiceren. Een fucking krab! We schrapen echt de bodem van de ton.'

Tomek grinnikte. 'Waar hadden ze die krab vandaan?'

'Echt? Vind je het grappig?'

'Ik kan niet geloven dat jij het *niet* vindt.'

'Dit gaat over mijn verdomde baan, en jij lacht er gewoon om. Ik kan niet geloven dat dat het eerste is waar je aan denkt. Dit is mijn carrière. Als jij me niet serieus kunt nemen, wie dan wel?'

Misschien de krab, dacht Tomek, maar hij hield het voor zich. In plaats daarvan ging hij weer nadenken over gebouwen en onder water zijn, en hoe hij zich op dat moment voelde alsof hij moeite had om boven te komen voor lucht.

HOOFDSTUK
VIJFTIEN

Liam Dennis had zich nog nooit zo levend gevoeld, zo vol adrenaline. Hij wilde door muren rennen, van gebouwen springen, over het spoor duiken. Zijn tienerlichaam wist niet hoe het hiermee om moest gaan, hoe het dit moest verwerken. Maar James en Ethan wel. Zij hadden ervaring met dit soort dingen, wisten wat ze deden. Waren in staat zichzelf te *beheersen*. Ze hadden het die middag op school aan hem voorgesteld: er midden in de nacht stiekem uit glippen terwijl zijn moeder en vader sliepen, ergens inbreken, zijn tekentalent goed benutten, en dan weer thuis zijn voordat iemand wakker werd. Alsof er niets gebeurd was. Het risico voor Liam was dat hij zijn vader tegen het lijf zou lopen. Die stond altijd super vroeg op voor zijn werk, en Liam was doodsbang dat hij op het verkeerde moment thuis zou komen, volledig gekleed, buiten adem, zijn handen bedekt met spuitverf. Maar Ethan had gezegd dat hij zich geen zorgen moest maken, dat het de ervaring juist intenser maakte, op de een of andere manier.

Liam wist niet precies hoe, maar hij nam Ethans woorden voor waar aan. Hij was niet in de positie om anders te doen.

Het was iets na twee uur 's nachts. Buiten was het pikdonker en alles was stil, afgezien van het geluid van de wind die bladeren oppakte en ze een paar centimeter verderop op een nieuwe rustplaats liet vallen. Het was stiller dan hij ooit had meegemaakt. Geen verkeer, geen treinen, zelfs het geluid van de Thames-monding bereikte hen niet.

Ethan verwachtte dat ze niet meer dan een half uur nodig zouden hebben, en volledig gekleed, met hun capuchons diep over hun hoofd getrokken, begonnen ze in de richting van de locatie te lopen. Ze hadden afgesproken om elkaar te ontmoeten aan de andere kant van het spoor dat door het landschap richting de hoofdstraat van Southend liep. Het was handiger voor Ethan, en als de officieuze leider van de groep, gebeurde wat hij zei.

Hun eerste obstakel was het spoor, waar zevenhonderdvijftig volt doorheen liep. Liam had nog nooit een spoorlijn overgestoken, had dat nooit hoeven doen. Maar hij had de horrorverhalen gelezen. Over zelfmoorden, over kinderen die er 's nachts overheen sprongen en ernstig gewond raakten.

Maar niet hij, niet vanavond. Hij zou ervoor zorgen dat er niets gebeurde.

Omdat het zijn eerste nacht met hen was, hadden Ethan en James besloten dat hij als eerste moest gaan. Dat was alleen maar eerlijk. Een initiatie, een kans voor hem om zichzelf te bewijzen. En dus stapte Liam in het donker, met als enige lichtbron de natriumlampen in de verte, op het grindoppervlak naast de stroomvoerende rails. In de stilte kon hij de elektriciteit erdoorheen horen razen, en hij voelde een zoemend gevoel in de lucht, dat tegen zijn benen drukte als een krachtveld. Voorzichtig tilde hij zijn been hoog in de lucht, zoals hij bij karate had geleerd, draaide zijn heupen, en liet het weer zakken, waarbij hij in een diepe sumohouding zakte. Daarna herhaalde hij het proces voor het tweede deel van het spoor. Omhoog, draaien, zakken, hurken.

Omhoog, draaien, zakken, hurken.

Omhoog-

Het was pas bij het derde spoor dat hij een ander geluid hoorde. Net toen hij zijn heupen wilde draaien, zag hij Ethan en James over het grind sprinten, moeiteloos over elke metalen slang heen springend, alsof het net zo gemakkelijk was als over een steen op de grond springen. De twee jongens lachten hem uit toen ze de overkant bereikten, hem plagend, het geluid van hun gelach werd geabsorbeerd door de omringende bomen en heggen.

'Jezus christus,' zei hij tegen zichzelf, terwijl hij neerkeek op de metalen pylon direct voor hem. 'Kom op. Je kunt dit. Het is net als over een sliding heen springen.'

Hij liet zijn been zakken, deed een paar stappen terug, en kalmeerde zijn ademhaling, benen op schouderbreedte, armen langs zijn zij, diep ademhalend - zijn beste Cristiano Ronaldo vrije trap imitatie. Toen, toen hij zich zeker genoeg voelde, sprintte hij naar zijn vrienden. Eén spoor. Twee sporen. Het geluid van de spuitbussen in zijn rugzak rammelde in zijn oren.

En toen was hij er. Gelukt. Makkelijker dan hij had gedacht.

Hij keek terug naar de slapende slangen, naar de afstand die hij had afgelegd, zijn lichaam zwol van trots. Hij voelde zich onoverwinnelijk, de adrenaline bereikte een nieuw hoogtepunt.

'Kom op, sukkel,' zei James, terwijl hij hem op zijn rug sloeg. 'We gaan!'

De jongen greep de riem van zijn tas en trok hem een lichte helling op, door een dikke rij heggen. Liam kromp ineen en beschermde zijn gezicht terwijl doorns en brandnetels naar hem uithaalden, die in zijn knokkels en onderarmen sneden. Een paar pijnlijke momenten later braken ze door op een woonstraat, vol met huizen die veel te chic en te duur waren naar zijn smaak. Hij was gewend aan de wijk; hier kreeg hij het gevoel dat niemand met elkaar sprak, niemand iets zei. Niet zoals in de wijk, waar iedereen iedereen kende - ook al was dat soms niet zo'n goede zaak.

Ze besteedden echter weinig aandacht aan de huizen, want de schatkist die ze zochten was slechts op korte afstand.

Hij had nog nooit van de Park Road Methodistische Kerk gehoord tot aan de lunch. Hij had geen idee waarvoor het werd gebruikt, geen idee hoe lang het er al stond, alleen dat het al jaren leeg en dichtgetimmerd was. Niemand kwam er ooit, hadden ze hem verteld, wat het de perfecte plek maakte om naartoe te gaan.

Ze hielden hun hoofd gebogen terwijl ze door de stille woonstraten liepen. Verschillende opritten stonden vol met minstens twee auto's, terwijl de overige voertuigen uitpuilden naar de straat. Er brandde geen licht in de huizen, en de enige lichtbron in de hele straat was een enkele straatlantaarn die af en toe flikkerde.

Een minuut later kwamen ze aan bij de Methodistische kerk. Het was veel indrukwekkender dan Liam had verwacht, maar terwijl hij ernaar staarde, voelde hij een overweldigende drang om weg te rennen; dat het besmet was door kwade geesten, achtervolgd door de duivel. Hij was absoluut geen religieuze of spirituele jongen, maar er was plotseling een onheilspellend voorgevoel over hem heen gekropen dat hem vertelde dat dit een slechte plek was om te zijn. Dat ze zich moesten omdraaien en weggaan, wegrennen en nooit meer terugkomen. Maar dat kon hij niet zeggen. Niet met James en Ethan erbij. Niet als ze het morgen aan de hele school zouden vertellen en hem zouden afkraken. Misschien was het twijfel, misschien was het angst die hem terugtrok. Maar hij had die emoties eerder ervaren, en dit was heel anders.

'Waar wacht je op, maat?' vroeg Ethan.

Liam was verbaasd te zien dat ze beiden bij een zij-ingang waren aangekomen, een houten deur met een gammel hangslot als laatste verdedigingslinie.

'Ben je soms bang, gast?'

Liam schudde zijn hoofd en probeerde de brok in zijn keel te bedwingen. 'Nee. Ik keek alleen maar... ik bekeek het gewoon even.'

Hij wilde hier niet zijn.

Hij wilde hier niet zijn.

Zonder verder iets te zeggen, voegde hij zich stilletjes bij de twee jongens, dichter bij hen blijvend dan hij normaal zou doen. In zijn rugzak had Ethan een betonschaar meegebracht. Waar hij die vandaan had, wist Liam niet, maar toen hij de handvatten opende om het slot tussen de tanden te plaatsen, aarzelde hij.

'Wat is er?' vroeg James.

'Het is niet op slot. Het is al doorgeknipt.'

Hij wilde hier niet zijn.

Hij wilde hier niet zijn.

'Misschien heeft iemand het al gedaan,' zei James.

'Misschien. Maar ik was hier laatst nog, en toen was het niet zo. Denk je dat het Henry en zijn groepje was?'

'Zou kunnen,' antwoordde James met een schouderophalen.

Niemand zei verder nog iets over de kwestie. Toen draaiden de twee jongens zich naar Liam en keken hem verwachtingsvol aan.

'Ga jij maar, maat,' zei Ethan.

'Wat bedoel je met "ga jij maar"?' antwoordde Liam.

'Jij eerst. Dat zijn de regels. Je eerste keer met ons op pad, dan mag jij als eerste.'

Maar hij wilde niet als eerste gaan. Hij wilde hier niet zijn.

'Het is prima. Ga jullie maar. Laat zien hoe het moet,' zei hij, terwijl hij probeerde de angst in zijn stem te verbergen.

'De deur staat verdomme al open. Je hoeft 'm alleen maar open te duwen.'

'Doe niet zo flauw,' voegde James eraan toe.

'Ja. Doe gewoon open, verdomme. Het stelt niks voor. Duw gewoon. We zitten vlak achter je.'

Liam besefte al snel dat hij geen keuze had in deze zaak. Hij was al zover gekomen. Hij had al vier spoorlijnen overgestoken, de spuitbussen gekocht en betaald die ze zouden gebruiken. Hij had tijd, geld en energie geïnvesteerd - om nog maar te zwijgen over de absolute uitbrander die hij van zijn ouders zou krijgen als ze er ooit achter zouden komen - en dus kon hij nu niet meer terug. Wat zouden ze wel niet van hem denken?

'Maat, kom je nog of wat? Ik voel volgens mij mijn haar al grijs worden.'

Liam negeerde James' spot en liep langs hem heen.

Eerste keer spoorlijnen oversteken, dacht hij. Eerste keer inbreken in een verlaten kerk.

Langzaam duwde hij tegen de deur. Het scharnier kraakte luid, het geluid echode door de hal. De deur voelde zwaar in zijn armen, en hij moest zijn hele gewicht gebruiken om hem vooruit te duwen. Uiteindelijk, toen de opening groot genoeg was, stapte hij naar binnen. De lucht binnen was kil, ouder, alsof die daar al lange tijd had gezeten, wachtend.

Dat de geesten daar al lange tijd hadden gewacht.

Het licht van buiten drong nauwelijks het gebouw binnen, dus pakte hij zijn telefoon en zette de zaklampfunctie aan. Een brede kegel van hard wit licht verlichtte de betonnen vloer. De deur kwam uit op een klein gedeelte van de kerk. Hij verwachtte half een opstelling van banken en stoelen te zien die naar een altaar gericht waren, maar er was niets. De vloer was volledig leeg.

Achter hem kwamen Ethan en James voorzichtig binnen, hun bewegingen schichtig, aarzelend, net als die van hem. Het was geruststellend om te weten dat hij niet de enige was wiens kont was samengeknepen.

Hij wilde hier niet zijn.

Zij wilden hier niet zijn.

Liam liet zijn tas op de grond vallen en deed alsof hij aarzelde om dieper de kerk in te gaan door zijn spuitbussen tevoorschijn te halen. Maar Ethan en James hadden hetzelfde idee, en even later, de tassen achterlatend op de grond, liepen ze naar de voorkant van de kerk, hun pad verlicht door de zaklampfunctie op hun telefoons. Ze kwamen slechts een paar stappen ver voordat ze het lichaam op de grond zagen. Bleek wit onder de al witte gloed van hun zaklampen, naakt daar liggend, starend naar het plafond.

De kwade geesten.

De jongens verstijfden een moment, verdoofd en geschokt.

Ethan was de eerste die reageerde, waarmee hij bewees dat hij in feite het meest bang was van hen allemaal, door weg te sprinten, zijn schreeuw verbrijzelde Liams trommelvliezen. Hij werd onmiddellijk gevolgd door James, die op weg naar buiten tegen Liam opbotste en hem bij zinnen bracht.

Toen was het Liams beurt. Hij draaide op zijn tenen en rende naar buiten, struikelend over de tassen op de grond, en botste tegen de deur op weg naar buiten. Zichzelf oprapend van de grond, voegde hij zich een moment later bij de anderen, allemaal hijgend, in paniek, hun longen uit hun lijf schreeuwend in de open lucht voordat ze wegrenden terug naar de sporen, terug naar huis.

Vanavond was een avond van eerste keren geweest.

Eerste keer spoorlijnen oversteken.

Eerste keer inbreken in een verlaten kerk.

En nu kon hij het zien van een lijk voor het eerst aan het lijstje toevoegen.

HOOFDSTUK **ZESTIEN**

Tomek had moeite zijn ogen open te houden. Zijn tweede slapeloze nacht in twee dagen. De oproep, waarin hem werd meegedeeld dat er een lichaam was gevonden, was iets na drie uur 's nachts binnengekomen, twintig minuten nadat hij eindelijk zijn ogen had gesloten en weggedoezeld was naast Abigail, wier eerdere gedrag hem wakker had gehouden.

De verantwoordelijkheid om naar de plaats delict te gaan viel gewoonlijk toe aan de plaatsvervangende SIO, maar omdat hij er geen had aangesteld, had hij zichzelf aangewezen - en vervolgens onderweg zowel Chey als Rachel gebeld. Hij wilde dat zij er ook bij waren, slaperig en rusteloos. De noodoproep was gedaan door Vanessa Carmen, een buurvrouw die recht tegenover de Park Road Methodist Church woonde. Ze had gemeld dat ze geschreeuw uit de kerk had gehoord. Eerst dacht ze dat het een of andere geest was, een spook dat teruggekeerd was om slapende buren in de vroege ochtenduren te verstoren. Maar toen ze drie jonge jongens, niet ouder dan tieners, met hun capuchons over hun hoofd getrokken uit het gebouw zag rennen, vloekend en tierend, schreeuwend om hun moeders, wist ze dat er iets mis was. Maar ze was niet moedig genoeg geweest om uit te zoeken wat er aan de hand was.

'Die plek heeft me altijd de kriebels gegeven,' zei ze terwijl ze Tomek naar haar woonkamer bracht. 'Ik was bijna niet verhuisd vanwege dat gebouw. Ik weet niet wat het is. Gewoon... iets eraan.'

Je verbeelding... dacht Tomek, maar hij hield het voor zich. Terwijl hij wachtte tot de plaats delict werd vrijgegeven en de patholoog zou arriveren, vond Tomek het de moeite waard om met de belangrijkste getuige te spreken om zoveel mogelijk informatie uit haar te halen, maar het bleek dat ze de meldkamer al alles had verteld via de telefoon: dat ze was gewekt door luid geschreeuw, wat ze oorspronkelijk had aangezien voor een of andere poltergeist, waarna ze uit haar slaapkamerraam had gekeken en had gezien dat het drie tienerjongens waren die de kerk ontvluchtten.

'En u hebt geen van hun gezichten kunnen zien?'

'Ik wou dat het wel zo was. Maar ze renden in de andere richting, richting de spoorlijn.'

Tomek vond het niet de moeite waard om middelen te besteden aan het zoeken naar de jongens. Nog niet. Niet totdat hij kon bevestigen wat er in de kerk was. Na een kort moment van stilte bedankte Tomek haar voor de getuigenverklaring en gastvrijheid, en begaf zich toen naar de uitgang.

'Het spijt me dat ik niet naar binnen ben gegaan om te kijken,' zei ze op de drempel.

'Dat is oké. Dat is onze taak.'

'Weet u wat er daarbinnen is?' Ze wees naar de kerk en verlaagde haar stem, alsof wat ze bespraken een goed bewaard geheim moest zijn.

Tomek draaide zich om naar de kerk.

'Dat weet ik niet,' zei hij.

Maar ik heb een heel goed vermoeden wie *er daarbinnen is.*

'Ik ga het zo ontdekken.'

Ruim vier uur later stond Tomek, gekleed in zijn witte forensisch pak, zich mentaal voor te bereiden om de kerk te betreden. De toegang tot het Grade II monumentale gebouw was nu via de hoofdingang, aan de voorkant van het gebouw, onder de onheilspellende en angstaanjagende torenspitsen. Op die manier zou er geen risico zijn op besmetting van de zij-ingang die de jongens hadden gebruikt. Bij hem waren Chey, Rachel, Lorna Dean de gerechtelijk patholoog, en Rory Stevens, de manager van de plaats delict. Door een smalle opening in de deur zag Tomek een klein leger van forensisch onderzoekers in het wit gekleed, die zich door de ruimte bewogen, badend in een forensisch wit licht van de schijnwerpers die daar waren opgezet.

Tomek stond vooraan in de rij om naar binnen te gaan. Voordat hij dat deed, nam hij een moment om de structuur van het gebouw te observeren: de architectuur, het vakmanschap, de Kentse steen, het terras dat overwoekerd was geraakt met onkruid en planten sinds de sluiting in de jaren negentig, de aarde die was opgewaaid en verspreid langs de rand van het gebouw, de verf die begon af te bladderen en te schilferen, de glas-in-loodramen die waren dichtgetimmerd en verwaarloosd, een vergeten gebouw, achtergelaten terwijl het nieuwe tijdperk zich bleef ontwikkelen.

Toen Tomek eindelijk groen licht kreeg om naar binnen te gaan, haalde hij diep adem en stapte hij naar binnen.

Het duurde even voordat zijn ogen gewend waren aan het harde witte licht in de kerk, maar toen dat eenmaal zo was, kreeg hij het tafereel van Angelica Whitakers onberispelijke lichaam te zien, dat naakt op de koude betonnen vloer lag. Ze lag op haar rug, haar benen recht, tegen elkaar gedrukt, met haar tenen naar de hemel gericht. Haar armen waren in een hoek van vijfenveertig graden van haar lichaam geplaatst. Haar hoofd rustte perfect en haar borsten hingen aan weerszijden van haar ribbenkast. Niets daarvan was schokkend voor Tomek. Hij had naakte lichamen - dode, naakte lichamen - eerder gezien. Maar wat hem wel van zijn stuk bracht, waren de engelenvleugels die achter haar op de grond waren geschilderd. Engelenvleugels die met zorg, tijd en aandacht waren geschilderd. Engelenvleugels die met bloed waren geschilderd.

Tomek voelde een por in zijn rug. Hij had het niet beseft, maar hij was gestopt met bewegen, en de por in zijn rug was Chey die per ongeluk tegen hem aanliep.

'Jezus Christus,' mompelde Chey.

'Waarschijnlijk niet de beste plek voor godslastering, Chey,' antwoordde Tomek terwijl hij om het lichaam heen liep, waarbij hij ruime afstand hield van Angelica's ledematen en de vleugels.

Hij en de rest van het team liepen over de stapplaten die door het forensisch team waren neergelegd. Nu bekeek hij haar lichaam gedetailleerder. Een gezicht bij een naam. Een naakt lichaam dat overeenkwam met wat hij had gezien op een Instagram-post en een recente foto van de familie. Op geen van beide zag Angelica Whitaker er zo mager en ondervoed uit als nu voor hem. De ribben van haar borstkas staken zo prominent uit als de zon aan de hemel, haar bekken stak uit als de twee kerktorens, en haar wangen zagen eruit alsof ze ofwel geboren was met verbazingwekkende genetica of veel botox en cosmetische ingrepen had ondergaan. Volgens de foto's op haar sociale media-accounts zou haar lichaam er helemaal niet zo uit moeten zien. Wat nog verwarrender was, was dat er nauwelijks tekenen waren van lijkvlekken. Tomek had geen idee hoe lang ze al dood was, maar afgaande op de bleke kleur van haar huid en de geur die zich had ontwikkeld, was het langer dan een paar uur, wat erop wees dat ze was overleden op de avond dat ze was verdwenen. Op dat moment, zo'n vierentwintig uur later, had al haar bloed moeten beginnen te zakken, onder invloed van de zwaartekracht, en zich moeten verzamelen op haar laagste punt. Maar langs haar rug en de achterkant van haar dijen was er weinig teken daarvan. Niet zoveel als hij had verwacht.

Lorna Dean verwoordde zijn gedachten.

'Ik zou veel meer verwachten,' zei ze, haar vuurrode haar brandde door de stof van haar pak. 'Zelfs voor iemand van *haar* postuur.' Er klonk een lichte jaloezie in haar toon toen ze het zei. 'Ik zie ook geen fysieke snijwonden of verwondingen aan de buitenkant, wat betekent dat er geen *duidelijke* doodsoorzaak is.'

'Zou ze een overdosis kunnen hebben gehad?' vroeg Tomek, terwijl hij terugdacht aan de CCTV-beelden van de avond dat ze verdween, en de hand van Adam Egglington die tot tweemaal toe boven haar drankje zweefde.

'Mogelijk.'

Tomek hurkte neer. De gewrichten in zijn knieën kraakten en knarsten terwijl hij naar voren rolde op zijn voorvoeten, worstelend met zijn evenwicht. Hij liet zijn ogen langs Angelica's lichaam gaan, dit keer in de hoop dat de nieuwe hoek hem een ander perspectief zou geven, een andere aanwijzing over de manier waarop ze was gestorven. Zoals Lorna had gezegd, waren er geen fysieke sporen op haar lichaam, geen steekwonden, geen priksporen in haar elleboogholtes - niets. Haar huid, haar spieren en alles aan haar buitenkant was perfect, met een zachte gloed onder het witte licht. Wat erop wees dat de doodsoorzaak intern was geweest. Dat ze mogelijk een overdosis had gehad, of een beroerte of hartaanval had gekregen door wat Adam Egglington had geprobeerd haar te geven - en mogelijk was dat hem ook gelukt. Hoewel Tomek niet dacht dat dat waarschijnlijk was. Dit was eerder het werk van iemand anders. Iemand die de dood op een andere manier had toegebracht. En hij wilde weten hoe.

'Waar komt al dit bloed vandaan?' vroeg Chey terwijl hij zijn vinger uitstak om het aan te raken.

'Niet doen!' riep Rory Stevens, zijn diepe baritonstem kaatste tegen de muren. 'Waarom zou je het willen aanraken?'

'Om te zien of het nog nat was.'

'Of je had gewoon de vraag kunnen stellen. Je hoeft je hand niet in dingen te steken. Deed je dat veel als kind? Je hand in de broodrooster steken als die aan stond, misschien? Spelen met messen? Jezus Christus, maat-'

'Let op je woorden,' onderbrak Tomek, wijzend naar het altaar. 'De grote baas luistert mee.'

Rory's wenkbrauwen fronsten onder de bovenrand van zijn kap. 'Ik denk dat hij grotere demonen te bestrijden heeft, vind je niet?' Toen wees hij naar de engel op de vloer. 'Ik kan je vertellen dat het bloed opgedroogd is, dus je hoeft het niet aan te raken. Gebruik gewoon je ogen, alsjeblieft. We zijn allemaal volwassenen hier. Ik ben ervan overtuigd dat we daar allemaal toe in staat zijn.' Hij verplaatste zijn vinger naar de engelenvleugels naast Angelica's lichaam. 'We hebben verschillende bloedmonsters genomen. Hopelijk is het allemaal van hetzelfde lichaam, anders zou dat de zaak wat ingewikkelder maken. We hebben huidmonsters afgenomen, haren ontdekt, naar vingerafdrukken gezocht, naar vezels en sporen gezocht, en alles is gefotografeerd en gedocumenteerd. We zullen alles zo snel mogelijk opsturen voor onderzoek. We hebben ook de toegangspunten bekeken, en de tassen met gasflessen die op de grond waren achtergelaten. Het heeft een tweede mening nodig, maar de betonschaar die we op de grond vonden lijkt te klein om het slot daar te hebben gebroken.' Deze keer wees hij naar de houten deur aan de andere kant van de kerk. 'Wat suggereert dat de moordenaar het lichaam daar naar binnen heeft gebracht, maar het niet kon afsluiten.'

'Waar zijn haar kleren?'

Rory haalde zijn schouders op. 'We hebben overal gezocht, maar geen spoor van gevonden.'

Tomek knikte nadenkend. 'Voetafdrukken of vingerafdrukken bij de deur?'

'Een paar. Sommige duidelijker dan andere. Als ze terug zijn in het lab, zullen we ze door IDENT1 halen. Tegen het einde van de dag zouden we je daarover nieuws moeten hebben.'

Tomeks versie van het einde van de dag verschilde van die van andere mensen, en nu hun vermissingszaak zojuist was opgewaardeerd naar moord, zou er geen einde van de dag zijn: de dagen zouden in elkaar overvloeien en in de volgende rollen, zonder een eindpunt in zicht. Niet totdat ze hun moordenaar konden vinden.

'Vingerafdrukken ergens anders?' vroeg Rachel terwijl ze om Chey heen manoeuvreerde en naar Angelica's hoofd liep. 'Op haar lichaam?'

Rory schudde zijn hoofd. 'Geen.'

'Helemaal niets?'

'Ik kan het team opnieuw laten controleren, maar we hebben twee verschillende methoden gebruikt.'

Rachel hurkte naast Angelica's hoofd. 'De moordenaar moet dan handschoenen of iets dergelijks hebben gebruikt. Ik kan me voorstellen dat het bijna onmogelijk is om het lichaam hier naar binnen te slepen zonder een vingerafdruk achter te laten.'

Niemand zei iets terwijl ze voorover boog, inzoomend op Angelica's gezicht.

'En ze hebben make-up op haar aangebracht,' voegde ze toe.

'Wat bedoel je?' vroeg Tomek.

'Andere make-up.'

'Hoe dan?'

'Verdorie,' ging ze verder, tegen zichzelf pratend. 'Het is beter dan alles wat ik ooit heb kunnen doen. Ik weet dat ik niet veel draag, maar-'

'Rach,' onderbrak Tomek streng.

De agent merkte de intonatie in zijn stem op en legde uit. 'Ik keek naar de foto's die haar vrienden hadden gemaakt tijdens hun avondje uit, en daarop droeg Angelica geen lippenstift. Maar nu wel. Haar wimpers waren niet volgeladen met mascara, maar nu wel. Haar wangen hadden geen rode tint, maar nu wel. En haar wenkbrauwen...' Ze zoomde nog verder in. 'Het lijkt alsof ze zijn geëpileerd of een beetje in model zijn gebracht.'

Tomek dacht hierover na. Hij liep om haar lichaam heen en kwam aan de andere kant tot stilstand, tegenover Rachel. Hij keek de rechercheur in de ogen.

'Zou ze dit zelf hebben kunnen doen nadat ze thuiskwam?'

'In twintig minuten? Geen kans. Misschien als ze een professional is, maar dat denk ik niet. En ik heb stewardessen eerder gezien - zij nemen graag de tijd voor hun make-up, vooral als ze aan het werk zijn. Bovendien duurt het bij mij wel een uur om er elke ochtend zo uit te zien, en dit is nog maar half fatsoenlijk.'

'Half fatsoenlijk? Jij? Nooit,' zei Tomek.

'Hou je mond.'

Dat hoefde ze hem geen twee keer te zeggen.

'Wie dit ook gedaan heeft, heeft serieus tijd, zorg en moeite genomen om haar er zo uit te laten zien. Ze zouden lange tijd bij het lichaam hebben moeten doorbrengen. Ofwel is iemand geobsedeerd door haar, of ze zijn een beetje gestoord in hun hoofd.'

'Of allebei,' voegde Tomek toe.

HOOFDSTUK **ZEVENTIEN**

Rose Whitaker had haar juwelierswinkel vroeg gesloten zodat ze bij de familie kon zijn om het laatste nieuws te horen. Ze waren met z'n vieren, samen met Tomek en rechercheur Anna Kaczmarek, de familieliaisonofficier van het team, verzameld in de ruime woonkamer van Daphne en Roy. Ze woonden ruim dertig minuten verderop, in het pittoreske stadje Witham, vlakbij Brentwood, een locatie die bekend werd door de realityserie *The Only Way Is Essex*. Ondanks het vertoon van rijkdom - met hun Barbour-jassen, Joules-tassen, Ralph Lauren-polo's en Nautica-broeken - woonden Roy en Daphne in een bescheiden huis met twee slaapkamers. Het pand was gebouwd in de jaren negentienhonderd en had eikenhouten balken aan het plafond, betegelde vloeren van een lokale steenhouwer en een bakstenen open haard. In de woonkamer stonden twee banken die uitkeken op een kleine televisie in de hoek van de kamer. Langs de muren stonden verschillende modelvliegtuigjes op planken en foto's van Roy en Daphne door de jaren heen; foto's van hen in verschillende landen, met het jaar en de locatie gegraveerd in de fotolijsten. Tomek telde er snel veertien. Veertien landen waar hij alleen maar van had kunnen dromen. Mauritius. Bali. Thailand. Australië. Nieuw-Zeeland. En nog veel meer. En dat was alleen nog maar in de woonkamer; er waren er nog tientallen in de hal, op de trap en in de keuken. Naast de foto's, boven de open haard, stonden verschillende voorwerpen en relikwieën uit elk land die ze hadden meegebracht. Het meest interessant was een klein houten instrument in de vorm van een maraca dat was beschilderd met rode, gele en witte stippen. Eronder stond een klein plaatje met de tekst *Zuid-Afrika, 2003*.

Tomek staarde er nog naar toen er een kop thee in zijn handen werd gedrukt. Hij bedankte Daphne, nam toen snel een beleefde slok terwijl Daphne weer ging zitten en een hand op de knie van haar man legde. Van links naar rechts zaten Rose, Roy, Daphne en hun zoon Johnny, allemaal samengepakt op dezelfde vierpersoonsbank. Aan het uiteinde zat Johnny voorovergebogen, ellebogen op zijn knieën, handen in elkaar gevouwen, zijn linkerknie nerveus op en neer bewegend, ogen strak gericht op Tomek. Het was duidelijk te zien aan zijn gepijnigde gezichtsuitdrukking, zijn vernauwde ogen en zijn strak getrokken lippen, dat hij zijn tranen probeerde te bedwingen. Dat hij al wist wat er zou komen. Nu Tomek de familieleden naast elkaar zag zitten, zou hij niet zeggen dat ze familie waren. Er was geen gelijkenis tussen Johnny en zijn ouders. De man was fysiek veel groter dan zijn vader, met bredere schouders, dikke boomstammen als benen en meer gedefinieerde spieren. Zijn neus was dunner, zijn oren lagen iets platter tegen zijn hoofd en zijn schedel was ovaalvormig vergeleken met de ronde schedels van Roy en Daphne. Om nog maar te zwijgen van Johnny's kalende haar, een kenmerk dat Roy's generatie blijkbaar had overgeslagen. Over het algemeen was Johnny Whitaker gezegend met het goede uiterlijk dat zijn vader nooit had gehad. Hetzelfde gold voor Angelica.

'Hoe was Dublin, Johnny?' vroeg Tomek, waardoor de man opschrok.

'Dublin?'

'Ja. Rose zei dat je weg was voor je werk.'

'Ah, juist.' Hij werd verlegen, nerveus. 'Het was... prima. Gewoon een routinebezoek. Niets bijzonders.'

'Mooi zo.'

Nu dit korte gesprekje voorbij was, schraapte Tomek zijn keel en bereidde zich voor om hetzelfde te zeggen wat hij door de jaren heen al honderden keren had gezegd, dezelfde woorden die nooit makkelijker werden.

'Het spijt me dat ik degene moet zijn die u dit vertelt,' begon hij, zijn stem kalm, neutraal, 'maar ik vond dat het van mij moest komen. Vanmorgen, een paar uur geleden, werd een lichaam gevonden midden in een kerk dat we geloven van uw dochter te zijn.'

De schelle kreet verliet Roy Whitakers mond voordat Tomek verder kon gaan. Hij begon onmiddellijk te snikken en zijn hoofd viel in zijn handen, zijn lichaam schokte terwijl de tranen begonnen te stromen. Ondertussen sprong Johnny Whitaker van de bank en begon heen en weer te ijsberen, handen gebald tot vuisten, lichaam gespannen.

'Nee,' zei hij. 'Nee, nee, nee. Ze kan niet dood zijn. Ze is het niet. Kan haar niet zijn.' Toen draaide hij zich naar Tomek en wees met een intimiderende vinger naar hem. 'Hoe weet u dat zij 't is?'

'Dat weten we niet definitief,' antwoordde Tomek, zijn stem nog steeds beheerst.

'Dus misschien is zij 't dan niet?'

'Meneer,' zei Anna zachtjes. 'We hebben redenen om aan te nemen dat het slachtoffer in kwestie uw zus is. Haar lichaam is nu weggebracht zodat we een lijkschouwing kunnen uitvoeren. En we hebben iemand nodig die naar beneden komt om het lichaam te identificeren. Ik begrijp dat dit als een verschrikkelijke en pijnlijke schok komt voor u allemaal, maar we moeten het lichaam zo snel mogelijk identificeren zodat ons onderzoek kan doorgaan.'

'Fuck nee. Ik ga daar niet heen. Dat kan ik niet! Iemand anders moet dat maar doen!' schreeuwde Johnny uit volle borst, terwijl hij in elkaar dook en in zijn knieën begon te huilen. Toen ze het duidelijke ongemak van haar man voelde, haastte Rose zich naar hem toe en troostte hem met een knuffel. Terwijl ze naast hem neerboog, duwde hij haar weg en smeet haar op de stenen vloer. Ze krabbelde snel overeind en zweefde aarzelend naast haar man, waarbij ze er niet in slaagde de beschaamde uitdrukking op haar gezicht te verbergen. Naast haar, op de bank, had Daphne haar arm om haar man heen geslagen en wiegde hem heen en weer als een baby.

'Mijn lieve meisje,' zei Roy tussen hortende ademhalingen en achter de tranen. 'Hoe zag ze... hoe zag ze eruit? Heeft ze... heeft ze... Heeft ze geleden?'

'Het is te vroeg om dat te zeggen,' antwoordde Tomek. 'De lijkschouwing zal hopelijk veel van die vragen beantwoorden.'

'Hoe is ze... hoe is ze gestorven?' ging Roy verder.

'Ook daar is het te vroeg voor om iets over te zeggen. De lijkschouwing zal ons dat aangeven.'

'Wanneer is de lijkschouwing?' vroeg Daphne, haar stem sterker, meer beheerst.

'Morgenochtend.'

Plotseling stopte Johnny met huilen en stond op, zijn rug recht. 'Waarom moeten we wachten? Waarom zo lang?'

'Dat is gewoon het tijdstip dat we hebben gekregen.'

'Dat is fucking bullshit! Waarom kan het niet meteen? Ik wil weten-'

Tomek stond op van de bank en stapte tussen Johnny en Anna in. Qua lengte scheelde het niet veel, en ze hadden beiden een vergelijkbare bouw, maar Tomek had de zijne beter benut, en was meer dan bereid om in te grijpen indien nodig.

'Luister,' zei hij, 'ik begrijp dat u overstuur bent. Maar we proberen gewoon ons werk te doen. We willen de persoon die dit uw zus heeft aangedaan net zo graag vinden als u, oké?'

'Ik maak ze dood! Ik maak ze verdomme dood!'

De beweging was zo plotseling, zo snel, dat Tomek geen tijd had om te reageren of zelfs maar te schrikken. In een flits had Johnny de dichtstbijzijnde fotolijst van de muur gegrepen, van de haak getrokken en over Anna's hoofd heen richting de eettafel geslingerd. Het glas verbrijzelde op het oppervlak en verspreidde zich over de vloer. Tegen de tijd dat Tomek eindelijk reageerde, had de man het Zuid-Afrikaanse muziekinstrument opgepakt en het in dezelfde richting door de kamer gegooid. Tomek greep de handen van de man vast en hield hem tegen. Rose kwam naast hem staan en legde een hand op het gezicht van haar man, waardoor hij gedwongen werd haar in de ogen te kijken. Ze hielden elkaars blik vast voor een fractie van een seconde – blijkbaar genoeg om te communiceren wat er gezegd moest worden – en toen trok ze hem de woonkamer uit naar de keuken, en smeet de deur achter hen dicht.

'Het spijt me voor hem...' begon Daphne, haar stem zachter dan voorheen. 'Hij heeft altijd... hij heeft altijd een opvliegend karakter gehad.'

'Het geeft niet. We zijn wel wat gewend.'

'U probeert gewoon uw werk te doen.'

Tomek waardeerde het gebaar met een zachte glimlach en nam weer plaats, reikend naar zijn mok. Een lang moment hield hij deze tegen zijn lippen. Het geluid van ruziën, snikken en jammeren drong door vanuit de keuken, als echo van Roys gesnik recht voor hen.

Ondertussen was Daphnes gezichtsuitdrukking leeg geworden, afwezig. Ze was verzonken in diepe gedachten, starend naar de plek op de muur waar de fotolijst en het instrument net nog hadden gehangen. Toen ze sprak, verraste het hem.

'Waar heeft u haar lichaam gevonden, rechercheur?'

'Park Road Methodistenkerk,' antwoordde Tomek.

Roy maakte zich los uit Daphnes armen en ze keken elkaar aan.

'Park Road?'

'Kent u die?'

'Dat is... dat is waar de kinderen zijn gedoopt,' legde Daphne uit. 'We waren een van de laatste mensen die er gebruik van maakten voordat ze zonder geld kwamen te zitten.'

Tomek maakte een mentale notitie.

'Denkt u dat de moordenaar dat misschien wist?' vroeg Daphne.

'Mogelijk,' zei Tomek, hoewel hij besloot niet toe te voegen wat hij werkelijk dacht: Ofwel dat, ofwel de moordenaar vond toevallig een verlaten gebouw en gebruikte het als zijn kunstatelier.

Daphne moet de uitdrukking op zijn gezicht hebben gelezen, want ze zei: 'U heeft ons niet verteld hoe u haar heeft gevonden, rechercheur.'

Tomek slikte diep voordat hij antwoordde.

'Weet u zeker dat u het wilt horen?'

Daphne en Roy wisselden een blik uit voordat ze tegelijkertijd knikten.

'Ze was naakt,' legde hij uit. 'Liggend op haar rug, in het midden van de kerk. Rond haar lichaam waren vleugels geschilderd met wat we denken dat haar bloed was. Er waren geen duidelijke fysieke wonden of snijwonden op haar lichaam, dus we denken niet dat ze heeft geleden. Maar wat ik u kan vertellen is dat we alles in onze macht zullen doen om degene te vinden die dit uw dochter heeft aangedaan, en Anna hier zal u op de hoogte houden van alles wat binnenkomt, zodra het binnenkomt.'

Tomek gaf Angelica's ouders de tijd om elkaar te omhelzen, om bij elkaar te zijn op dit moment waarop hun levens zojuist gebroken waren, verscheurd.

Het duurde een tijdje voordat iemand sprak. Uiteindelijk was het Roy die dat deed. Zijn gezicht was rood aangelopen, zijn ogen bloeddoorlopen, druppels snot hingen aan zijn neus.

'Ik kan het niet geloven,' zei hij. 'Mijn lieve engel, mijn kleine meisje. Ik kan niet geloven dat ze er niet meer is.'

HOOFDSTUK **ACHTTIEN**

Anna was bezweken onder de druk van de familie Whitaker en had geregeld dat zij Angelica's lichaam zo snel mogelijk konden identificeren. Bijna vier uur na hun oorspronkelijke ontmoeting, en bijna tien uur in totaal sinds het lichaam voor het eerst was gevonden, was Angelica van de kerk naar het mortuarium van het Southend Ziekenhuis verplaatst. Op dit moment was Anna daar beneden bij hen om Angelica's identiteit te bevestigen voorafgaand aan haar autopsie de volgende ochtend. Ondertussen zat Tomek in de ruimte voor grote incidenten met Chey, Rachel en rechercheur Oscar Perez, of Kapitein Eigenlijk, zoals hij liefkozend werd genoemd. Sinds het onderzoek was opgewaardeerd naar moord, had Tomek toestemming gekregen om een extra teamlid in te schakelen, waardoor het aantal van twee naar drie was gegaan. Het was nog steeds een belachelijk laag aantal voor een moordonderzoek, maar Tomek was ervan overtuigd dat hij de beste mensen voor de klus had.

Ze hadden zichzelf de afgelopen dertig minuten opgesloten in de MIR en een briefje op de deur gehangen dat ze niet gestoord mochten worden. Een buurman van Angelica - iemand die verderop in de straat woonde - had een handvol bewakingsbeelden van hun voordeur opgestuurd. Het bevatte beelden van de avond van haar verdwijning, maar Chey had ook om de dagen ervoor gevraagd, voor het geval ze iemand zouden opmerken die rond Angelica Whitakers flat hing voordat ze was verdwenen. Eerst waren ze begonnen met de avond van haar verdwijning, precies op het moment dat ze het huis had verlaten om naar de club te gaan. Ze was om 22:30 uur op het camerascherm verschenen, lopend naar een taxi waar ze instapte. Sindsdien hadden ze alleen maar een handvol auto's heen en weer zien rijden, en een enkele buitenkat die voor de lens langs liep. Nu waren ze bij 01:28 uur, het tijdstip waarop ze terug zou komen van de club.

Ze arriveerde een paar seconden later. Het beeld op het scherm was zwart-wit en zwaar gepixeleerd, wat het moeilijk maakte om bepaalde kenmerken te onderscheiden - met name het merk en model van passerende voertuigen - maar er was geen twijfel mogelijk over de taxi die alle meisjes had afgezet, en er was geen twijfel dat een van de passagiers Angelica Whitaker was geweest. Na hachelijk uit de minicab te zijn gegleden, struikelend op haar hoge hakken en haar rok naar een comfortabelere lengte trekkend, kuste ze haar vriendinnen gedag, sloot de deur en zwaaide terwijl de auto draaide en wegreed. Toen de auto uit beeld was verdwenen, bleef ze daar staan, nog steeds zwaaiend, nog steeds kijkend, alsof ze bevroren was.

Een moment vroeg Tomek zich af of ze naar links of rechts zou gaan - links naar haar huis of rechts naar haar dood. Een seconde later draaide ze naar links, dronken slenterend in de richting van haar huis.

En toen werd het stil op de beelden voor een tijdje. Niets, behalve af en toe een waaiend blad of een voorbij dravende vos. Tomek vond er altijd iets griezeligs aan om naar een stilstaand beeld op de CCTV te kijken. Zijn hersenen wisten dat er niets was, maar omdat hij wist dat het een video was, speelde zijn geest hem parten en deed hem geloven dat er iets zou uitspringen en hem zou aanvallen, zoals een scène uit *Paranormal Activity*.

Tomek keek naar de tijdsaanduiding op het scherm. Er stond 01:51. Nog één minuut voordat haar telefoon de verbinding met de zendmasten zou verliezen. Minder dan dertig seconden later verscheen er een auto vanaf de hoofdweg, waarvan de LED-koplampen de beveiligingscamera verblindden en hun zicht op het voertuig verstoorden. Tomek gaf Chey opdracht de beelden te pauzeren. Hij stond op uit zijn stoel en liep dichter naar de monitor om het voertuig te inspecteren. De lichten waren te fel, en het werd afgeschermd door andere auto's op de weg. Dat, en het feit dat de helderheid van de beelden zo korrelig was als iets uit de jaren tachtig, maakte het onmogelijk om de auto te identificeren.

Tomek zei tegen Chey dat ze de weergave moest hervatten.

Tien seconden later, met de auto geparkeerd aan de kant van de weg, verscheen er een figuur. Angelica. Gekleed in wat leek op dezelfde outfit die ze slechts twintig minuten eerder had gedragen. Ze huppelde naar de auto, stapte in en reed weg, onwetend op weg naar haar dood.

HOOFDSTUK **NEGENTIEN**

Tomek was ervan overtuigd dat Angelica Whitaker in de auto was gestapt omdat het iemand was die ze kende. Iemand die ze vertrouwde.

Kort nadat hij de beelden had gezien, had hij Chey en Martin gevraagd om bij de lokale taxibedrijven te informeren of ze verzoeken hadden ontvangen voor een ophaalservice bij Angelica's huis, maar geen van hen had melding gemaakt van dergelijke telefoontjes. Daarna had hij hen gevraagd om dezelfde informatie bij Uber op te vragen. Maar hij twijfelde. Er was iets aan de manier waarop ze naar de auto was gehuppeld, met een veerkrachtige tred, en zonder aarzeling voorin was gestapt. Er was niets van dat 'Ophalen voor Angelica?' gedoe dat hoort bij het instappen van een taxi, die korte pauze waarin je met de chauffeur spreekt om er zeker van te zijn dat hij op de juiste plek is. Nee, dit was iemand die ze kende. Iemand die ze verwachtte.

En wie paste beter in dat plaatje dan een ex-vriendje?

Tomek klopte op de deur van Sammy Mercers huis en wachtte. Een paar ogenblikken later ging de voordeur open en werd hij begroet door een vrouw van eind vijftig, met een bobkapsel en een dikke bril die dicht tegen haar gezicht gedrukt zat. Ze keek hem verward aan.

'Ja?' vroeg ze, met aarzeling en voorzichtigheid in haar stem.

Tomek deed een stap achteruit om haar opkomende angst weg te nemen en haalde toen zijn politielegitimatie uit zijn zak. 'Ik vraag me af of ik op het juiste adres ben. Woont Sammy hier?'

'Sammy?'

'Ja. Sammy Mercer. Ik wilde graag met hem spreken.'

'Sammy? De *politie*? Wat moet u van Sammy?'

'Het gaat over Angelica Whitaker...'

Het gezicht van de vrouw klaarde op bij het horen van Angelica's naam. 'O, Angie. Ik mis haar zo... en Sammy was nooit meer dezelfde na hun breuk. Maar... maar is ze in orde? Is alles goed met haar?'

Tomek had geen tijd voor dit soort zaken.

'Is Sammy thuis? Ik moet echt met hem spreken.'

'O. Ja. Juist. Oké. Ja, hij is er.'

Terwijl ze de naam van haar zoon riep, duwde ze de deur wat dichter, alsof ze wilde voorkomen dat Tomek haar zou horen. Even later klonk er een diepe stem vanuit het huis.

'Hij komt eraan,' zei Sammy's moeder, maar ze maakte geen aanstalten om hem binnen te nodigen. Ze wachtten ongemakkelijk, starend naar elkaar, terwijl Tomek wachtte om binnengelaten te worden.

Toen de uitnodiging niet kwam, vroeg hij: 'Is het goed als ik binnen met Sammy spreek? Dit is belangrijk.'

'Goed, mam, wat is-'

Sammy sprong van de onderste trede en kwam in zicht. Op zijn hoofd droeg hij een gamingkoptelefoon die verbonden was met een PlayStation-controller in zijn hand. Hier stond een man van begin dertig, gekleed in een joggingbroek en een T-shirt, die nog steeds bij zijn ouders woonde en videospelletjes speelde. Tomek stelde zich voor dat de man meerkleurige LED-lampjes boven zijn computerscherm en achter zijn hoofdeinde had, en een muur vol Pokémon-speelgoed en -kaarten die een ereplaats innamen op een boekenplank.

'Sammy, dit is de politie.'

'Hoi.' Tomek glimlachte en zwaaide even.

Hij wachtte niet op een reactie, noch wachtte hij op een uitnodiging, hij stapte de krappe deuropening binnen en gebaarde naar een andere kamer in het huis. 'Zullen we?'

'Mam, waar gaat dit over?'

'Ik weet het niet, lieverd. Waarom doe je niet wat de man zegt en bespreken we het samen.'

Tomek was terughoudend om met Sammy te spreken in het bijzijn van zijn moeder, maar besloot dat dit de weg van de minste weerstand zou zijn, dus stemde hij toe. Ze gingen naar de keuken, waar Tomek tegen het aanrecht naast het fornuis leunde en zijn notitieboekje tevoorschijn haalde, waarbij hij het ene been over het andere sloeg.

'Is het Sammy of Sam?'

'Sam is prima.'

De man zette zijn borst vooruit, maar er was geen hoeveelheid opblazen die ervoor zou zorgen dat Tomek hem serieus zou nemen, niet zolang hij die koptelefoon nog op zijn hoofd had.

'Ik zal het kort houden,' begon Tomek. 'Ik ben hier om u een paar vragen te stellen over uw relatie met Angelica Whitaker.'

"Lica? Waarom? Wat is er met haar gebeurd? Ze heeft toch geen dingen gezegd, hè?'

'Wat voor dingen zouden dat zijn?'

'Gewoon... dingen.'

'Wilt u dat verduidelijken?'

'Niet voordat ik weet waarover u vragen stelt.'

'Het is onder onze aandacht gekomen dat jullie een relatie hadden?'

'Ja...'

'Hoe lang?'

'Ongeveer zes maanden.' De voorzichtigheid in Sammy's toon was overduidelijk.

'Weet u nog wanneer het begon? Welke maand?'

Overweging. 'Maart vorig jaar.'

'En zes maanden zou u brengen tot september vorig jaar?'

'Toen ze terugkwam van het einde van haar seizoen, ja.'

'Dus ze was bij u gedurende het seizoen, toen ze de wereld over vloog?'

'Ja.'

'Zag u haar veel in die periode?'

'We probeerden het. Ze kwam een of twee keer langs. Maar uiteindelijk was het moeilijk.'

'Dat verbaast me niets. Wie maakte het uit?'

'Zij. Ze zei dat we op verschillende plekken in ons leven zaten, dat ik niet *volwassen* genoeg was.' Hij zwaaide met de afstandsbediening in de lucht terwijl hij het zei, waardoor het voor Tomek moeilijk was om het met haar oneens te zijn.

'Natuurlijk,' zei hij, met een vleugje sarcasme in zijn stem. 'En hoe nam u het op?'

'Niet erg goed, hè Sammy?' voegde zijn moeder toe, terwijl ze een hand op de rug van haar zoon legde. 'Arme Sammy zat urenlang opgesloten in zijn slaapkamer. Je wilde er niet uitkomen, toch?'

'*Mam*... hij komt voor *mij*, niet voor jou.'

'Goed. Sorry, schat. Vertel jij het maar aan de detective, lieverd.'

Sammy wierp zijn bemoeizuchtige moeder een berispende blik toe voordat hij zich weer tot Tomek wendde. 'Ik... ik mocht haar echt graag. Ik dacht dat zij de ware was, maar ik denk dat het niet zo mocht zijn. Ik had met haar gesproken over uit huis gaan en misschien bij haar intrekken, mijn leven oppakken en dichter bij haar gaan wonen. Ik was bereid om alles te doen om het te laten werken, maar ze wilde niets daarvan.'

'Heeft ze je dat verteld?'

'Nou, nee, niet precies...' Sammy legde de controller op de toonbank en deed zijn koptelefoon af. 'Maar ik denk dat dat is wat ze bedoelde toen ze zei dat we op verschillende plekken in ons leven zaten, dat we verschillende dingen wilden.'

Tomek begreep haar redenen om het uit te maken, en een deel van hem dacht dat er meer achter zat dan alleen een verschil in levenspad - veel meer. Misschien was het zijn onvolwassenheid geweest, of het feit dat hij een bemoeizuchtige moeder had die nog steeds haar hand niet van zijn rug had gehaald.

Maar wat hij moeilijk kon begrijpen was hoe die twee überhaupt bij elkaar waren gekomen.

'Hoe hebben jullie elkaar ontmoet?' vroeg Tomek.

'Tijdens een avondje uit. In een bar in Leigh. We raakten per ongeluk aan de praat, en uiteindelijk gaf ze me haar nummer. We spraken een paar keer daarna en toen vroeg ik haar mee uit. De rest ging vanzelf.'

Tomek knikte. Niets bijzonders. Een vrij standaard, zo niet archaïsche manier om mensen te ontmoeten. Tegenwoordig leek alles online te gaan, met apps als Tinder, Bumble, Plenty of Fish - en tal van andere willekeurig benoemde apps die de norm waren voor het creëren van relaties in de eenentwintigste eeuw.

'Wanneer heb je voor het laatst met Angelica gesproken?' vroeg Tomek, plotseling een andere richting inslaand.

Tot nu toe was Sammy meer dan meegaand geweest in het beantwoorden van zijn vragen, ondanks zijn eerdere protesten, maar nu verstijfde hij, legde een hand op zijn controller, alsof het zijn veiligheidskleed was. Of hij ging het uiteinde gebruiken om Tomek op zijn hoofd te slaan. In dat geval wilde Tomek dat wel meemaken. Hij kon wel een lachje gebruiken.

'Een tijdje geleden,' zei hij, terughoudend.

'Kunt u specifieker zijn?'

Hij draaide zijn hoofd opzij, maar hield zijn ogen gericht op die van Tomek. 'Waarom wil je dat weten?'

'Omdat ze vanochtend dood is gevonden. We voeren getuigen- en karakterinterviews uit als onderdeel van ons routineonderzoek. Als haar meest recente vriend hopen we u uit te kunnen sluiten van ons onderzoek.'

Sammy liet de controller op de toonbank vallen. Zijn moeder sloeg haar armen om hem heen en snikte om de een of andere reden; snikte om de vrouw die ze een handvol keren had ontmoet. Ondertussen was Sammy's gezicht leeg, expressieloos, alsof hem net was gevraagd voor het eerst een sudoku op te lossen.

'Is ze dood?' herhaalde hij, zijn stem zwak.

'Helaas wel, ja.'

'Wanneer? Hoe?'

Tomek gaf hem de standaardantwoorden. Dat ze het nog onderzochten, dat ze niet te veel konden zeggen terwijl het onderzoek nog liep.

'Ik kan het niet geloven,' vervolgde Sammy. 'Ik... het is nog maar een paar weken geleden dat ik voor het laatst met haar sprak.'

'Echt waar? Waar hebben jullie het over gehad?'

'Nou... misschien was dat verkeerd uitgedrukt. Laat ik het anders zeggen. Ik stuurde haar een berichtje, waarin ik vroeg hoe het met haar ging en of ze wilde bijpraten of afspreken, maar ze reageerde niet. Ze ghostte me.'

Dat was een nieuwe term waar Tomek aan zou moeten wennen. Gelukkig had hij het van iemand anders gehoord zonder zichzelf en Kasia in verlegenheid te brengen door het haar te moeten vragen.

'Wanneer heb je voor het laatst iets van Angelica gehoord?'

Sammy haalde zijn telefoon uit zijn broekzak. Hij ontgrendelde het apparaat en scrollde door zijn berichten met zijn ex-vriendin.

'De laatste keer dat ze reageerde was in december, alleen om prettige kerstdagen te wensen.'

'Juist. En hoe vaak heb je geprobeerd contact met haar op te nemen?'

Sammy telde snel. 'Twintig keer,' antwoordde hij openhartig, zonder enige schaamte of gêne in zijn stem. Twintig keer in minder dan drie maanden. Tomek dacht niet dat hij Abigail zo vaak had ge-sms't, en zij kenden elkaar al jaren. Nu begreep hij wat Elodie Locket had bedoeld toen ze zei dat Sammy de breuk slecht had verwerkt.

'Wanneer heb je haar voor het laatst in persoon gezien?' vroeg Tomek.

'Toen we uit elkaar gingen. Ze had tenminste de waardigheid om het me in mijn gezicht te vertellen in plaats van via de telefoon. Ik denk niet dat ik dat had aangekund. Daarna probeerde ik naar plekken te gaan waarvan ik wist dat zij er kwam, haar gebruikelijke plekken, maar ze was er nooit. Ik wilde haar toevallig tegenkomen, misschien een praatje maken, kijken of we de dingen weer op gang konden brengen, maar ik denk dat ze met nieuwe groepen was gaan omgaan want ik zag haar nergens.'

Waarschijnlijk omdat ze je probeerde te vermijden, dacht Tomek. Hij kon het haar ook niet kwalijk nemen. Hij zou hetzelfde hebben gedaan als iemand als Sammy in zijn leven was geweest. De man had hem zorgen moeten baren, maar dat deed hij niet. Hij kreeg niet de indruk dat de man een moordenaar was. In een videospel, ja. Maar in het echte leven, met een vrouw op wie hij verliefd was en met wie hij een relatie wilde laten werken? Tomek was er niet zo zeker van.

Maar het was niet definitief. Hij had het in het verleden mis gehad en was bereid toe te geven dat hij het weer mis kon hebben. Tot hij de laatste vraag stelde die hij voor Sammy had.

'Wat deed je twee nachten geleden?'

'Ik was online, met wat vrienden.'

'Om twee uur 's nachts?'

'Hmm. Op dat moment lag ik waarschijnlijk al te slapen.'

'Je bent niet naar haar huis gereden?'

'Nee.'

'Ze is gezien toen ze net voor twee uur 's nachts haar huis verliet. Dat is de laatste keer dat ze levend is gezien.'

Hij haalde zijn schouders op. 'Dat kan ik niet zijn geweest.'

'Nee?'

'Nee, maat. Ik kan niet autorijden.'

HOOFDSTUK **TWINTIG**

Tomek bracht de auto tot stilstand en zette de motor uit. De regen tikte zachtjes tegen de voorruit. Hij slaakte een diepe, zware zucht. De haren in zijn nek stonden overeind. Niet door het kalmerende geluid van de regen die op de metalen kooi om hem heen viel, maar omdat hij woedend was, gefrustreerd. Iets tijdens de rit van kantoor naar huis, ergens op de route die hij zo vaak had afgelegd, had hem herinnerd aan de brief die hij van Nathan Burrows had ontvangen.

Heeft Dawid je ooit verteld dat hij me een keer kwam bezoeken?

Dat zijn broer de moordenaar van Michał had bezocht zonder er iets over te zeggen, maakte hem woedend.

Het is inmiddels al vele jaren geleden.

Dat hij het al die tijd geheim had gehouden, maakte zijn afschuw alleen maar groter.

We hebben gepraat, we hebben gediscussieerd.

Dat Dawid mogelijk dingen wist die Tomek niet wist, gaf hem zin om zijn oudere broer te wurgen. En niet te stoppen tot iemand hem zou dwingen.

Sinds de dood van Michał waren ze uit elkaar gegroeid, afstandelijk geworden. Ze waren daarvoor nooit echt close geweest, maar de moord op hun middelste broer had de kloof tussen hen vergroot. Het was geen geheim dat iedereen in Tomeks familie een zekere wrok tegen hem koesterde vanwege het verdriet en de pijn die hij hen door de jaren heen had bezorgd. Dawids wrok was ingetogen, stil geweest, maar niet minder diepgaand. Zijn broer had niet voor hem opgekomen op het schoolplein, had hem niet geholpen met zijn huiswerk, was er niet geweest om hem te steunen zoals een oudere broer dat hoort te doen tijdens het opgroeien. In plaats daarvan had hij voor zichzelf gezorgd, was hij het enige lichtpuntje in de ogen van hun ouders geworden, en hij had ervan genoten. Nu was hij een zeer succesvolle, goedbetaalde verzekeringsmakelaar met een gezin - en geheimen - van hemzelf. Tomek kon zich niet herinneren wanneer hij voor het laatst met Dawid had gesproken. Maar iets zei hem dat hij zich dit gesprek zou herinneren.

Hij keek naar zijn schoot, haalde zijn telefoon uit zijn zak en zocht Dawids nummer op in zijn adresboek. Terwijl de telefoon in zijn oor overging, keek hij de straat rond, waarbij zijn ogen langzaam op het vlakke woonkamerraam vielen. De lichten waren aan, de gordijnen nog niet dichtgetrokken. Kasia was al uren thuis, maar het was altijd het laatste waar ze aan dacht.

'Hallo, meneer Tumnus,' zei Dawid plotseling in zijn oor. Zijn accent was zwaarder dan dat van Tomek, alleen omdat hij ouder was en de overgang van Pools naar Engels veel moeilijker had gevonden. 'Wat een leuke verrassing. Is alles in orde?'

'Dat moet jij mij vertellen.'

Een korte pauze. Tomek hoorde het geluid van een deur die dichtging.

'Wat is er gebeurd?' vroeg Dawid. 'Is er iets mis?'

'Dat moet jij mij vertellen.'

'Dat zou ik doen als ik wist waar je het verdomme over had, maat.'

'Nathan Burrows.'

Nog een korte pauze. Deze keer gevolgd door het geluid van voetstappen. 'Die naam ken ik. Wat is er gebeurd?'

'Ik wed dat je hem verdomme kent,' zei Tomek, terwijl hij voelde dat zijn lichaam begon te zwellen van woede en agressie. 'Ik hoorde laatst van hem. Kwam erachter dat jullie twee een paar jaar geleden een gezellig moederkletsje hebben gehad, een picknickje waar jullie elkaars geheimen hebben gedeeld. Hoe lang was je van plan dat voor me te verzwijgen, hè? Hoe lang was je van plan dat geheim te houden, hè?'

'Tomek, ik kan-'

'Waarom had je niet de ballen om er iets over te zeggen?'

'Tomek, ik-'

'Weet je wat je bent? Je bent een lafaard. Na alles wat-'

'Tomek!'

De schreeuw van zijn broer deed hem stoppen. Het was zo luid dat Tomek de telefoon van zijn gezicht haalde. Hij had zijn broer nog nooit zo horen schreeuwen. Hij was meestal kalm, vriendelijk. Niet iemand die schreeuwde of je confronteerde.

'Zou je even je bek houden?' siste Dawid. 'Ik zweer het, je houdt soms van het geluid van je eigen stem, niet? Jezus Christus, maat. Ben je klaar?'

Tomek zei niets.

'Mooi. Als je me toestaat, zou ik graag willen uitleggen.'

Tomek opende zijn mond om iets te zeggen, maar hield zich in.

'Je hebt gelijk, ja, ik ben bij Nathan op bezoek geweest. Maar dat was jaren geleden. Vier, misschien vijf jaar. Een lange tijd geleden. Zo lang dat ik het zelfs was vergeten. Ik weet niet wat me bezield heeft om het te doen, en ik weet niet waarom ik het voor iedereen heb verzwegen. Ik heb het zelfs niet aan Kristina verteld, als dat je troost.'

'Dat doet het niet, maar ga door.'

Dawid zuchtte door de telefoon. 'Wat wil je weten?'

'Wat jullie twee hebben besproken.'

'Ik... ik had gewoon wat vragen.' Een pauze. 'Ik wilde weten *waarom*. Die vraag brandde al tientallen jaren in mijn hoofd, en ik moest het gewoon weten.'

'Heeft hij het je verteld?'

'Nee.' Tomek kon horen dat zijn broer tegelijkertijd zijn hoofd schudde.

'Wat zei hij dan?'

'Alleen dat het hem speet. Dat het hem al die jaren had gespeten. Hij zei dat hij vrede wilde sluiten met ons als familie, maar ik zei dat dat niet mogelijk zou zijn, niet zolang mama en papa er nog waren.'

Iets in het raam van de flat flitste en leidde hem af. Het was Kasia, die eindelijk de gordijnen sloot met een krachtige zwaai.

'Kwam mijn naam ter sprake?' vroeg hij.

'Ja.'

'En?'

'Hij zei dat hij medelijden met je had.'

'Medelijden met mij? Waarom?'

'Omdat jij degene was die het zag. Hij had geen idee dat jij daar zou zijn. Hij zei dat hij weet hoeveel pijn en lijden hij jou heeft bezorgd omdat hij hetzelfde doormaakt.'

Tomek wist niet wat hij moest zeggen, wist niet hoe hij moest reageren. Dit waren allemaal dingen die Nathan had nagelaten tegen hem te zeggen, dingen die hij te trots was geweest om te zeggen.

'Heb je gevraagd of er nog iemand anders bij hem was toen hij Michał vermoordde?' vroeg Tomek.

'Tomek...'

'Beantwoord gewoon de vraag.'

'Hij zei dat hij alleen was. Dat er niemand bij was.'

Hoewel het was wat Tomek had verwacht, deed het er niet minder pijn om. En uit de intonatie in de stem van zijn broer kreeg Tomek de indruk dat Dawid Nathan geloofde. Het was gewoon weer een stormram tegen de verdediging die Tomek zo lang had opgebouwd.

'Het spijt me, maat,' zei Dawid, met oprechtheid in zijn woorden.

Tomek voelde de brok in zijn keel en kuchte hem weg. 'Waarom heb je niets gezegd?'

'Omdat ik wist hoe je zou reageren.'

'Reageer ik nu zoals je had verwacht?'

Dawid dacht even na. 'Nou, in het begin wel - je liet me niet uitspreken. Maar nu... nu niet, nee, wat me doet denken dat je ergens tot dezelfde conclusie bent gekomen.'

Tomek reageerde niet.

'Ik had eerlijk moeten zijn,' vervolgde Dawid. 'Ik had eerder iets moeten zeggen. Maar kijk, niemand is perfect. Ik steek mijn handen op en geef toe dat ik het verkloot heb. En daarvoor bied ik mijn excuses aan.'

'Dat mag ook wel.'

Tomek hing op zonder op een reactie te wachten en liep toen richting het appartement.

HOOFDSTUK **EENENTWINTIG**

Het water voelt warm tegen mijn lichaam - ons *lichaam. We zitten samen in het bad, als twee rupsen die in elkaar verstrengeld zijn. Angelica rust op me, tussen mijn benen. Onze lichamen zijn één geworden. Haar hoofd rust zwaar tegen mijn schouders, het volle gewicht ervan hangt over me heen. Ik vind de druk prettig. Het voelt troostend, alsof zij degene is die mij beschermt. Mijn lieve engel.*

Aan de rand van het bad ligt een stuk kaneelgeparfumeerde Aleppo-zeep, een van de zachtste zepen voor de huid. Alleen het beste voor Angelica. Het stuk voelt groot in mijn handen, maar ik verwacht dat er aan het einde van vanavond niets van over zal zijn. Ik verwacht dat alles op zal zijn, zachtjes maar grondig in haar huid gewreven. Eerst houd ik de douchekop boven haar lichaam en besprenkel haar bovenkant met een dun laagje water. Nu haar huid vochtig is, begin ik de zeep in haar huid te masseren. Beginnend bij haar schouders, wrijvend over het bot, glijdend over haar huid, helemaal naar beneden naar haar armen, haar handen, haar vingers, waar ik het schuim en de bubbels onder haar nagels schrob. Elk deel van haar, elke centimeter van haar lichaam moet gereinigd worden. Ze moet er engelachtig uitzien, perfect.

Als ik klaar ben met de armen, ga ik verder naar haar borsten, mijn handen kneden ze als deeg, spelen er een beetje mee, mijn vingers glijden over haar tepels, wat mezelf ook opwindt. Ik onderdruk de drang om bovenop haar te klimmen en aan ze te zuigen, er met mijn tanden op te kauwen.

Ik kan het niet doen. Ik heb mijn tijd daarvoor gehad. Ik mag niet hebberig zijn. Mag het reinigingsproces niet verpesten.

Maar het wordt al snel moeilijk om het zo af te maken, met haar bovenop me. Ik moet uit het bad stappen en mijn werk van buitenaf voortzetten, hoezeer ik dat ook niet wil.

Nu heb ik een beter zicht op haar, liggend in het water, volkomen stil, ogen gesloten, haar lichaam drijvend. Deze keer is er geen op en neer gaan van haar borst, geen kloppen van de aderen in haar nek, geen beweging onder haar oogleden. Ze is volkomen stil. Helemaal van mij. Ze heeft zichzelf volledig aan mij gegeven, na al die tijd. Eindelijk.

Het volgende deel van het reinigingsproces blijkt lastig. Ik moet één voet in het water houden terwijl ik de rest van haar lichaam doe, de contouren van haar ledematen en spieren masserend met de zeep, diep in haar poriën wrijvend. Als ik bij haar vagina kom, herpositioneer ik mezelf en haar zodat haar benen gespreid zijn. Het is onhandig, maar ik laat het werken. Voor dit deel doe ik een handschoen aan en ga diep naar binnen; de zeep borrelt binnenin haar.

Maar het echte plezier zit in haar tenen. Haar kleine varkentjes. Haar schattige kleine varkentjes die als kleine worstjes tussen mijn vingers glibberen. Ik zuig eraan, proef ze, lik ze voordat ik ze weer schoonmaak. Ze heeft de meest perfecte voeten, en ik kan niet wachten om ze te verven, ze zo perfect aan te kleden als ze verdienen. Ze zal er zo mooi uitzien wanneer ze haar vinden.

Als ze haar vinden.

Mijn lieve engel Angelica.

HOOFDSTUK **TWEEËNTWINTIG**

Voor negen uur de volgende ochtend had Lorna Dean, de patholoog van het ministerie van Binnenlandse Zaken, de sectie op Angelica Whitaker voltooid. Maar het duurde nog enkele uren voordat Tomek en het team de resultaten ontvingen.

'Je had niet helemaal hierheen hoeven komen,' zei Tomek terwijl hij de resultaten van haar aannam.

'Het komt omdat ik je gezicht miste, natuurlijk. Ik krijg je gewoon niet uit mijn hoofd.'

Tomek verstijfde terwijl hij de papieren in zijn hand hield, starend in haar ogen, zijn hoofd volledig leeg. Een seconde later barstte Lorna in lachen uit, sloeg hem op zijn arm en kon zichzelf niet beheersen.

'Ik denk niet dat ik je ooit zo bang heb gezien in mijn leven,' zei ze. 'En ik had je ook niet ingeschat als iemand die zo goedgelovig is.'

'Grappig. Er is vanavond een comedyshow bij de Cliffs. Treed jij daar op? Volgens mij zag ik je gezicht op het reclamebord daar beneden.'

'Helaas zit mijn agenda vol,' zei ze.

Tomek vouwde de documenten open, en toen hij begon te lezen, legde Lorna haar hand over de notities.

'Een deel van de reden waarom ik ben langsgekomen, is omdat ik mijn bevindingen persoonlijk met je wilde bespreken,' legde ze uit.

'En de andere reden?'

Ze gaf geen antwoord.

'Ik haal het team op,' zei hij ongemakkelijk, en verliet toen de kamer om zowel zijn eigen blozende gezicht als dat van haar te redden. Een paar minuten later zaten ze met z'n vijven in de opsporingsruimte, verwachtingsvol naar Lorna kijkend. Tomek had geen idee wat er zou komen, maar het was het enige waar hij aan had kunnen denken sinds het vinden van het lichaam. Hij vroeg zich af wat de moordenaar ermee had gedaan. Hoe ze was gestorven. Waarom ze er zo ondervoed en... leeg uitzag. Hij keek ernaar uit om de antwoorden te horen.

Lorna zat aan het andere einde van de tafel, alsof ze werd geïnterviewd. Ze schraapte haar keel voordat ze begon. Ze sprak zonder aantekeningen of commentaar nodig te hebben, alsof ze het van tevoren had ingestudeerd.

'Ten eerste wil ik de doodsoorzaak behandelen, aangezien ik weet dat jullie allemaal popelen om dat te begrijpen, en daarna zal ik ingaan op enkele van de vreemdere, meer bijzondere punten over dit slachtoffer. Hoewel, ik moet wat ik ga zeggen inleiden met het volgende: jullie willen misschien sommige informatie over Angelica's dood weghouden van de familie. Als moeder denk ik niet dat ik alles zou willen weten wat ik nu weet over wat er met haar is gebeurd.'

De sfeer in de kamer werd killer terwijl iedereen een moment nam om haar waarschuwing ter harte te nemen.

Ze vervolgde: 'Zoals ik zei, eerst haar doodsoorzaak. In eerste instantie dacht ik dat het alcohol- of bloedgerelateerd was. Ik dacht dat ze misschien te veel had gedronken, was gedrogeerd, of een soort embolie had gehad, maar er was niets van dat alles. Het hield me een goed uur bezig, en het was pas toen ik haar op haar buik draaide dat ik het zag.' Lorna gebaarde met haar hand naar Tomek om de manilla map die ze hem had gegeven door te geven. Hij schoof deze over het tafelblad en ze ving hem op met haar handpalm, haar nagels tikkend op de tafel. Ze haalde alle vellen eruit en legde ze voor zich neer. Toen pakte ze er één en gaf het aan de dichtstbijzijnde persoon.

Oscar nam het voorzichtig aan en bestudeerde het. Daarna gaf hij het door totdat het uiteindelijk bij Tomek terechtkwam. Eerst wist hij niet goed waar hij naar keek, en zelfs nadat hem was verteld om de pagina honderdtachtig graden te draaien, wist hij nog steeds niet waar het een afbeelding van was.

'Het lijkt op een been,' zei hij.

'Dat komt omdat het een been *is*,' antwoordde Lorna. 'Preciezer gezegd, het is de *achterkant* van Angelica's rechterbeen. Wat je daar ziet is de plooi in haar knie. Zie je al die lijnen en inkepingen waar de gewrichten samenkomen?'

Tomek had geen idee. En hoe vaak hij het ook vanuit verschillende hoeken bekeek, hij had nog steeds geen idee welke kant boven was. Het was als het voor het eerst kijken naar een echografie en het verwarren met een Rorschachtest.

'Tien punten als je de wond kunt zien.'

Tomek legde de foto op tafel in de hoop dat het licht erboven op wonderbaarlijke wijze de wond zou laten verschijnen alsof het in onzichtbare inkt was geschreven. Maar er was niets. Geen prikwond, geen steekwond, geen kogelgat. Niets dat erop wees dat er überhaupt een wond was.

'Hou je ons voor de gek?' vroeg hij, terwijl hij de foto gefrustreerd over de tafel schoof.

'Ik wou dat het zo was. Maar nee.' Lorna pakte de foto op, hield hem omhoog en wees naar een kleine zwarte stip op de achterkant van Angelica's knie.

'Dat is toch een moedervlek?' vroeg Rachel.

'Dat dacht ik eerst ook. Daarom schonk ik er niet veel aandacht aan. Maar toen ik er met mijn vinger overheen ging, merkte ik dat het een gaatje was.'

'Een *gaatje*?' herhaalde Rachel.

'Ja, een gaatje, geen moedervlek.'

'Net als in die tv-show!' zei Chey opgewonden.

Zijn enthousiasme werd beantwoord met gedempte, verwarde blikken.

'Je weet wel die ene. Is het taart of echt eten? Waar mensen taarten maken die op echte objecten lijken.'

Tomek keek hem aan, diep onder de indruk. 'Kijk jij naar die troep?'

'Jij niet dan?'

'Ik zou liever de rest van mijn leven door een rietje eten.'

Voordat het gesprek verder kon afdwalen van het punt, klopte Lorna op de tafel om hun aandacht te trekken. 'Jongens, we raken afgeleid, oké. Ik begrijp het, jullie zijn opgewonden over dit "is het een gaatje, is het een moedervlek"-ding, maar in dit specifieke geval kan ik jullie ondubbelzinnig vertellen dat het een gaatje is. Kunnen we nu verdergaan?'

Tomek zuchtte. 'Ja.'

'Uitstekend. Willen jullie weten waar het gaatje voor is?'

'Dit is geen strikvraag, hè, zoals we vroeger bij seksuele voorlichting op school kregen?'

'Nee. Het is een echte vraag. Het gaatje is veroorzaakt door een naald.'

'Juist.'

'En daarna een buisje.'

'Een *buisje*?'

'Correct. Maar niet zoals de metro in Londen. Dit was een plastic buisje. Eentje die je in het ziekenhuis zou kunnen krijgen. Een chirurgisch buisje.'

'Oké...' Tomek was de draad kwijt. 'En wat heeft dat te maken met Angelica's doodsoorzaak?'

Om zijn vraag te beantwoorden, haalde Lorna nog een foto tevoorschijn. Deze keer was het van de engelenvleugels die op de vloer van de kerk waren geschilderd. Iedereen maakte meteen de connectie, maar Tomek liep nog een paar seconden achter.

'De moordenaar heeft het bloed uit haar lichaam gehaald en gebruikt om haar engelenvleugels te schilderen,' zei Lorna, hem een handje helpend. 'Volgens mijn berekeningen moeten ze meer dan drie liter bloed hebben afgetapt. Misschien wel vier. Dat is waar ze aan is gestorven.'

Dat verklaarde waarom ze er zo uitgemergeld uitzag, zo... mager.

'Hoe?' vroeg Tomek.

'Zwaartekracht en een hartslag, denk ik. Mijn vermoeden is dat ze nog leefde toen het gebeurde, hoewel ze bewusteloos moet zijn geweest, en dus bleef haar hart bloed door haar lichaam en uit de buis pompen, en toen het bloedpeil te laag werd, is ze overleden. De moordenaar hoefde alleen maar te wachten.'

'Hoe lang zou zoiets kunnen duren?'

Lorna haalde haar schouders op. 'Geen idee. Maar afgaande op de grootte van het gat en de wodka Red Bulls die het bloed door haar lichaam pompten, zou ik zeggen dat het ongeveer veertig minuten heeft geduurd, misschien een uur.'

Tomek draaide zich naar het gedeelte van het whiteboard waarop hij de andere dag had geschreven. Hij keek naar de tijdlijn tot nu toe.

01:28 - Angelica komt thuis

01:52 - Angelica vertrekt, stapt in auto
09:00 - Angelica zou moeten beginnen met werken

Nu voegde hij in gedachten nog een pauze van een uur toe aan die tijdlijn.

'Dus de moordenaar moet haar ergens naartoe hebben gereden, haar bewusteloos hebben geslagen of op een of andere manier verdoofd, en daarna een uur hebben besteed aan het aftappen van bloed uit haar lichaam.'

'Dat klopt ongeveer,' antwoordde Lorna. 'Maar ze zouden nog meer tijd nodig hebben gehad om de rest van wat ze met Angelica's lichaam hebben gedaan te voltooien.'

'*De rest?*'

Tomek wist niet zeker of hij klaar was om het antwoord te horen. Toen hij het lichaam voor het eerst zag, had hij niet gedacht dat er iets kwaadaardigs of ongepasts met Angelica was gebeurd. Maar goed, hij had ook niet gedacht dat de moordenaar haar lichaam van bloed had ontdaan, dus wat wist hij eigenlijk?

'Na haar dood is Angelica's lichaam schoongemaakt en geschoren,' vervolgde Lorna.

'Schoongemaakt?' vroeg Tomek.

'Ja. Met Aleppo-zeep. Kaneelgeurende Aleppo-zeep.'

'Hoe weet je dat?'

'Ik herkende de geur. Die zat zelfs na al die tijd nog op haar huid.'

'En ze is ook geschoren?'

'Ja. Als ik je vertel dat de huid van deze vrouw was als een babybilletje, dan meen ik dat. Er was niets meer op te vinden, zelfs niet de fijne witte haartjes die je op je onderarmen en wangen krijgt. Het zag eruit alsof ze nooit een haar had laten groeien. Het was alsof ze net uit de baarmoeder kwam.'

In zijn hoofd vormden zich beelden van de moordenaar die Angelica's lichaam waste, een stuk zeep over haar huid wreef en vervolgens haar oksels, benen en schaamstreek schoor, voordat het mes over de rest van haar huid werd gehaald. Het was de tijd, het geduld en de zorg die ervoor nodig waren, die hem verontrustten.

'Wat hebben ze nog meer met haar gedaan?' vroeg Rachel, die er wat ongemakkelijk bij zat in haar stoel.

'De moordenaar heeft ook haar vinger- en teennagels gelakt en een volledige make-up aangebracht.'

'Om haar op een engel te laten lijken,' voegde Tomek toe.

'Dat zei ik toch?' merkte Rachel op. 'Ik zei tegen je dat het waarschijnlijk een van de beste make-up was die ik ooit heb gezien.'

'Dus de moordenaar moet hebben geweten hoe je professioneel uitziende make-up aanbrengt?' zei Tomek.

'Dus het zou een vrouw kunnen zijn?' vroeg Chey.

'Statistisch gezien, ja. Ik ken niet veel mannen die zo'n goede make-up kunnen doen,' antwoordde Tomek.

'Maar er is nog iets wat jullie nog niet hebben gehoord,' onderbrak Lorna, opnieuw met haar knokkels op tafel kloppend.

'En dat is?'

'Dat ze is verkracht. Niet agressief of zoiets. Maar er waren tekenen, slechts wat lichte blauwe plekken. En wie het ook was, was... goed *bedeeld*, laten we het zo zeggen. Sommige blauwe plekken zaten diep. Maar wat nog meer is, is dat er geen bewijs van was. Geen DNA. Geen ejaculaat. Mijn theorie is dat ze een condoom hebben gebruikt en toen ze haar lichaam schoonmaakten, hebben ze ook haar binnenkant schoongemaakt. Ze hebben niets achtergelaten.'

'Jezus,' zei Chey zachtjes, starend naar het tafelblad. 'Hij heeft haar leeggebloed, verkracht, schoongemaakt, geschoren, engelenvleugels achter haar geschilderd... wie is deze gast in godsnaam?'

'Ofwel iemand die compleet geobsedeerd was met haar, ofwel een sadistische klootzak,' zei Rachel, waarbij het venijn uit haar stem de kamer in sijpelde.

'Inderdaad...' voegde Lorna aarzelend toe.

'Dat is niet alles, toch?' vroeg Tomek. Hij kon aan Lorna's toon horen dat er meer was, en haar gezichtsuitdrukking bevestigde zijn vermoedens.

'Dit is het laatste, dat beloof ik.'

'Ga door...'

'Nadat ik haar had opengesneden, vond ik iets wat ik niet had verwacht.'

'Juist. Wat is het?'

'Nou, ze was zwanger. Al ongeveer drie maanden. Ze was gewoon een van die gelukkigen bij wie je het niet ziet.'

HOOFDSTUK
DRIEËNTWINTIG

Tomek wilde degene zijn die de familie Whitaker zou vertellen over wat er met hun dochter was gebeurd. Nou ja, niet *alles*. Er waren bepaalde details, stukjes informatie, die hij liever voor hen verborgen hield om hen de verschrikking en het verdriet te besparen. In plaats daarvan zou hij het luchtig houden.

Anna vergezelde hem. In de korte tijd dat Anna met de familie bekend was, had ze gemeld dat niemand van hen het nieuws goed had verwerkt: Johnny had nog meer onbetaalbare schatten van zijn ouders' reizen opgeëist als zijn speelgoed; Roy had zich volledig afgesloten en at of dronk niets; en Daphne had de ochtend doorgebracht starend naar oude foto's van Angelica en Johnny die in de tuin speelden.

'Het is net alsof je naar een toneelstuk kijkt,' fluisterde Anna terwijl ze de voordeur voor hem opende. 'En niet eens een goed. Eerlijk waar.'

Tomek bewonderde haar Oost-Europese directheid. Er zat geen kleur in haar taalgebruik. Ze zei wat ze dacht, alleen in zwart-wit.

Hij trof de drie familieleden aan in de woonkamer, zittend op de bank in dezelfde volgorde als de dag ervoor. De enige die ontbrak was Rose, die haar juwelierszaak moest beheren. Als het niet was vanwege de verandering van kleding, zou Tomek hebben gedacht dat geen van de familieleden had gedoucht. Hun gezichten waren gespannen, wangen en ogen rood van het huilen, hun haar onverzorgd en rommelig. Maar wat nog interessanter was, was de dynamiek tussen hen. In het begin had Tomek gedacht dat Daphne degene was die de mannen van de familie bij elkaar hield, maar nu was duidelijk te zien dat dit volledig was ingestort; ze zaten allemaal los van elkaar, geen enkele centimeter van hun lichamen raakte elkaar, alsof ze elkaar afstootten. In het verleden had hij families precies het tegenovergestelde zien doen; hand in hand, armen om elkaar heen, elkaar omhelzend, dapper, warm, troostend. Maar nu was de familie Whitaker koud, alsof ze midden in een therapiesessie zaten in plaats van een gesprek met een rechercheur om de resultaten van de lijkschouwing van hun overleden dochter te horen.

'Dank u dat ik weer welkom ben in uw huis,' mompelde Tomek. Terwijl hij op de bank ging zitten, merkte hij Johnny Whitaker's doordringende blik op, de donkerbruine ogen, die gaten in hem brandden.

'Dat hoef je allemaal niet te zeggen,' antwoordde de man. 'Ga gewoon... ga gewoon verder.' Hij wiegde zichzelf heen en weer, masseerde zijn knokkels, alsof hij klaar was voor een gevecht.

Tomek wendde zich tot Anna, die hem een goedkeurend knikje gaf. Er was niets dat ze wilde toevoegen voordat hij sprak.

'Vanmorgen heeft de patholoog de lijkschouwing op Angelica uitgevoerd, en-'

'Ja, ja, ja. Dat weten we allemaal. Vertel ons gewoon wat je hebt ontdekt, in godsnaam.'

'Johnny!' Daphne gaf hem een klap op zijn arm.

'Sorry... *Alsjeblieft*,' voegde de zoon er uitdagend aan toe, als een verwend kind. 'Vertel ons wat je hebt gevonden, *alsjeblieft*.'

Na de uitbarsting van die verwende klootzak had Tomek geen zin meer. Maar dat was niet eerlijk tegenover Roy en Daphne die geduldig zaten te wachten. Hun klootzak van een zoon mocht niet degene zijn die hen weerhield van het horen van het nieuws.

'Vanmorgen heeft de patholoog mij hun rapport gestuurd. Ik heb het doorgenomen, en ik ben gekomen om u te vertellen dat uw dochter is overleden door bloedverlies. Er werd alcohol in haar bloed gevonden, en we hebben monsters opgestuurd om te zien of er nog iets anders in zat, hoewel ik er vrij zeker van ben dat er iets in haar drankje is gedaan door iemand in de club. Haar bloed werd uit haar lichaam gehaald, en we denken dat het is gebruikt om de engelenvleugels achter haar te schilderen. Er waren nog enkele andere afwijkingen die ze hebben gevonden. Om wat voor reden dan ook heeft de moordenaar uw dochter gebaad, haar schoongemaakt, geschoren en volledig opgemaakt.'

'Geschoren?' vroeg Roy.

'Ja. Haar armen, benen, oksels - overal.'

'Ze was altijd zo onzeker over haar onderarmen,' voegde Daphne afwezig toe, starend naar een punt in de ruimte, verloren in haar eigen gedachten.

Tomek opende zijn mond om te reageren, maar Roy was hem voor.

'Zei je dat ze haar ook hebben opgemaakt?'

'Ja.'

'Waarom zouden ze dat willen doen?'

'Misschien wilden ze haar er mooi uit laten zien, pap,' snauwde Johnny.

Tomek negeerde de opmerking en ging verder. 'Het lijkt erop dat wie dit heeft gedaan veel tijd en zorg heeft besteed aan het "verzorgen" van uw dochter. We weten nog niet waarom, maar we hopen dat snel te ontdekken.'

Tomek keek naar elk familielid, nam de tijd om hen te observeren.

'Ik begrijp dat dit veel is om te verwerken, maar er is ook nog iets anders dat u moet weten.'

'Wat?' siste Johnny. In de laatste paar momenten, sinds Tomek hem had geobserveerd, was Johnny zijn handen agressiever gaan wrijven, zijn knokkels gewelddadiger gaan masseren. Tomek verwachtte half dat de man over de kamer zou springen en hem zou wurgen.

'Angelica was zwanger.'

Op dit punt veranderde de reactie van de hele familie. Het was alsof ze het nieuws dat ze was schoongemaakt, goed verzorgd, konden verdragen, maar ze trokken de grens bij haar zwangerschap.

'Ze was *zwanger*?' vroeg Daphne.

'Weet je dat zeker?' vroeg Johnny.

'Ja. We zijn er zeker van.'

'Hoe ver was ze?'

Net toen Tomek zijn mond opende, flapte Roy het antwoord eruit. 'Ongeveer drie maanden.'

Toen daalde de temperatuur in de kamer toen Daphne en Johnny tegelijkertijd alle lucht eruit zogen.

'Drie maanden? Wat bedoel je in godsnaam met drie maanden?' zei

Johnny terwijl hij van de bank sprong en met zijn vinger naar zijn vader wees.

'Roy, waar heb je het over? Vertel je me nu dat je wist dat onze dochter zwanger was, dat haar het geschenk van leven was gegeven, en je hebt me niets verteld, je hebt er niets aan gedaan?'

Roy kwam moeizaam overeind van de bank en plaatste een hand op de borst van zijn zoon om hem op afstand te houden.

'Je hebt het mis. Ik *heb* er wel iets aan gedaan. Ik vertelde haar dat ze het niet mocht houden. Ik zei dat ze ervan af moest.'

'Waarom zou je dat doen?' vroeg Daphne, die op zijn niveau kwam door op de bank te gaan staan, op hem neerkijkend met haar handen in haar zij.

'Omdat ze niet klaar is voor een kind. Ik wilde niet dat ze het kreeg. Nee, niet wanneer het buiten het huwelijk was.'

'Dus je dwong haar ervan af te komen?'

'Ik vertelde haar alleen waar ik stond. We kregen ruzie, toen liep ze weg. Ik dacht dat ze het juiste zou doen, maar blijkbaar niet. Ik heb haar de kleerhanger niet gegeven, toch?'

'Maar je had er wel verdomme eentje in je hand, of niet soms, pap? Niet de eerste keer, hè?' merkte Johnny op.

Daphne draaide zich naar haar zoon en toen naar haar man.

'Waar heeft hij het over, Roy?'

'Nergens over.'

'*Roy*?'

'Nergens over.'

En toen gaf ze hem een harde klap tegen zijn wang. Ze sprong van de bank en wees met haar vinger naar hem, die ze een paar centimeter van zijn gezicht hield. Voor iemand zo klein en tenger leek ze op te zwellen.

'Wat heb je gedaan?'

'Niets. Ik...' Hij zakte in elkaar op de bank en liet zijn hoofd in zijn handen vallen.

'Hij heeft het eerder gedaan,' begon Johnny. 'Toen Ange achttien was, raakte ze zwanger, hij kwam erachter, zag de zwangerschapstest in haar kamer, en hij nam haar mee naar de dokter, dwong haar ervan af te komen.'

De temperatuur daalde nog een paar graden terwijl Daphne opnieuw diep inademde. Deze keer hief ze haar hand op en liet hem veel harder op haar man neerkomen, hem recht in het gezicht rakend. Het geluid weerkaatste door de kamer. Tomek en Anna reageerden als eerste. Ze sprongen van de bank, waarbij Anna Daphne wegtrok.

'Ik denk dat iedereen even moet kalmeren,' zei Tomek. 'Er zijn duidelijk dingen die jullie moeten verwerken en onderling bespreken, maar één ding dat jullie allemaal moeten onthouden is dat Angelica dood is. Ongeacht wat er in het verleden is gebeurd, moeten jullie haar nu centraal stellen in jullie gedachten. We moeten haar moordenaar vinden, en we hebben jullie hulp daarbij nodig, maar dat zal niet mogelijk zijn als jullie elkaar klappen geven en pijn doen. Als we jullie in aparte hoeken moeten zetten als een stel verdomde kinderen, dan doen we dat. Ik wilde niet zo tegen jullie praten, maar nou ja, jullie hebben me ertoe gedwongen.'

In een oogwenk veranderde het gedrag van de drie familieleden. Ze bogen hun hoofden en verlaagden hun stemmen, terwijl ze zachtjes hun excuses aanboden en teruggingen naar hun plaatsen op de bank, Roy die zijn wang masseerde en zijn kaak bewoog om te controleren of die nog vastzat.

'Dank je,' zei Tomek met een diepe zucht.

'Hoe kunnen wij u helpen, rechercheur?' vroeg Daphne.

Tomek ging op de rand van de bank zitten, voor het geval ze weer zouden uitbarsten. 'Om te beginnen vroeg ik me af of jullie de namen kennen van voormalige romantische partners die Angelica misschien heeft gehad.'

HOOFDSTUK
VIERENTWINTIG

De eerste naam die uit de mond van Angelica's familie was gekomen, was Cole Thompson, met wie Angelica bijna twee jaar geleden een aan-uit-uit-aan relatie had gehad van zes maanden. Er was geen enkele vermelding van Sammy Mercer, geen woord over de dertigjarige gamer die nog steeds bij zijn moeder woonde. Misschien was ze te beschaamd geweest om hem aan haar familie voor te stellen, had ze hem niet willen showen. Of misschien had ze hem simpelweg voor een ander doel gebruikt, zoals leren hoe je goed wordt in *Call of Duty* of *Grand Theft Auto*. Tomek wist het niet, maar hij vond het veelzeggend. Volgens Daphne en Roy was Cole de perfecte partner voor haar, en Daphne had altijd gehoopt dat ze bij elkaar zouden blijven, dat hij op een dag hun schoonzoon zou worden en de status van de familie zou verhogen, net zoals Rose had gedaan toen ze zich bij hen voegde. Ze zeiden dat hij aardig, attent, zorgzaam en heel, heel, heel grappig was - 'weet je nog die ene keer', was Daphne begonnen voordat ze zichzelf verloor in een verhaal over hoe ze allemaal uit eten waren gegaan in een chic restaurant. Tomek had Daphne en Roy laten mijmeren terwijl hij Johnny naar zijn mening over de man had gevraagd. Die was samengevat in één woord: legendarisch. Tomek vond dat wat overdreven, aangezien hij de man slechts kort had gekend, maar hij had zich niet willen opdringen. Hij had echter wel gevraagd naar de reden van hun breuk.

'Ik weet het eigenlijk niet,' had Daphne gezegd. 'Ze vertelde ons niet veel meer dan dat ze elkaar niet meer zouden zien. Ze wilde er niet over praten. En dat is zo jammer, want hij was zo lief, zo aardig. Hij was al als een lid van de familie.'

Echo's van Sammy Mercers moeder die over haar zoon sprak, klonken in zijn oren terwijl hij voor het huis van Cole Thompson parkeerde. De negenentwintigjarige woonde in een bungalow met twee slaapkamers in Rayleigh, en toen Tomek op de deur klopte, werd hij begroet door een kleine, kale man met een rugzak over zijn schouder.

'Meneer Thompson?'

De man stopte net toen zijn korte been de lange reis van de drempel naar de grond maakte. Hij stond met één voet op het beton en één nog in het gebouw, zijn knie kwam tot aan zijn borst.

'Ik ben *een* meneer Thompson, ja. De andere is op zijn werk.'

'Cole?'

'Dat is mijn zoon. Degene die op het werk is. Waar gaat dit over?'

Tomek liet zijn legitimatiebewijs zien en legde uit dat hij met de zoon van de man wilde spreken.

'Hij heeft toch niets gedaan, hè?'

'Hopelijk niet. We hebben gewoon wat vragen die we hem willen stellen over zijn relatie met Angelica Whitaker. Zegt die naam u iets?'

De man stapte eindelijk het huis uit en zette zijn andere been neer. Het was verrassend hoeveel korter hij was dan Tomek. Hij verschoof zijn rugzak op zijn schouder in een poging zichzelf groter te laten lijken. 'Ange? Ja, ik herinner me haar. Een echte schoonheid is ze. Weet niet hoe hij haar ooit aan de haak heeft geslagen, maar wat heeft hij met haar te maken?'

Tomek negeerde de vraag. 'Kunt u zich herinneren wanneer u haar voor het laatst hebt gezien?'

Het duurde niet lang voordat de man antwoordde. 'Vorige week nog. Cole zei dat ze langs zou komen terwijl zijn moeder en ik uit eten gingen. We zagen haar toen we thuiskwamen.'

'Vorige week nog?'

De man knikte.

Dat was veel recenter dan de twee jaar sinds de rest van de familie hem had gezien.

'Zou ik zijn werkadres mogen hebben, zodat ik met hem kan spreken?'

Cole Thompson werkte als senior accountant voor een klein accountantskantoor aan de hoofdstraat van Rayleigh, op korte rijafstand van de bungalow van zijn ouders. Het kantoor bevond zich boven een Superdrug, en toen Tomek hem vond, zat de man aan zijn bureau. Hij was gekleed in een losjes zittend overhemd, open bij de kraag, en een nette broek. In de ruimte was de lucht koel, geblazen door een airconditioning aan de zijkant, vermoedelijk om de geur van de vijf zwetende mannen daar te maskeren.

Cole Thompson was een fysiek aantrekkelijke man, met alle juiste kenmerken om ergens op een tijdschriftcover te prijken: perfect verzorgd haar zonder een enkele lok uit model, een fantastische kaaklijn die scherp genoeg was om kaas mee te snijden, brede schouders die zijn overhemd meer dan vulden, en een bril met dikke randen die zijn bijna symmetrische gezicht leek te accentueren. Om nog maar te zwijgen over de geur van aftershave die Tomeks neus binnendrong zodra hij bij hem in de buurt kwam, uiteraard geholpen door de airconditioning. In veel opzichten deed hij Tomek denken aan de makelaar die hem zijn flat had verkocht; het enige verschil was dat Cole geen Turkse Tanden had - schreeuwerige, fluorescerend witte tanden die goedkoop waren gedaan door een zogenaamde professional in het buitenland.

'Cole?' zei Tomek.

Cole kwam naar hem toe met uitgestoken hand. 'Dat ben ik. Hoe gaat het met u?'

'Goed.'

'Geweldig. Hoe kunnen we u helpen? Ik herken uw gezicht niet. Hebt u ooit eerder met ons samengewerkt?'

Tomek besloot hem zijn gang te laten gaan. 'Nee, maar ik ben van plan dat te doen. Heeft u een privéruimte waar we kunnen zitten? Ik heb zaken waarover ik graag met u zou willen spreken.'

Met een stralend gezicht, waarbij hij een set natuurlijk rechte tanden liet zien, pakte Cole zijn laptop van zijn bureau, leidde hem naar een kleine, even koele ruimte, en trok een stoel voor Tomek naar achteren.

'Die hebt u niet nodig,' zei Tomek, wijzend naar de computer.

'Nee?'

Tomek tikte neerbuigend op de tafel. 'Waarom ga je niet zitten, dan vertel ik je over de zaak die ik met je wilde bespreken. Mijn naam is

Tomek Bowen, en ik ben een rechercheur van de politie Essex. Ik wilde niet te veel zeggen daar buiten, voor het geval je collega's nieuwsgierig zouden worden.' Cole opende zijn mond om te spreken, maar Tomek kapte hem af. 'Maak je geen zorgen, je zit nog niet in de problemen, maar er is iets dat je moet weten. Gisteren is het lichaam van Angelica Whitaker gevonden in een kerk in Westcliff. We hebben vernomen dat je ooit een relatie met haar hebt gehad van ongeveer zes maanden. Maar toen ik net met je vader sprak, zei hij dat ze een paar weken geleden was langsgekomen. Zou je me over je relatie met Angelica willen vertellen?'

Coles mond bleef openstaan, met sliertjes speeksel die van zijn boven- naar zijn onderlip hingen. Lange tijd zei hij niets, hij staarde alleen maar naar Tomek, terwijl hij alles in zich opnam en verwerkte.

'Neem je tijd,' zei Tomek. 'Ik kan me voorstellen dat dit een schok is.'

De man knikte, maar zijn blik was leeg, duizenden kilometers ver weg, verborgen achter een barrière in zijn hoofd.

'Ze is... ze is...'

Tomek zei niets. Wachtte tot hij de woorden fatsoenlijk uit zijn mond kon krijgen.

'Ze is... ze is dood. Angelica? En u bent... u bent zeker dat zij het is?'

Tomek knikte.

'En... u wilt met mij spreken... maar u hebt al met mijn vader gesproken. En u wilt met mij spreken...'

'We zijn al in gesprek,' antwoordde Tomek en voegde eraan toe, 'Min of meer.'

'Juist. Ja... ja, klopt. Maar, wat... wat...?'

Tomek voelde aan dat de man moeite zou hebben met de laatste vraag, dus besloot hij hem te helpen. 'Waarover ik met je wil spreken? Simpel. Ik wil alles weten over jullie relatie. Wanneer heb je haar voor het laatst gezien? Hoe vaak zagen jullie elkaar? Waar was je vrijdagavond? Dat soort dingen.'

Coles gezicht bleef uitdrukkingsloos, zijn mond nog steeds open. Echter, het sliertje speeksel was nu losgeraakt en terug in zijn mond verdwenen. 'Zou ik wat te drinken kunnen krijgen, alstublieft?' vroeg de man.

'Iets te drinken?'

'Water. Ik heb water nodig.'

Tomek draaide zich om in zijn stoel en keek door de ramen van de kamer, op zoek naar een waterfontein. Toen hij er geen kon vinden, stond hij op uit zijn stoel, verliet de kamer en vroeg het aan de dichtstbijzijnde collega.

'Water?' vroeg de man verward, alsof hij er nog nooit van had gehoord.

'Ja. De vloeistof. We hebben er wat van nodig daarbinnen.'

De man boog voorover in zijn stoel om naar Cole te kijken. 'Ik dacht dat hij het voor u zou halen.'

Tomek draaide zich om naar de man die nog steeds daar zat, starend in het niets. 'Hij is op dit moment bezig met heel diep nadenken. Ik bood aan om te helpen terwijl hij wat dingen verwerkte.'

Even later had hij twee bekers water in zijn handen en keerde terug naar de kamer. Hij zette er een neer voor Cole en ging terug naar zijn stoel. De man pakte het op en bracht het langzaam naar zijn lippen.

'Gaat het?'

'Ja,' fluisterde Cole. De intonatie in zijn stem sprak zijn woordkeuze tegen.

'Uitstekend. Laten we beginnen met je relatie met Angelica, oké? Wanneer zijn jullie begonnen met daten?'

'Ongeveer twee jaar geleden.'

'En hoe lang zijn jullie samen geweest?'

'Ongeveer zes maanden.'

'Wie heeft het uitgemaakt?'

'Ik.'

'Waarom?'

'Het... ik, ik, ik was niet geïnteresseerd in iets voor de lange termijn.'

'En daar had zij vrede mee?'

Eindelijk sloot Cole zijn mond en slikte. Terwijl hij sprak, kon hij Tomeks blik niet ontmoeten, en hij bleef naar de muur achter hem staren, alsof hij een slapende agent was die zojuist was geactiveerd door een codewoord.

'Ze voelde hetzelfde,' legde hij uit.

'En wat gebeurde er daarna? Waarom was ze laatst bij je thuis? Hebben jullie geprobeerd de relatie nieuw leven in te blazen?'

'Seks.'

Cole zei het zo abrupt dat Tomek dacht dat de man hem een voorstel deed.

'Pardon?'

'Seks. Het is...' Hij zweeg, sloot zijn ogen en schudde zijn hoofd. Toen hij ze weer opende, ontmoette hij voor het eerst Tomeks blik. 'Het was gewoon seks. Al vier of vijf maanden of zo. Zij... zij stuurde me een DM aan het einde van de zomer, toen ze terugkwam van haar seizoen, ergens in oktober, en sindsdien hebben we samen geslapen, friends with benefits zeg maar.'

Tomek was bekend met de term, net zoals hij bekend was met de term Netflix and Chill, waarbij noch Netflix noch chillen aan te pas kwam.

'Wanneer heb je haar voor het laatst gezien? Toen je ouders weg waren, of recenter?'

Cole pauzeerde even. 'Dat was de laatste keer, ja. We zouden elkaar de andere avond ontmoeten, maar ze heeft afgezegd omdat ze zei dat ze naar een feestje ging.'

'Weet je welk feestje en waar?'

Cole schudde zijn hoofd, zijn onberispelijke haar bewoog nauwelijks mee.

'En wat deed je drie nachten geleden?'

'Welke avond was dat? Vrijdag? Ik... ik was uit met deze groep.' Hij wees naar het team buiten het raam. 'We waren in de pub.'

'Welke?'

'Paul Pry. We gingen na het werk wat drinken. Dat is een soort traditie op vrijdag. We blijven meestal tot laat en hebben er de volgende dag spijt van.'

Tomek maakte een mentale notitie.

'Over spijt gesproken,' zei hij, 'we hebben ook vernomen dat Angelica zwanger was. Je wist daar toevallig niets van, of wel?'

Cole krabde aan zijn nek. 'Ze had het me verteld, ja. Ik wist het. Maar... ze wist niet van wie het was. Ze wist niet of het van mij was of van iemand anders.'

'Weet je wie het anders zou kunnen zijn?'

Hij haalde zijn schouders op. 'Ze ging er niet dieper op in, en ik was te verbijsterd om het te vragen. Ik ging er gewoon vanuit dat het van mij was. Ze zou rond Kerstmis, Nieuwjaar zwanger zijn geworden, en op dat moment was ze ongeveer vier keer langs geweest. Ze was eenzaam. Had die seizoensdepressie, en ik denk dat ze net had gehoord dat ze haar niet aanhielden voor deze zomer.'

'Ze hielden haar niet aan?' herhaalde Tomek.

'Ja. Ze was er erg overstuur over. Ik denk dat ze er kapot van was. Ze zei dat ze gewoon iemand nodig had om haar gezelschap te houden.'

'Gebruikten jullie bescherming?'

Cole knikte fel, alsof het vanzelfsprekend was. 'Elke keer. Ga nooit zonder de deur uit. Heb er altijd eentje in mijn portemonnee, voor het geval dat.'

Voor het geval dat. Tomek snoof inwendig. Toen nam hij een slokje water. 'Hoe reageerde je op het nieuws? Wat was je reactie?'

'Ik... Eerst raakte ik in paniek. Ik wilde niet dat ze het zou houden. Ik wilde er niets mee te maken hebben. Ik was er niet klaar voor. Maar na een paar dagen ben ik uiteindelijk bijgedraaid en heb ik haar gezegd dat ik er voor haar zou zijn. We hoefden niet per se samen te blijven of zo, maar ik wilde gewoon deel uitmaken van het leven van het kind. Nu... nu zal dat dus niet meer kunnen.'

Zeer bewonderenswaardig, dacht Tomek. Het deed hem denken aan zijn eigen situatie, waarbij Kasia op zijn stoep was beland nadat haar moeder was gearresteerd voor drugshandel. Hij had geen keuze gehad, maar Cole wel, en hij had het respectabele gedaan door zich te verbinden aan de toekomst van de baby, ook al was het niet de zijne. Het was alleen jammer dat het zo was geëindigd.

Tomek stak zijn hand uit. Cole keek er achterdochtig naar, maar schudde hem toen. Ze hielden elkaars blik vast, zonder iets te zeggen, beide mannen begrepen de stille uitdrukkingen op elkaars gezicht.

'Bedankt voor uw tijd,' zei hij, terwijl hij aanstalten maakte om te vertrekken.

Tomeks hand lag op de deurklink toen Cole hem vroeg te wachten.

'Heeft u met Shawn gesproken?'

Tomek liet zijn greep los.

'Shawn?'

'Ja. Shawn Wilkins. Een of andere kerel die al zo lang als ik me kan herinneren verliefd is op Angelica. Hij stalkte haar, reageerde op haar berichten, stuurde haar dingen toe. Ging soms te ver. Volgens mij heeft ze op een gegeven moment een contactverbod tegen hem moeten aanvragen.'

'Shawn Wilkins - is dat zijn naam?'

'Ja. Maar ik weet verder niet veel over hem. Als u echter op zoek bent naar haar moordenaar, dan is hij misschien een goed startpunt.'

HOOFDSTUK **VIJFENTWINTIG**

Tomek had graag onderzoek willen doen naar Shawn Wilkins, maar tijdens de rit terug naar de meldkamer had hij een telefoontje van Victoria ontvangen, waarin ze hem naar haar kantoor ontbood. Aan de telefoon was ze kort en bondig geweest - niet anders dan normaal - maar er zat een zekere urgentie in haar stem die hij nog nooit eerder had gehoord. En zodra Tomek haar kleine kamer op de tweede verdieping binnenkwam, ontdekte hij waarom. Nick Cleaves stond naast haar op hem te wachten. De hoofdinspecteur leunde tegen de muur, met zijn armen over elkaar en zijn hoofd naar beneden, alsof hij in een jaren 50 bende zat of een personage uit *West Side Story* was die op het punt stond in zang en dans uit te barsten.

Geen van beiden leek blij hem te zien.

'Ga zitten alstublieft, Tomek,' zei Victoria, wijzend naar de stoel alsof hij die niet voor zich kon zien.

Terwijl hij in de stoel plaatsnam, werd hij dertig jaar terug in de tijd getransporteerd. Twee maanden na de dood van zijn broer was hij ontboden bij het schoolhoofd omdat hij scheikunde, zijn minst favoriete vak, had gespijbeld. Een van de leraren had hem door de gangen zien dwalen, met zijn vingers langs de muur strijkend, terwijl hij met zijn schoenen over de vloer schuurde. Hij was veroordeeld tot een week isolatie waaruit hij later was ontsnapt met hulp van enkele medeleerlingen die dapper genoeg waren om voor afleiding te zorgen - een daad die hem het risico opleverde op meer isolatie, of zelfs verwijdering van school. Tomek was een ondeugend kind geweest na Michałs dood. Hij had moeite zich te concentreren en merkte dat hij alle interesse in zijn opleiding had verloren. Maar wat hem het meest had verrast, was dat hij het schoolterrein niet had verlaten. Als hij had willen spijbelen, lessen overslaan en de vrijheid van rondrennen in Leigh-on-Sea had willen omarmen terwijl iedereen op school zat, had hij dat kunnen doen. Maar in plaats daarvan was hij op het schoolterrein gebleven, rennend door de gangen. In de *hoop* gepakt te worden. Schreeuwend om aandacht, om hulp. En toen hij in die stoel van de directeur had gezeten, voelde hij opluchting. Het had gewerkt. De straf was allemaal onderdeel ervan. Maar nu, terwijl hij daar zat en Nicks imposante blik vasthield, voelde hij het tegenovergestelde, vervuld van zorgen, een diepe knoop in zijn maag.

'Welkom bij je eerste vergadering als SIO,' zei Nick terwijl hij zich van de muur afduwde. 'Dit is waar de pret begint.'

Iets vertelde Tomek dat dat niet waar was. De knoop trok strakker.

'Het gebruikelijke format hiervoor is dat ik Victoria de vragen stel, en zij alle antwoorden heeft. Soms weet ze dat de vergadering plaatsvindt, soms niet, maar ik verwacht dat ze desondanks de antwoorden weet. Begrijpt u wat ik zeg?'

Dit was een compleet andere Nick dan degene die Tomek de afgelopen dertien jaar had gekend en mee te maken had gehad. Natuurlijk had hij in het verleden confronterende vergaderingen met de hoofdinspecteur gehad, maar niets zoals dit. Dit was op een ander niveau dan alles waaraan hij ooit gewend was geweest. En nu begon hij een voorproefje te krijgen van hoe het voor Victoria was geweest sinds haar komst; zijn respect voor haar groeide met enkele fracties.

'Ik begrijp wat u zegt, ja,' antwoordde Tomek.

'Mooi, want als je uiteindelijk inspecteur wordt, dan is dit het soort standaard waaraan we je zullen houden. Begrijp je dat?'

Tomek slikte diep en knikte.

'Uitstekend. Victoria, hij is helemaal van jou.'

Nick keerde terug naar de muur en vouwde zijn armen weer over elkaar. Victoria schraapte haar keel, zette de computer uit en keek naar enkele aantekeningen voor haar.

'Wat is de laatste stand van zaken met Operatie Butterfly?'

Tomek vertelde het hun, beginnend met de gesprekken die hij had gevoerd met Angelica's familie, via de lijkschouwing, tot aan zijn ontmoeting met Cole Thompson minder dan een uur geleden. Ze verrieden niets in hun gezichtsuitdrukkingen, knikten zachtjes terwijl hij sprak.

Tot nu toe ging het goed. Hoopte hij.

Toen daalde Victoria's intonatie een paar niveaus. 'Hoe staat het met je budgetramingen?' vroeg ze.

'Budgetramingen?'

'Ja. Hoeveel van het aan dit onderzoek toegewezen geld heb je toegekend aan de respectievelijke uitgaven?'

Tomeks gezicht was nog nooit zo snel betrokken geraakt. Hij opende zijn mond, maar die viel weer dicht.

'Hoeveel verwacht je dat de forensische analyse gaat kosten? Verwacht je dat je over of onder het budget zult zitten?'

Meer openen en sluiten.

'Verwacht je veel overwerk? Ik merkte dat het team tot laat gisteravond werkte, inclusief jijzelf. Is dat overeengekomen met het personeel?'

Tomek opende en sloot zijn ogen, in de hoop dat de antwoorden voor hem zouden verschijnen. Maar dat gebeurde niet. In plaats daarvan keek hij naar twee diep ontevreden leidinggevenden, hun teleurstelling groeide met elke onbeantwoorde vraag.

Een paar momenten zei hij niets. Sterker nog, hij was niet eens zeker of hij ademde. De tijd leek te vertragen, en de wereld kwam geleidelijk tot stilstand. Het geluid van piepende remmen weerklonk in zijn schedel. Een zwaar gewicht daalde neer op zijn borst, en hij voelde zijn hartslag versnellen.

'Ik... ik weet het niet,' zei hij, zijn stem gebroken, als een fluistering.

'Wat weet je niet?'

'Geen... geen van alle,' zei hij. 'Chey noch Rachel zijn bij me gekomen met overwerkverzoeken.'

'Dus ze werken gratis?'

'Ik...' Hij probeerde terug te denken aan de laatste keer dat Nick overwerk met hem had besproken en hoe dat gesprek was verlopen. Hij kwam niet verder. 'Nee. Ik zal... ik zal ervoor zorgen dat ze betaald worden, maar...'

'Maar wat? Hoeveel gaat ons dat kosten?'

Tomek zei niets en bleef Victoria met een lege blik aanstaren. Nu begreep hij hoe Cole Thompson zich had gevoeld: verloren, leeg, verstoken van elke coherente gedachte.

'Ik weet het niet.'

'En wat betreft de kosten voor forensisch onderzoek? Welke tests hebt u tot nu toe laten uitvoeren?'

'De... de...'

Kom op, dit weet je toch!

'We hebben... we hebben...'

Denk verdomme na!

'Angelica's lichaam,' zei hij, stotterend. 'We hebben wat bloed opgestuurd voor analyse. We... we willen zien wat er in haar bloed zit. En... en we onderzoeken vingerafdrukken op de kerkdeur, en...' Er was nog iets anders, iets belangrijks, maar het was hem volledig ontschoten.

'Wat moet u nog meer analyseren?'

'Wat nog meer?'

'Ja. Wat denkt u, op basis van uw recente onderzoeken, dat u nog meer moet laten onderzoeken?'

Tomek schudde alleen maar zijn hoofd. Instinctief, als spiergeheugen. Het beste wat hij kon bedenken om te doen.

Victoria zuchtte en keek naar het vel papier voor haar, de lijst met zaken waarover ze hem nog moest uithoren.

'Dan gaan we verder - de werkethiek van uw team. Hoe zou u die tot nu toe omschrijven? Knelpunten? Punten van zorg?'

Tomek had die niet, maar was niet in staat dat in een samenhangend antwoord te formuleren.

'Want ik heb gemerkt dat Chey zijn werk niet goed doet,' vervolgde ze. 'Toen u vanochtend weg was, betrapte ik hem verschillende keren op zijn telefoon. En als ik naar het actierapport in HOLMES kijk, is het duidelijk dat hij nog veel openstaande taken heeft. Wat hebt u daarop te zeggen? Geeft u hem de vrije hand of is dit een kwestie van slecht management van uw kant?'

Plotseling overviel iets Tomek. De aanval op *zijn* karakter deerde hem niet zo; het was die op Chey's karakter die hem eindelijk bij zinnen bracht.

'Dat is niet waar. Hij heeft enorm veel werk voor me gedaan.'

'Zoals wat?'

'U kunt zeggen wat u wilt over mij, maar zeg niets over mijn team. Als ze niet werken volgens uw normen, dan is dat mijn schuld. Het heeft niets met hem, Rachel of iemand anders te maken. Dat is mijn verantwoordelijkheid als leider, als SIO.'

Victoria trok haar lippen samen en kantelde haar hoofd even opzij in een kort gebaar van waardering. 'Zeer goed, maar onthoud dat stront naar beneden rolt, Tomek, en soms is er geen manier om het te stoppen.'

Tomek was het daar niet mee eens, maar koos ervoor niets te zeggen.

'Hebt u nog iets toe te voegen?' vroeg Nick achterin de kamer.

Hij schudde zijn hoofd.

'Uitstekend.' Nick duwde zichzelf weer van de muur af. 'Het is onder onze aandacht gekomen dat we veel verzoeken ontvangen van Abigail van de *Southend Echo*. Er is veel rumoer op sociale media over wat er gebeurt met Operatie Butterfly, en toch hebben we geen verklaringen afgegeven. Hebt u al een mediastrategie besproken met Anna?'

Je kon verdomme niet wachten, hè, Abi?

'Ik... Nee, nee, we hebben nog niets besproken. Ik zal... ik zal met Abigail hierover praten.'

'U moet eerst met Anna spreken,' zei Victoria. 'U kunt niet degene zijn die de kloof tussen Anna's werk en dat van Abigail overbrugt. Zo werkt het niet.'

'Ik weet het, maar-'

'Zet de persoonlijke relaties opzij en concentreer u op wat goed is voor de familie en wat goed is voor het onderzoek.'

De druk op Tomeks borst nam toe. Hij kreeg flink op zijn donder. Hij wist dat hij deze vergadering niet zou verlaten met een gouden ster of zoiets. Hij zou regelrecht naar isolatie gaan. En deze keer voelde hij niets van de opluchting die hij al die jaren geleden had gevoeld. Er was geen schreeuw om hulp die was beantwoord. Geen honger naar aandacht die gestild moest worden. In feite was het tegenovergestelde het geval. Hij wilde weg; hij wilde weg van dit alles, weg van de schijnwerpers. Langs de kust van Leigh-on-Sea wandelen terwijl de rest van zijn collega's in de klas zaten.

'Ten slotte,' vervolgde Nick, 'voordat we u voor vanavond laten gaan: wat is uw huidige hypothese?'

Recht op het doel af.

De lege uitdrukking keerde terug op Tomeks gezicht. Zijn gedachten werden leeg.

'In welke richting stuurt u het onderzoek, en waarom denkt u dat?' drong Nick aan.

Zijn mond viel open, maar er kwam nog steeds niets uit.

Nick ging verder: 'Werd Angelica Whitaker vermoord door iemand die ze kende, of was dit een willekeurige moord?'

HOOFDSTUK **ZESENTWINTIG**

Tomek was niet voorbereid geweest om de vraag in Victoria's kantoor te beantwoorden. Nog niet. Ondanks dat de kansen op het eerste gezicht fifty-fifty waren, en de beslissing in zijn hoofd bijna vaststond, was het de nasleep van een verkeerde beslissing die hem zorgen baarde. Als hij de verkeerde keuze maakte, en ze zouden het pas na een week, twee of drie weken opmerken, dan zou er onvermijdelijk een enorme puinhoop ontstaan en een gigantische hoeveelheid werk om terug te keren, opnieuw te verwerken en zichzelf te corrigeren. Ze zouden bijna helemaal opnieuw moeten beginnen, hergroeperen, opnieuw samenkomen. En hij was niet bereid om zo erg te falen bij zijn eerste zaak. Hij was nog niet bereid om zijn positie op het spel te zetten. Niet bij een zaak als deze. De beslissing drukte daarom zwaar op zijn schouders, en hij voelde de druk ervan. Hoewel hij neigde naar een van de twee opties - dat Angelica haar moordenaar had gekend - wilde hij zijn geest zo open mogelijk houden.

Enkele uren later, na wat snel een middag was geworden die zwaar beladen was met budgetten, prognoses en het doen alsof hij de dagelijkse rapporten van het team las, stak Tomek de sleutel in het slot en draaide. Het was net na zes uur 's avonds, een van de vroegere avonden die hij in lange tijd had gehad, en hij trof Kasia in de keuken aan, terwijl ze een bakplaat uit de oven haalde.

'Wat staat er vanavond op het menu?' vroeg hij.

'Kipnuggets en friet.'

Natuurlijk was het dat.

'Klinkt heerlijk.'

'Ja.'

Tomek hing zijn rugzak aan de achterkant van de voordeur, liet zijn sleutels in een klein doosje in een ladekast vallen en liep naar de eettafel. In de keuken kantelde Kasia de bakplaat naar één kant en begon haar eten op haar bord te scheppen. Net toen hij op het punt stond een opmerking te maken, merkte hij iets op tafel op. Nog een envelop, met het logo van HMP Wakefield in de rechterbovenhoek. Tomeks naam was er in nauwelijks leesbaar handschrift op gekrabbeld.

Nog een brief van Nathan.

'Hé, ik dacht eraan om dit weekend Yasmin te bezoeken, maar-' begon Kasia, maar Tomek negeerde haar.

Hij bromde iets, niet helemaal zeker wat, en ging toen naar zijn slaapkamer. Hij sloot de deur zachtjes achter zich, niet in staat zijn ogen van het document af te houden. Hij woog het in zijn handen, zich afvragend of het zwaarder of lichter was dan de vorige. Zwaarder. Zeker zwaarder. Hij bracht het naar zijn neus, snuivend, wachtend tot zijn zintuigen iets vreemds zouden opvangen dat in de envelop was gewreven. Niets.

De eerste keer dat hij een brief had ontvangen, was hij gegrepen door angst en vrees, een steek van misselijkheid die door zijn lichaam trok terwijl hij het las. De tweede brief was van vergelijkbare aard geweest. Maar nu, voor deze, voelde hij vreemd genoeg een vonkje opwinding, een verlangen om te weten wat erin zat. Alsof hij weer twaalf was en zijn eerste brief van zijn penvriend uit Afrika ontving.

Terwijl hij op het uiteinde van het bed zat, sloot hij alle geluid buiten (hij kon Kasia's mes en vork horen kletteren op het bord) en draaide de envelop om. Deze keer was de achterkant verzegeld met tape. Misschien was dat waarom het zwaarder aanvoelde. Of er zat iets in... iets wat Nathan had bijgevoegd en waarvan hij wilde dat Tomek het zou zien.

Tomek wrong zijn duim in de vouw, scheurde de envelop open en liet deze op de grond vallen. De brief was hetzelfde als gewoonlijk - een enkel vel A4-papier dat in drieën was gevouwen. Alleen waren er aan de achterkant twee vierkante stukjes papier geniet, gescheurd, met rafelige randen. Uit nieuwsgierigheid keek hij eerst naar die: daarop stonden twee verschillende mobiele nummers, één op elke pagina. Na een snelle controle van de brief die hij de andere avond had gelezen, was een ervan hetzelfde mobiele nummer dat Nathan had opgegeven. Tomek negeerde de nummers en, zich voelend als een tiener die voor het eerst een liefdesbrief leest, opende hij de pagina.

Beste Tomek,

ik heb de laatste tijd helemaal geen reactie van je gehad en ik begin me een beetje zorgen te maken dat de brieven kwijtraken. ik hoop echt dat je ze ontvangt. Daarom heb ik besloten ze vaker te schrijven, zodat je een grotere kans hebt ze te ontvangen. Riem en bretels, zoals een van de bewakers het laatst noemde.

Hoe dan ook, ik wilde je laten weten dat ik heb nagedacht en ik wilde je laten weten dat ik me nooit heb verontschuldigd voor wat ik je broer heb aangedaan. Het spijt me, uit de grond van mijn hart en ik hoop dat je me kunt vergeven. Er gebeurden veel dingen in mijn leven toen ik hem dat aandeed. Wil je ze horen?

Mijn moeder en vader sloegen me vroeger. Het is misschien geen verrassing voor je, maar die klootzakken hebben me tien jaar lang elke dag in elkaar geslagen, vanaf mijn vijfde tot mijn vijftiende. Het maakte niet uit wat ik deed, het was altijd iets verkeerds. En ze vonden het vooral niet leuk als ik tegensprak. Mijn moeder was de ergste. De drank en drugs deden haar uitvallen, en vader was te zwak om zichzelf en mij te verdedigen, dus hij begon ook mee te doen. Wat ik je broer heb aangedaan was een vergelding, ik wist niet wat er over me kwam en ik had al die woede en frustratie die op je broer werd afgereageerd. Daarom deed ik hem wat ik deed. Hij verdiende het niet, maar ik verdiende het ook niet toen mijn moeder mijn arm brak in de deur, toen ze me in de koelkast duwde, toen ze me sloeg en me liet uitkleden en mijn handen in de lucht liet steken en me sloeg en op mijn pik sloeg en gemene dingen tegen me zei. Geen van ons verdiende wat ons is overkomen, en wat mijn moeder en vader betreft, god mag weten waar ze zijn. IK HOOP DAT ZE GODVERDOMME DOOD ZIJN.

Ik heb dit nog nooit aan iemand verteld, dus ik hoop dat je het geheim kunt houden alsjeblieft, Tomek. Ik vertrouw je, maat. Het kan ons kleine geheim tussen ons zijn.

Ik heb nu bijna geen ruimte meer, en ik hou er niet van om de bladzijde om te draaien omdat het er rommelig uitziet en verwarrend wordt, dus ik zal je een andere keer nog eens moeten schrijven. Ik heb twee mobiele nummers aan dit blad geniet zodat je me kunt bellen. Ik wist niet zeker of de andere verloren was gegaan, en als de bewakers het afpakken dan heb ik een reserve. Begrijp je wat ik bedoel?

Ik kan niet wachten om je stem te horen.

Doe de groeten aan de familie,

Nathan

Tomek staarde naar de woorden op de pagina, naar de harde krabbels waar Nathan een fout had gemaakt en zichzelf had gecorrigeerd (hoewel het geen verschil maakte voor de daaropvolgende spelling omdat hij dezelfde fouten opnieuw maakte). Hij bewonderde de man voor zijn poging, voor het schrijven van zoveel als hij had gedaan. Het kon niet gemakkelijk voor hem zijn geweest, zo opgroeien, in de steek gelaten, misbruikt, emotioneel en fysiek verwaarloosd. Het was nu logisch dat hij niet de middelen of de zorg en aandacht had gehad die nodig waren om zijn lees- en schrijfvaardigheden te ontwikkelen. Behalve simpelweg overleven in dat huishouden, zou er niets anders in zijn gedachten zijn geweest.

Terwijl Tomek daar zat, de zinnen in zijn hoofd omdraaiend, voelde hij hoe een steek van schuld en wroeging de opwinding en nieuwsgierigheid overweldigde die hij had gevoeld voordat hij de brief las. Hij wist niet waarom, maar plotseling voelde hij een verwantschap met de man die zijn broer had vermoord. Misschien was het omdat hij wist hoe het was om verstoten te worden door zijn familie - het was bij lange na niet op hetzelfde niveau als wat Nathan had meegemaakt, maar na de dood van zijn broer hadden zijn ouders hem verwaarloosd, waren ze gestopt met van hem te houden, ze hadden hem alleen gelaten om het trauma van zijn broers dood te verwerken en ermee om te gaan.

Op die manier leken hij en Nathan Burrows erg op elkaar.

Tomek sloeg de bladzijde om en scheurde de geniete vierkantjes eraf. Hij keek naar de nummers, overwoog ze aan zijn adresboek toe te voegen. Uiteindelijk stopte hij ze samen met de opgevouwen brief achter in zijn kledingkast bij de rest. Als hij Nathan wilde bellen - een mogelijkheid die hij nu overwoog - dan zou hij weten waar hij het moest vinden.

Net toen Tomek de kledingkast dichtdeed, ging de deurbel van het appartement. Abigail. Ze bleef logeren. De vierde nacht op rij. Hij vroeg zich af of ze binnenkort het gesprek moesten voeren over permanent blijven.

Toen hij zijn slaapkamerdeur opende, betrapte hij Kasia die buiten ronddwaalde, bevroren, met haar voeten op de vloer geplant, gevangen in het moment tussen naar de voordeur of naar haar slaapkamer rennen.

'Wat denk jij dat je aan het doen bent?'

'Niets.'

'Heb je staan afluisteren?'

'Nee.'

'Wat doe je dan buiten mijn kamer?'

'Ik kwam een vraag stellen.'

Leugen.

'Welke?'

'Uhm...' Kasia kon geen antwoord geven.

De deurbel klonk opnieuw. Langer deze keer. Tomeks frustratie begon op te borrelen.

'Pardon? Wat wilde je me vragen?'

'Uhm... Ik... Ik vroeg me af...'

'Ja?'

Nog een bel.

'Mag ik dit weekend afspreken met Yas?'

'Yas?'

'Ja. Ze wil naar Lakeside. En ik heb wat... wat nieuw ondergoed nodig, en...'

Nog een bel.

'Godverdomme! Ik kom eraan!'

Kasia negerend, draaide Tomek zich om en racete naar de voordeur. Hij sloeg zijn hand op de klink en rukte hem open. Daar, aan de andere kant, stond Abigail, met een ongeduldige en geërgerde blik op haar gezicht. Haar haar zat door de war en in haar hand droeg ze een laptoptas gevuld met documenten.

'Kon je niet verdomme wachten?' snauwde hij.

'Goedenavond voor jou ook. Zullen we dat nog eens proberen?'

Tomek herpakte zichzelf. 'Sorry. Ik bedoelde het niet zo. Ik had gewoon... een stressvolle dag.'

'Vertel mij wat. Is het veilig om binnen te komen of moet ik nog een keer kloppen?'

Tomek stapte opzij en liet haar door. Terwijl hij de voordeur sloot, sloeg Kasia haar slaapkamerdeur dicht, het geluid galmde door het hele appartement. Ze deed hem zo hard dicht dat hij dacht dat hij het hout kon horen splinteren.

'Is alles in orde?' vroeg Abigail, met voorzichtigheid in haar stem. 'Waar ben ik in thuisgekomen?'

Tomek vond dat niet leuk.

Thuisgekomen.

Alsof het nu ook haar thuis was. Alsof ze zichzelf er zomaar had opgedrongen zonder hem te raadplegen of te vragen hoe hij zich erbij voelde. Dat vond hij helemaal niet leuk.

'Ik wist niet dat dit je thuis was,' zei hij, kil.

'Oké... Ik voel dat er iets meer achter die opmerking zit dan het voor de hand liggende. Ik bedoelde het niet zo. Sorry als ik-'

Tomek draaide zijn rug naar haar toe en liep richting de keuken. Daar begon hij met het bereiden van het avondeten. Spaghetti Bolognese. Simpel, een basismaal. En een van zijn favorieten om te koken. Hij besteedde de volgende twintig minuten aan het snijden van de ui, het roeren van het vlees, het koken van de pasta terwijl Abigail hem vertelde over haar dag. Over hoe er niets gaande was. Hoe er al dagen niets te melden was. En bij elke opmerking had ze naar hem uitgehaald, hem gepord, hem vragen gesteld over waarom hij en het team hun geen informatie hadden gegeven over het lichaam dat bij de kerk was gevonden.

'Ik bedoel, gooi me een bot toe, Tomek,' zei ze. 'We leven van kruimels en die beginnen op te raken.'

'Ik weet het.'

Hij was niet in de stemming om nu met haar om te gaan. Eigenlijk was hij niet in de stemming om met wie of wat dan ook om te gaan. Niet na de middag die hij had gehad. Niet na de brief, die zijn bedrading volledig had gefuckt.

'Heb je gehoord wat ik net zei?'

Tomek bleef in het vlees roeren, starend naar de saus.

'Tomek!'

'Ja.'

'Je luistert niet naar me.'

'Jawel.'

'Wat zei ik dan net?'

'Over honger hebben.'

'Voor een fucking verhaal, ja. Maar dat is niet wat ik bedoelde. Ik heb echt nodig dat je team me hier iets geeft. We hebben zo veel verdomde e-mails en vragen gestuurd over het meisje in de kerk, maar niemand reageert.'

'Kun je gewoon ophouden?'

Tomek haalde de houten lepel uit de pan en smeet hem op het aanrecht. Saus spetterde op de betegelde muur en de nabije broodrooster en waterkoker.

'Kun je gewoon één fucking seconde ophouden?'

De uitbarsting was plotseling en verraste zelfs hemzelf. Het was de eerste keer dat hij ooit zo had gereageerd of zich zo had gedragen, en hij vond de man die hij zojuist was geworden niet leuk.

'Waar... waar kwam *dat* vandaan?' Abigails stem was een combinatie van woede en gekwetstheid. Hoewel hij voelde dat hij waarschijnlijk net zo goed zou krijgen als hij had gegeven. 'Praat niet zo tegen me. Ik stelde alleen maar een verdomde vraag. Jij bent degene die niet naar me luistert, dus ga niet op je verdomde hoge paard zitten en geef me niet al die onzin, oké? Je wordt verondersteld een volwassene te zijn, en je wordt verondersteld de hoofdinspecteur van een moordonderzoek te zijn. Hoe verdomd moeilijk-'

'Verondersteld de hoofdinspecteur te zijn?' kaatste hij terug. '*Verondersteld* te zijn? Wat is dat *verondersteld* te betekenen?'

'Jij bent degene die de leiding heeft over dit onderzoek. Jij bepaalt wat er wel en niet gebeurt. Waarom duurt het zo lang voordat jullie ons de informatie geven?' Abigails ogen werden groot en haar lippen gingen uiteen toen het besef bij haar doorbrak. 'Heb jij ze gezegd dat niet te doen, is dat het? Heb je informatie voor ons achtergehouden? Waarom zou je zoiets doen? Je weet hoeveel dit voor me betekent. Ik kan niet geloven dat je zoiets zou doen. We zouden een partnerschap moeten zijn, een team. Dit is mijn droom en je verpest het. Ik heb eeuwenlang op dit moment gewacht, en je hebt het allemaal voor me verknald. Vandaag hebben we bericht over een enorm gat in het strand bij de boulevard van Southend, waarvan een lokale ruimtefotograaf en -liefhebber dacht dat het een meteoriet was die uit de ruimte was gevallen. Blijkt dat het gewoon een stel gasten was met een gigantische schep en veel tijd. Zie je! Ik kan niet teruggaan naar die onzin de hele dag. Ik ben beter dan dat. Ik heb ambities.'

Ze stak haar hand in de lucht en klom toen op een denkbeeldige ladder. Maar Tomek lette daar niet op. Het enige waaraan hij kon denken was dat gat.

'Hoe...' begon hij, zich langzaam naar haar toedraaiend. 'Hoe... hoe groot was het?'

Abigails wangen werden rood. De lijnen op haar voorhoofd vermenigvuldigden zich en haar kraaienpootjes werden dieper. Haar pupillen vernauwden zich en haar neusgaten werden wijder. Het enige wat overbleef was de venijnigheid die uit haar mond kwam.

'Krijg de klere,' spuugde ze. 'Krijg de klere, en dit hele gedoe ook. Ik ben hier weg. Dag!'

HOOFDSTUK **ZEVENENTWINTIG**

De wereld is in een rode tint veranderd. Een diepe, donkere rode kleur die aanvoelt alsof er bloed over mijn ogen ligt. Mijn bloed. Michałs bloed. Angelica's bloed.

Terwijl ik ren, zie ik de jongeren die rondhangen bij de slijterij. Een van hen leunt op het stuur terwijl een ander iets in de lucht houdt. Volgens mij is het een verdomde schop, maar ik kan het niet zeker weten. Het heeft een handvat en alles, en het glimt in het licht van de winkel, dus het ziet er vrijwel zeker uit als een schop. Maar voordat ik er verder over na kan denken, kom ik langs de Magnet keukenzaak. En deze keer zie ik Abigail op de parkeerplaats, naast de man die ik al zo vaak heb gezien, zo vaak, maar waar ik nooit echt aandacht aan heb besteed. Behalve dat het geen Abigail is. Tenminste, dat denk ik niet.

Ze draagt Abigails kleren, ja, maar haar gezicht is wazig, en het is wit, de kleur van een laken. En achter haar staat een rode auto. Maar als ik nog eens kijk, besef ik dat het geen rode auto is. Het is een paar vleugels. Engelenvleugels. Bloederige engelenvleugels.

En dan verandert het beeld.

Ik ben in het veld. De wind is toegenomen, en het begint een beetje te spetteren, zachtjes regent het bloed. Zelfs de duisternis van het park is rood geworden, getint met dood.

Ik duik onder de reling door en sprint door de modder. Daar, staand over Michał, is Nathan Burrows. Hij draagt een grijze joggingbroek en een bevlekte grijze sweater. Hij is ongeschoren, en zijn haar is lang en enigszins rafelig. Zijn tanden staan scheef naar één kant en zijn wenkbrauwen zijn in het midden samengekomen. Ik zie een monster voor me, alleen staand, schouders naar voren gerold, benen op schouderbreedte, armen langs zijn zij, starend naar mij, bijna uitdagend, wachtend tot ik de eerste zet doe.

En dat doe ik. Ik ben de eerste die knippert. Letterlijk.

Maar als ik mijn ogen weer open, is Nathan veranderd in een vijftienjarige jongen. Hij draagt hetzelfde blauwe Lonsdale trainingspak en zwarte sportschoenen die hij droeg toen hij Michał vermoordde. Behalve dat er nu twee mensen achter hem staan. Een man en een vrouw, aan weerszijden. Zijn moeder en vader. Ze dragen casual kleding. Het haar van zijn moeder zit in een paardenstaart die naar één kant lijkt te hangen, alsof het door iemand anders in een ruzie is getrokken. Aan de andere kant staat Nathans vader net als hij, met dezelfde schouderhouding, dezelfde armhouding. Het enige verschil tussen hen is de terugwijkende haarlijn en de molligere buik. Afgezien daarvan zijn ze bijna het evenbeeld van elkaar.

De drie van hen, starend naar mij.

En dan zwaait Nathan met zijn hand naar me, alsof hij me roept, me wenkt.

En dan verandert het beeld.

Ik rijd in de auto, de politieauto, met papa naast me. Het geluid van de ruitenwissers die heen en weer zwiepen is het enige geluid in de auto. Dat en het geluid van de regen. We rijden, rijden, rijden. Ik heb geen idee waar we zijn; ik weet alleen dat we naar het bureau gaan. Als we daar aankomen, opent de politieagent de deur voor me en leidt me het gebouw in. De lichten zijn zo fel dat ik niets kan zien. Het enige wat ik weet is dat de man me begeleidt, dat ik hem moet volgen. Uiteindelijk, na een paar minuten praten met mensen, het horen van stemmen en namen die ik niet herken, word ik naar een kleine kamer gebracht. Het is goed verlicht, er staat een mooie bank en er speelt een alledaags programma op de televisie waar ik geen aandacht aan besteed. Het is bedoeld om me te kalmeren, maar ik kan me er niet op concentreren. Het enige wat ik zie is Michałs bloed aan mijn handen, vermengd met het vuil onder mijn nagels. Het zit op de muren. Het zit in de stof van het meubilair. Het is overal. Ik vraag om naar de wc te gaan, om mijn handen te wassen, maar er gebeurt niets, niemand antwoordt. Ik begin in paniek te raken, mijn borst gaat op en neer, op en neer, totdat mijn hoofd licht en duizelig is. Ik ga terug naar de bank om te zitten, reik naar de waterfles die daar staat, en net als ik de dop losschroef, gaat de deur open. Daar staat, gekleed in politie-uniform, mijn moeder. Haar glinsterende roze nagels klemmen zich vast aan de deurklink.

'We zijn nu klaar voor je, Tomek,' zegt ze, voordat ze mijn leven voorgoed verandert.

HOOFDSTUK **ACHTENTWINTIG**

De sfeer in de auto was ongemakkelijk en kil. Ze hadden die ochtend nauwelijks een woord tegen elkaar gezegd, behalve het hoogst noodzakelijke: 'Goedemorgen', 'Klaar om te vertrekken om acht uur?' en 'Je lunch zit in je tas'.

Tomek had zoveel wat hij wilde zeggen, vooral een enorme verontschuldiging, maar hij wist niet hoe hij het moest verwoorden. Het was iets wat hij nog nooit eerder had hoeven doen. Hij was niet gewend om zijn excuses aan te bieden. In het verleden, wanneer hij het had uitgemaakt met een meisje of hun had verteld dat de ochtend na de nacht ervoor het einde van hun relatie betekende, had hij het altijd afgedaan met een schouderophaal en wat ooggerol, zonder rekening te houden met de gevoelens van de ander. Ze waren één nacht in zijn leven, misschien twee, en dan was het klaar. Maar met Kasia was het anders; zij was voor de rest van zijn leven in zijn leven, en ze was geen onenightstand. Ze was zijn dochter. En dat was een compleet ander verhaal.

Tot nu toe had Kasia tijdens de rit naar school haar koptelefoon opgehouden en hem volledig genegeerd. Hij had af en toe geprobeerd een blik op haar te werpen, maar ze was zo verdiept in haar telefoon en muziek dat ze hem niet opmerkte - of als ze dat wel deed, liet ze het niet merken. Hij wist niet van wie ze dat pokerface had geërfd, maar hij waardeerde het niet.

Na twintig minuten stopte hij eindelijk voor haar school. Nou ja, niet precies voor de school; ze wilde dat hij verderop in de straat parkeerde zodat geen van haar vrienden haar zou zien uitstappen, vermoedelijk omdat ze anders als een soort sociale paria zou worden gezien. Heel even bleef Kasia roerloos zitten. Een deel van hem dacht dat ze zich misschien voorbereidde om iets te zeggen, maar toen dat niet kwam, toen ze naar haar tas reikte in de voetenruimte, die stevig tegen haar borst drukte en het portier opende, trok Tomek haar aan haar arm terug.

'Kunnen we praten over gisteravond?'

Langzaam haalde Kasia de oordopjes uit haar oren. Ze hield haar blik strak op hem gericht. Aan haar gezichtsuitdrukking was duidelijk te zien dat ze vol verwachting wachtte op zijn excuses, dat ze gekwetst was.

'Het spijt me,' zei hij, kortaf, recht op het doel af. 'Het spijt me dat ik tegen je ben uitgevallen en je heb genegeerd. Ik... Het is geen excuus, maar ik had gisteren een drukke dag, en ik had dat niet mee naar huis moeten nemen. Ik had het buiten de deur moeten laten, en het spijt me dat ik dat niet heb gedaan. Ik...' Hij haalde diep adem en keek naar het dashboard. 'Ik kreeg gisteravond nog een brief, ja, en bedankt dat je die niet hebt opengemaakt. Ik moest hem gewoon in mijn kamer lezen, alleen, want ze zijn... ze zijn veel voor mij om te verwerken.' Hij snoof hard terwijl hij nadacht over wat hij daarna moest zeggen. 'Ik heb er geen probleem mee dat je dit weekend je vriendin ziet. Dat had ik meteen moeten zeggen, maar ik had veel aan mijn hoofd. Nogmaals, geen excuus, dat weet ik. Ik geef het toe, en het spijt me. Als je een lift nodig hebt of als ik je moet komen ophalen van Lakeside, laat het me dan gewoon weten en ik ben er, oké?'

Kasia's gezichtsuitdrukking bleef onveranderd. Ze haalde de koptelefoon uit haar telefoon en begon de kabel om haar hand te wikkelen. 'Het spijt mij ook,' zei ze, met zwakke stem.

'Waarvoor? Jij hebt niets om je voor te verontschuldigen.'

'Omdat ik buiten je kamer heb staan gluren.'

'Oh, dat...'

'Dat had ik ook niet moeten doen. Ik was nieuwsgierig. Dat is... dat is ook geen excuus. Dat weet ik.'

Toen deed ze iets wat hem compleet verraste. Ze balde haar vuist, plaatste die in het midden van haar borst en wreef een paar keer met de vuist in een cirkel.

'Wat was dat?'

'Sorry in gebarentaal. Een meisje in mijn klas is doof, en zij gebruikt het wanneer ze de vraag niet begrijpt.'

Tomek plaatste zijn vuist op zijn borst en maakte dezelfde beweging.

'Sorry,' zei hij.

'Sorry,' herhaalde Kasia. Daarna bleef ze nog even in haar stoel zitten, alsof er nog iets op haar hart lag. 'Heb je je excuses al aangeboden aan Abigail?'

'Nee.'

'Ga je dat doen?'

'Ik weet het niet.'

'Ik hoorde wat er gisteravond gebeurde. Het klonk niet best...'

'Ja.'

'Ga je met haar praten erover?'

Op een gegeven moment zou hij dat moeten doen. Dat was het volwassen ding om te doen. Er was geen ontsnappen aan, niet nu ze zo ver in hun relatie waren dat hij niet meer koudwatervrees kon krijgen en zich kon terugtrekken. Nee, hij zou er nog een tijd aan vast zitten voordat zoiets kon gebeuren.

'Ik weet zeker dat jullie het wel oplossen,' zei Kasia, hoewel hij aan haar stem kon horen dat ze het niet meende.

'Ze is over een paar weken jarig,' zei hij.

'Wat... wat heeft dat ermee te maken?'

Hij haalde zijn schouders op, starend uit het raam. 'Ik weet het niet.' Toen vielen zijn ogen op het dashboard. Het was 8:35. 'Je kunt maar beter gaan. Je wilt niet nog een te-laat-briefje van juffrouw Holloway.'

Haar ogen flikkerden van angst.

'Heb je dat gezien?'

'Het is oké,' vertelde hij haar. 'Ik zag het laatst op je rapport - sorry, ik neuze in je tas - maar ik heb er niks over gezegd. Dus hiervoor krijg je een vrijkaart. Zorg gewoon dat het niet nog eens gebeurt.'

Kasia reageerde door een cirkel op haar borst te wrijven. Tomek antwoordde op dezelfde manier.

Een seconde later was ze uit de auto, lopend over de straat, met een rugzak die twee maten te groot voor haar was, en tekstend op haar telefoon. Tomek keek naar de andere kinderen die hetzelfde deden. Klonen, kopieën van elkaar: hoofden naar beneden, oordopjes in, hun hele wereld gevangen in een zwarte spiegel in plaats van de wereld om hen heen. Zelfs degenen in groepjes luisterden naar muziek met één oordopje in terwijl ze deden alsof ze communiceerden in de echte wereld.

Tomek was zo gefocust op de kinderen van Kasia's school dat hij bijna niet merkte dat zijn telefoon trilde. Hij graaide in zijn zak en haalde het apparaat tevoorschijn. Het was zijn vader, Perry.

'Alles goed, pap?' vroeg hij terwijl hij de telefoon op de luidspreker zette en wegreed van de stoeprand.

'Alles is prima.'

'Weet je het zeker? Het is niet zoals jou om zo vroeg te bellen. Lig je niet normaal gesproken nog te worstelen om uit bed te komen rond deze tijd?'

'Je spot, maar die artritis-onzin gaat jou ook ooit inhalen, jongen. Dus wees niet te verwaand. Bovendien heb ik al ontbijt gemaakt, de keuken schoongemaakt, beneden gestofzuigd, de kraan in de badkamer gerepareerd en een lading was in de machine gedaan. En nu heeft je moeder me in de garage gezet omdat de lamp op haar nachtkastje kapot is en het onmiddellijk gerepareerd moet worden, anders kan ze vanavond haar boeken niet in bed lezen.'

'Ai.'

'Trouw niet. Het houdt nooit op.'

Tomek grinnikte terwijl hij zich concentreerde op het afslaan bij een kruispunt.

'Hoe gaat het met iedereen?' vervolgde Perry. 'Kasia? Werk?'

Tomek gaf hem de verkorte versie van de avond ervoor, waarbij hij de details over de brief van Nathan en het gesprek met zijn broer wegliet.

'Ai,' antwoordde Perry.

'Ja.'

'Wil je erover praten?'

'Nee. Het is oké.'

'Oké. Goed dan...'

Dat was alles wat er over gezegd hoefde te worden. Ze hadden het als mannen afgehandeld, zonder eigenlijk iets te zeggen, en nu was het tijd om verder te gaan. Gelukkig had Perry nog iets anders in gedachten.

'Nu ik je toch aan de lijn heb,' zei hij, zijn stem zodanig verlagend dat het nauwelijks meer dan een fluistering was. 'Er is iets dat ik je al een tijdje wil vragen.'

Het geluid van gereedschap en rinkelend metaal ratelde op de achtergrond terwijl hij sprak, vermoedelijk om te voorkomen dat zijn moeder kon meeluisteren.

'Oké...' antwoordde Tomek.

'Het gaat over Nathan.'

Tomek aarzelde. Had Dawid met hem gesproken?

'Oké...'

'Toen je hem vorige maand ging bezoeken, zei je dat hij je verteld had dat hij alleen had gehandeld.'

'Ja. Dat klopt.'

Terwijl Perry moeite had om de woorden eruit te krijgen, nam het geluid van bewegend gereedschap geleidelijk toe.

'En ik vroeg me af... ik vroeg me af of je, weet je, of je hem geloofde?'

'Of ik hem geloofde?'

'Ja. Denk je dat er nog steeds die tweede persoon rondloopt of denk je... denk je dat hij echt alleen handelde?'

Tomek vroeg zich af waar zijn vader naartoe wilde met dit gesprek, en wat hem ertoe had gebracht dit na enkele weken ter sprake te brengen. Tomek had zijn familie verteld over zijn bezoek aan Nathan Burrows in HMP Wakefield een paar weken eerder, en zijn vader had toen geen zorgen geuit. Sterker nog, hij had zich aan de kant van Tomeks moeder geschaard en uiteindelijk hadden ze als familie besloten het los te laten. Na dertig jaar constant naar afsluiting te zoeken, hadden ze besloten dat Nathan Burrows alleen had gehandeld, dat er niemand anders bij hem was geweest, en dat Tomek het zich had ingebeeld. Al die druk, al die lasten waren van hun levens afgevallen en ze waren dichter bij elkaar gekomen. Maar nu had Perry eindelijk zijn zorgen geuit, buiten het gehoor van zijn moeder.

'Waar komt dit ineens vandaan, pap?' vroeg Tomek.

'Ik zat wat na te denken,' zei hij. 'Dat is alles. Vroeg me gewoon af of je van gedachten bent veranderd.'

'Ik...' Tomek aarzelde. Hij wist niet wat hij moest zeggen. Hij wist niet wat Perry verwachtte dat hij zou zeggen. Hij haalde diep adem, hield de lucht vast en liet deze toen langzaam tussen zijn lippen door ontsnappen. 'Ik geloof hem niet,' zei hij, onzeker van zichzelf. 'Ik denk... ik denk dat Charlie nog steeds daar buiten is, ja.'

'En al die dingen van een paar weken geleden tijdens het diner? Dat was voor je moeder bedoeld?'

Tomek mompelde, niet in staat om te antwoorden.

'Goed. Hou het zo. Ze voelt zich veel beter sinds jij zei wat je zei. Ze is gelukkiger, ze is anders. Ik heb haar in bijna dertig jaar niet zo gezien. Ze is een compleet andere vrouw.'

'Ze laat jou nog steeds schoonmaken en dingen voor haar repareren, trouwens.'

'Ze laat mij nog steeds schoonmaken en dingen voor haar repareren, ja. Maar, geloof me, ze is nog nooit zo gelukkig geweest. En ik wil niet dat daar nu iets aan verandert. Dus... hou het voor je moeder verborgen, oké? Zeg niets tegen haar, en ik ook niet. Ons kleine geheim.'

Er was niets *kleins* aan dit geheim. Niet als het om Michał ging. Niet als het Nathan Burrows betrof.

'Ik wist dat je die avond iets voor ons verborg,' vervolgde Perry. Het geluid van beweging en metaal dat tegen metaal kletterde keerde terug. 'Ik kon aan je gezicht zien dat je het nog steeds geloofde. En ik wil je gewoon laten weten dat ik je ook geloof. Ik wist dat het niet in je aard lag om deze zaak zo gemakkelijk los te laten. Je vecht er al dertig jaar voor, en ik weet dat je de klootzak de komende dertig jaar zult blijven opjagen, tot het einde. Ik weet dat je zult doen wat juist is voor onze familie, jongen. Ik weet dat je hem zult vinden, want hij is ergens daarbuiten. Ik voel het. Ik weet het, jij weet het. En ik weet dat je het in je hebt om hem te vinden. Blijf vechten, jongen.'

Een brok vormde zich in Tomeks keel. Een schouderklopje, erkenning, een knikje van goedkeuring. De eerste keer dat zijn vader hem vertelde dat hij trots was, dat hij in hem geloofde. Dertig jaar te laat, maar het was er niettemin. En terwijl Tomek er een moment over nadacht, besefte hij wat die kleine toespraak was: zijn vader, die om hulp smeekte, die Tomek smeekte om Michałs tweede moordenaar te vinden, omdat ook hij al die jaren dezelfde last had gedragen, alleen op een andere manier, verborgen voor de rest van de familie. En nu maakte hij Tomek overduidelijk wat er moest gebeuren, en dat hij bij elke stap naast hem zou staan.

HOOFDSTUK **NEGENENTWINTIG**

Het vinden van Shawn Wilkins, de man die veroordeeld was voor het stalken van Angelica Whitaker, had een snelle zoektocht moeten zijn, een vlugge blik in het register. Maar het was allesbehalve eenvoudig geweest. Zijn geregistreerde adres was bij zijn ouders thuis, maar toen Oscar en Rachel daar aankwamen om hem mee te nemen voor verhoor, hoorden ze dat hij was verhuisd. Het enige probleem was dat zijn ouders praters waren, en hen beiden twee uur lang aan de praat hadden gehouden voordat ze uiteindelijk de informatie kregen die ze nodig hadden.

Terwijl hij wachtte, had Chey de afgelopen twintig minuten alle bewijzen tegen Wilkins aan hem opgesomd. Meerdere gevallen van 's nachts buiten Angelica Whitakers huis staan, soms zittend in zijn auto, haar door het raam bespieden terwijl de lichten aan waren, haar volgen midden op straat 's nachts en bij klaarlichte dag, onaangekondigd opduiken bij Whitaker's, de juwelierswinkel, doen alsof hij iets wilde kopen (en dat zelfs een keer daadwerkelijk doen, om het vervolgens aan haar cadeau te geven), haar herhaaldelijk berichten sturen via sociale media en sms, regelmatig nepaccounts en nieuwe mobiele nummers gebruiken om contact met haar te zoeken, en voortdurend commentaar geven op al haar berichten op sociale media met zinnen als 'Mijn prachtige engel' en 'Mijn engel heeft haar vleugels terug', alsof ze een stelletje waren. Het enige probleem was dat Tomek naar niets ervan luisterde. Zijn gedachten waren honderden kilometers verderop in Wakefield, waar hij ronddwaalde buiten de gevangenis, opkijkend naar de ijzeren tralies voor de grauwe en sombere ramen van het gebouw. Toen gingen zijn gedachten naar het veld van de speeltuin waar zijn broer was gestorven - de speeltuin die er nog steeds was, maar er dertig jaar later compleet anders uitzag. Deze keer stelde hij zich het bankje voor met Michałs naam erop. Hij had niet op dat bankje gezeten, laat staan het gezien, in jaren. En nu was het daar, glashelder voor zijn geestesoog.

'Chef?'

De stem ging het ene oor in en het andere uit.

'Chef, ben je er?'

Tomek stond met zijn rug naar Chey toe, starend uit het raam dat uitkeek over de parkeerplaats. Hij was zich slechts vaag bewust van de weerspiegeling van de man in het glas. Maar toen Chey achter hem bewoog, was het niet de weerspiegeling die hem afleidde, het was de auto die net een lege parkeerplaats bij de ingang van het gebouw in reed. Rachel. Schuin geparkeerd omdat ze de auto in het vak had gezwenkt. Een seconde later zag hij haar uit de auto stappen en naar de achterkant lopen, waar Shawn Wilkins tevoorschijn kwam. De man was een kleine reus gezien vanaf het raam op de tweede verdieping. Hij was bijna twee keer zo groot als Rachel, met grote, gebogen schouders die nooit leken te eindigen, en een loopje dat hem deed lijken op een vriendelijke reus. Hij wachtte geduldig tot Rachel iets uit de kofferbak had gehaald en volgde haar toen op enkele passen afstand.

Het was pas toen ze een paar meter van het gebouw verwijderd waren dat Tomek een figuur uit een auto in de buurt zag springen en over de parkeerplaats zag sprinten. Tegen de tijd dat hij doorhad wat er gebeurde, was het al te laat, en als een moederhert dat toekijkt hoe haar jong wordt aangereden door een auto midden op straat, voelde Tomek zich hulpeloos. De figuur, gekleed in een zwarte hoodie, overbrugde de afstand met gemak, en een moment later was hij bij hen. Hij haalde uit met een rechterhoek naar Shawn Wilkins en raakte hem vol, waardoor de kleine reus op de grond viel. Maar dat was niet genoeg voor de aanvaller. Hij duwde Rachel opzij, greep Shawn bij zijn kraag en begon hem herhaaldelijk in het gezicht te slaan, hem te schoppen in zijn maag en benen terwijl de man weerloos was.

Tomek hoefde niets meer te zien. Hij stormde de kamer uit en rende naar de trap, twee treden tegelijk nemend, zich vasthoudend aan de muur voor steun. Toen hij beneden kwam, barstte hij door een stel dubbele deuren naar buiten. Tegen de tijd dat hij buiten was, was de situatie al onder controle gebracht door een handvol agenten in uniform die in de buurt waren geweest. Het had drie van hen gekost om de aanvaller te bedwingen, met één op de nek van de man, terwijl de andere twee bovenop hem zaten en handboeien om zijn polsen begonnen te doen.

'Laat me los!' schreeuwde de aanvaller.

Ondertussen verzorgde Rachel Shawn Wilkins. De man zat op de grond, benen gespreid, hoofd tussen zijn knieën terwijl een stroom van bloed uit zijn neus vloeide.

Eerst controleerde Tomek of het goed ging met Rachel.

'Alles oké met je?'

Ze keek naar hem op, opgewonden. 'Wat was dat in godsnaam? Hij kwam uit het niets!'

'Niet van daarboven gezien.' Tomek wees naar het raam. 'Weet je wie het is?'

En toen zag Tomek het zelf.

De man werd overeind getrokken met de hulp van een vierde agent in uniform. Armen achter zijn rug. Vuil en stukjes grind zaten aan zijn gezicht geplakt.

Johnny Whitaker, Angelica's broer en felle verdediger, staarde hem aan.

HOOFDSTUK **DERTIG**

Het had meer dan een uur geduurd om het bloed uit Shawn Wilkins' neus te stoppen, tenminste tot op een punt waar hij niet elke twee seconden het tissue dat in zijn neusgaten zat moest vervangen. De medisch geschoolde professionals in het gebouw hadden hem verzorgd, opgelapt en hem in dezelfde kleding waarin hij was aangevallen naar de verhoorkamer gestuurd, bevlekt en bedekt met bloed. Helaas waren er geen vervangende kledingstukken en zelfs al waren die er geweest, dan nog betwijfelde Tomek of ze zouden passen. Rachel voegde zich bij hem in de verhoorkamer. Het was een vrijwillig verhoor, dus Shawn mocht op elk moment vertrekken, hoewel Tomek vermoedde dat de man aangifte wilde doen tegen Johnny Whitaker. Tomek was erop gebrand de man zo lang mogelijk daar te houden door dat deel tot het einde te bewaren.

'Shawn Wilkins...' begon Tomek.

'Ja?'

'Bent u dat?'

'Ja.'

'En u woont aan Crescent Drive, klopt dat?'

'Mijn ouders wonen daar.'

'Maar u niet?'

'Je weet waar ik woon. Je hebt me daar opgehaald.' Shawn wees naar Rachel, maar Tomek negeerde het.

'Hoe lang woont u daar al?'

Shawn haalde zijn schouders op. 'Twee, misschien drie jaar.'

'Waarom heeft u onze gegevens dan niet bijgewerkt?'

'Welke gegevens?'

'Het contactverbod tegen u van een zekere Angelica Whitaker.'

Shawn legde zijn enorme handen plat op tafel en trok ze langzaam terug terwijl hij achterover leunde in zijn stoel. Het was een eenvoudige, onschuldige beweging, maar toch voelde Tomek er iets dreigends in. De man deed hem denken aan Ed Kemper. 'Is dat waar dit over gaat? Jullie hebben me hier binnengebracht omdat mijn gegevens verouderd zijn?'

Het was Rachel's beurt om te spreken. 'Nee, we hebben je binnengebracht omdat we er wat vragen over hadden.'

Shawns gezicht vertrok in een frons. 'Staat dat niet allemaal in het dossier? Kort gezegd is het zo dat ik niet binnen een paar meter van haar mag komen.'

'Hoeveel precies?'

'Honderd.'

'Dat is veel meer dan een *paar* meter,' zei Tomek. 'Wat heeft u gedaan om dat te verdienen?'

Tomek kende het antwoord op de vraag - Cheys woorden waren vaag en stil in zijn hoofd - maar hij wilde dat Shawn het voor hen zou uitspellen.

'Het staat allemaal in mijn dossier,' antwoordde de man uitdagend.

'Waarom vertelt u ons niet wat er staat?'

'Ik wil liever niet over oude koeien uit de sloot halen. Het is moeilijk.'

'Maar niet zo moeilijk als het leven dat u voor Angelica Whitaker heeft gemaakt, toch?'

De man vond de toon in Tomeks stem niet prettig. Tomek zag hem in de hoek kruipen, zijn haren overeind, klauwen gereed.

'Waar gaat dit over?' vroeg hij. 'Waarom hebben jullie me hier naartoe gebracht? En waarom valt iemand me buiten aan? Ik wil aangifte doen.'

Rachel stak een hand op om hem te kalmeren. 'Dat kunnen we later bespreken,' begon ze. 'Maar eerst zou ik graag willen weten wanneer je Angelica voor het eerst hebt ontmoet? Hoe hebben jullie elkaar leren kennen? Dat was tijdens een vlucht, toch?'

Er was iets in haar toon, de gevoeligheid erachter, de kalmte, die zelfs Tomek ontvankelijk maakte voor haar vragen. Ze had een andere manier om met mensen om te gaan, en meestal werkte het. Vooral wanneer ze de rommel van Tomek aan het opruimen was.

'Ik vloog terug uit Madrid,' begon Shawn, zijn ogen gericht op Rachel. 'Ik was met een paar maten. We waren op een jongensvakantie geweest. Rustig, kalm, niets te opzichtigs. Het moet nu ongeveer drie jaar geleden zijn. En we vlogen terug in het midden van de ochtend. We waren allemaal doodmoe en de rest van mijn vrienden sliep, maar ik kon niet slapen. Ik zat gewoon naar de mooiste vrouw te kijken die ik ooit heb gezien, man. Ze was betoverend. Je had haar moeten zien. Een figuur als een model, de prachtigste ogen, haar mooi opgestoken, make-up perfect. Er was gewoon iets aan haar. Dus begon ik met haar te praten achterin het vliegtuig terwijl iedereen sliep of koptelefoons op had, en we konden het echt goed vinden. Ik gooide er wat one-liners uit, zij flirtte terug. Maar toen was het voorbij. Het einde van de vlucht kwam en ze was weg.'

Terwijl Shawn Wilkins sprak, lichtten zijn ogen en gezicht op met vurig verlangen en dierlijke honger. De blik op het gezicht van de man verontrustte Tomek. Als hij al zo genoot van het *denken* aan Angelica, hoe had hij zich dan gedragen toen hij bij haar in de buurt was geweest?

'Hoe heb je Angelica daarna opgespoord?' vroeg Rachel.

'Insta,' antwoordde de man snel. 'Haar account op Insta gevonden. Duurde eigenlijk niet zo lang, ik had al een voornaam en wist de rest bij elkaar te puzzelen. Toen heb ik haar een bericht gestuurd. Ze had haar account niet op privé staan of zoiets, dus ik nam gewoon contact met haar op. Ik deed mijn schot, en ze antwoordde. Verrassend genoeg herinnerde ze zich mij. Ik moet indruk op haar hebben gemaakt, en daarna ging het vanzelf verder.' Hij eindigde de zin met een onverschillige schouderophaling, alsof Tomek en Rachel onder de indruk zouden moeten zijn van zijn bekwaamheid.

'Hoe?' vroeg Rachel, haar toon vlak, beheerst. Ondertussen begonnen gedachten aan Kasia Tomeks hoofd binnen te dringen: hoe zij in de komende jaren ook risico zou lopen op dit soort dingen; hoe sommige mannen zichzelf niet konden beheersen en het een stap te ver dreven; hoe ze voor de rest van haar leven elke dag voorzichtig zou moeten zijn als er niets veranderde.

Weer een schouderophalen, weer een vertoning van opstandigheid. 'Je weet wel, ik heb haar gewoon een paar keer een berichtje gestuurd. We hebben over van alles gepraat. Haar werk, hoe ze uitkeek naar het einde van het seizoen omdat ze een pauze nodig had, maar er ook tegenop zag omdat het betekende dat ze haar passie niet meer kon uitoefenen. Toen vertelde ze me wat ze graag deed, waar ze graag naartoe ging, wat ze 's avonds deed. Dus toevallig expres ben ik haar op een avond in Memo tegengekomen. Ze was verrast me te zien, dus dat vatte ik op als iets goeds, en toen ben ik haar in een andere taxi naar haar huis gevolgd.'

'Heeft ze je dat gevraagd?'

'Nou, niet *precies*. Maar ik kon zien dat ze ervoor te porren was, weet je. Ze had me zeker de signalen gegeven.'

Vanuit zijn ooghoek merkte Tomek dat Rachel ongemakkelijk verstijfde bij die opmerking.

'En toen ze je afwees, wat zei je toen?' vervolgde Rachel, haar stem brak lichtjes.

'Afwees? Ze wees me helemaal niet af. We hebben die nacht seks gehad.'

Tomek voelde Rachel's longen leeglopen. Teleurstelling sijpelde van hen beiden, dat Angelica zo snel met iemand in bed was gedoken die ze nauwelijks kende, en iemand die haar naar huis had gevolgd zonder het risico te zien dat hij vormde.

'Maar ik heb haar niet verkracht of zo. Dat staat allemaal geregistreerd. Ze heeft toegegeven dat het met wederzijdse instemming was.'

Maar dat was toen de obsessie verder ging, dacht Tomek. Naar een ander niveau steeg, en daarna nog een niveau. Hoe meer ze hem negeerde nadat ze bij zinnen kwam, hoe meer ze hem wegduwde, hoe hongeriger hij werd, hoe wanhopiger hij werd om haar aandacht, om *haar*. En wat Tomek het meest verontrustte was dat er geen berouw was, geen erkenning dat wat hij had gedaan en de manier waarop hij zich had gedragen verkeerd was, immoreel, fundamenteel verdorven. Hij leek trots op zijn gedrag, en verheugd over het feit dat ze over Angelica praatten.

Vóór de ontmoeting had Chey de lijst met bewijsmateriaal afgedrukt die Angelica had aangeleverd bij haar aanvraag voor het contactverbod. Tomek raadpleegde het. Inmiddels was de uiteenzetting van de feiten door de agent volledig overschaduwd door de informatie die Shawn Wilkins hem gaf.

'Hier staat dat je soms onaangekondigd bij haar huis verscheen, en meerdere keren op haar werkplek?'

De ogen van de man lichtten op. 'Je hebt geen idee hoe vaak ik willekeurige vluchten naar willekeurige landen heb genomen vanaf Southend Airport in de hoop dat zij op een van die vluchten zou zitten. Het aantal keren dat ik helemaal ben gegaan en toen weer terug ben gekomen, het was krankzinnig.' Hij liet een klein lachje horen, enthousiast over zijn eigen dierbare herinneringen aan de ervaring. 'En toen ik erachter kwam dat ze met haar schoonzus werkte, heb ik mezelf een *fortuin* bespaard.'

Tomek stelde het zich nu voor; Angelica die tevreden in de juwelierszaak werkte, een klant hielp, hen de perfecte ring of ketting liet zien die hen de gelukkigste mensen op aarde zou maken, dan werd haar aandacht afgeleid door de man die net binnenkwam, grijnzend naar haar, zijn priemende ogen die elke beweging van haar volgden, wachtend tot ze klaar was zodat hij kon toeslaan, haar geen ontsnappingsroute latend.

'Dat zal wel.' Tomek was walgend. 'Vind je het goed als ik je een paar vragen stel?'

Shawn gaf Tomek toestemming met zijn enorme handen.

'Wat doe je voor werk?'

'Ik werk in de bibliotheek in Hadleigh.'

'Hoe lang werk je daar al?'

'Tien jaar.'

'Wat is je favoriete boekengenre?'

'Fantasy. *Game of Thrones*. Dat soort dingen.'

'Ben je ooit naar een van die comic cons geweest?'

'Een paar keer. Waarom?'

'Heb je ooit gefantaseerd dat Angelica een personage uit *Game of Thrones* was?'

'Misschien...'

'Heb je Angelica ooit een engel genoemd?'

'Ja.'

'Heb je ooit naar haar verwezen als iemand met vleugels?'

'Alleen omdat ik blij was te horen dat ze was aangenomen voor het volgende seizoen. Het was mijn kleine feestje voor haar.'

'Ben je ooit bij haar ingebroken?'

'Wat? Nee!'

'Heb je er ooit aan gedacht Angelica pijn te doen?'

Aarzeling.

'Nee...'

'Ooit gedacht *iemand* pijn te doen?'

'Nee.'

'Heb je ooit eerder iemand vermoord?'

'Wat?'

En dat was het einde ervan. Tomek had gehoopt dat zijn snelvuurvragen meer zouden opleveren, maar niet deze keer.

'Waar wil je heen met dit alles?'

'Nergens,' loog Tomek. Tijd voor een verandering van richting. 'Waar was je vrijdagavond?'

'Thuis.'

'Bij jou thuis?'

'Ja.'

'Alleen?'

'Ja. Waarom? Wat is er vrijdagavond gebeurd?'

'Niets.'

'Waarom stel je me dan al die vragen?'

Tomek haalde zijn schouders op. 'Nieuwsgierigheid.'

'Is er iets met haar gebeurd?'

'Met wie?' vroeg Tomek, bewust vaag blijvend.

'Angelica! Is er iets gebeurd met mijn engel?'

Tomek liet zijn hersenen de zin absorberen voordat hij antwoordde: 'Ik weet niet wat je bedoelt.'

De opwinding op Shawns gezicht veranderde snel in woede, zijn uitdrukking vulde zich met venijn. Hij draaide zich naar Rachel, en wijzend naar Tomek, vroeg hij haar: 'Wat is hier verdomme aan de hand?'

'Ik weet niet wat u bedoelt, meneer.'

Shawn sloeg met zijn handpalm op tafel.

'Neem je me in de zeik? Wat voor bullshit is dit? Ik hoef hier verdomme niet te zitten en dit te pikken.' Hij stond op uit zijn stoel, wachtte of Tomek of Rachel hem zou tegenhouden, en toen geen van beiden dat deed, ramde hij de stoel tegen de tafel en stormde naar de deur.

'Wilde je niet kijken naar het indienen van een aanklacht?' riep Tomek.

Shawn pauzeerde, bevroren, met zijn hand om de deurklink. Het op en neer gaan van zijn borst was zichtbaar vanaf de tafel, het geluid van zijn adem luider dan de airconditioning.

'Fuck it,' zei hij. 'Tegen jullie twee zou ik een aanklacht moeten indienen.'

En toen stormde hij weg, de deur achter zich dichtslaand.

Met het geluid van zijn zware voetstappen die wegstierven, draaide Tomek zich naar Rachel en zei: 'Mijn, mijn, wat een humeur.'

HOOFDSTUK **EENENDERTIG**

Tomek botste tegen Rose Whitaker aan op weg naar buiten. De eigenares van de juwelierswinkel was van streek en geïrriteerd. Ze klemde haar tas, die onder haar arm zat, stevig tegen haar borst en draaide haar hoofd als een hond die op scherp staat. Ze bevond zich in de ontvangstruimte, waar ze angstig wachtte tot iemand haar zou benaderen.

'Ik neem aan dat u hier bent om met uw man te spreken?' vroeg Tomek luchtig.

'Ik was bijna niet gekomen,' snauwde ze.

'Nee?'

'Het is het laatste wat die klootzak verdient.'

Tomek voelde aan dat er iets anders speelde, iets meer dan alleen het ongemak van haar juwelierszaak vroeg te moeten sluiten om haar man op te halen die zo stom was geweest zichzelf te laten arresteren voor het mishandelen van iemand buiten een politiebureau. Als dat zo was, koos ze er niet voor om dat toe te lichten.

'Ik ben eigenlijk blij dat u hier bent,' vervolgde Tomek, en wees toen naar een gang. 'Ik vroeg me af of ik u een paar minuten kon spreken om wat vragen te stellen over uw man en Angelica?'

Rose rolde met haar ogen. 'Geen probleem. Die idioot kan wachten zolang ik het zeg.'

Dat gezegd hebbende, volgde ze hem naar een van de kamers voor kwetsbare getuigen die waren ingericht om comfortabel en huiselijk te zijn voor degenen die het het meest nodig hadden - kinderen en slachtoffers van verkrachting en trauma. Tomek gebaarde Rose om op de bank te gaan zitten terwijl hij zelf op de rand van een ongemakkelijke houten stoel ging zitten die zijn stuitje meteen pijn deed toen hij erop plaatsnam.

'Iets te drinken?' vroeg hij.

Ze weigerde met een hoofdschudding en legde toen haar handtas op de bank, waarbij ze er eindelijk van afzag die vast te houden in een omgeving waarin ze zich duidelijk veilig voelde.

'Eerste keer op een politiebureau?' vroeg hij.

'Ja.' Ze bekeek de kamer met een mengeling van verbazing en bezorgdheid, alsof ze er door een augmented reality-bril naar keek. 'Sorry, het is gewoon... vreemd, weet je. Geeft me de kriebels.'

Tomek grinnikte. 'Dat is niet erg. Dat horen we vaker. Het is een onbekende en ongemakkelijke omgeving voor negenennegentig procent van de bevolking. Ik denk dat u juist vreemd zou zijn als u hier *niet* een beetje van in de war raakte.'

Een ongemakkelijk lachje. 'Je hebt waarschijnlijk gelijk.'

Tomek vervolgde het gesprek. Hiervoor had hij geen notitieboekje of notitie-app op zijn telefoon nodig. Hij wilde de beste beschikbare app gebruiken: die tussen zijn oren. Hij hoopte alleen dat het gebrek aan slaap van de afgelopen dagen de bedrading niet had aangetast.

'Vergeef me als dit opdringerig is,' begon hij, 'maar ik voel enige vijandigheid tussen u en uw man.'

Ze snoof. 'Dat kun je wel zeggen. Kun je geloven dat die klootzak tegen me heeft gelogen, tegen ons allemaal heeft gelogen?'

Tomek zei niets. Wachtte tot ze verder ging.

'Die kleine rat was helemaal niet in Dublin op de avond dat Angelica verdween,' zei ze.

Zijn oren spitsten zich.

'Nee, die kleine smeerlap lag bij een andere vrouw in bed. Een of andere Ierse trut die hij een paar maanden geleden op een conferentie heeft ontmoet. Ze hebben sindsdien een affaire. Dus elke keer dat hij zegt dat hij voor werk naar Dublin gaat, heeft hij gewoon die vrouw liggen neuken. Behalve deze keer, toen besloten ze het anders aan te pakken. Weet je hoe? Dat armzalige excuus van een mens boekte een Airbnb langs de boulevard van Southend. Verdomme *één* kilometer van ons huis! Hij neukte haar niet alleen achter mijn rug, maar hij deed het ook nog eens recht onder mijn neus. Hij had het net zo goed in onze eigen kunnen doen!'

'In jullie eigen wat?' vroeg Tomek verward.

'Boven de winkel,' legde ze uit, 'is een appartement dat we onlangs hebben gekocht. We zijn van plan om er een Airbnb van te maken, een schattig plekje voor mensen om te verblijven aan de Broadway. Het is handig omdat ik er direct onder zit, zodat ik gasten kan inchecken en uitchecken zonder gedoe. We zijn het op dit moment aan het renoveren. Nou ja, ik zeg *we*, maar ik doe al het werk, hoor. Mijn naam staat op de overeenkomst, mijn naam staat op de hypotheek. Ik sta op, ga naar de winkel, werk daar de hele dag, en 's avonds ga ik naar boven en doe wat schoonmaken, pleisteren, boren, zagen, van alles. Ondertussen ligt hij daar te wippen met die Ierse aardappelkop.'

Tomek had alles gehoord wat hij daarover moest weten. Hij wilde haar niet nog meer overstuur maken en hij wilde niet verder graven in wat duidelijk een open wond voor haar was (hoewel het roddelende deel in hem nieuwsgierig was), dus verlegde hij de focus van het gesprek naar Angelica en haar broer. Zodra de focus verschoof naar haar schoonzus, ontspanden Rose's schouders, haar lichaam kwam tot rust en de aderen in haar armen en slapen verdwenen snel.

'Vertel me over hen als broer en zus,' zei Tomek. 'Ik wil graag weten hoe ze zijn. Kunnen ze goed met elkaar opschieten? Maken ze ruzie?'

'Waarom?' vroeg ze.

'Omdat ik de indruk kreeg dat hij een beschermende oudere broer was, dat hij graag voor haar zorgde.'

'Ja. Dat zou je wel kunnen zeggen. Hij hield altijd een oogje op haar, zoals een grote broer dat doet. Maar begrijp me niet verkeerd, ze hadden ook vaak ruzie en gekibbel, meestal om onzin - zoals broers en zussen doen, denk ik - maar er waren een paar keer dat hij tegen haar uitvloog.'

'Zoals wanneer?'

'Toen hij ontdekte dat ze met haar ex had geslapen en dat ze de hele tijd mannen bij haar thuis uitnodigde. Hij zei dat ze wat respect voor zichzelf moest hebben, zich beter moest gedragen.' Ze duwde een losse haarlok achter haar oor en veegde met haar hand onder haar neus. 'Persoonlijk had ik er geen probleem mee. Het is haar lichaam. Ze kan ermee doen wat ze wil, zolang ze maar voorzichtig is.'

'Maar dat was ze niet, toch?'

Tomek doelde op haar zwangerschap, en hij vroeg zich af of Rose daarvan wist.

'Nou, nee... Nee, dat was ze inderdaad niet.'

Dus ze wist het wel.

'Wanneer heeft Angelica het je verteld?'

'Ze hoefde het niet te vertellen. De waarschuwingssignalen waren er. Ik bedoel, Johnny en ik hebben nooit kinderen gewild - gelukkig maar, niet na wat hij net heeft gedaan - maar ik weet waar je op moet letten. Ze probeerde de ochtendmisselijkheid zo veel mogelijk te verbergen, maar uiteindelijk had ik door dat er iets mis was. Ik werk nu al zes of zeven maanden elke dag met haar, dus er viel niet veel te verbergen. Ze probeerde het te ontkennen, het zieltje, maar uiteindelijk heb ik haar overtuigd om een echo te laten maken. Ik ging graag met haar mee. Maar ze smeekte me om het aan niemand te vertellen.'

'Johnny was dus niet de enige die geheimen bewaarde in het huwelijk.'

De woorden waren uit zijn mond geglipt voor hij het doorhad. Toch was Roses reactie niet wat hij had verwacht.

'Dat is nauwelijks hetzelfde,' zei ze kalm. 'Hij sliep met iemand anders achter mijn rug om terwijl ik zorgde voor zijn zus. Dat is totaal anders.'

Tomek knikte. 'U deed wat u moest doen. Wist u dat ze het ook aan Roy had verteld?'

Rose knikte. 'Ze is altijd veel closer geweest met haar vader dan met haar moeder. Zo werkt dat toch vaak? Ik bedoel, ik was nooit close met de mijne, maar zij waren *echt* close. En ik heb Roy altijd als een vaderfiguur gezien. Hij is aardig, attent. Maar hij heeft ook een kort lontje. Hij verloor zijn zelfbeheersing toen ze het hem vertelde. En dan bedoel ik echt *helemaal*. Je vond Johnny laatst erg? Je had hem moeten zien.' Ze draaide zich naar het groene tapijt, verloren in een plotselinge gedachte. 'Ik vraag me af wat hij uiteindelijk tegen Daphne heeft gezegd over wat er met die vaas is gebeurd.'

Tomek dacht even aan de voormalige piloot. De twee keren dat Tomek hem had gezien, kwam de man over als rustig en beleefd, niet als de agressieve persoon die Rose net had beschreven.

'Heeft hij Daphne ooit geslagen, of heeft u ooit gehoord van misbruik in hun relatie?'

Rose tuite haar lippen en schudde haar hoofd. 'Johnny heeft het er nooit over gehad.'

'Heeft u hem ooit in andere situaties zijn zelfbeheersing zien verliezen?'

Rose richtte haar blik op haar schoot en begon aan haar felroze nagels te pulken. Er gingen enkele momenten voorbij voordat ze sprak. Tomek gaf haar de tijd en ruimte om zich comfortabel te voelen.

'Ik denk dat je kunt zeggen dat hij agressief is geweest richting mij,' zei ze. 'Niet *tegen* mij. *Richting* mij. Indirect. Schreeuwen en ruziën met Johnny over mij. Aan het begin van onze relatie vertelde Johnny hen dat ik niet erg gelovig was, maar Johnny en Angelica zijn dat ook niet, wat een waarheid is die ze niet willen horen, en Roy vond dat niet leuk, zei dat Johnny met iemand van hetzelfde geloof moest zijn, iemand met dezelfde waarden en die in dezelfde dingen geloofde als zij. Het veroorzaakte veel ruzies tussen hen, en ik dacht dat er een moment zou komen waarop we het uit moesten maken, zo ernstig werd het. Maar door alles heen had ik Angelica.' Een traan begon zich te vormen terwijl Rose aan haar schoonzus dacht. 'Ze was er voor me toen ik nieuw was in de familie. Ze hielp me wennen aan mijn nieuwe leven, aan mijn nieuwe schoonouders. Ze was mijn rots in de branding. Elke keer als we naar een familiefeest gingen waar ik niemand kende, stond ze altijd naast me, deed ze wat mijn man had moeten doen – me voorstellen. In plaats daarvan was hij zich lam aan het zuipen met zijn neven en aan het flirten met zijn achternichten of wie ze ook waren.' Ze ving een traan op met haar vinger, maar het was nutteloos tegen de stroom tranen die over haar gezicht liep. Tomek pakte de doos tissues op tafel en gaf die aan haar. 'Op die momenten voelde ik me echt alleen, en wanneer ik mijn man het meest nodig had, was hij ergens anders. Maar ik had Angelica aan mijn zijde. Dat was het soort persoon dat ze was. Meelevend, liefdevol, oprecht, zonder een slecht bot in haar lichaam. Het is gewoon... het is gewoon zo jammer dat ze heeft meegemaakt wat ze heeft meegemaakt.'

Tomeks interesse was opnieuw gewekt. Hij leerde meer van deze vrouw dan van haar hele familie bij elkaar.

'Waarom heb ik het gevoel dat u het over iets anders heeft dan haar moord?'

Rose begon met het tissue tussen haar vingers te friemelen. 'Je bedoelt dat je het nog niet weet?'

'U zult me moeten verlichten.'

'Ze was depressief,' zei ze, en pauzeerde even. 'Nu, ik weet dat dat woord vaak gebruikt wordt, maar bij haar was het seizoensgebonden. Het was echt erg tijdens de winters - elke winter. Wanneer de zomer en haar droombaan als stewardess voorbij waren voor het jaar, werd ze echt somber. Sommige dagen was het een strijd om haar binnen te krijgen. Sommige weken ging ze constant uit drinken, soms ging ze in haar eentje naar de club, sliep ze met veel mannen. Ik weet niet wat het was of wat het veroorzaakte, maar ze schreeuwde om hulp, en niemand leek er iets aan te doen. Niemand van ons was toegerust om ermee om te gaan, ikzelf inbegrepen. Ik haatte het om te zien wat ze zichzelf aandeed. De alcohol, de drugs-'

'Drugs?'

'Cocaïne, wiet. Nooit iets anders. Maar niemand anders wist het. Om de een of andere reden vertelde ze mij altijd wat ze had gebruikt.' Ze haalde haar schouders op. 'Ik weet het niet, ik denk dat ze me altijd zag als een oudere zus tegen wie ze kon opkijken en die ze kon vertrouwen. Ik wou dat ik iets had gedaan om haar te beschermen.'

'U moet uzelf niet de schuld geven.'

'Denk ik.'

Tomek leunde naar voren, plaatste zijn ellebogen op zijn knieën en glimlachte vriendelijk naar haar. 'Hoe lang speelt dit al?'

'Een paar jaar,' antwoordde Rose. 'Vier, misschien vijf. Maar Daphne en Roy willen er niets van weten. Ze leven in ontkenning. Het is in de loop der jaren steeds erger geworden, maar deze winter, verrassend genoeg, ging het veel beter. Ze kwam op tijd. Ze was gelukkiger. Ze was weer zichzelf, snap je?'

'Enig idee waarom?'

Rose nam even de tijd voordat ze antwoordde. 'Ik heb hier veel over nagedacht sinds ze stierf, en ik herinner me een keer dat ze me vertelde over een man die ze eens tijdens een vlucht had ontmoet. Een excentriek type miljonair die haar tijdens de vlucht uitnodigde voor een speciale, volwassen club. Ik... ik denk dat ze er een keer naartoe is gegaan, maar ik weet niet of ze ooit terug is gegaan. Hoe dan ook, sindsdien leek het alsof ze weer haar oude zelf was.'

Tomek voelde zijn hartslag versnellen.

'Ik heb nodig dat u me alles vertelt wat u kunt over deze man en deze volwassen club.'

HOOFDSTUK
TWEEËNDERTIG

Mijn lieve engel is nu al een half uur buiten bewustzijn. De chemicaliën die haar door iemand anders moeten zijn toegediend, hebben hun werk gedaan. Haar pols is rustig geworden, het bloed stroomt trager door haar lichaam. Ze ziet er kalm uit, vredig, sereen. Engelachtig.

En nu is het tijd om aan de volgende fase van de avond te beginnen.

Ik ben geen chirurg, maar ik mag van mezelf zeggen dat ik een vaste hand heb - in ieder geval vast genoeg om zo min mogelijk schade te veroorzaken. Op de vloer ligt de plastic slang, opgerold in cirkels als een slang. Aan het ene uiteinde steekt de naald uit als een tong. Aan het andere uiteinde zit een grote plastic zak. Ik pak de naald en rol Angelica's lichaam op haar zij. De bewegingen moeten voorzichtig zijn, teder, delicaat. Zij is delicaat, een standbeeld uit marmer gehouwen door God, door de beste beeldhouwer ter wereld. Haar lichaam en ziel moeten zo behandeld worden. Er mag niets misgaan.

Als ze in positie ligt, houd ik haar been stevig vast en steek de naald in haar knieholte. De naald dringt moeiteloos door de huid. Er lekt wat bloed, maar ik vang het op met een doekje. Na enkele seconden waarin ik in de zak knijp die aan de slang is bevestigd, waardoor een vacuüm ontstaat, begint het bloed erdoorheen te stromen, soepel, gelijkmatig, sierlijk. Binnen een uur zal de zak gevuld zijn en zal haar lichaam niets meer over hebben om te overleven. Ik leg een hand op haar pols, voel haar hartslag. Die is regelmatig, stabiel, net als de bloedstroom uit haar been. Ze heeft nergens weet van, is volledig onwetend. Ik zou me niet kunnen voorstellen dit te doen als ze wakker was, of als ze van tevoren was gestorven. Dat zou niet juist zijn geweest. In plaats daarvan is het beter voor haar om op deze manier heen te gaan.

Ik zit naast haar, gehurkt bij haar buik, en houd haar hand vast. Ik knijp af en toe nog wat in de zak om het proces te versnellen, maar ik vind het prima als dit zo lang duurt als nodig is. Ik wil bij haar zijn. Ik moet *naast haar zijn, over haar waken, haar beschermen, het lichaam reinigen, het voor de laatste keer in me opnemen.*

Geleidelijk, terwijl het bloed langzaam haar lichaam verlaat, wordt haar hartslag zwakker, de botten van haar heupen en ribben worden prominenter. Het leven wordt letterlijk uit haar gezogen, als de lucht die uit een luchtbed ontsnapt, en terwijl het laatste beetje uit haar wordt getrokken, kijk ik haar ingespannen aan, mijn vinger op haar pols, voelend naar haar hartslag.

Zwakker. Nog zwakker.

De tijd tussen elke hartslag wordt steeds langer.

Totdat het op en neer gaan van haar borstkas bijna onzichtbaar wordt, maar het moment waarop ze sterft, kan ik duidelijk waarnemen. De hartslag stopt plotseling, de ademhaling hapert, haar borstkas bevriest, en dan, een moment later, zakt haar lichaam in elkaar als haar ziel haar lichaam verlaat en naar het volgende leven reist.

Eindelijk is ze dood.

HOOFDSTUK
DRIEËNDERTIG

Rose Whitaker wist weinig over de volwassenenclub waarover Angelica haar had verteld. Haar schoonzus was karig geweest met details, zowel voor als na het evenement, en het enige wat Rose zeker wist was dat het een club was waar je alleen op uitnodiging kon komen, een prestigieuze plek waar mensen samenkwamen, vermoedelijk voor sociale drankjes met misschien een duistere, smerige kant. Tomek hoopte dat het niet de Southend Seven was, een lokale herenclub in het hart van Southend, voorheen gerund door de politieke elite van de stad. Nu verlaten en gesloten, was het ooit het centrum geweest van een klein sekshandel-netwerk. Tomeks eerste gedachten waren meteen naar die conclusie gesprongen, dat Angelica er op de een of andere manier bij betrokken was geraakt, maar hij verwierp dat idee snel toen Rose bevestigde dat het ergens buiten Southend was, ergens op het platteland van Essex.

Na de ontmoeting met Rose had Tomek intussen Oscar en een team van forensisch medewerkers en agenten in uniform erop uitgestuurd om in Angelica's flat naar de uitnodiging te zoeken. Het was een gedrukt document, had Rose gezegd, niet groter dan A5, met Angelica's naam erop in een cursief, handgeschreven lettertype, de datum van het evenement en de contactgegevens van de organisator op de achterkant. Nu ze een korte beschrijving hadden van waar ze naar zochten, hoopten ze iets te vinden dat bij het oorspronkelijke onderzoek in Angelica's flat over het hoofd was gezien. Ondanks de gedetailleerde beschrijving en ondanks het aantal mensen dat ernaar zocht, hadden Oscar en het team geen succes gehad, en na een zoektocht van zes uur die hen tot in de vroege ochtenduren had gebracht, hadden ze het opgegeven. De uitnodiging was nergens te vinden.

Tomek had de hele nacht wakker gelegen, gedachten overwegende. Gedachten over de zaak, en over de ruzie met Abigail. Het was meer dan vierentwintig uur geleden sinds hun woordenwisseling en hij had niets van haar gehoord. Geen berichtje, geen telefoontje. Ze had hem zelfs geen grappige meme of video op WhatsApp gestuurd, wat in de hedendaagse wereld voor sommigen heiligschennis zou zijn. Hij had de ruzie verschillende keren in zijn hoofd afgespeeld, het in verschillende scenario's doorgenomen, zich voorstellend hoe het anders had kunnen verlopen als hij harder had geschreeuwd of met bepaalde tegenargumenten was gekomen (achteraf is het makkelijk praten in zulke situaties), en uiteindelijk had hij besloten dat hij niets had om zich voor te verontschuldigen. Natuurlijk, hij had overreageerd, tegen haar geschreeuwd, haar aangevallen. Maar zij had hem over de rand geduwd, de grens overschreden. Om nog maar te zwijgen van het feit dat ze zijn integriteit had beledigd en zijn capaciteiten in zijn rol in twijfel had getrokken. Zijn eerste keer als leider van een onderzoek, en ze had hem kleinerend behandeld. Bovenop de eerdere ondervraging die hij had gekregen van Victoria en Nick, had hij heel even getwijfeld of hij wel geschikt was voor deze taak, of hij wel had wat ervoor nodig was.

Hij bleef worstelen met zijn gedachten, zijn verlammende, verzwakkende gevoel van twijfel, hetzelfde dat Angelica aan het einde van elk seizoen had gevoeld ("Waarom houden ze me niet?", "Ben ik goed genoeg om het hele jaar te blijven?", "Zullen ze me terug accepteren?") de volgende ochtend toen hij Whitaker's Jewellers binnenkwam. Rose had hem voor negen uur gebeld, net toen hij op weg naar zijn werk was, om hem te laten weten dat ze de uitnodiging had gevonden in een van Angelica's jasjes die ze in de personeelskamer had achtergelaten. Tomek was maar al te blij geweest om om te keren en langs te gaan om het te bekijken.

De voorkant van de winkel bestond volledig uit ramen van vloer tot plafond, waarin rijen delicate en sierlijke diamanten en edelstenen sieraden netjes op zachte fluwelen displays lagen. Ringen, kettingen, oorbellen. Enkele van de mooiste en meest ingewikkelde ontwerpen die

Tomek ooit had gezien. En als hij dacht dat de buitenkant al spectaculair was, stond hem een verrassing te wachten toen hij naar binnen ging. Zodra hij door de deur stapte, kreeg hij het gevoel dat dit een veilige ruimte was, een gastvrije plek voor mensen - verwarde vriendjes en echtgenoten die ver buiten hun comfortzone waren - om verlovingsringen of gulle cadeaus te zoeken zonder de dreiging van een op commissie beluste zombie die hen onder druk zou zetten om iets te kopen. Dit was Roses levensader, en hij voelde aan dat ze zou weten wanneer ze de grens moest respecteren en wanneer ze er net overheen moest stappen.

Het midden van de winkel werd gedomineerd door een grote glazen vitrinekast. Daarin hingen tientallen oorbellen van verschillende vormen, maten en karaten aan stijlvolle takken, omringd door een bed van bladeren en twijgen. Aan zijn rechterhand, langs de muur, stond een vergelijkbare vitrinekast, alleen was deze bestrooid met zand en verschillende schelpen en stenen die langs het strand waren verzameld. Aan zijn linkerhand stond een groot houten schaalmodel van een zeilschip genaamd *The Rose* dat in het midden van de vitrine stond. Kettingen en armbanden, inclusief hun bedeltjes en prijskaartjes, hingen aan de masten en andere delen van de boot. Achterin de winkel, zittend achter een kassa, was Rose. Ze klom uit haar stoel en liep om het bureau heen.

'Elke vitrine is een representatie van Leigh-on-Sea en omgeving,' zei ze, terwijl ze naar de vitrine aan Tomeks rechterhand liep. 'Onze mooie kleine visserijgeschiedenis,' vervolgde ze. 'Een eerbetoon aan de vissen en oesters die daar worden gekweekt. De diamanten en edelstenen in deze vitrine zijn geel om het zand voor te stellen.' Ze voegde zich bij hem in het midden van de ruimte, zich langzaam, elegant, bijna verleidelijk bewegend. 'Deze stelt Belfairs voor, een van mijn favoriete bossen. Soms gingen Johnny en ik daar in de zomer wandelen.' Ze wees naar de smaragden, en nadat haar moment van bezinning voorbij was, bewoog ze zich naar het zeilschip. 'Johnny heeft dit voor me gekocht toen ik de winkel net had geopend. Hij zei dat het een geluksbrenger was. Jammer dat het geen echte was. Dat zou leuk zijn geweest. Maar goed, op één na het beste, denk ik.'

'Het is het gebaar dat telt,' antwoordde Tomek. 'Hoewel ik denk dat je er eentje mist...'

'Eentje wat?'

'Een vitrine.'

'Oh?'

'Waar is de modder? Je kunt geen vitrine hebben gewijd aan Leigh zonder er eentje te hebben met een berg modder.'

Haar mondhoeken gingen omhoog. 'Je leest mijn gedachten,' zei ze, terwijl ze naar een hoek van de muur aan Tomeks rechterhand wees. Hij had het niet opgemerkt, maar verborgen achter een betonnen pilaar stond nog een vitrinekast, kleiner, met bruine verf op de basis en houten palen die eruit staken.

'Is dat de pier?'

'Ik weet dat het vals spelen is. Southend... niet helemaal Leigh-on-Sea. Maar die is voor de toeristen.'

'Krijg je er veel?'

'Meer dan je zou denken.'

'Geen uit Dublin, hoop ik.' De woorden ontsnapten uit zijn mond voordat hij ze kon tegenhouden. Zijn hand vloog naar zijn mond, toen liet hij hem zakken. 'Het spijt me zo, ik-'

'Ze kan maar beter hopen dat ze hier niet per ongeluk terechtkomt,' antwoordde Rose, wat Tomek verraste. 'Ik heb scherp gereedschap achterin. En machines. Zou haar vingers eens onder een van mijn slijpmachines kunnen laten lopen, en dan haar oog uitsteken met de fucking pin van een van deze oorbellen.' Ze pakte er een op van de dichtstbijzijnde display en, met op elkaar geklemde tanden, stak ze herhaaldelijk naar haar onzichtbare tegenstander met de kleine speld.

Tomek grinnikte, opgelucht dat ze de humor ervan inzag.

'Ik zou zeggen dat ze op z'n minst dat verdient,' zei hij, zonder te beseffen waarom. Hij wist niet waarom, maar hij voelde zich aangetrokken tot Rose. Een gevoel dat hij niet zou moeten hebben, dat verkeerd aanvoelde. Maar misschien voelde hij zich juist daarom zo; omdat hij wist dat het niet kon, omdat hij wist dat het niet zou moeten, dat het taboe was. Ze was aantrekkelijk, intelligent, en had haar eigen zaak. Ze was respectabel, succesvol, gedreven, hardwerkend, en hij bewonderde dat aan haar. Maar terwijl hij op die manier aan haar dacht, hoe het zou zijn om haar te kussen, verscheen er een beeld van Abigail in zijn hoofd, en hij richtte zijn aandacht snel op de boslandschapsdisplay in het midden van de kamer. Groen, Abigails lievelingskleur.

'Heb je nog steeds iets nodig voor je vriendin?' vroeg Rose.

Tomek keek dubbel, plotseling verlegen. 'O, dat? Nee... nee, ik denk het niet.'

'O?'

'Ja.'

'Problemen in het paradijs?'

'Soort van. Hoewel het niet helemaal hetzelfde is als jouw situatie. Ik denk dat mensen het een moeilijke periode zouden noemen.'

'Ik wilde zeggen, als je wat steekpinnen wilt lenen, je weet waar je me kunt vinden.'

Tomek *wist* inderdaad waar hij haar kon vinden. En aan de flirterige glimlach op haar gezicht te zien, was ze maar al te blij als hij nog eens langs zou komen, en nog eens, en misschien een vierde keer.

Er viel een ongemakkelijke stilte tussen hen. Tomek vergat even waarvoor hij daar was en het was pas toen er een klant binnenkwam dat ze beiden tot leven kwamen. Rose vertelde de klant dat ze zo bij hem zou zijn, en gebaarde toen naar Tomek om haar naar het kantoor achter te volgen. De ruimte was niet groter dan een kleine badkamer. Het grootste deel van de ruimte werd ingenomen door verschillende jassen die aan een haak hingen en een paar schoenen die op elkaar gestapeld op de vloer stonden. Rose reikte in een lichtgroen jasje aan een van de haken en haalde er een klein wit kaartje uit. Terwijl ze het hem overhandigde, zei ze: 'Je moet me laten weten hoe het is als je er uiteindelijk heen gaat. Sinds ze me erover vertelde, heeft het mijn nieuwsgierigheid gewekt.'

Tomek knikte. Hij bedankte haar en liet haar achter bij de klant. Terwijl ze wegliep en de man aansprak die net was binnengekomen, bestudeerde Tomek het document. Het was kleiner dan A5, gemaakt van dik, duur karton. In het midden, met de hand geschreven in zwarte kalligrafie, stond Angelica's naam. Daaronder stonden de woorden: "...wordt hartelijk uitgenodigd voor een avond van vermaak en losbandigheid met andere duivelse debutanten." Bovenaan de kaart stond een afbeelding van een maskerbalmaskertje met een klein embleem in één oog. Onderaan stond het adres.

Melback Manor, Burnham-on-Crouch.

Met de naam van de eigenaar en contactnummer op de achterkant.

HOOFDSTUK **VIERENDERTIG**

De man naar wie ze op zoek waren, heette Micky Tatton. De vrouw achter de receptiebalie van het uitgestrekte landgoed had hun verteld dat hij over een paar minuten naar beneden zou komen. In die tijd stelden Tomek en Rachel haar een paar vragen over de locatie, terwijl ze deden alsof ze een stel waren dat hier hun huwelijksceremonie wilde houden. Melback Manor, zo vertelde ze, was ruim vijfhonderd jaar geleden gebouwd door de Tudors en was al bijna twee eeuwen in het bezit van de familie Tatton. Sinds het landhuis begin jaren tweeduizend was opengesteld voor het publiek, waren het herenhuis en het aangrenzende huisje favoriet geworden bij aanstaande echtparen, met meer dan duizend bruiloften in twintig jaar tijd. Ze waren veertig weken per jaar geopend, de overige twaalf weken waren ze gesloten voor onderhoud en renovatie.

Als potentiële klant viel dat laatste detail Tomek op, dus vroeg hij meer over het landgoed en wat er gerepareerd moest worden.

'Het huisje aan de zuidkant is het nieuwste deel van het landgoed, maar helaas heeft dat juist het meeste onderhoud nodig,' legde ze uit. 'We hebben veel gasten die bij ons verblijven, zoals u zich vast kunt voorstellen, en al die beweging in en uit de kamers betekent dat er altijd dingen zijn die slijten. Maar gelukkig staan onze teams altijd klaar om iets te repareren of te vervangen mocht u dat nodig hebben. We hebben verschillende arrangementen, elk uniek voor u, afhankelijk van uw prijsklasse en wensen. Ik kan een van onze medewerkers u er doorheen laten lopen als u wilt?'

Gelukkig verscheen er een man in een houten deuropening voordat Tomek kon antwoorden en zichzelf dieper in het konijnenhol van leugens kon storten.

'Meneer Tatton!' zei ze, terwijl ze om de balie heen liep en een hand op zijn arm legde.

De man kwam abrupt tot stilstand en droeg, ondanks de duidelijke ergernis over de onderbreking, een vriendelijke, verwelkomende, zij het enigszins geforceerde glimlach. Hij was begin vijftig en gekleed in een lichtblauw pak met bijpassende stropdas. Zijn haar was dik, golvend en stijlvol naar achteren gekamd. Zijn kaaklijn was ruw en knap, en hij had een warrige baard die strak om zijn gezicht sloot. Hij zag eruit alsof hij ergens uit Mayfair of Westminster kwam, met een zilveren stok zo ver in zijn kont geduwd dat deze zichtbaar was in zijn mond elke keer als hij sprak - maar wat verwacht je anders van iemand die het tweehonderd jaar oude familiefortuin had geërfd?

'Goedemiddag,' zei hij met een diepe baritonstem, beleefd en formeel. 'Hoe kan ik u helpen? Bent u gasten of wilt u een van onze arrangementen bespreken?'

'Geen van beide,' antwoordde Tomek.

'Nog niet,' voegde Rachel eraan toe, met een kleine zijdelingse blik naar Tomek.

Micky lachte zenuwachtig. 'Nou, wat het ook is, ik ben er zeker van dat we u kunnen helpen.'

'Fantastisch, precies wat we wilden horen.' Tomek stak zijn hand in zijn zak en haalde de uitnodiging tevoorschijn, waarbij hij Angelica's naam met zijn vinger bedekte.

Zodra de man herkende wat het was, viel zijn mond open en begon hij te stotteren. Hij stond daar, Tomek en Rachel aandachtig opnemend. Tomek kon de verwarring op het gezicht van de man zien terwijl hij probeerde te bedenken of hij hen herkende.

'Ik begrijp het,' zei hij snel. 'Waarom volgt u mij niet? Mijn kantoor is op dit moment bezet, een zakelijke bespreking, saai gedoe eigenlijk, maar ik ben er zeker van dat we ergens een ruimte kunnen vinden om de zaken verder te bespreken. Zullen we wandelen en praten?'

Tomek en Rachel stemden in. Hij nam hen mee door een grote open deuropening naar een kleine zithoek, door een andere deur, naar een grotere ruimte, deze gevuld met genoeg banken en stoelen om het comfortabel te maken. In de hoek stond een vleugel, met de klep naar beneden, gesloten, onbemind. De kamer, en in zekere zin het hele gebouw, rook naar oude, honderd jaar oude meubels die de restauratiedatum ver voorbij waren, houten balken die in de loop der eeuwen zoveel vocht hadden opgezogen dat ze begonnen te rotten, en dikke lagen stof die zich in de hoeken en gaten van de muren en plafonds hadden gevormd. Sommigen zouden het rustiek, origineel noemen, deel van de identiteit van de plek. Tomek noemde het muf en toe aan een schoonmaakbeurt. Wat, gezien het feit dat de plek twaalf weken per jaar gesloten was voor restauratiedoeleinden, de vraag opriep wat ze al die tijd aan het schoonmaken waren.

'Er is momenteel een bruiloft aan de gang,' legde Micky Tatton uit, 'dus ik kan u niet door de tuinen leiden. Maar, als we geluk hebben, kunt u misschien het huisje zien.' Micky bleef staan, stak een vinger op om aan te geven dat ze moesten wachten, en controleerde vervolgens de nabijgelegen gangen. Toen de kust veilig was, sloot hij de deur en kwam terug. 'Neemt u me niet kwalijk, ik herken uw gezichten niet, maar dat zou ook niet, nietwaar?'

Tomek wist niet waarop hij doelde, maar besloot hem zijn gang te laten gaan.

'Nee. Nee, dat zou niet.'

Micky boog zich voorover en hield zijn stem laag. 'Ik bespreek... ik bespreek De Nachten normaal gesproken niet in het openbaar, vooral niet in zo'n open ruimte, maar... ik denk dat ik een uitzondering kan maken. Hebben jullie... hebben jullie elkaar ontmoet op een van De Nachten van Eden?'

Tomek en Rachel keken elkaar aan. Hoe ver wilden ze gaan met dit bedrog? Uiteindelijk was Micky hen voor.

'Nou, ik had nooit gedacht dat ik dit zou meemaken,' vervolgde hij, springend naar zijn eigen conclusie. 'Twee van mijn metgezellen die elkaar ontmoeten en verliefd worden, komen informeren naar trouwlocaties - uitgerekend *hier*!'

Rachel haakte haar arm onder die van Tomek, maar hij schudde haar af.

'We zijn hier niet voor trouwlocaties,' zei hij bot. 'We zijn niet eens samen.'

'Maar de...?'

'De uitnodiging, ja. Die is van Angelica Whitaker.' Hij liet hem opnieuw aan Micky zien, dit keer met de naam zichtbaar.

Micky bekeek het, terwijl angst in zijn ogen sloop. Hij deed een kleine stap achteruit. 'Wie zijn jullie?'

'We zijn van de politie,' zei Tomek met een snelle flits van zijn politielegitimatie en een brutale glimlach. 'We wilden je een paar vragen stellen over-'

'Nee. Geen politie. Ik heb nog nooit een wet overtreden en ik ben dat ook niet van plan. Alles is legaal, transparant en met wederzijdse instemming. Ik laat iedereen een geheimhoudingsverklaring tekenen, dus dit soort dingen kunnen niet gebeuren.'

'Wat voor dingen?' drong Rachel aan.

Hij kon geen antwoord geven.

'Je weet niet waarom we hier zijn omdat je ons niet hebt laten uitleggen,' vervolgde ze. 'Als je mijn collega had laten uitspreken, had je misschien begrepen waarom we zijn gekomen.'

Micky keek verwachtingsvol naar Tomek op. 'Nou?' Er klonk nu urgentie in zijn stem. Hij was erop gebrand dit zo snel mogelijk achter de rug te krijgen.

'Vertel ons eerst meer over deze plek,' antwoordde Tomek.

'Zoals wat?'

'Zoals hoeveel kamers je hebt. Hoeveel gasten je kunt ontvangen. Over *jou*. Je achtergrond.'

'Hoe is dat relevant?'

Tomek haalde zijn schouders op. Dat was het niet. Hij wilde de man gewoon wat langer laten zweten, de paranoia verlengen. Na een paar minuten uitleg over de Tudor-kenmerken van het gebouw, had Micky vrijwel woordelijk alles herhaald wat de receptioniste hun had verteld. Vervolgens legde hij uit dat hij het landgoed had geërfd na de dood van zijn vader en in een poging om los te breken van de aristocratische vorm die zijn ouders voor hem hadden voorbestemd, had hij de ondernemende beslissing genomen om het landhuis open te stellen voor het publiek als trouwlocatie en het te exploiteren als een succesvol en prominent bedrijf aan de kust van Essex.

'Vertel je me nu waar dit over gaat?' vroeg Micky zodra hij klaar was.

'Het gaat over Angelica Whitaker. Herken je die naam?'

De man liet zijn hoofd een fractie zakken. 'Ja.'

'Hoe ken je haar?'

Op dat moment kwam een groep van vier bruiloftsgasten, dronkener dan een tiener op zijn achttiende verjaardag, de kamer binnen en onderbrak hen. Micky legde uit dat ze een privégesprek hadden en vroeg de gasten om ergens anders hun bijpraatsessie te houden. Het duurde even voordat de woorden doordrongen tot hun door drank vertroebelde hersenen, maar toen ze het uiteindelijk begrepen, vertrokken de gasten mopperend, binnensmonds mompelend.

'Ik ken Angelica niet goed,' legde Micky uit terwijl hij de deur achter hen sloot. 'Ik ken alleen haar naam en wat ze voor de kost doet.'

'Hoe dan?'

'Omdat ik haar voor het eerst ontmoette op een vlucht, en het naamplaatje op haar uniform verraadde het.'

Tomek waardeerde het sarcasme niet.

'Leg dan uit hoe je haar dit hebt gegeven.' Hij zwaaide met de uitnodiging in de lucht.

Micky liep naar een kleine stoel en ging op de rand van de zitting zitten, terwijl Rachel en Tomek bleven staan.

'Ik zat in een vliegtuig,' begon hij. 'Frankrijk naar Southend, volgens mij was het dat. Ik had een afspraak met een van onze wijnleveranciers. We kopen rechtstreeks van de wijngaarden. En ik herinner me gewoon dat ik haar zag en dacht, dat is de mooiste vrouw die ik ooit heb ontmoet. Dus begon ik met haar te praten. Ze was grappig, levendig, energiek, en zo verder. Het was tegen het einde van de zomer, dus vroeg ik haar wat ze daarna ging doen, en ze zei dat ze het niet wist. Ze vertelde dat ze ergens een baan had geregeld bij een juwelier waar ze niet echt zin in had. Dus dacht ik dat ik haar zou uitnodigen voor een van de Nights of Eden. Eerlijk gezegd zag ze eruit alsof ze wat opwinding in haar leven nodig had, iets om haar gaande te houden, iets om haar eraan te herinneren hoe het is om te leven.'

'Is dat wat deze "Nights of Eden" dan zijn? Herinneringen aan hoe het is om te leven?' Tomek maakte geen poging om het cynisme in zijn stem te verbergen.

'Dat denk ik wel, ja. En veel van onze leden ook.'

Tomek waagde eindelijk de sprong en nam naast Micky plaats op een stoel. Het was prachtig ontworpen, zag er handgemaakt uit, en was perfect gevormd, maar het was verdomd oncomfortabel om op te zitten. Het kussen was keihard, en de houten rugleuning drukte in zijn onderrug. Wat het nog erger maakte, was het feit dat het waarschijnlijk een fortuin kostte; hij kon zich niet voorstellen zoveel uit te geven aan iets zo oncomfortabels enkel om de esthetiek van een kamer te verbeteren. Hij zou liever op de grond zitten.

'Hoe werken je "Nights of Eden"?' vroeg Tomek toen hij zo comfortabel mogelijk zat. 'Wat gebeurt er tijdens deze dingen?'

'Je weet dat je ze niet steeds tussen aanhalingstekens hoeft te zetten,' snauwde Micky. 'Het zijn echte evenementen waar echte mensen naartoe komen.'

'Dan zou je ons moeten kunnen vertellen wat er gebeurt,' merkte Rachel krachtig op.

Micky schudde heftig zijn hoofd. 'Nee. Dat is strikt vertrouwelijk.'

Tomek had gehoopt dat hij dat zou zeggen. 'Zijn ze nog steeds vertrouwelijk als een van je bezoekers onlangs vermoord werd aangetroffen en jouw naam en deze plek in ons onderzoek naar voren zijn gekomen?'

De man had daar niets op te zeggen. Keek hen alleen maar leeg aan.

'Dacht ik al. Dus waarom doe je niet gewoon af van die vertrouwelijkheidsonzin en vertel je ons gewoon wat we moeten weten? Dat zou ons allemaal veel tijd en stress besparen. Anders kan mijn collega hier je arresteren op verdenking van moord en kunnen we dit gesprek op het bureau voortzetten. Het maakt ons niet uit hoe we het doen.'

Uiteindelijk drong het besef dat hij geen keuze had tot Micky door. Voordat hij verder ging, controleerde hij nogmaals de gangen en vergrendelde hij een van de deuren aan de andere kant van de kamer om ervoor te zorgen dat ze konden praten zonder bang te zijn opnieuw onderbroken te worden.

'Wat... wat willen jullie weten?' vroeg hij met een haperende stem.

'Alles. Vanaf het begin.'

Micky haalde diep adem, begon nerveus met zijn voet op de vloer te tikken, en ademde langzaam uit, fluitend door zijn mond. Het was duidelijk te zien dat dit tegen alles inging waar hij in geloofde, dat het hem pijn deed alleen al te denken aan het vrijgeven van al zijn donkere geheimpjes. Maar hij had geen keuze. In afwachting van zijn verhaal maakte Rachel haar pen en notitieboekje klaar.

'Luister,' begon hij, waarmee hij meteen de toon zette van wat hij ging zeggen. 'Jullie moeten begrijpen dat dit een wereld is waarmee jullie waarschijnlijk niet bekend zijn, die jullie misschien nooit zullen begrijpen. Er is niets mis met wat we doen, niets immoreels of corrupt of illegaals aan. Het is gewoon... anders.'

'Oké... Je hebt je voorbehoud gemaakt, nu kun je ons alles vertellen.'

Micky slikte moeizaam. 'Het eerste weekend van elke maand, van vrijdag tot en met zaterdag, organiseer ik een feest. De Nachten van Eden. Alleen op uitnodiging. De rest van het landgoed is dan gesloten, dus geen bruiloften, geen gasten, en iedereen die komt moet verkleed zijn.'

'Verkleed?'

'Laat me uitspreken!'

Tomek hief zijn handen in een gebaar van overgave. Hij hoefde het niet nog een keer te horen.

'De verkleding kan van alles zijn,' vervolgde Micky met een diepe zucht, 'maar het is als een gemaskerd bal, zoals je die vroeger had. Dus gezichtsmaskers, zoals die Venetiaanse die je op tv ziet, zijn verplicht om je identiteit te beschermen, of tenminste delen ervan. Sommige mensen komen met duivelsmaskers, anderen met algemene maskerademaskers. Weer anderen dragen alles wat hun hele gezicht bedekt. Angelica, herinner ik me, komt meestal in dezelfde outfit: een engel, compleet met een kort wit jurkje, vleugels met veren op haar rug bevestigd, wit oogmasker en een gouden halo boven haar hoofd. Voor zover ik me kan herinneren, is ze bij elke bijeenkomst geweest sinds ik haar voor het eerst uitnodigde in september. Ze heeft nog geen enkele keer gemist - de meeste mensen komen altijd terug zodra ze er eenmaal van geproefd hebben.

'Er zijn bepaalde regels die iedereen moet volgen als ze willen deelnemen. Ten eerste moet je de hand kussen van de persoon die vóór jou is aangekomen, en dan moet je wachten op de volgende persoon die jouw hand komt kussen. Het creëert een ketting, en het doel is om zo vroeg mogelijk te komen zodat je niet de laatste bent. Die persoon staat meestal de hele avond buiten in de kou. Zodra gasten binnen zijn, moeten ze een offer brengen. Maak je geen zorgen, het is niets morbide of bloederigs, het is een geschenk aan mij, als hun gastheer. Ze moeten me iets van zichzelf geven: een kledingstuk, voedsel, drank, elk bezit dat ze bereid zijn op te offeren. Daarna moeten ze Paddy de Varken kussen. Weer, maak je geen zorgen, het is niets smerigs. Je hoeft geen echte varken te kussen. Paddy is een opgezette varken die we generaties geleden in de familie hadden. Er werd gezegd dat hij onze familie vroeger geluk bracht, en ik hoop dat hij al mijn gasten ook geluk brengt. Het maakt niet uit waar je hem kust, of hoe lang, zolang je lippen maar een deel van zijn lichaam raken, vind ik het prima.'

Dit werd met de seconde vreemder. Normaal gesproken zou Tomek alles wat de man zei als onzin hebben afgedaan, maar om de een of andere reden geloofde hij onvoorwaardelijk elk woord dat uit Micky Tattons mond kwam. Hij was verbijsterd over de bizarre rituelen die Micky zijn gasten liet volgen, en vroeg zich af wat voor soort persoon bereid zou zijn om daarmee in te stemmen. Het was het soort ding dat je in films en tv-drama's ziet - de geheime feesten van de high society, de politieke en sociale elite die gruwelijke dingen doet met dieren in een poging een hogere sociale status te verwerven - maar hij had nooit gedacht dat hij het in het echte leven zou tegenkomen.

'Binnen De Nachten van Eden,' vervolgde Micky, 'hebben we verschillende kamers voor verschillende dingen. Er is muziek van een DJ in een van de kamers, bars waar je drankjes kunt kopen. Mensen gaan daar gewoon naartoe om te dansen, een beetje te flirten en te bewegen. Dan hebben we andere kamers waar mensen zichzelf wat vrijer vermaken, en met minder kleren aan, als je begrijpt wat ik bedoel.'

Tomek wist precies wat hij bedoelde, maar hij kon de man niet vergeven voor het zeggen van "flirten en bewegen". Niemand van zijn leeftijd zou dat soort dingen moeten zeggen. Het deed hem huiveren.

'Wat gebeurt er in die kamers?' vroeg Rachel, meer om Micky's ongemakkelijkheid te benadrukken dan uit eigen naïviteit.

'Wil je dat ik het spel?'

Ze prikte met haar pen op haar notitieblok. 'Graag. Ik moet het opschrijven, en ik kan ook wel wat hulp gebruiken met de spelling.'

Een lange, zware zucht ontsnapte uit Micky's neus. 'In een paar van de kamers is er... er is... het is een orgie, oké? Bedden, banken, kussens, apparaten - overal. Muziek op de achtergrond. Veel geur in de lucht. En mensen doen gewoon... wat ze maar met elkaar willen doen.'

'Heb je dat, Rach?' vroeg Tomek.

'*Wat ze maar met elkaar willen doen,*' herhaalde ze, en keek toen op van haar notitieblok. 'Heb je ooit een geval gehad waarbij iemand iets deed wat de ander niet wilde?'

'Bedoel je verkrachting?'

'Of aanranding. Het komt in vele vormen voor.'

Micky schudde zijn hoofd zo hard dat zijn wangen een fractie van een seconde later de rest van zijn gezicht bijhaalden. 'Nooit. Nee. Absoluut niet. Ik heb nooit zoiets meegemaakt. Zoals ik al zei, alles gebeurt met wederzijdse instemming.'

'Maar als er iets was, zou je het ons dan vertellen?'

'Ja.'

'Dat zou helemaal niet in strijd zijn met je geheimhoudingsverklaringen?'

'Ik... ik teken er zelf geen, dus ik ben nergens aan gebonden.'

'Alleen aan je eigen moreel kompas,' kaatste Tomek terug.

Als Micky Tatton aanstoot nam aan de opmerking, liet hij het niet merken.

'Wat gebeurt er nog meer?' vroeg Rachel.

'Meer seks,' antwoordde Micky bot. 'Stellen, trio's, zoveel mensen als ze willen, kunnen naar een van de privékamers gaan en met elkaar slapen. Er zijn speeltjes, riemen, zwepen, alles wat ze willen. Het wordt allemaal aan hen geleverd.'

'Bescherming?'

'We hebben condooms, ja...' Micky aarzelde, zijn mond open.

'Waarom heb ik het gevoel dat er een "maar" komt?'

'Maar de helft ervan is doorgeprikt. Het is een van de regels die we hebben. Er staat een pot met condooms in de gang, je steekt je hand erin, pakt er een, en...'

'En hoopt op het beste?' maakte Tomek af.

Nu begon hij zich af te vragen wie de vader van Angelica's ongeboren baby zou kunnen zijn.

'Nog iets anders?' vroeg Rachel.

Micky schudde zijn hoofd.

'Heeft Angelica ooit een van deze kamers gebruikt?' vroeg Tomek.

De man peuterde aan zijn vingernagel. 'Ja. Ze heeft ze allemaal verkend. Meer de privékamers dan de openbare.'

'Weet je met wie?'

Micky dacht daar even over na. 'Nee. Nee, ik weet niet wie hij is.'

'Waarom niet?'

'Omdat hij een ezelsmasker draagt.'

Tomek grinnikte. 'Een ezelsmasker?'

'Ja, een ezelsmasker.'

'En je kunt zijn gezicht niet zien?'

'Nee. Dat is juist een deel van het punt. Bij The Nights of Eden kun je zijn wie je maar wilt. Je hebt geen grenzen, alleen die je jezelf oplegt. Je hebt volledige vrijheid en controle om te doen wat je wilt en te zijn wie je wilt. Je kunt jezelf echt laten gaan. De maskers verbergen het individu, dus er is geen kans om betrapt of herkend te worden in de echte wereld. Haar specifieke minnaar koos ervoor om een ezelsmasker te dragen, net zoals zij ervoor koos om een engelenmasker te dragen.'

Dus ze had met een ezel geslapen.

'We moeten met hem spreken,' vertelde Tomek aan Micky. 'Je moet contact met hem opnemen en hem in verbinding brengen met ons.'

Micky Tatton vond dat geen prettig idee.

'Ik heb zijn nummer niet. De enige manier waarop jullie erachter kunnen komen wie hij is, zou zijn als jullie zelf naar een van The Nights of Eden komen.'

Nu was het Tomeks beurt om ergens niet blij mee te zijn. Maar toen hij zich naar Rachel draaide, besefte hij dat zij er niet hetzelfde over dacht. Haar ogen straalden bij het vooruitzicht een van deze evenementen bij te wonen, om de decadentie en losbandigheid in levenden lijve te zien. Ze zag eruit alsof het iets was dat haar op een bizarre manier opwond, alsof het misschien wel op haar bucketlist stond.

'Er is er een dit weekend,' voegde Micky toe, alsof hij de deal aantrekkelijker wilde maken.

'Geweldig,' antwoordde Rachel. 'Geef ons een tijd en we zien je daar.'

'Zorg er alleen voor dat jullie op tijd zijn, of zelfs iets eerder. We zouden niet willen dat jullie buiten staan te wachten en al het plezier missen.'

'Nee, dat zouden we zeker niet willen,' kaatste Tomek terug.

'O,' voegde Micky toe, 'en vergeet jullie kostuums niet.'

HOOFDSTUK **VIJFENDERTIG**

De laatste twee dagen van de week gingen in een waas voorbij. Het team was zo druk bezig geweest dat Tomek nauwelijks tijd had gehad om stil te staan bij de activiteit van vrijdagavond. Hij begon om zeven uur met werken, waardoor Kasia zelf naar school moest gaan, en 's avonds kwam hij pas om acht of negen thuis, waar een kant-en-klaarmaaltijd in de magnetron stond en een dochter die zich in haar kamer had opgesloten, zodat de televisie en de bank voor hem alleen waren. Hij had niets gekeken; hij bracht zijn avonden door met werken aan de zaak, het doornemen van de aantekeningen van het team, het afhandelen van alle administratieve hoofdpijndossiers en de vervelende kanten van de inspecteursfunctie die hij had gekregen. Dit alles betekende dat er geen tijd was voor Abigail om langs te komen. Niet in de middagen, niet in de avonden. Hij kon zich niet herinneren wanneer ze voor het laatst een bericht naar elkaar hadden gestuurd. En als ze dat al hadden gedaan, was het slechts kort, oppervlakkig, bijna platonisch. Tomek wist wat dat betekende in de huidige, altijd verbonden maatschappij: dat hun dagen als stel waren geteld. Dat hun relatie langzaam ten einde liep. En dan te bedenken dat het allemaal slechts enkele weken nadat hij haar aan zijn moeder had voorgesteld gebeurde. Dat zijn moeder haar had goedgekeurd en positief over haar sprak, en toch had hij het niet kunnen volhouden. Was er iets fundamenteel mis met hem? Of was hij gewoon niet in staat tot liefde? Hij had 's nachts alleen in bed met die vraag geworsteld. Uiteindelijk had hij besloten dat hij de liefde niet waard was, dat hij een idioot was, een onvolwassen, kinderachtige idioot die altijd iets goeds weggooide. Een kinderachtige idioot die altijd bang werd bij het eerste teken van problemen, want in de afgelopen dagen waren gedachten aan Rose Whitaker regelmatig in zijn hoofd opgekomen. Haar glimlach, haar kledingstijl, haar maniertjes. De manier waarop ze zichzelf beheerste. Meerdere keren had hij de neiging moeten onderdrukken om even bij de juwelier binnen te lopen voor een onnodig gesprek, alleen maar om haar gezicht te zien. Hij had het alleen niet gedaan omdat, voor zover hij wist, hij en Abigail nog steeds een relatie hadden, en het zou het ergste soort verraad zijn. Het was niet wat ze verdiende. Hij had die fout in het verleden gemaakt, en hij was niet bereid om het opnieuw te doen.

Maar op dit moment kon Tomek alleen maar denken aan de cijfers, de budgetten, de feiten en getallen die hij uit zijn hoofd had geleerd voor deze vergadering. Het had de hele week in de agenda gestaan. Het laatste punt op vrijdag. Dus hij had genoeg tijd gehad om zich voor te bereiden. Wat betekende dat de verwachtingen die men van hem had nog hoger zouden zijn.

Tomek wachtte buiten Nicks kantoor, luisterend naar de oproep. Toen die kwam, legde hij een nerveuze hand op de deurklink en stapte naar binnen. Met een van de nepste glimlachen die hij ooit had opgezet, knikte hij naar Nick en Victoria en ging tegenover hen zitten.

'Bedankt dat je er bent,' begon Nick. Hij wierp een snelle blik opzij naar de tijd op zijn computerscherm en voegde eraan toe: 'En nog een paar minuten te vroeg ook. De oude Tomek zou dat precies andersom hebben gedaan. Ik ben onder de indruk.'

'God zegene de moderne technologie en alarmsystemen,' antwoordde Tomek. 'Ik stel me voor dat jullie in jouw tijd moesten wachten tot de zonnen en manen elkaar kruisten voordat je wist hoe laat het was, toch?'

'Bijna,' antwoordde Nick. 'Het was de zon, de maan en Ur-an-anus - sorry, ik bedoel, je bent een klootzak.'

Tomek richtte een vingergeweer op de man, vergezeld van een kleine knipoog. 'Touché.'

Voordat ze hun enigszins onvolwassen geplaag konden voortzetten, onderbrak Victoria hen door haar keel te schrapen. Ze gaf hen beiden een berispende blik, als een afkeurende moeder, en zei: 'Heb je alles voorbereid wat we hebben gevraagd?'

'Er is maar één manier om daarachter te komen.'

'Goed. Vertel ons het laatste nieuws.'

Meteen naar de kern. Geen gedraai.

Nu is het erop of eronder, maat.

'Deze week hebben ik en Rachel gesproken met een man genaamd Micky Tatton, de eigenaar van Melback Manor, en de organisator van The Nights of-'

'Ah, ja. Ik hoorde hierover van Chey,' onderbrak Nick. 'De plek die de kleine seksfeestjes organiseert.'

'*Grote* seksfeestjes, als wat ons is verteld waar is.'

'Ik hoor ook dat je een uitnodiging hebt bemachtigd.'

'Voor werkdoeleinden-'

'Ik zou niet zeggen dat dit in aanmerking komt voor overuren, jij wel, Victoria?'

De inspecteur gaf een gluiperige grijns. 'Absoluut niet.'

'Precies wat ik dacht. Het klinkt alsof er meer plezier dan feitenonderzoek zal zijn.'

'Chef...'

Nick stak zijn hand op om hem te stoppen. 'Denk eraan dat je je moet gedragen, Tomek. Je vertegenwoordigt de politie als je naar deze... orgie gaat.'

Tomek opende zijn mond om tegen de beslissing in te gaan, maar besefte snel dat het zinloos was.

'Zoals ik al zei, we gaan vanavond naar een van The Nights of Eden. Ons doel is om te spreken met iemand die we "De Ezelsman" hebben genoemd. We weten niet hoe hij eruitziet of iets anders over hem, behalve dat hij naar deze dingen gaat met een ezelmasker op. Hopelijk is hij niet zo geschapen als een ezel. We hopen te zien wat hij ons kan vertellen over zijn seksuele ontmoetingen met Angelica.'

'Pervert,' zei Nick achteloos. Daarna voegde hij serieuzer toe: 'En je denkt dat deze persoon iets te maken zou kunnen hebben met de moord op Angelica?'

Tomek aarzelde. 'We houden onze opties open. Voor zover we hebben kunnen vaststellen, was Angelica Whitaker niet vreemd van seks, wat de zaak een beetje ingewikkelder maakt als het om haar zwangerschap gaat. Maar uit onze gesprekken met Cole Thompson, een van haar huidige seksuele partners, blijkt dat ze er altijd op stond dat hij een condoom droeg. We kunnen alleen maar aannemen dat deze regel ook gold voor de willekeurige mensen die ze meenam tijdens het uitgaan. De enige uitzondering hierop is bij The Nights of Eden. Volgens de eigenaar is de helft van de condooms doorgeprikt, de andere helft niet, dus het is zeer goed mogelijk dat The Donkey Man de vader is van Angelica's ongeboren kind, en er is een grote kans dat ze hem dat vertelde op de avond dat ze stierf en dat hij haar vermoordde.'

Nick knikte bedachtzaam. Tomek dacht een zweem van trots te zien in de uitdrukking van de hoofdinspecteur. 'Begrepen. Ga verder.'

Tomek deed wat hem was opgedragen. 'Ook heeft het team deze week de rest van Angelica's vrienden en collega's geïnterviewd. Ze hebben meer dan dertig getuigenverklaringen afgenomen en verschillende alibi's gecontroleerd met als doel meer te doen in het weekend en begin volgende week. De tieners die het lichaam hebben ontdekt, hebben zich gemeld en ons gedetailleerde verklaringen gegeven over wat ze hebben gedaan en wat ze hebben gezien. De arme donders schrokken zich rot. Hopelijk denken ze voortaan wel twee keer na over inbraak. De analyse van het hangslot dat werd opengebroken om de kerk binnen te komen is terug, en totdat we de kniptang kunnen vinden die daarvoor werd gebruikt, is er niet veel wat we daarvan kunnen nagaan. De bloedanalyse is ook terug: ze vonden Rohypnol in haar bloedbaan, dus we denken dat Adam Egglington, de man met wie ze aan het dansen was in de club op de avond dat ze stierf, erin geslaagd is iets in haar drankje te doen. Wat betreft Angelica's kleding en telefoon, die zijn nog steeds nergens te vinden. Bij elke gelegenheid die we krijgen, zoeken we ernaar in de huizen van verdachten met de nodige huiszoekingsbevelen. We hebben verschillende rondes forensische analyse gedaan op enkele haren en vezels die op de plaats delict zijn gevonden, maar tot nu toe heeft niets succes opgeleverd. De haren die werden ontdekt, bleken afkomstig te zijn van de kwast die werd gebruikt om de engelenvleugels te schilderen. Ik dring nog steeds aan op meer forensische analyse van de sporen die op de plaats delict zijn verzameld.'

'Waarom?' snauwde Victoria.

'Omdat ik denk dat er iets moet zijn. De moordenaar moet een spoor hebben achtergelaten.'

'En wat met het budget? Je hebt niet veel meer over om mee te spelen, en voortdurende rondes forensisch onderzoek gaan een behoorlijk gat slaan in een vrij klein budget.'

Tomek haalde zijn schouders op en ging verder met zijn uitleg. 'Ondertussen heeft Chey de camerabeelden rond de Park Road Methodist Church bekeken. Verschillende buren hebben zich gemeld met beveiligingsbeelden van de nacht waarop Angelica werd vermoord, maar tot nu toe is er niets concreets naar voren gekomen. We vermoeden dat ze tussen twee en vier uur 's nachts werd vermoord en kort daarna bij de kerk werd afgezet. We denken dat de moordenaar het misschien krap aan had met het schilderen van de vleugels voordat het licht begon te worden en mensen wakker werden voor hun dagelijkse werk, maar toch wist hij onopgemerkt naar binnen te glippen en weer te vertrekken. Daarnaast heeft Chey naar beelden in de omgeving en langs de hoofdwegen op dat tijdstip gekeken. Gelukkig was het vroeg in de ochtend, dus we hopen dat we een of twee auto's kunnen vinden die mogelijk op dezelfde wegen reden en de route van Angelica's huis naar de plaats delict volgden. Maar tot nu toe heeft dat niets opgeleverd.'

Victoria opende haar mond om te spreken, maar Tomek onderbrak haar.

'Bovendien heeft Chey zich verdiept in Angelica's sociale media-accounts, waarbij hij alle namen heeft genoteerd van degenen die commentaar gaven op haar berichten en iedereen die haar online berichten stuurde, op al haar accounts. We vonden ook een Tinder- en Hinge-account, die we zijn begonnen te doorzoeken. Ze sprak met veel mannen in de afgelopen maanden, maar tot nu toe springt niemand eruit. Maar als er iets verandert, zal Chey de eerste zijn die het weet.'

'Chey heeft het druk gehad,' merkte Victoria bot op. Na haar laatste opmerkingen over de agent had Tomek het persoonlijk opgevat en besloten zijn teamlid zo veel mogelijk te verdedigen. Nu had ze geen poot om op te staan als ze nog een aanval op de jonge rechercheur zou willen lanceren.

'Niet drukker dan normaal.'

Tomek merkte het gegrinnik op dat aan Nicks lippen ontsnapte. Hij voorkwam dat het verder ging door te vragen: 'Heb je verdachten?'

'Een paar.'

'Wie?'

Tomek somde ze op: Shawn Wilkins, de stalker die bij verschillende gelegenheden over de schreef was gegaan; Cole Thompson, de vriend met voordelen en mogelijke vader van haar kind wiens alibi ophield na één uur 's nachts; Micky Tatton, en The Donkey Man. Tomek had nog andere verdachten in zijn hoofd, maar besloot die voorlopig voor zich te houden. Ze waren uitsluitend gebaseerd op intuïtie en een gevoel diep in zijn maag. Hij wees erop dat als ze DNA zouden vinden op de plaats delict, hij haar vraag met meer zekerheid zou kunnen beantwoorden.

'En in het geval dat je geen DNA vindt, wat dan?' zei Victoria. 'Je moet een back-upplan hebben. Leg me uit wat je denkt dat er met haar is gebeurd. Wat is je hypothese?'

Tomek schoof onrustig op zijn stoel. Hij had zich hierop voorbereid, het geoefend. 'Angelica Whitaker ging uit met haar vrienden. Vier in totaal. Ze waren bij Memo in Southend, waar ze aan het dansen was met Adam Egglington. Om kwart over één 's nachts gingen zij en haar vrienden naar huis. Ze werd als eerste afgezet om achtentwintig over één, vervolgens werd ze iets minder dan vijfentwintig minuten later opgehaald in een auto. Rond dezelfde tijd werd haar telefoon uitgeschakeld. We weten niet waarom. Het werd handmatig gedaan of de batterij was leeg. We hebben contact opgenomen met haar provider voor de gesprekslogboeken of laatste berichten die ze heeft verzonden, maar ze hebben geen informatie voor ons over met wie ze contact had. We denken dat ze mogelijk WhatsApp gebruikte omdat er geen bewijs is van berichten die zijn verzonden via haar sociale media-accounts. En om de zaken ingewikkelder te maken, heeft ze geen laptop, alleen een iPad zonder de app erop, dus we kunnen niet inloggen op haar WhatsApp-account zonder toegang tot haar telefoon. Hoe dan ook, kort nadat ze werd opgehaald, werd ze ergens naartoe gebracht, vermoord, verkracht, geschoren, schoongemaakt, leeggebloed, en vervolgens werd ze naar de kerk vervoerd, waar haar bloed werd gebruikt om engelenvleugels achter haar te schilderen.'

Nick en Victoria knikten beleefd en maakten aantekeningen in hun boeken terwijl hij sprak.

'Wat voor persoon heeft dit gedaan? Heb je daar al een antwoord op? Denk je dat het willekeurig was of iemand die ze kende?'

Die specifieke vraag had hem het meest beziggehouden sinds hun eerste ontmoeting. Van alle vragen had hij deze vanuit alle denkbare hoeken ontleed, en hij was nu bereid om met een redelijk hoge mate van zekerheid één keuze te maken.

'Ik denk dat dit iemand is die Angelica kende. Iemand die haar heel goed kende, intiem. Iemand die haar *aanbad*. Ze hebben zoveel tijd besteed aan het reinigen en voorbereiden van haar lichaam dat dit zorgvuldig was gepland. Ze moeten een plek hebben gehad om het rustig te doen zonder onderbreking, en cruciaal, ze moesten weten dat ze daar gedoopt was. Ik denk niet dat we dat detail over het hoofd moeten zien. Maar wees gerust, we onderzoeken alle mogelijkheden en we werken dag en nacht om erachter te komen wie dit heeft gedaan.'

'Uitstekend. Bedankt daarvoor,' antwoordde Victoria, vlak. Tomek was verbaasd over hoe bot ze was. Misschien was hij naïef geweest om te denken dat ze zijn ego zou strelen en hem op de schouder zou kloppen voor het tot nu toe goed uitgevoerde werk.

'Hoe ziet het eruit met de budgetten?' vroeg ze, terugkomend op haar eerdere vraag.

Hij vertelde het haar.

'Heel goed,' zei ze. 'Dat was het van mijn kant. Nick, nog vragen?'

De hoofdinspecteur schudde zijn hoofd, dus sleepte Tomek zichzelf uit de stoel en liep de kamer uit. Toen hij de deur achter zich sloot, zag hij Chey die de keuken verliet met een mok thee in zijn hand. Zodra hij oogcontact maakte met Tomek, verscheen er een kinderachtige grijns op zijn gezicht.

'Wat is er?' vroeg Tomek, die zich plotseling futloos en verslagen voelde.

'Kijk je uit naar je seksfeestje vanavond?'

'Ik ga daar niet naartoe om seks te hebben, Chey.'

'Vanavond niet, nee. Maar dat betekent niet dat je er volgende maand niet naartoe zou gaan op *persoonlijke* basis.'

Tomek had daar niet aan gedacht. Misschien zou hij dat wel doen.

'Zorg er gewoon voor dat je hetzelfde kostuum draagt, zodat mensen je herkennen.'

'Wat zei je?'

'Je kostuum. Zorg ervoor dat je hetzelfde draagt zodat mensen weten wie je bent.' Chey staarde in Tomeks ogen, en na enkele momenten zei hij: 'Je *hebt* toch wel een kostuum voor vanavond, of niet?'

Hij schudde zijn hoofd.

'Fuck! Ik ben het compleet vergeten. Zou jij er een voor me kunnen halen?'

'Absoluut niet. Geen sprake van.'

Tomek reikte in zijn zak en haalde zijn portemonnee tevoorschijn. Hij trok er een handvol biljetten uit. 'Hier is vijftig pond,' zei hij.

'Hoe oud ben je? Wie heeft er tegenwoordig nog contant geld? Het zit allemaal op je telefoon of contactloos.'

Tomek negeerde de opmerking. 'Ga naar de dichtstbijzijnde feestwinkel en haal er een voor me. Alsjeblieft. Ik heb geen tijd om nog weg te gaan voor de afspraak.'

Chey bekeek het geld in Tomeks handen. Eerst was hij twijfelachtig, aarzelend, maar toen nam de opwinding het snel over. Hij griste het geld uit Tomeks hand en zei: 'Mag ik het wisselgeld houden?'

'Prima.'

'Geweldig! Laat het aan mij over. Ik ga de beste outfit voor je halen.'

En daarmee pakte de jonge man zijn jas en autosleutels en haastte zich de kamer uit. Pas toen de trage deur van de incidentkamer eindelijk dichtviel, besefte Tomek dat hij zojuist vijftig pond en de opdracht om een verkleedkostuum te vinden had gegeven aan de slechtst mogelijke persoon: een onvolwassen vijfentwintigjarige. Het was als een vuurwapen geven aan een baby.

Geen goed idee.

Voordat hij er te lang bij stil kon staan, begon zijn telefoon in zijn zak te trillen. Hij haalde hem tevoorschijn en zag wie er belde: Abigail.

De eerste keer in bijna een week.

Groot van haar, dacht hij, om de eerste stap te zetten. Hij bewonderde en respecteerde dat.

'Hoi,' nam hij op.

'Hoi.' Haar stem klonk ongemakkelijk, koud.

'Gaat het?' vroeg hij.

'Ja. Met jou?'

'Niet slecht. Druk.'

'Hier ook.'

'Ja.'

'Dus...' begon ze. 'Heb je... Ik dacht, wat doe je vanavond? Ik dacht dat ik misschien langs kon komen bij jou, we zouden chili of fajita's kunnen koken, iets op tv kijken en misschien praten over wat er gebeurd is...'

De aarzeling en angst in haar stem waren tastbaar, alsof ze aan zijn elke woord hing, en voor elke seconde die verstreek, elke seconde dat hij niet antwoordde, werd haar greep geleidelijk zwakker en zwakker.

'Abs...' begon hij. 'Ik zou dat geweldig vinden, maar...'

'Het is oké. Ik begrijp het.'

'Ik heb een werkdingetje. Anders zou ik...'

'Ja. Nee, ik snap het. Ik...' Ze snoof de brok in haar keel weg. 'Misschien een andere keer.'

'Ja. Misschien een andere keer.'

HOOFDSTUK
ZESENDERTIG

Tomek had nog nooit in zijn leven iemand zo graag pijn willen doen als Chey voor wat hij had gedaan. Het team, waarvan er op dat moment gelukkig nog maar een paar over waren, was in lachsalvo's uitgebarsten zodra ze de outfit zagen die de jonge agent voor Tomek had uitgezocht. Het kleine rotjoch had het ook nog tot het allerlaatste moment bewaard voordat hij het aan hem gaf, waardoor Tomek geen andere keuze had dan het te dragen. Hij had veel domme dingen gedaan in zijn leven, de meeste toen hij begin twintig was, jong, naïef en onbevreesd, en het hem niet kon schelen wat anderen van hem dachten. Maar nu, met zijn ruim veertig jaar, had hij zich nog nooit zo ongemakkelijk gevoeld als toen hij de auto de uitgestrekte oprijlaan van Melback Manor op reed. Het geluid van krakend grind onder de banden was het op één na luidste geluid in de auto - na Rachels ondraaglijke gegiechel.

'Je kunt óf je mond houden óf ik draai dit ding om en ga terug naar huis,' zei hij tegen haar.

'Ja, meneer, sorry, meneer,' antwoordde Rachel voordat ze weer in lachen uitbarstte.

Maar voordat Tomek kon reageren, of zelfs maar kon denken aan het omdraaien van het voertuig, kwam er een man in een op maat gemaakt pak en een Volto-masker op hen af, zijn handen achter zijn rug. Hij wachtte geduldig tot Tomek het raam omlaag deed.

'Uw sleutels, meneer,' zei de man, met een geforceerd licht Italiaans accent.

'Er is verdomme een parkeerhulp?'

'Ja, meneer. U kunt uw sleutels aan het einde van de avond ophalen.'

Tomek zuchtte. 'Laat me raden, ik moet ze uit de bodem van een vissenkom vissen, zeker?'

'Ja, meneer.'

'Geweldig.'

De man opende het portier voor Tomek en deed een stap achteruit, terwijl hij zijn armen beleefd achter zijn rug hield. Tomek had geen keuze. Hij vond het geen prettig idee om zijn auto midden op een landgoed achter te laten zonder directe toegang tot zijn sleutels, maar hij realiseerde zich al snel dat hij zich volledig in de ervaring moest onderdompelen, of hij dat nu leuk vond of niet. Met tegenzin stapte hij uit de auto, gaf de sleutels over en keek toe hoe de man de duisternis in reed, om de hoek van het landgoed.

'Je krijgt hem terug,' zei Rachel terwijl ze naast hem kwam staan. 'Direct nadat hij een plezierritje heeft gemaakt.'

'Grappig.'

'Hoop dat je wat contant geld hebt voor een fooi.'

Tomek keek naar zichzelf, gebarend naar zijn outfit. 'Waar in godsnaam zou ik kleingeld moeten bewaren?'

'Op een plek waar ik niets van wil weten.'

Rachel liep langs hem heen en begaf zich naar de ingang. Bij de voordeur stonden twee metalen vlamverwarmers opgesteld om gasten warm te houden terwijl ze binnenkwamen; grote, perfect verzorgde struiken waren geplaatst bij de stenen pilaren, en er was een stoel neergezet op het stenen terras. Er zat al een vrouw, op de rand, gretig vooroverleunend. Ze droeg zwarte rouwkleding, met een brede sinamay hoedenrand en een fascinator op haar hoofd, haar gezicht bedekt door een zwarte kanten sluier die haar gelaatstrekken zorgvuldig vervormde. De opwinding van de vrouw nam toe toen ze naderden.

Het was net na zeven uur 's avonds. De Nights of Eden waren om half zeven begonnen, en al klonk het geluid van geroezemoes, gesprekken, gelach en muziek - samen met enkele andere geluiden die Tomek hard probeerde te negeren - door de lucht.

'Hoe lang zit je al te wachten?' vroeg Rachel aan de vrouw.

'Dat is een onbekende stem,' antwoordde ze verleidelijk. 'Ik herken hem niet. Eerste keer?'

Tomek vond de manier waarop ze hem in zijn kostuum opnam niet prettig.

'Is het zo overduidelijk?' vroeg Rachel.

'Dat is niet erg. We houden wel van wat vers vlees. Vooral jij...' De vrouw knikte naar Tomeks kruis, naar de bobbel in zijn broek die was veroorzaakt doordat het kruis van zijn outfit alles in een ongelooflijk ongemakkelijke positie samendrukte en optilde, waardoor het eruitzag alsof hij er een paar sokken in had gestopt. Toen Tomek niets zei, voegde de vrouw eraan toe: 'Nou, ga je mijn hand niet kussen?'

Tomek keek naar Rachel. Rachel keek terug naar hem. Het moment was aangebroken. Het eerste deel van het ritueel. Ze moesten een beslissing nemen. Wie zou de eerste zijn?

'Ik doe het niet,' zei Tomek tegen Rachel.

'Zou je liever mijn hand kussen?'

'Dat zou raar kunnen zijn. Maar hoe dan ook, een van ons zal de ander's-'

'Hoe als ik het makkelijk maak voor jullie beiden?' De vrouw slofte naar Tomek en stak haar hand uit, wiebelend met haar vingers voor zijn gezicht. Een lang moment observeerde Tomek haar nagels. Ze waren vlammend rood, met kleine glitters aan de uiteinden en onberispelijk, alsof ze een paar uur geleden pas waren gedaan.

Met gesloten ogen nam Tomek de ijskoude hand van de vrouw, hield hem in de zijne, en kuste hem toen.

'Zo,' zei ze, terwijl ze haar hand zachtjes liet zakken, 'dat was niet zo moeilijk, toch? Er is nog veel meer van dat binnen.'

'Fuck mijn leven,' fluisterde hij terwijl de vrouw hem een knipoog gaf, zich omdraaide en naar binnen ging, haar lange zwarte jurk achter haar aan jagend door de gang.

Tomek en Rachel keken elkaar ongelovig aan. Alles wat Micky hen had verteld - het kusritueel, het wachtritueel, de kledingvoorschriften - was allemaal waar gebleken. Een deel van Tomek, een enorm deel, had gehoopt dat het allemaal bedrog was, een uitgebreide grap die Micky Tatton op hun kosten zou maken, maar dat was het niet. Dit was zeer echt voor een groep mensen, mensen die om hem heen liepen, op straat, in de supermarkt, mensen die er aan de buitenkant onschuldig uitzagen maar een geheim, decadent, wellustig leven leidden achter gesloten deuren.

'Wat is er?' vroeg Rachel. 'Je ziet er van streek uit.'

'Natuurlijk ben ik overstuur, Rach. Ik draag een fucking Amerikaans politie-uniform dat minstens twee maten te klein is. De broek zonder kont kruipt in mijn reet *en* in mijn lies, die allebei bijna volledig te zien zouden zijn als ik niet die korte broek eronder had aangetrokken. Het bovenstuk is zo strak dat ik nauwelijks kan ademen, en ik ben er vrij zeker van dat de knopen zijn ontworpen om er met één ruk af te gaan, wat me doet vermoeden dat dit het soort ding is dat een mannelijke stripper zou dragen. Ik draag een fucking politiepet maar een overvallersmasker, wat de boodschap volledig verwart. Ik kan nauwelijks door de fucking spleetjes kijken, ik heb een paar plastic handboeien die in mijn fucking heup snijden, en om het allemaal af te maken, moet ik ook nog *dit* meedragen.'

Tomek zwaaide met de oversized politieknuppel die bij het kostuum was geleverd. Hij was minstens zestig centimeter lang en bijna vijf centimeter dik op het breedste punt. Het was niet alleen een pijn in zijn reet om te dragen, maar ook behoorlijk zwaar, en aan de zijkant stonden in goud de woorden "Je bent stout geweest" gegraveerd.

'Ik ga hem morgen vermoorden als ik hem zie,' siste Tomek. 'Ik ga hem fucking vermoorden.'

'Hij zag een kans en greep die. Je kunt hem niets verwijten. Jij zou hetzelfde hebben gedaan.'

Tomek zou dat inderdaad hebben gedaan, natuurlijk zou hij dat. Sterker nog, hij zou waarschijnlijk iets ergers hebben gedaan, veel ergers. Maar Rachel hoefde dat niet te weten. Zij had het makkelijk. Zij had haar eigen outfit mogen kiezen en zag er respectabel uit in een zwart-roze jockeykostuum, compleet met kniehoge leren laarzen, een zweep, een pet en een bril over haar ogen. Het stond haar goed en paste bij haar.

'Nu moet ik *jouw* hand kussen,' zei ze.

'Nee, dat hoeft niet, ik denk dat we kunnen-'

Tomek wilde zeggen dat ze ermee weg konden komen, dat niemand zou kijken. Maar Rachel gaf hem geen kans om zijn zin af te maken. In plaats daarvan stormde ze op hem af, greep zijn hand en kuste de achterkant ervan. Haar lippen waren vochtig, plakkerig van de lipgloss die glinsterde in het licht van het vuur.

Terwijl Tomek zijn hand terugtrok, zei hij: 'Nou, dat was vreemd.' Toen begon hij over het stukje huid te wrijven dat ze net had gekust.

'Ik ben niet besmettelijk, Tomek.'

'Dat weet ik. Het is gewoon... Jij geniet hier echt van, hè?'

Ze haalde haar schouders op. 'Ik had de laatste tijd wat opwinding in mijn leven nodig.'

'Bewaar het voor je bezoek van volgende maand. Dan kun je alleen komen. Vanavond hebben we een klus te klaren.'

'Ja, meneer, sorry, meneer. Ben ik stout geweest, meneer?' grapte ze speels.

'Rot op,' zei hij tegen haar, en draaide zich langzaam naar de ingang, naar de muziek, naar de seks.

'Ben je bang?'

'Nee,' zei hij. 'Ik heb gewoon geen fucking idee wat me te wachten staat als ik door die deur ga.'

Ze gaf hem een klap op zijn rug. 'Houd een open mind. Bedenk dat er veel van dit soort dingen in de wereld gebeuren. Meer dan we waarschijnlijk weten. Aan het eind ervan zul je je horizon hebben verbreed. En, hé, misschien leer je nog wat.'

Tomek draaide zich om naar haar. 'Je bent gestoord, weet je dat?'

Ze duwde hem in zijn rug. 'Kom op, ga naar binnen en verken de boel. Ik wacht op mijn vrouwelijke ridder in glanzend harnas die me op mijn hand komt kussen.'

'Ik hoop dat het een rimpelige oude man zonder tanden is,' zei hij tegen haar.

Daarmee keerde hij haar de rug toe, en voordat hij de drempel naar het onbekende overstak, haalde hij diep adem. Hij hield zijn adem lang vast, tot hij niet meer kon, en liet hem toen langzaam door zijn neusgaten ontsnappen. De spanning in zijn schouders en bovenrug nam geleidelijk af.

Toen stapte hij met een grote pas door de voordeur.

De ingang van het gebouw waar hij slechts enkele dagen eerder doorheen was gelopen, leek in het donker een nieuw leven te krijgen. Kaarsen sierden de oppervlakken, flikkerend in de zachte maartse bries, en verspreidden een overvloed aan geuren die de lucht vulden met een zacht, subtiel parfum. De muren en het meubilair trilden door de vibraties van de zware bas die diep in het gebouw speelde. Tomek stak zijn hand uit naar de muur en voelde het door zijn huid, langs zijn arm en in zijn borst trillen.

Dumf. Dumf. Dumf.

Of dat, of het was zijn bonzende hartslag die door zijn ribbenkast brak.

Na een paar stappen kwam hij bij het volgende ritueel. Het was verborgen achter een paars fluwelen gordijn, een grote glazen schaal met een assortiment aan voorwerpen. Tot nu toe hadden de gasten al een pakje ham, een meetlint, een gloeilamp, ondergoed, een enkele sok, een mini-USB, een potlood en een eiwitpoederschep geofferd, tussen vele andere willekeurige huishoudelijke artikelen. Tomek was verbaasd toen hij besefte hoeveel mensen er al binnen waren. Hij pakte in de kleine borstzak van zijn outfit zijn offer: een flesopener. Een kapotte die hij in de keuken op kantoor had gevonden. Hij legde het in de kom, veegde toen zijn handen af aan zijn bovenstuk voordat hij door een ander gordijn ging. Daar, op een kleine bartafel, stond het opgezette varken.

'Wel allemachtig,' zei hij terwijl hij naar het arme dier staarde. Beelden van een paar weken geleden flitsten door zijn hoofd. Hij was opgesloten geweest in het midden van een varkenshok op een boerderij, omringd door zeven enorme beesten terwijl ze een menselijk lichaam verslonden. Tomek had geprobeerd hem te redden, maar was zelf bijna omgekomen. Sindsdien had hij niet meer aan bacon of rood vlees gedacht, en nu staarde een herinnering aan die nacht hem in het gezicht. Om het erger te maken, nu moest hij het kussen.

Voordat hij dat deed, bekeek hij het kleine gedeelte van de kamer. Dat was het moment waarop hij de beveiligingscamera in de hoek van het plafond opmerkte, op hem gericht, met een rood lampje dat in de zwarte koepel knipperde. Die zieke perverseling, dacht Tomek, die ons bekijkt terwijl we deze shit doen. Met tegenzin, beseffend dat hij nog steeds geen keuze had, boog Tomek zich voorover en kuste het dier op de rug. De huid en vacht voelden ruw aan tegen zijn huid, en hij was er zeker van dat er een haar tussen zijn lippen bleef steken.

Hij nam een moment om zichzelf te herpakken en zich voor te bereiden op wat er achter het volgende gordijn lag. Inmiddels was de kalmerende, troostende geur van de kaarsen verdwenen en vervangen door de geur van decadentie, zweet en parfum.

'Fuck it. Hier gaan we dan.'

Aarzelend duwde hij het fluwelen gordijn met één hand opzij en stapte erdoorheen. Eenmaal aan de andere kant nam het geluid van de muziek tienvoudig toe. Het was alsof hij een ander gebouw betrad, bonkend, pulserend. Hij kwam uit in het midden van een gang. Een kleine wegwijzer direct voor hem bood twee opties: "De Kamer" naar links, en "De Kamers" naar rechts. Tomek hoefde niet meer te weten om te begrijpen welke welke was. Maar voordat hij een beslissing kon nemen, trok een groot schilderij dat aan de muur boven de bewegwijzering hing zijn aandacht.

'Het heet *De Tuin der Lusten*.'

De stem verraste hem. Hij draaide zich om en zag Rachel achter hem, die uit het gordijn tevoorschijn kwam.

'Hoe ben jij zo snel erdoorheen gekomen?'

'Iemand heeft me gered.'

'Geen vrouwe in glanzend harnas?'

Ze schudde haar hoofd, teleurgesteld. 'Gewoon een of andere kerel in een verkeerspilon-kostuum.'

Tomek onderdrukte zijn gegrinnik en wendde zich toen tot het schilderij aan de muur. 'Ben je een kunstliefhebber?'

'Nee. Ik *weet* er gewoon van, dat is alles. Net zoals *jij* misschien weet hoe je toiletten repareert, weet *ik* het een en ander over kunst.'

'Seksistisch. Je had ook kunnen aannemen dat ik verstand heb van tuinieren, of make-up.'

'Wie is er nu seksistisch?'

Tomek duwde haar zachtjes tegen haar schouder en wees toen naar het schilderij. 'Kom op dan. *De Tuin der Lusten*...'

'Van een kerel genaamd Jheronimus Bosch uit de zestiende eeuw. Het heet een triptiek, wat betekent dat het in drie delen is opgesplitst. Bij dit werk beeldt elk deel een stap dichter naar de hel af. Links is de Tuin van Eden, waar alles puur en schoon is. Dan heb je *De Tuin der Lusten*, waar iedereen naakt is en ogenschijnlijk met elkaar aan het neuken is, omringd door een hoop fruit, en rechts heb je zijn weergave van de hel, waar het allemaal een beetje vreemd wordt.'

'Het is allemaal een beetje vreemd.'

'Er is veel wetenschappelijk debat geweest of het middelste paneel een morele waarschuwing is of een afbeelding van het verloren paradijs.' De stem was een diepe bariton. Bekend. Toen verscheen er een figuur, gekleed in een burgemeesterskostuum, compleet met kettingen en een mantel over zijn schouders. Op zijn hoofd droeg hij een Italiaanse Renaissance-hoed met een Arlecchino-gezichtsmasker over zijn ogen. Tomek herkende hem onmiddellijk. 'Persoonlijk denk ik dat het

het laatste is, een weerspiegeling van het paradijs, van genot, vrije geest, het vermogen om dingen te doen zonder vergelding. Het was de inspiratie achter The Nights of Eden, en ik ben er erg trots op dit schilderij hier te hebben. Het trekt altijd de aandacht van onze nieuwkomers. Angelica stond op dezelfde plek als jullie twee nu, staarde er vol ontzag naar en stelde dezelfde vragen.'

'En wat had zij erover te zeggen?'

'Zij vond het ook verrukkelijk.' Micky Tatton ging voor hen staan, waardoor Tomek het bizarre maar evenzeer betoverende schilderij niet meer kon zien. 'Hebben jullie gevonden wat je zocht?'

'We zijn net aangekomen,' antwoordde Rachel met naar Tomeks smaak te veel opwinding in haar stem.

'Uitstekend, dan hebben jullie de hele avond om kennis te maken met onze activiteiten. Voel je vrij om jezelf hier los te laten. Er is geen oordeel, en al onze medewerkers zijn verplicht een geheimhoudingsverklaring te ondertekenen. Niemand anders dan de mensen die je vanavond ziet, zal weten wat er plaatsvindt.'

'Moeten wij er geen ondertekenen?'

Micky schudde zijn hoofd. 'Gezien jullie rollen denk ik niet dat dat nodig zal zijn.' Toen hij wegliep, stopte hij en maakte een halve draai. 'Oh, en leuke outfit trouwens. Ik kan nu al zien dat je bij veel van onze gasten in de smaak zult vallen.'

Tomek voelde een knoop in zijn maag en een bloedstroom naar zijn penis. Het was allemaal erg verwarrend.

Even later was Micky Tatton verdwenen. Nu dat achter de rug was, konden ze beginnen. Het enige probleem was het kiezen van een kamer. Links of rechts. Uiteindelijk, na een korte discussie, kozen ze voor De Kamer. Links. Tomek had zich al voorgesteld wat hen te wachten stond, maar het kwam niet in de buurt van de werkelijkheid. Tomek had nog nooit zoveel bloot vlees en geslachtsdelen - en nog verontrustender, *ham* - in zijn leven gezien. De kamer die ze net waren binnengegaan was de trouwzaal waar pasgetrouwden de gelukkigste dagen van hun leven zouden moeten beleven. Maar in plaats van twee koppels die hand in hand aan het hoofd van de zaal stonden, was de ruimte gevuld met zo'n twee dozijn individuen die op dat moment met elkaar aan het vrijen en penetreren waren. Er stonden een half dozijn zachte fluwelen banken, drie waterbedden, en een paar zitzakken en fauteuils. De lichten waren gedimd, en er was geen enkele kaars te bekennen - vermoedelijk om veiligheidsredenen. Voor hen waren lichamen in elkaar verstrengeld, koppels, trio's, kwartetten die seks hadden, gezeten op de bedden, over de fauteuils, tegen de muur. Er was geen enkele vrije plek meer. Het was als het kijken naar een scène uit *Game of Thrones*. Tomek wist niet waar hij moest kijken, en voor een lang moment stond hij volkomen stil, niet in staat zijn blik los te scheuren van een man van een jaar of vijftig die achter een andere man stond, voorovergebogen over de armleuning van een bank. Ondertussen stonden aan de rand van de kamer mannen met erecties, masturberend bij het zien van de taferelen. De gezichten van iedereen in de kamer waren bedekt. Gezichtsmaskers varieerden van een Zorro-masker tot een skibril, tot aan een papieren zak die was opengemaakt bij de ogen en mond. Maar waar hij ook keek, toen hij eindelijk in staat was zijn blik los te maken van de homoseksuele daad die zich recht voor hem afspeelde, kon hij niemand zien die een ezelsmasker droeg.

'Jezus Christus...' fluisterde hij.

'Hey, knappe,' zei een stem naast hem. De figuur - een vrouw, zeker een vrouw, naakt, met een medisch gezichtsmasker en een oorlogstijd verpleegstersmutsje met een groot Rood Kruis erop - begon hem aan te raken op zijn schouder, en werkte zich een weg naar beneden langs zijn arm. Een seconde later kwam ze aan bij zijn wapenstok en inspecteerde deze. 'Ben ik een stout meisje geweest? Misschien moet je me straffen in een van de kleinere kamers. Zou je dat leuk vinden?'

'Ah, fuck.'

Tomek voelde zich heel snel uit zijn element. Hij had een extreem aantrekkelijke vrouw recht voor zich, en het enige waar hij aan kon denken waren de masturberende mannen, die zichzelf betastten terwijl ze toekeken.

'Rachel... Help...'

Meteen stapte Rachel voor hem en kuste de vrouw, hard en vol op de lippen. 'Hij is op dit moment bezet, schat,' zei ze terwijl ze zich terugtrok, 'maar misschien als ik klaar met hem ben, kunnen jij en ik wat plezier hebben samen?'

De vrouw zag er zichtbaar teleurgesteld uit toen ze hoorde dat Tomek van de markt was, maar verheugd bij het vooruitzicht om later tijd met Rachel door te brengen, ook al zou dat niet gebeuren. Stilletjes glipte de vrouw weg, en Tomek bedankte Rachel voor haar redding.

Aan hun linkerkant was een kleine doorgang die naar een bar

leidde. Ze gingen door de ingang en bestelden elk een frisdrank: Cola voor Tomek, limonade voor Rachel. Naast hen, op een nabijgelegen bank, waren twee mannen lijntjes cocaïne van elkaars buik aan het snuiven, alsof het een shot wodka was en ze op een of ander feesteiland in het midden van de Middellandse Zee zaten. Een van hen snoof hard en keek op naar Tomek, zijn neus en mond bedekt met wit poeder. 'Zin om mee te doen?'

Tomek deinsde terug bij de opmerking van de man en keek toe hoe hij een paar seconden over zijn neus wreef voordat hij antwoordde. 'Niets voor ons, bedankt. Waar heb je het vandaan?'

'BYOD. Bring your own drugs,' antwoordde de man, en ging toen terug naar zijn cocaïne, dit keer een lijntje snuivend van de billen van de andere man.

'Dat maakt het dus niet illegaal,' fluisterde Rachel in zijn oren.

'Zelfs als dat wel zo was, zouden we ze waarschijnlijk niet kunnen arresteren. Stel je de hoeveelheid naakt vlees voor die hier naar buiten zou rennen als we dat deden. We zouden alles op het bureau moeten ontsmetten, en zelfs dan denk ik niet dat we het ooit schoon zouden krijgen.'

'Zolang niemand een vies protest doet,' voegde Rachel toe.

Zodra ze hun drankjes hadden ontvangen, keerden ze terug naar de orgie. Binnen enkele seconden na hun terugkeer benaderde een man hen, compleet naakt, met een pilotenpet en een getinte skibril over zijn ogen. Hij was te zwaar, met ongelooflijk harige armen en de borst van een beer.

'Alles goed daar, schatje?' zei hij tegen Rachel. 'Herken je niet.'

Zodra Tomek besefte dat hij niet het doelwit was, deed hij een stap terug en nipte stilletjes aan zijn drankje.

'Tomek...' zei Rachel, terwijl ze haar hand naar hem uitstak. 'Tomek...'

'Ik weet niet tegen wie je het hebt.'

'Is dit je eerste keer hier, schatje?' drong de man aan.

'Ik ben met hem,' zei Rachel, terwijl ze Tomek greep en naar zich toe trok.

'Nee, dat zijn we niet.'

'*Ja*, dat zijn we wel.'

'Dat is prima,' zei de man. 'Je mag me berijden als een paard zoveel je wilt, ik zal nog steeds niet bijten.'

'Nee, bedankt,' hield Rachel vol. Toen voegde ze beleefd toe: 'Misschien een andere keer.'

Met tegenzin sjokte de man weg, schouders hangend, duidelijk ontdaan door de afwijzing. Zodra hij buiten gehoorsafstand was, trok Rachel Tomek naar beneden tot op haar ooghoogte.

'Wat was dat in godsnaam? Ik kwam je te hulp toen *jij* het nodig had.'

Tomek schudde zijn hoofd. 'Ik ga geen man op zijn lippen zoenen.'

'Lafaard,' siste ze.

Maar voordat hij kon reageren, viel Tomeks oog op iets. Een figuur. Naakt van de nek naar beneden, die niets droeg behalve een siliconen ezelmasker over zijn gezicht. Verbijsterd sloeg Tomek Rachel herhaaldelijk op haar arm tot hij haar aandacht trok.

'Jij gaat,' zei hij.

'Waarom ik?'

'Omdat je een meisje bent, en de laatste keer dat ik het checkte, sliep hij met Angelica, die ook een meisje was.'

'Bedankt voor de biologieles,' zei ze geïrriteerd, voordat ze haar plastic beker (waarschijnlijk ook om veiligheidsredenen) op de armleuning van de bank zette en naar De Ezelman liep. Ondertussen volgde Tomek langzaam achter haar aan, bleef op afstand en keek toe, voorzichtig om niet te dichtbij te komen.

'Hé,' zei Rachel.

De man keek op haar neer. 'Hé, hoe gaat het?' antwoordde hij met een zacht Frans accent.

'Zin om naar een privékamer te gaan?'

'Natuurlijk.'

Het was zo eenvoudig. Vraag en je zult ontvangen. Geen voorspel, geen introducties, gewoon: "Wil je neuken?" "Ja!" "Uitstekend, kom deze kant op."

'Vind je het erg als mijn vriend meedoet?' vroeg ze, wijzend naar Tomek.

'Ehm...'

'Geweldig.'

Zonder op een antwoord te wachten, greep Rachel Tomek bij zijn arm en sleepte hem de kamer uit, de gang in. Terwijl ze de individuele kamers aan de andere kant van het landhuis naderden, werd het geluid van seks luider en luider. Vrouwen en mannen die uit volle borst schreeuwden, hoofdborden en andere spullen die tegen de muren bonkten. Gelukkig vonden ze een lege kamer aan het einde van de gang, en Tomek sloot de deur achter zich. Binnen was de kamer stil, rustig. In het midden stond een hemelbed met een handvol seksspeeltjes - dildo's, zwepen, stijgbeugels, kettingen - uitgestald op het oppervlak. Tomek wilde niet weten of ze gebruikt waren of niet, wilde er niet in de buurt komen. Dit was een eenvoudige hotelkamer die was veranderd in een sekshol, en hij wilde nooit meer in een hotel verblijven.

Toen klapte De Ezelman in zijn handen, wat Tomek uit zijn mijmering haalde.

'Zo dan. Zullen we?'

Rachels stem werd autoritair. 'Eigenlijk niet. We zouden liever niet, dank je. We vroegen ons af of we je een paar vragen mochten stellen over je recente relatie met Angelica Whitaker.'

'Wat? Waar heb je het over?'

'Angelica Whitaker.'

'Wie zijn jullie?'

Rachel reikte in haar beha en haalde haar legitimatiebewijs tevoorschijn.

De man bekeek het, keek toen ongelovig naar Tomek.

'Dit is niet gewoon een kostuum, maat,' zei Tomek, terwijl hij krachtig zwaaide.

Toen werd De Ezelman zich plotseling bewust dat hij naakt was en bedekte zichzelf met zijn handen. Hoewel het al te laat was. De schade was aangericht, het beeld - samen met vele andere - stond in Tomeks geheugen gegrift. 'Waar gaat dit over? Kan ik... kan ik wat kleren aantrekken?'

'Niet nodig,' zei Rachel. 'Ik ben niet geïnteresseerd in dat alles, en hij ook niet. Wat is je naam?'

Terwijl hij nog steeds zijn waardigheid met zijn handen beschermde, ging de man op de rand van het bed zitten. 'Florian. Florian Meunier. Ik...'

'Wat kun je ons vertellen over Angelica Whitaker, Florian?'

De man pakte het dichtstbijzijnde kussen en legde het op zijn schoot. 'Ik weet niet wie dat is.'

'Jawel, dat weet je wel, maar je kent haar waarschijnlijk meer aan haar outfit dan aan haar naam. Een vrouw die hier altijd kwam, verkleed als een engel. Zegt dat je iets?'

Een blik van herkenning flitste over Florians gezicht. 'Ja, maar ik... ik wist niet dat haar naam Angelica was.'

'Nou, nu weet je het. En we zijn ook gekomen om je te vertellen dat ze dood is.'

'Dood?'

'Haar lichaam is onlangs gevonden. Ze was zwanger. We begrijpen dat je meerdere keren met haar hebt geslapen. Klopt dat?'

Florians blik viel op het hoogpolige tapijt op de vloer terwijl hij in diepe gedachten verzonk. 'Ja. Ja, we hebben samen geslapen.'

'Kun je ons vertellen hoe vaak?'

'Vier. Misschien vijf keer.'

'En je gebruikte de condooms buiten? Sommige doorgeprikt, sommige niet.'

'Ja... Ja, maar ik had nooit gedacht dat *dit* zou gebeuren.'

'Welk deel? Dat ze vermoord werd of dat ze zwanger raakte?' vroeg Rachel.

'*Vermoord*? Je zei nooit dat ze vermoord was. Je denkt toch niet... je denkt toch niet dat ik er iets mee te maken had?'

Tomek zag dat als zijn signaal om in te grijpen. 'Dat moet nog blijken,' zei hij. 'Dus Angelica heeft je nooit verteld dat ze zwanger was, of dat het van jou zou kunnen zijn?'

De man zag er geschokt uit. 'Nee. Niets.'

'Heb je ooit de nacht doorgebracht met iemand anders? Heb je haar ooit een kamer in zien gaan met iemand anders?'

Florian schudde zijn hoofd. 'Alleen maar met mij. Maar...' Hij aarzelde. 'We hadden ook een keer een trio, maar dat... dat was met een andere vrouw.'

Tomeks ogen vielen op de voorgordelde dildo aan het hoofdeinde van het bed.

'Heb je ooit met Angelica gesproken buiten deze omgeving?' vroeg hij.

'Nee.'

'Nooit berichten gestuurd via internet of sociale media?'

Weer een hoofdschudding.

'Zou je bereid zijn om naar het bureau te komen zodat we dit in meer detail kunnen bespreken?'

'Na... natuurlijk.'

'Morgen?'

Na een paar seconden nadenken antwoordde Florian eindelijk ja, en gaf vervolgens zijn contactgegevens aan Rachel. Net voordat ze hem alleen in de kamer achterlieten met zijn gedachten, legde ze een hand op zijn schouder, bedankte hem voor zijn tijd, en volgde toen Tomek de kamer uit. Samen liepen ze naar de uitgang. Buiten vond Tomek de parkeerhulp, zocht in de kom naar zijn autosleutels en wachtte tot de man de auto zou voorrijden.

De parkeerhulp arriveerde een moment later. Tomek bedankte hem en stapte in de voorstoel. Terwijl hij de deur achter zich sloot, wendde hij zich tot Rachel en zei: 'We mogen hierover nooit een woord tegen iemand zeggen. Afgesproken?'

'Afgesproken.'

HOOFDSTUK **ZEVENENDERTIG**

Tomek wilde de volgende ochtend niets liever dan die zelfingenomen glimlach van Cheys gezicht slaan. De vijfentwintigjarige keek alsof hij net de loterij had gewonnen. En om het nog erger te maken, waren Tomek en Rachel tegelijkertijd aangekomen, waardoor het leek alsof ze de nacht samen hadden doorgebracht en een politieversie van de walk of shame uitvoerden.

'Dus...' zei hij, achteroverleunend in zijn stoel, kauwend op het uiteinde van zijn pen, zijn ondraaglijke grijns nog steeds zichtbaar. 'Hoe was het?'

'Begin godverdomme niet,' riep Tomek terwijl hij zijn tas naast zijn bureau liet vallen. 'Je moet verdomme veel goed maken.'

'Waarom?'

'*Dat* kostuum.'

Chey barstte in lachen uit, zijn stem brak halverwege, en vulde het kantoor. Ze waren met z'n drieën, vroeg op zaterdagochtend. Spoedig zou de ruimte zich beginnen te vullen.

'Heb je foto's gemaakt?' vroeg de agent.

'Perverseling,' beet Rachel terug, eerst serieus, maar toen brak haar gezicht en zakten ze allebei door van het lachen ten koste van Tomek. 'Het was mogelijk een van de grappigste dingen die ik ooit heb gezien.'

Tomek stak hen beiden zijn middelvinger toe. 'Weet je wat nog grappiger is? Wanneer ik jullie allebei op functioneringsgesprekken zet. Wie lacht er dan?'

'Niets zal grappiger zijn dan de herinneringen die ik heb aan gisteravond,' merkte Rachel op.

Aanvoelend dat ze op het punt stonden alle roddels te delen, klom Chey uit zijn stoel en haastte zich naar hen toe.

'Je kunt die grijns van je gezicht halen,' zei Tomek tegen hem. 'We vertellen je helemaal niets.'

'Kom op! Zou jij niet een beetje nieuwsgierig zijn als je in mijn positie zat?'

Ja. Ja, dat zou hij zijn.

'Nee,' zei Tomek, 'want ik heb respect voor het onderzoek. Als ik iets moet weten, dan wacht ik wel tot het me verteld wordt.'

Het was een koude, stenen leugen, en ze wisten het allemaal. Toen Tomek zich omdraaide om zijn computerscherm aan te zetten, zag hij vanuit zijn ooghoek Rachel naar Chey leunen en hoorde haar fluisteren: 'Het is oké, maat. Ik vertel je later alles.'

'Dat kun je op je buik schrijven,' snauwde Tomek, zo snel draaiend dat hij er duizelig van werd. 'Wat wil je weten? We kwamen daar aan, helemaal verkleed, moesten elkaars hand kussen, een varken kussen, kregen wat drankjes, zagen veel seks, zagen veel pikken en vagina's, en spraken toen met een verdachte.'

'Jullie hebben een verdachte gevonden?'

'Natuurlijk hebben we verdomme een verdachte gevonden. We gingen daar niet alleen maar heen om te zien waar al die ophef over ging.'

Rachel spotte speels. 'Spreek voor jezelf, Sarge.'

Tomek keek haar tweemaal aan en wendde zich toen tot Chey. 'Goed. Nou, *ik* ging erheen voor onderzoeksdoeleinden. Als ik had geweten dat Rachel er voor iets anders naartoe ging, had ik misschien jou meegenomen.'

Het gezicht van de jonge man lichtte op.

'Sarge, kom op, denk daar eens even over na,' smeekte Rachel. 'Hij... vijfentwintig jaar oud... die *daar* naartoe gaat. Dat zou zijn als een vos loslaten in een kippenboerderij. Het zou een verdomde slachting worden.'

Het vurige knikken en de glimlach op Cheys gezicht bevestigden Rachels vergelijking.

'In dat geval, als ik weer moet gaan, ga ik alleen,' zei hij.

Chey en Rachel keken elkaar aan, gaven elkaar een veelbetekenende blik. 'Ja, is goed, Sarge. Natuurlijk doe je dat. We zien hoe het zit.'

Tomek zuchtte en rolde met zijn ogen. 'Gedraag je. Doe niet zo kinderachtig.' Hij was erop gebrand het gesprek weg te leiden van hemzelf, Rachel en The Nights of Eden, dus vroeg hij: 'Maar goed, wat heb jij vrijdagavond gedaan, jonge Chey? Jezelf in slaap gehuild omdat je dit hebt gemist?'

'Nee, eigenlijk niet. Terwijl jullie twee gisteravond jullie fantasieën vervulden op jullie kleine seksfeestje, had ik mijn eigen feestje door Angelica's Instagram te scrollen.'

Tomek keek hem bezorgd aan. 'Dat is even raar, maat.'

Cheys gezichtsuitdrukking verslapte. 'Ik weet het. Ik hoorde hoe het klonk. Maar luister even, ik heb iets gevonden wat interessant zou kunnen zijn.'

Tomek wachtte tot de man verder ging.

'Ik heb een blog gevonden!' riep hij uit. Nu was de opgewonden, puppy-achtige uitdrukking terug op zijn gezicht, maar om heel andere redenen. 'Het heet "My Little Corner Of The Internet" - wat eigenlijk ook de URL is. Het is een van die Blogspot-dingen uit het begin van de jaren tweeduizend, waar het letterlijk alleen maar tekst is en een paar afbeeldingen. Er gebeurt niets bijzonders.'

'Hoe heb je het gevonden?' vroeg Tomek, gretig om bij het begin te beginnen voordat Chey verdwaald raakte in zijn eigen opwinding.

'Het stond onderaan haar reisaccount op Instagram,' antwoordde hij. 'Ik bereikte eindelijk de bodem van haar feed na dagen door elke post te gaan. Haar allereerste. Het was een kleine selfie met een bijschrift dat mensen naar haar blog konden gaan waar ze meer diepgaande informatie over haar reizen zou plaatsen.'

'En dat was de enige keer dat ze de link plaatste?'

Chey haalde zijn schouders op. 'Denk dat ze dacht dat mensen het zouden zien en onthouden. Het was een paar jaar geleden, voordat ze aan alle algoritmes gingen sleutelen en het organische bereik veel beter was dan tegenwoordig.'

Algoritmes. Organisch bereik. Woorden die hij heel recent had moeten leren, maar nog steeds geen idee had wat ze allemaal betekenden.

'Heb je de blogposts gelezen?'

'Ben begonnen, ja. Maar er zijn er veel. Het ding gaat terug tot 2016, net als haar Insta, maar er staan meer dan tweeduizend berichten op. Eén voor elke dag, soms meer. Ik denk dat ze het oorspronkelijk gebruikte voor haar reisdagboeken, maar toen ze besefte dat niemand het vond, begon ze het volgens mij te gebruiken als haar dagboek.'

Tomeks oren spitsten zich.

'Wanneer was het laatste bericht?'

'De dag dat ze stierf.'

Tomek wees met zijn vinger naar Cheys computerscherm. 'Staat het op je scherm?'

'Je kunt het op je eigen scherm krijgen, Opa. Het staat op het internet. Iedereen kan het bekijken.'

Klootzak, dacht Tomek. Dat was precies het soort opmerking dat hij tegen Nick zou hebben gemaakt. Sterker nog, hij had waarschijnlijk precies hetzelfde ooit tegen de hoofdinspecteur gezegd. En nu had hij het stokje doorgegeven aan Chey. Hij was onder de indruk.

'Vooruit dan maar, slimmerik. Laat maar zien.'

Binnen een seconde had de agent Tomeks portaal geladen, een webbrowser geopend en Angelica's Little Corner of the Internet gevonden. De homepage was eenvoudig. Het logo van haar website stond bovenaan het scherm en het zag eruit alsof ze het in WordArt had getypt en er een afbeelding van had gemaakt. Rechts stond een foto van Angelica in bikini, met een zonnebril zo groot als een snorkelmasker die haar gezicht bedekte, met een strand en palmbomen op de achtergrond. Daaronder stond een chronologische lijst van alle blogposts door de jaren heen, van 2016 tot heden. Aan de linkerkant van de pagina stond de nieuwste post, gedateerd op de dag van haar dood. De tijdstempel gaf aan dat deze enkele uren voordat ze haar vrienden had ontmoet was geplaatst.

Tomek boog zich voorover en tuurde naar het scherm. Hij had de laatste tijd gemerkt dat zijn ogen met het ouder worden begonnen te verzwakken, wat meer wazig werden dan vroeger, maar had er niets aan gedaan. Hij werd nog niet blind, dus waarom zou hij zich zorgen maken?

Met zijn ogen bijna dicht begon hij te lezen:

Hallo lieverd,

Weer een werkdag achter de rug. Voel me vandaag beter over mezelf. Heb vanavond een groot avondje uit met de meiden waar ik absoluut niet op kan wachten. Ik moet me over een paar uur klaarmaken, dus ik houd het lekker kort.

Het wordt vast een leuke avond. Voelt alsof we eeuwen niet samen uit zijn geweest. Een echte meidenavond. En te bedenken dat het de laatste zal zijn voordat het seizoen weer begint, waar ik helemaal enthousiast over ben. Kan niet wachten om alle Insta's van de meiden er de komende weken geweldig en spetterend uit te zien. Het wordt een geweldig afscheid, en ik heb het gevoel dat we met een knal gaan eindigen!

Maar goed, dat is alles waar ik tijd voor heb, lieverd. Tot de volgende keer.

'Wie is *lieverd*?' vroeg Tomek.

'Dat ben jij natuurlijk, brigadier,' spotte Rachel.

Tomek wierp haar een ongeïmponeerde blik toe. 'Je weet dat ik dat niet bedoelde. Tegen wie denken we dat ze het heeft?'

'Misschien tegen zichzelf? Als een referentie voor als ze het later terugleest?'

Tomek dacht na, draaide zich naar Chey en vroeg: 'Kun je ze allemaal uitprinten?'

'Uitprinten?'

'Ja. Je weet wel, zwarte en witte inkt op papier.'

'Maar waarom? Dat zorgt voor zoveel afval.'

'De redenen zijn tweeledig, jonge Chey.' Tomek stak twee vingers op naar de agent, en niet op de aardige manier. 'Ten eerste, zodat we ze onder het team kunnen verdelen en lezen om het proces te versnellen. Ten tweede, om ons voor te bereiden voor het geval er iets gebeurt met het domein en we al het bewijsmateriaal kwijtraken.'

Een verbaasde blik verscheen op Cheys gezicht.

'Inderdaad,' antwoordde Tomek zelfvoldaan. 'Ik weet over domeinen. En dat herinnert me aan de derde reden.' Tomek stak zijn middelvinger op naar Chey. 'Omdat ik het je opdroeg. Nu moeten Rachel en ik gaan. We hebben een afspraak met iemand van gisteravond waar we ons op moeten voorbereiden.'

'Komen ze terug voor ronde twee?'

Tomek reikte in zijn rugzak, haalde het kostuum tevoorschijn dat Chey voor hem had gekocht, en smeet het in de schoot van de man.

'Je bent me vijftig pond schuldig daarvoor. Ik wil mijn geld terug.'

'Ik denk niet dat ze dingen accepteren die gedragen zijn, brigadier,' zei Chey, terwijl hij met zijn priemende ogen naar het outfit keek.

'Wie zei er iets over terugbrengen?'

HOOFDSTUK
ACHTENDERTIG

Tomek had moeite om de man goed aan te kijken. Ondanks het feit dat Florian netjes gekleed was in een keurig wit overhemd met een dunne katoenen trui en een marineblauw chino (de Fransen wisten gewoon hoe ze er goed uit moesten zien, nietwaar?), was het enige beeld dat Tomek van de man had zijn licht gebruinde naakte lichaam, met een grote penis bungelend tussen zijn benen, en een latex ezelmasker over zijn hoofd.

'Hoe laat was je gisteravond klaar?' vroeg Tomek, wanhopig om de stilte te doorbreken.

Florian had een slank postuur, met weinig spieren en vet op zijn lichaam. Hij zag eruit alsof hij in een vorig leven atletisch was geweest, maar dat misschien had opgegeven in zijn zoektocht naar meer decadente genoegens. Zijn schouders waren gebogen en zijn gestalte leek achter de tafel te krimpen.

'Ik ben kort na jullie vertrokken. Dat is ongewoon vroeg voor mij, want soms blijf ik overnachten in een van de kamers in het hotel, maar ik besloot naar huis te gaan. Ik kon aan niets anders denken dan wat jullie me verteld hadden.'

De man was zichtbaar geschokt en aangedaan door het nieuws over Angelica's dood. Tomek vroeg zich af hoeveel daarvan oprecht was, en hoeveel toneelspel.

'Hoe laat eindigen deze bijeenkomsten gewoonlijk?' vroeg Rachel.

'Drie uur 's ochtends. Soms vier, als er veel mensen zijn. In principe tot mensen moe beginnen te worden en in de kamers gaan slapen.'

Rachel opende haar notitieboekje op een nieuwe pagina. 'Wanneer heb je Angelica Whitaker voor het eerst ontmoet? Kun je de datum herinneren?'

De man schudde zijn hoofd. 'Ik denk dat het de eerste keer was dat ze The Nights of Eden bijwoonde.'

Tomek haatte die naam. Het klonk als een of andere sekte.

'Ik denk dat het ergens in september was,' voegde hij toe.

'En hoe hebben jullie elkaar ontmoet?'

'Ze stond buiten te wachten toen ik daar aankwam, maar voordat ik haar hand kuste, sprak ik een beetje met haar. Ik herkende haar niet, zie je, dus ik wilde haar wat beter leren kennen, haar op haar gemak stellen. Ik vond haar er goed uitzien. Haar lichaam was mooi, make-up, haar. Ze zag er erg knap uit. Maar ze wilde me haar naam niet vertellen. Uiteindelijk noemde ik haar mijn engel. Daarna trof ik haar binnen in de zaal. In het begin wist ze niet wat ze moest doen of met wie ze moest praten, maar...' Hij likte zijn lippen. 'Maar omdat ze al met mij had gesproken, voelde ze zich denk ik meer op haar gemak.'

'Jullie namen samen een kamer?'

Tomek herinnerde zich hoe gemakkelijk het voor Rachel was geweest om een avond met Florian te regelen.

'Ja. Ik... ik...' Hij begon aan de achterkant van zijn hoofd te krabben, waarbij hij zich steeds meer in zichzelf terugtrok. 'Ik heb, zeg maar, haar maagdelijkheid genomen. Het was haar eerste keer daar, en het was haar eerste keer met-'

'We begrijpen het,' onderbrak Tomek hem, terwijl hij zijn hand opstak om de man te laten stoppen. 'Wat gebeurde er nadat jullie samen waren "geweest"?'

'Zij ging de ene kant op, ik de andere.'

Rachel schreef intens, haar handschrift werd geleidelijk minder netjes en leesbaar terwijl ze moeite had om bij te blijven.

'Wanneer zag je haar daarna?' vroeg ze.

'Bij de volgende bijeenkomst, een maand later.'

Rachel wachtte tot ze alles had opgeschreven voordat ze verder ging. Ze waren nu op haar tempo. 'En jullie brachten weer de nacht samen door?'

'Ja. We hebben veel nachten samen doorgebracht. Elke keer gebruikten we natuurlijk bescherming.'

'Natuurlijk.'

'Maar... na wat jullie gisteravond zeiden, wil ik... ik wil weten of de baby van mij is. Is het mogelijk om een DNA-test te doen, om dat uit te zoeken?'

Rachel opende haar mond om te spreken, maar Tomek was haar voor. 'Wat heeft dat voor zin? De baby is dood. Dat zou niets opleveren.'

Florian tikte tegen zijn hoofd. 'Voor mijn eigen gemoedsrust.'

Tomek vertelde de man dat het niet mogelijk zou zijn. 'Het was nog geen drie maanden oud, voor zover ik begrijp. We zullen de vader misschien nooit kennen. Het spijt me.'

De man liet zijn hoofd zakken en staarde diep in zijn schoot. Ze gaven hem beiden een moment om zichzelf en zijn gedachten te verzamelen.

'Ze was een van de mooiste vrouwen die ik ooit heb gezien,' legde Florian uit, pratend tegen zijn knieën. 'Ze was als een portret uit de Renaissance. Ze was als de Mona Lisa.'

'Ben je een kunstliefhebber, of heb je gewoon een oppervlakkige interesse?'

'Ik ben kunstenaar.' Bij die woorden hief Florian zijn hoofd op met een kruimeltje trots dat verloren ging te midden van het verdriet en de wanhoop.

'Wat schilder je?'

'Alles en nog wat. Mijn omgeving. Landschappen. Mensen.'

'Heb je er ooit een van Angelica gemaakt?'

De man knikte langzaam. Toen, zonder iets te zeggen, reikte hij in zijn zak, ontgrendelde zijn telefoon en scrollde door zijn fotogalerij. Een paar seconden later vond hij de foto die hij zocht en schoof de telefoon over de tafel. Tomek pakte het apparaat en hield het tussen hen in. Op het scherm was een close-up van een engel te zien, zittend op de rand van een bed, halfnaakt. De vrouw in het schilderij was onmiskenbaar Angelica, met het lange zwarte haar, de donkere ogen, het slanke figuur, de kaaklijn, wangen, neus. Het was griezelig nauwkeurig.

'Hoe heb je dat gedaan?' vroeg hij.

'Uit mijn geheugen. Na onze eerste nacht samen kon ik haar niet uit mijn hoofd krijgen. Ik had zo'n duidelijk beeld van haar dat ik haar op het doek moest vastleggen. Het was de enige manier om haar uit mijn gedachten te krijgen.'

Het was duidelijk te zien dat Florian geobsedeerd was geweest, en misschien nog steeds was, door Angelica. Geobsedeerd op dezelfde manier als alle mannen in haar leven leken te zijn. Van Micky Tatton die een gesprek met haar begon aan boord van een Europese vlucht, tot Shawn Wilkins die elk wakend (en slapend) moment van haar leven leuk vond en in de gaten hield, tot Sammy Mercer, die nog steeds geloofde dat er een sprankje hoop was dat ze weer bij elkaar zouden komen. Ze werd aanbeden, geliefd, bewonderd, en in sommige gevallen begeerd. En uiteindelijk had dat tot haar dood geleid.

'Heb je ooit de kans gehad om het aan haar te laten zien?' vroeg Rachel.

Florian schudde zijn hoofd. 'Ik heb het geprobeerd. Ik heb het naar haar mobiele nummer gestuurd, maar ik denk dat ze me een verkeerd nummer moet hebben gegeven, want ze heeft nooit gereageerd. En ik kon het haar niet persoonlijk laten zien omdat telefoons niet toegestaan zijn, dus ze heeft het nooit gezien.'

En nu zou ze het nooit meer zien.

HOOFDSTUK **NEGENENDERTIG**

Tomek staarde al bijna een halfuur naar de afbeelding op zijn computerscherm. Met elke beweging van de muis en druk op de pijltjestoetsen zag hij iets nieuws, een nieuw detail, een nieuwe laag betekenis. Hij was nooit echt geïnteresseerd geweest in kunst – hij vond het allemaal onzin en dacht dat kunstenaars gewoon schilderden wat ze wilden schilderen, en dat er geen verborgen betekenis zat achter de keuze van de kunstenaar om een bepaalde penseelstreek of kleur te gebruiken boven een andere – maar er was iets aan deze specifieke afbeelding dat een interesse in hem had gewekt, een interesse waarvan hij niet wist dat hij die had. De naakte lichamen, het vergrote fruit, de vreemde en ongewone dieren, de afdaling naar verdorvenheid en hel. Het fascineerde hem, en eerlijk gezegd, ondanks zichzelf, voelde hij zich een beetje geïnspireerd. Dat hij misschien zoiets zou kunnen proberen, iets unieks dat zonde en lust vertegenwoordigde. Maar toen herinnerde hij zich dat hij nauwelijks een stokpoppetje kon tekenen, dus een meesterwerk als *De Tuin der Lusten* was ver buiten zijn mogelijkheden. Toch was het leuk om te dromen dat hij het in zich had.

Terwijl hij naar de rechterkant van het drieluik scrollde, de donkere en demonische weergave van de hel, begon Tomeks telefoon te trillen op tafel. Het plotselinge geluid en de beweging deden hem opschrikken. Gelukkig was er niemand in de buurt om het te zien. Hij reikte naar het apparaat en wierp een blik op de naam van de beller. Meteen vloeiden alle inspiratie, verwondering en creativiteit die het schilderij had opgewekt uit hem weg.

Het was Abigail. Mogelijk belde ze om te vragen of hij langs wilde komen, of om ruzie met hem te maken over de avond ervoor. Of misschien, maar veel minder waarschijnlijk, belde ze over werk en welke informatie hij voor haar zou kunnen hebben. *Er is maar één manier om daar achter te komen.* Hij duwde zichzelf weg van de tafel, beet door de zure appel heen, schoot een klein kantoortje in en nam de oproep aan.

'Alles goed?' vroeg hij voorzichtig.

'Ja. Met jou?'

'Ja. Niet slecht.'

'Goed zo.'

Tomek wachtte tot zij zou spreken. Geen van beiden wilde de eerste zijn. Geen van beiden wist wat te zeggen. Net toen Tomek zijn mond opende, onderbrak Abigail hem.

'Kom naar beneden,' zei ze.

'Pardon?'

'Kom naar beneden. Ik wil met je praten.'

Tomek keek paniekerig om zich heen, alsof zijn vriendin plotseling als een spook achter een muur vandaan zou kunnen komen.

'Waar heb je het over?'

'Ik sta buiten. Op de parkeerplaats. Kom naar beneden.'

Tomek haastte zich rond de tafel, zijn knieën stootten tegen de stoel- en tafelpoten, terwijl hij naar het raam snelde. Daar stond ze, haar felrode SEAT geparkeerd in de hoek van de parkeerplaats. Hij haalde diep adem, terwijl hij haar observeerde. Hij had geen keuze.

'Ik kom over een minuut naar beneden.'

De temperatuur in de auto was kouder dan de lucht buiten. De motor was uitgeschakeld, wat betekende dat ze niet van plan was om snel weg te gaan, en om dat punt nog duidelijker te maken voor Tomek toen hij instapte, merkte hij dat de autosleutels op haar schoot lagen. Een extra stap die nodig was voordat ze in woede of frustratie weg kon rijden.

Hij verwachtte het ergste.

Abigails haar was uit haar gezicht getrokken met behulp van een haarband. Ze was gekleed in een blazer en nette broek, met een effen wit overhemd. Dennenhout en oker stroomden uit haar lichaam en vulden snel zijn neusgaten. Haar make-up was delicaat aangebracht, maar kon de diep ontevreden en geïrriteerde uitdrukking op haar gezicht en in haar ogen niet verbergen.

Tomek zei niets toen hij de deur sloot, waardoor de ruimte met stilte werd gevuld.

Het duurde niet lang.

'Hoe was het gisteravond?' vroeg ze.

Hij voelde de beschuldiging in haar toon onmiddellijk.

'Gisteravond?'

'Ja. Met je vriendin.'

Rachel. De Nights of Eden. Fuck. Maar hoe kon ze dat mogelijk weten?

'Hoe weet-?' begon Tomek, maar ze onderbrak hem.

'Ik zag jullie samen weggaan.'

'Wat bedoel je, je zag ons?' Tomek nam een moment om na te denken. Hij was naar Rachels flat gereden, al verkleed in zijn kostuum, had op haar gewacht, en had hen toen beiden naar Melback Manor gereden. Wat betekende: 'Je hebt me gevolgd?'

'Ik heb alles gezien,' antwoordde Abigail, met venijn in haar woorden. 'Hoe je je nieuwe vriendin ophaalde, haar naar dat landhuis bracht. Jullie twee zagen er verdomd stom uit. Wat deden jullie daar, samen naar een verkleedfeestje gaan, hè? Hoe lang is het al aan de gang?'

Tomek wist niet of hij moest lachen of schreeuwen. Hij verkeerde in een toestand van zowel ongeloof als woede. Ongeloof dat ze dacht dat hij en Rachel iets hadden, en woede dat ze hem had gevolgd – hem had *gestalkt*, nota bene. Hij wist niet waar hij moest beginnen. Uiteindelijk zei hij niets en staarde hij haar met een lege blik aan.

Wat niets deed om de situatie te kalmeren.

'Hoe lang hebben jullie twee al iets samen? Jullie zijn vast heel schattig, nietwaar, samen naar een verkleedfeestje gaan? Je raakte zeker in paniek toen ik je gisteravond wilde zien. Hoe vaak heb je me al afgewimpeld voor haar? Was je bij haar die woensdag toen ik langs wilde komen, maar jij zei dat je voor Kasia dringend wat spullen uit de winkel moest halen? Of wat dacht je van dat weekend waarin ik zei dat je kon langskomen, maar jij zei dat je rugby had en daarna met Sean en Warren naar de kroeg zou gaan? Was je haar toen aan het neuken?'

Tomek was de draad kwijt. Hij kon zich die twee voorvallen niet eens herinneren. Ze waren zo lang geleden. Maar dat was geen probleem voor Abigail. Ze had het geheugen van een Mensa-lid.

'Heb je dit allemaal in een dagboek opgeschreven of zo?' vroeg Tomek.

'Beantwoord de vraag,' snauwde ze.

'Nee.'

'Dus het is wel waar?'

'Nee.'

'Waarom geef je me dan geen antwoord.'

'Omdat je je verdomd idioot gedraagt.'

'Wat deed je gisteravond in dat hotel?'

'Werk.'

'Ja, natuurlijk. Is dat hoe je het noemt? Is dat een klein koosnaampje dat jullie twee ervoor hebben?'

Tomek wendde zich van haar af, zijn blik viel op het dashboard. Even schakelde hij uit terwijl ze tegen hem bleef tieren, in zijn oor schreeuwde, de woorden werden geleidelijk dof en gedempt. Pas toen ze hem op zijn arm sloeg, kwam hij weer bij.

'Luister je überhaupt naar me?' schreeuwde ze. 'Ik probeer hier een gesprek met je te voeren.'

'Nee, dat doe je niet. Je schreeuwt tegen me, en nu sla je me ook. Je beschuldigt me ook van dingen die ik niet heb gedaan, van iets dat je je in je hoofd hebt gehaald maar helemaal niet echt is. Er is niets gaande tussen Rachel en mij, en dat zal er ook nooit zijn. We waren gisteravond bezig met een werkklus, en dat is alles wat je hoeft te weten.'

Tomek legde een hand op de deurklink. Ze hield hem tegen met een sterke, bankschroefachtige greep.

'Waar denk je dat je heen gaat?'

Hij kon de stoom bijna uit haar oren zien komen.

'Terug naar mijn werk. En ik denk dat jij hetzelfde moet doen.' Hij opende de deur en draaide zich toen weer naar haar om. 'Ik denk ook dat we wat tijd apart nodig hebben, een pauze, of zoiets, denk ik. Ik spreek je later wel. Ik moet terug naar een moordzaak.'

HOOFDSTUK **VEERTIG**

Het kostte Tomek meer dan een uur om tot rust te komen, om zijn gedachten te ordenen. Abigail had niet alleen zijn vertrouwen geschonden en vernietigd, maar ook haar ware aard getoond. Ze was hem gaan volgen, zijn bewegingen gaan traceren alsof hij een verloren huisdier was. Hij wist niet of hij iemand als zij in zijn leven kon verdragen, voortdurend moeten uitleggen waar hij was en met wie hij was. Het leven werd al snel behoorlijk deprimerend op die manier, en hij had belangrijkere dingen om zich zorgen over te maken. Kort na zijn terugkeer naar de onderzoeksruimte was Tomek toevallig Sean tegengekomen, een van zijn naaste vrienden bij de politie. De laatste tijd waren ze uit elkaar gegroeid, maar dat had hen er niet van weerhouden om vrienden te blijven, diep onder de oppervlakte. En het had Sean zeker niet verhinderd om de verwarde en gekwelde blik op Tomeks gezicht op te merken. En zo hadden ze een klein kantoor gevonden, waar Tomek alles had geuit, zoals ze gewend waren, zoals ze zo vaak eerder hadden gedaan, hun levens met elkaar delend, op elkaar leunend voor advies en begeleiding. Toen had Sean hem verteld hoe het zat, hem herinnerd aan het advies dat hij Tomek had gegeven aan het begin van zijn relatie met Abigail: dat hun relatie transactioneel was geweest, gebouwd op het elkaar de rug krabben om vooruit te komen, totdat ze uiteindelijk in de relatie waren gerold. Op een bepaalde manier hadden ze allebei gekregen wat ze wilden: elk een nieuwe baan. Maar het werkte niet voor hun relatie. En Tomek gaf toe dat Sean gelijk had gehad. Dat hij Abigail in het verleden had gebruikt voor informatie en vice versa, en dat het nu niet gezond was, niet duurzaam. Een deel van hem had het destijds geweten, maar een nog groter deel had geen zin gehad om er iets aan te doen. En nu was hij hier, waren zij hier, en stonden ze voor het einde van de relatie. Tomek had zich beroofd moeten voelen, verdrietig over het einde, maar hij voelde niets. Misschien was het de stoïcijnse houding in hem, het feit dat hij niets had gevoeld in de dertig jaar sinds de dood van zijn broer, het emotionele lijden en de innerlijke strijd waar hij doorheen was gegaan speelden nog steeds met hem, zelfs jaren later. Misschien zou hij ooit *iets* voelen. Misschien. Maar op dit moment had hij een vergadering bij te wonen, en die zou hij niet missen vanwege iemand die hij slechts een paar maanden intiem had gekend.

Hij vond Chey, Rachel en Oscar in de onderzoeksruimte zitten, zachtjes met elkaar in gesprek. Tomek sloot de deur achter zich en liep naar het hoofd van de tafel, waar hij een whiteboard-marker pakte. Hij verwijderde de dop en vond een schone plek op het dichtstbijzijnde whiteboard.

'Oké, stelletje mislukkelingen,' begon hij. 'Laten we deze rommel eens op een rijtje zetten. Onze breinen samenvoegen en ze laten kronkelen en verstrengelen tot één geheel.'

'Gaat het wel goed met je, chef?' vroeg Chey.

Tomek negeerde de vraag.

'Onze hersenen moeten aan de slag, en we moeten begrijpen wat we weten en wat niet. Oscar!' bulderde Tomek de naam van de man, de kleine ruimte vullend. Hij wees met de pen naar de agent en zei toen: 'Wat heb jij me te vertellen?'

Oscar keek naar zijn collega's voor begeleiding en hulp, maar niemand had enig idee, dus haalden ze hun schouders op en lieten hem het zelf uitzoeken.

'Waarover, chef?'

Tomek schudde gefrustreerd zijn hoofd en begon toen op het whiteboard te krabbelen. Als zij hem niet gingen helpen, dan moest hij het zelf maar doen. Hij begon met het schrijven van Angelica's naam in het midden van het whiteboard, en daaromheen creëerde hij een spinnenweb van woorden: *make-up, verkrachting, schoonmaken, Kerk, engelenvleugels, auto*. Zodra hij klaar was, sloeg hij de dop dicht, deed een paar stappen achteruit en staarde naar het bord, niets zeggend, zichzelf verliezend in zijn gedachten. Dertig seconden gingen voorbij, een minuut. Maar in werkelijkheid nam hij niets op. Tenminste, niet volledig, niet bewust. Zijn gedachten waren elders, denkend aan Abigail, aan hun tijd samen, ondanks dat hij wist dat hij dat niet zou moeten doen, ondanks dat hij zichzelf net had overtuigd dat hij niet om haar gaf.

Tomek kon het team naar elkaar horen fluisteren.

'Chef...?' Het was Chey die het dapperst was om te spreken. 'Chef, gaat het wel? Je... je hebt al ongeveer een minuut niets gezegd.'

'Eigenlijk is het al twee minuten,' voegde Oscar toe.

'Daar is De Kapitein!' riep Tomek uit. 'Het is een tijdje geleden. Ik heb je kleine stemmetje gemist dat opduikt. "Eigenlijk!", "Eigenlijk!", "Eigenlijk!"'

Met elke uitvoering van Oscars stopwoord werd Tomek steeds kluchtigeren kinderachtiger met zijn handgebaren. Voordat hij er nog een kon doen, sprong Rachel uit haar stoel en stapte voor hem.

'Wat ben je aan het doen?' fluisterde ze luid.

'Wat?'

'Je gedraagt je als een klootzak. Waarom val je Oscar zo aan?'

En toen kwam hij bij zinnen. Hij knipperde hard met zijn ogen, schudde zijn hoofd, draaide zich naar Oscar. De man, die normaal gesproken kaarsrecht zat met een perfecte houding, zat nu onderuitgezakt in zijn stoel, met zijn hoofd naar voren gebogen.

Schuldgevoel overspoelde Tomek plotseling als golven in een storm, die hem herhaaldelijk in zijn maag beukten. Hij had verdriet, ook al wilde hij dat niet aan zichzelf toegeven, en hij had het afgereageerd op Oscar. Dat was niet eerlijk tegenover Oscar, noch tegenover de anderen in de kamer.

'Sorry,' fluisterde hij tegen Rachel.

'Ik ben niet degene bij wie je je moet verontschuldigen.'

Terwijl Rachel terugkeerde naar haar stoel, verontschuldigde Tomek zich oprecht bij De Kapitein.

'Het is oké, chef. Ik weet hoe ik soms kan zijn.'

Nu scheurde het schuldgevoel zijn maag open.

'Hou daar niet mee op,' zei Tomek. 'Ik vind het geweldig als je mensen corrigeert. Minder als het om mij gaat. Maar ik denk dat het is wat jou tot jou maakt. Stop daar niet mee vanwege mij.'

'Was ik ook niet van plan, eigenlijk,' antwoordde de man met een warme glimlach.

Tomek richtte een vingerpistooltje op Oscar. 'Dat is mijn kapitein, o mijn kapitein.'

'Eigenlijk is het "O Kapitein! Mijn-"'

'Daag je geluk niet uit,' zei Tomek vastberaden, terwijl hij de man een knipoog gaf voordat hij zijn focus terugbracht naar het whiteboard. Voordat hij opnieuw begon, haalde hij diep adem. 'Angelica Whitaker,' zei hij. 'Haar moordenaar. Het profiel van haar moordenaar. Ik wil dat we wat tijd besteden aan het uitzoeken *wie* hierachter zou kunnen zitten. Maar eerst, enig woord over DNA-analyse?'

Hij keek naar een groep uitdrukkingsloze gezichten.

'Nog niets concreets, Sarge,' antwoordde Oscar.

'Oké. Blijf erop doordrukken. Er moet iets zijn.' Tomek richtte zijn aandacht weer op het whiteboard. Hij prikte met zijn vinger naar de woorden op het bord. Pas toen hij ernaar keek, realiseerde hij zich hoe onleesbaar ze waren. Dit negerend wees hij naar het woord *verkrachting*.

'Dit helpt ons om het in te perken,' zei hij. 'We zoeken een man.'

'Juist,' reageerde Chey, enigszins aarzelend.

'En welke mannen had Angelica in haar leven?'

Chey somde de namen op. Van haar broer en vader tot Shawn Wilkins, haar stalker, en Cole Thompson. Van Sammy Mercer tot Florian Meunier.

'Mooi. Volgende. De reiniging.' Tomek tikte herhaaldelijk met de pen tegen zijn kin. 'De moordenaar heeft *lang* bij haar lichaam gezeten, het schoongemaakt, geschoren, wat hij verder ook met haar heeft gedaan. Dat is iemand die beheerst en gecontroleerd is, iemand die zo verliefd is op Angelica dat hij alle kleine oneffenheden, de kleine imperfecties wilde wegwerken.' Hij wendde zich tot de kamer. 'Wie past in dat profiel?'

Korte pauze.

Rachel besloot te spreken. 'Shawn Wilkins is de voor de hand liggende keuze.'

'Goed. En waarom?'

'Omdat hij de vrouw niet met rust heeft gelaten sinds hij haar voor het eerst ontmoette.'

'Oké. En niet Florian?'

Rachel kantelde haar hoofd opzij, alsof ze verward was. Maar toen begonnen de radertjes in haar hoofd te draaien en ze heroverwoog. 'Ik bedoel, hij is tenger en klein, en een beetje verlegen - heel verlegen eigenlijk. Maar ik denk niet... Hij lijkt niet iemand die zoiets in zich heeft.'

'Het zijn altijd degenen van wie je het het minst verwacht,' vertelde Tomek haar, en voegde eraan toe: 'Iets om over na te denken. Bovendien houdt onze vriend de ezel ook van schilderen. Ik heb wat van zijn werk op zijn website bekeken, en het is erg goed, zeer realistisch. Om nog maar te zwijgen van zijn ervaring met het schilderen van engelenvleugels.'

Tomek liep naar het whiteboard en omcirkelde de woorden "reiniging" en "engelenvleugels", trok toen twee lijnen naar Florians naam. De andere lijn die hij trok verbond "reiniging" met Shawn Wilkins.

'Weet iemand anders hoe je moet schilderen?' vroeg Tomek.

'Nou ja, ik heb een keer een bos getekend toen ik op school zat,' antwoordde Chey. 'Kreeg een C ervoor bij mijn eindexamen, maar daar houdt mijn vaardigheid wel zo'n beetje op.'

'Geweldig, gefeliciteerd. Ik weet zeker dat je ouders trots waren. Maar dat is niet wat ik bedoelde. Laat ik het anders formuleren: kan een van onze *verdachten* schilderen?'

'Dat hebben we ze niet gevraagd,' antwoordde Oscar.

'Maak dan een notitie om daar bij hen op terug te komen. En betrek Micky Tatton ook bij die vragen; hij is een kunstliefhebber, dus weet misschien ook wel wat van schilderen.'

Volgende op de lijst was de kerk.

'Angelica's moeder zei dat Angelica gedoopt is in de Park Road Church. Ik denk dat dat meer dan toeval is,' legde Tomek uit, en voegde toen de namen van Johnny en Roy Whitaker toe aan het bord. 'Om voor de hand liggende redenen zijn zij de enigen die dat konden weten.'

'Shawn Wilkins misschien ook, Sarge,' voegde Rachel toe.

'Mogelijk. Maar hoe dan?'

Ze haalde haar schouders op.

'De enige manier zou zijn als ze die informatie ergens online heeft gezet, of het met een van haar exen heeft besproken. Chey? Iets op social media?'

De jonge agent schudde zijn hoofd.

'En de blog? Hoe ver ben je met het printen?'

'Het gaat me de hele week kosten, maar we komen er wel.'

Tomek knikte peinzend. Hij liet zijn blik door de kamer gaan en zag de uitdrukkingen op de gezichten van zijn collega's. Er was een mengeling van verwarring en opwinding. Het gevoel dat ze dichtbij waren. Dat een van de personen op het bord verantwoordelijk was voor de moord op Angelica Whitaker. Tomek had al vaak eerder in dezelfde situatie gezeten, kijkend naar het bewijsmateriaal, kijkend naar de getuigenverklaringen en de lijst met potentiële verdachten, en vertrouwend op zijn intuïtie, dat kleine knoopje in zijn maag, om hem in de juiste richting te leiden. Voordat hij iets anders kon doen, ging de deur open en stapte DC Anna Kaczmarek binnen. Haar lichaam verstijfde toen ze besefte dat ze net had onderbroken. Tomek nodigde haar uit om binnen te komen, en ze nam plaats.

'Sorry...' zei ze terwijl ze twee dikke mappen op tafel legde. 'Maar ik heb een update.'

Tomeks ogen werden groot. 'Ga door.'

'Het gaat over Johnny Whitaker.'

Tomek tuite zijn lippen en vouwde zijn armen.

'Spreek van de duivel. Je houdt ons nu allemaal in spanning, Anna.'

'Ik heb net van zijn ouders vernomen dat hij niet in Dublin was zoals hij beweerde,' legde de familieverbindingsofficier uit.

'Ja, dat klopt, hij was bij de vrouw met wie hij een affaire heeft,' vulde Tomek aan, zonder de teleurstelling in zijn stem te kunnen verbergen.

'Niet waar.'

'Niet waar?'

'De afgelopen achttien maanden heeft Johnny Whitaker opgetreden in de Cool Cats and Kittens dragclub in Southend. Hij gaat door het leven als Johnny Bra-vo, en treedt daar elke maand op, compleet in dragkostuum, make-up, en laarzen met hoge hakken - het hele pakket. Rose vond zijn kostuum en make-up onlangs in zijn kledingkast. Toen ik bij haar langsging, vertelde ze me dat hij het niet had ontkend toen ze hem ermee confronteerde. Hij heeft tegen ons gelogen, en hij heeft tegen zijn familie gelogen over de vrouw uit Dublin, hoewel ik er waarschijnlijk aan moet toevoegen dat hij optreedt met een Iers accent. Waarom, dat weet ik niet zo goed. Ik heb het niet gevraagd. Maar er was geen andere vrouw, omdat *hij* de andere vrouw *is*.'

Tomek pauzeerde even om na te denken. Hij wist niet veel van die wereld, maar wat hij wel wist, door af en toe een blik te werpen op het televisiescherm terwijl Kasia naar *RuPaul's Drag Race* keek, was dat dragqueens uitzonderlijk goed waren in make-up, en zeker volgens zijn dochter, beter dan de meeste vrouwen.

Tomeks ogen vielen op het laatste woord op het bord.

Make-up.

De moordenaar was iemand die professioneel de chemicaliën kon aanbrengen die zoveel mannen over de hele wereld in verwarring hadden gebracht en verbijsterd hadden, beter dan een vrouw dat kon. Wat hun verdachtenlijst drastisch verkleinde.

'Wat deed hij ten tijde van de moord?' vroeg hij.

'Ik heb met de locatie gesproken, en ze hebben bevestigd dat Johnny zijn act om één uur 's nachts heeft beëindigd,' antwoordde Anna.

Ruim voldoende tijd voor hem om terug te komen en zijn zusje op te halen.

Ruim voldoende tijd om haar te vermoorden en haar lichaam schoon te maken.

Als hij immers twee keer tegen de politie had gelogen, wat zou hij dan nog meer verzwegen kunnen hebben?

HOOFDSTUK
EENENVEERTIG

Het eerste wat Tomek opviel was de schoorsteenmantel. Het voormalige onbetaalbare ornament dat helaas was gesneuveld tijdens Johnny Whitakers woede-uitbarsting, was inmiddels vervangen door een ander onbetaalbaar ornament, alsof Roy en Daphne een plastic afvalbak vol daarvan in de garage hadden staan. Eentje eruit, eentje erin. Kosten noch moeite gespaard. De huidige vervanger was een menselijke schedel die uit steen was gehouwen. De markeringen en inkepingen in het voorhoofd en de ogen, diep en prominent, suggereerden dat het uit Zuid-Amerika was meegenomen. Tomek pakte het op. Zwaar, flink wat gewicht, zeker genoeg om ernstige schade aan te richten.

'Die hebben we in de zomer van negenentachtig uit Peru meegenomen,' zei Daphne terwijl ze naast hem kwam staan. In haar handen hield ze een mok thee voor hem. 'We waren nog niet lang samen, en het was onze eerste vakantie. We wilden naar een plek waar we allebei nog nooit waren geweest. Het was prachtig. Dat zal ik nooit vergeten.' Ze nam de stenen schedel van Tomek over en hield hem tegen het licht. 'Deze komt uit een tempel midden in Peru. Er wordt gezegd dat hij toebehoorde aan de Chavin, een lang verloren beschaving van rond duizend voor Christus. Het was de eerste grote cultuur in het land, maar er is maar weinig over bekend. Ik vond dit kleine ding gewoon op de grond liggen.'

'Gewoon op de grond?' Tomek was sceptisch.

'Ja.'

Dat dit stukje geschiedenis daar duizenden jaren onaangeroerd had gelegen, en dat de eerste persoon die het tegenkwam een stewardess van British Airways was die op vakantie was met haar vriend, was nogal ongeloofwaardig.

'Dus het lag daar gewoon, en u besloot het mee te nemen?'

'Nou...'

'U hebt het niet in een souvenirwinkel gevonden?'

'Nou, nee...'

'Juist.'

En daar was Tomek, die dacht dat het een replica uit China was, niet een gestolen artefact. Was dat hoe ze de rest van hun bezittingen in huis hadden verkregen? Door ze te plunderen en te stelen als een stel privékolonisten? Hij wist het niet. Maar hij voelde zich sterk geneigd om het Peruaanse Nationaal Historisch Museum, als zoiets bestond, te bellen en een misdaad te melden. Voordat Daphne haar daden verder kon rechtvaardigen, kwam haar echtgenoot de kamer binnen. Hij was opgewonden, zwaaiend met zijn handen in de lucht, en was gekleed in een donkerblauwe broek en een dunne trui. Op zijn hoofd stond een bril en hij zat onder de verfspetters.

'Sorry,' zei hij, buiten adem. 'Ik was net aan mijn vliegtuig aan het werken.'

Tomek schudde zijn hand.

'Hopelijk is dat geen eufemisme.'

'Pardon? O. *Dat*. Goeie. Nee, ik was bezig met de laatste hand te leggen aan mijn modelvliegveld. Op dit moment werk ik aan een Boeing 787-8.'

'Het houdt hem rustig,' merkte Daphne op met een zweem van minachting in haar stem. 'Soms zit hij daar urenlang opgesloten.'

'Juist,' antwoordde Tomek.

'Ik heb terminals en alles. Alle bagagekarretjes, brandweerwagens, veiligheidswagens, de sleepwagens, zelfs de kleine figuurtjes op de grond die met de signaleringsbordjes zwaaien. Het houdt me bezig.'

'Hoe werkt dat?' vroeg Tomek. 'Koopt u ze gewoon zoals ze zijn of moet u ze schilderen, zoals bij Warhammer?'

'Persoonlijke voorkeur. Maar ik schilder ze liever zelf. Eerst moet je ze in een oplossing dompelen zodat de stickers er gewoon afglijden. Dan wachten tot het droog is en *voilà*! Je canvas is klaar om te beginnen.'

'Leuk,' zei Tomek, hoewel hij geen enkele interesse had in zoiets dergelijks. Niet omdat hij het stom of kinderachtig vond, maar omdat hij geen tijd had om er interesse in te hebben, terwijl het voor Roy een levenslange passie was geweest, een hobby die was uitgegroeid tot een lucratieve carrière, en nu had hij in zijn pensioen een andere uitlaatklep gevonden voor zijn liefde voor de luchtvaart. 'Hoe lang doet u dat al?'

'Twintig jaar. Het vliegveld is in die tijd geleidelijk veranderd - gebouwen zijn gekomen en gegaan, de indeling is veranderd, de mensen zijn gesmolten in de zon - maar de passie is gebleven.'

Tomek bood de man een dunne glimlach aan, gebaarde hem te gaan zitten in zijn eigen huis, en voegde zich toen bij Anna op de bank. Ze had geduldig en in stilte zitten wachten, luisterend naar hun gesprek vanuit het comfort van de stoel.

'Fijn om u weer te zien, Anna,' merkte Daphne op, terwijl haar mondhoeken opflikkerden in een warme glimlach.

'Verrassend dat u nog niet ziek van me bent,' antwoordde de agente.

'Nooit.'

Tomek geloofde haar. Anna was een van de besten, uitzonderlijk in haar werk. En hoewel ze niet altijd goed nieuws kwam brengen, wist ze de pijn, het verdriet en het lijden van de dood van een dierbare te verzachten op een zorgzame en meelevende manier. Ze was hun veilige deken, hun steun en toeverlaat. En Tomek vroeg zich af hoe het stel het zou redden als dat wegviel.

'Het spijt ons dat we uw middag verstoren,' begon Tomek, 'maar we vroegen ons af of we met uw zoon zouden kunnen spreken.'

Daphne en Roy keken elkaar aan. 'We... we denken dat hij in de pub zit,' antwoordde Daphne. 'Om eerlijk te zijn, we weten eigenlijk niet waar hij is.'

Tomeks ogen vernauwden zich.

'Na alle ellende die naar boven is gekomen met hem en Rose, hebben we hem uitgenodigd om hier te blijven, maar...'

'Maar hij heeft hier eigenlijk helemaal niet gelogeerd,' maakte Roy af. 'Hij zei dat hij naar de pub ging, dat was de eerste avond bij ons, en sindsdien is hij niet meer thuis geweest.'

'Hebt u met hem gesproken?' vroeg Tomek.

'O, ja. Daphne heeft hem aan de lopende band gebeld om er zeker van te zijn dat hij nog leeft.'

'En?'

'Hij leeft,' antwoordde de vrouw zachtjes. 'Maar is heel, heel erg dronken.'

'Heeft hij eerder problemen gehad met alcohol?'

Man en vrouw keken elkaar opnieuw aan. Tomek doorzag het meteen. 'Hij dronk veel toen hij jonger was,' antwoordde Daphne. 'Begin twintig, weet u wel. Bewusteloos dronken. Tot het punt waarop hij in zijn slaap overgaf. Maar we hebben hem met Gods hulp uit die periode van zijn leven weten te halen, nietwaar, lieverd?'

'Ja,' antwoordde Roy. 'Hij was toen een ander mens. Hij was onze zoon niet. We herkenden hem nauwelijks, dus namen we hem mee naar de kerk en lieten hem cold turkey gaan.'

Blijkbaar was de kalkoen niet koud genoeg.

'Wat is de naam van de pub waar hij zei dat hij was?' vroeg Tomek.

'The Prince Albert,' antwoordde Roy.

'Ongelukkige naam voor een pub, maar ik denk dat het wel logisch is, gezien alles.'

'Wat moet dat betekenen?' vroeg Roy, met een beschuldigende ondertoon.

Tomek aarzelde en hield zich in voordat hij zijn mond opendeed. Toen keek hij naar Anna, die heimelijk haar hoofd schudde.

'Neem me niet kwalijk. U weet het niet, toch?'

'Wat weet ik niet?'

'Over uw zoon.'

'Wat is er met hem?'

Tomek leunde achterover op de bank en liet Anna het uitleggen. Het nieuws zou beter uit haar mond komen. Ze was veel tactvoller als het om dit soort dingen ging.

'Zegt de naam Johnny Bra-vo u iets?'

'Bedoel je die kindertekenserie?'

'Niet bepaald. Het is de naam van een dragact.'

'Een *dragact...*?' herhaalde Daphne, terwijl het besef snel tot haar doordrong.

Het duurde een paar seconden voordat haar man het begreep, en toen hij dat deed, sprong hij op uit zijn stoel.

'Drag? Zegt u dat mijn zoon homo is?'

'Niet noodzakelijk,' onderbrak Tomek. 'Misschien vindt hij het gewoon leuk om zich als vrouw te verkleden.'

'Ja, maar dat betekent dat hij verdomme homo is. Mijn zoon, Johnny, homo!'

Net toen Tomek wilde reageren, begon Roy heen en weer te lopen, schuddend met zijn hoofd. Toen maakte hij plotseling een beweging naar de terrasdeuren en keek uit op de tuin, met zijn armen op zijn rug. Tomeks eerste indruk was dat hij meer overstuur was over het feit dat zijn zoon zich als vrouw verkleedde dan over de dood van zijn dochter.

'Ik kan dit verdomme niet geloven,' zei hij. 'Hoe lang is dit al aan de gang?'

'Ik denk dat dat een gesprek is dat u met uw zoon moet voeren. Nadat wij klaar met hem zijn, natuurlijk.'

Zonder waarschuwing sloeg Roy tegen het glas. Eén keer, twee keer, drie keer, bonkend met zijn vuist op het raam. Toen draaide hij zich om, greep het Chavin-stenen hoofd en smeet het tegen het glas. Het hoofd ketste af op de dubbele beglazing, veroorzaakte een kleine barst en viel toen op de grond, waar het in stukken brak.

'Wat is er toch met deze verdomde familie en verdomde geheimen?' schreeuwde Roy.

Ja inderdaad, dacht Tomek terwijl hij toesnelde om de man te kalmeren. Wat is er toch met uw familie en geheimen?

HOOFDSTUK
TWEEËNVEERTIG

Al wat nodig was om Roy Whitaker tot bedaren te brengen was één enkele klap op zijn wang van zijn vrouw. Alsof ze de duivel en woede uit hem had geslagen. Kort daarna was hij weer normaal geworden. Beseffend dat ze niets meer toe te voegen of te leren hadden, lieten Tomek en Anna hen alleen om de nieuwste informatie over hun zoon te verwerken. Maar eerst moesten ze nog ergens anders heen: een snelle tussenstop bij The Prince Albert. De pub was gebouwd in het begin van de negentienhonderd en leek op de Shakespeare Globe, met zijn witte muren, houten balken en rieten dak. Binnen was de pub net zo archaïsch. Het meubilair was van hout en zag eruit alsof het splinters uitdeelde met dezelfde snelheid als waarop de bar bier serveerde. Het plafond was te laag en de houten balken boden Tomek de kans om een hindernisparcours te proberen dat hij nog nooit eerder had gedaan. Een dikke, kleverige muffe geur hing in de lucht, en dat was allemaal te danken aan één persoon: de man die in de hoek zat, onderuitgezakt in een stoel, hoofd naar voren, tegen zijn borst gedrukt, speeksel dat uit zijn mond droop, een halfvol glas bier dat wankel op de rand van een bierviltje stond. Als het niet was voor het regelmatige op en neer gaan van zijn borstkas, zou Tomek hebben gedacht dat de man dood was.

'Maak je geen zorgen,' riep de barman, een twintiger met de eerste tekenen van een matje, van achter de bar. 'Ik geef hem elk uur een duwtje om er zeker van te zijn dat hij niet de pijp uit is of zo.'

Tomek keek naar het bierglas. 'Hoeveel heeft hij er gehad?'

De barman haalde zijn schouders op en antwoordde: 'Sinds ik hier vandaag ben, zou ik zeggen ongeveer drie.'

'En in totaal?'

Nog een schouderophaling. 'Ben hier nog niet zo lang als hij.'

'Geweldig. Denk je niet dat je misschien zou moeten stoppen met hem te bedienen?'

De jonge man hief zijn armen in een gebaar van overgave, waarbij hij zichzelf vrijsprak van alle schuld en verantwoordelijkheid. 'Ik doe gewoon wat me wordt gezegd. En als hij een biertje wil, dan tap ik een biertje voor hem. Zolang hij kan betalen, is het voor ons geen probleem.'

'Zijn lever denkt daar misschien anders over.'

Tomek gaf het glas aan Anna en zei haar om het naar de bar te brengen. Terwijl ze daar was, leunde ze over de bar naar de barman en fluisterde zachtjes in zijn oor. Ongetwijfeld een waarschuwing. Tomek trok een stoel onder de tafel vandaan en terwijl hij ging zitten, porde hij in Johnny Whitakers arm. Het lichaam van de man rimpelde en schudde door de aanval, maar hij bewoog niet. Vervolgens gaf Tomek hem twee tikken op zijn wangen. Nog steeds niets. Comateus, bewusteloos. Het was pas toen Tomek om een glas water vroeg bij de bar en het over hem heen gooide dat hij eindelijk bijkwam.

'Wahblugarf,' mompelde Johnny.

'Johnny, kun je me horen?'

'Rotop.'

'Ik denk dat hij probeert je te vertellen dat je moet oprotten,' zei Anna toen ze zich bij hem voegde.

'Dat is tenminste een taal die ik kan spreken.'

Tomek leunde voorover en ging door met het licht slaan op zijn wangen, afwisselend elke keer als Johnny zijn hoofd naar de andere kant rolde. Bijna een minuut later gingen Johnny's oogleden open en onthulden een paar ogen in de kleur van de engelenvleugels van zijn zus. De man zag eruit alsof hij er vijf dagen achter elkaar flink op los had gezopen en nog niet eens door het ergste heen was. Zijn haar was in de war en vettig, en zijn huid was net zo olieachtig en klam, alcohol en schuldgevoel sijpelden door zijn poriën. Zijn adem was zo sterk dat Tomek zijn eigen adem moest inhouden terwijl hij wachtte tot de man weer bij bewustzijn kwam, en een dun straaltje snot was langs zijn neus naar zijn mond gelopen. De man was er slecht aan toe en had dringend ontnuchtering nodig.

Anna gaf Tomek een glas water. Tomek nam het van haar aan en hield het tegen Johnny's lippen. Maar het was zinloos. Zijn gezicht hing zo slap dat het onmogelijk was om zijn lippen ver genoeg te openen voor de rand van het glas, en Tomek had er weinig zin in om zijn verzorger te worden. Tenminste, niet zonder handschoenen.

'Het is net een kind voeren,' merkte Anna op.

'Een dik en lelijk kind.'

'Ze zijn allemaal op een bepaald moment dik en lelijk.'

Dit was belachelijk. Op dit moment bestond Johnny Whitaker gewoon. Hij had geen idee van waar hij was; hij was totaal niet in staat om iets te doen, laat staan vragen te beantwoorden over de leugens en geheimen die zijn huwelijk en familie uit elkaar hadden gescheurd. Hij moest naar het ziekenhuis. Tomek pakte zijn telefoon en belde een ambulance. Die arriveerde ruim twintig minuten later, na moeite te hebben gehad met het navigeren door de smalle landweggetjes en de kleine, bijna onbruikbare parkeerplaats van de pub. Een paar minuten na aankomst lag Johnny Whitaker achterin de ambulance, op weg naar het Broomfield Hospital in Chelmsford. Tomek en Anna bleven de hele tijd bij hem, alsof ze zijn dierbaren waren, bezorgd en ongerust over zijn welzijn, hoewel Tomek helemaal geen medelijden had met de man; de pijn en het lijden dat hij nu doormaakte had hij allemaal aan zichzelf te wijten.

Na bijna twee uur in een ziekenhuisbed te hebben gezeten, aangesloten op een infuus, na tijd en middelen van de NHS te hebben verspild, was Johnny Whitaker eindelijk klaar om wat vragen te beantwoorden.

Zodra Tomek groen licht kreeg, verspilde hij geen tijd om de aandacht van de man te krijgen.

'Johnny, beste kerel!' schreeuwde hij met opzet. De man kromp ineen en deinsde terug in bed bij de plotselinge aanval op zijn trommelvliezen. 'Hoe voel je je? Beter?'

'Waarom... waarom schreeuw je?' zei de man terwijl hij vocht tegen zijn nog steeds enigszins slurrende spraak.

'Ik wil gewoon zeker weten dat je me kunt horen, maat. Je was behoorlijk naar de klote in de pub.'

'De... de pub?'

'Je herinnert je niet eens dat je in de pub was?'

De man schudde zijn hoofd zo langzaam dat het bijna leek alsof hij een luiaard was.

'Oh jee, je bent wel een tijdje aan het drinken geweest, hè? Wat kun je je nog herinneren van de afgelopen dagen?'

Johnny's blik bewoog langzaam van Tomek naar de deken, traag, bijna robotachtig, alsof zijn knoppen waren uitgeschakeld. Of hij had een storing.

'Ik gewoon... Rose... ik herinner me-'

'Ruzie maken met Rose? Vertel ons daarover.'

'Je... je weet het al?'

Tomek klopte de man neerbuigend op zijn dijbeen. 'Ja, inderdaad. Maar ik wil jouw versie van de gebeurtenissen horen. Wat heb je te zeggen voor jezelf?'

Ergens, ergens diep in Johnny's hersenen, gingen de schakelaars weer aan en begonnen de radertjes weer te draaien, want langzaam hief hij zijn blik weer op naar Tomek, zijn ogen wat helderder, meer gefocust dit keer.

'Ze is een teef,' spuugde hij.

Tomek legde een hand op zijn borstzak. 'Wil je dat in het verslag hebben of...?'

'Ze is een teef.'

'En waarom is dat zo, Johnny?'

'Omdat... omdat ze dat is. Ik zweer bij God, de volgende keer dat ik haar zie...'

'De volgende keer dat je haar ziet, wat dan?'

'Niets. Ze is een teef.'

Tomek kon wel zien dat dit een nog langer proces zou worden dan hij had verwacht.

'En waarom zou dat zo zijn, Johnny? Hoe kwam ze erachter dat je de afgelopen achttien maanden stiekem als dragartiest optrad in Southend? Hoe denk je dat ze zich voelde? Want het lijkt mij dat *jij* degene was die tegen haar loog. Niet andersom. Dus maakt dat niet *jou* de klootzak, Johnny?'

De man mompelde iets onverstaanbaars.

'Hoe reageerde je toen ze je ermee confronteerde, Johnny? Heb je Rose geslagen, Johnny?'

De man schudde zijn hoofd.

'Wat zou er gebeurd zijn als het andersom was? Wat zou er gebeurd zijn als je had ontdekt dat zij een affaire had, of dat zij zich verkleedde als man? Zou je haar dan hebben geslagen, Johnny?'

Weer een hoofdschudding.

'Wie wist er nog meer van, Johnny? Wie wist er nog meer dat je tegen je hele familie loog, tegen jezelf loog? Angelica? Wist zij ervan?'

Tomek merkte een flikkering in zijn ogen op, een beweging van de spieren in zijn gezicht. Het was minimaal, maar merkbaar voor Tomeks geoefende oog.

'Ze wist het wel, nietwaar? Ze kwam erachter, nietwaar? Hoe?'

'Haar... haar vriendin,' begon de man. 'Ze hadden uitgenodigd... ik was aan het optreden...'

'Dus ze zag je. Ze zag je en plotseling kwam je geheim uit. Wat deed je toen ze je ermee confronteerde?'

De man reageerde weer niet, zijn lichaam hing naar één kant als een beroertepatiënt.

'Werd je boos op haar, Johnny? Heb je haar vermoord omdat ze dreigde Rose over je grote geheim te vertellen? Is dat wat er gebeurde?'

De man hief een arm op en begon die naar Tomek te zwaaien, maar de beweging was zo traag dat Tomek genoeg tijd zou hebben gehad om de kamer te verlaten, een klein kopje water te vullen en terug te keren naar zijn stoel voordat de klap hem zou raken. Toen de man zijn vergissing besefte – proberen een politieagent te slaan was zelfs in de beste omstandigheden niet het slimste idee – werden zijn ogen groot en hij liet zijn vuist zakken voordat er contact werd gemaakt.

'Probeerde je me net aan te vallen?'

'Nee.'

'Jawel. Ik zag je het verdomme doen. Ik heb een getuige.' Tomek wees naar Anna, die aan de andere kant van het bed zat en rustig aantekeningen maakte. 'Je probeerde me te slaan. Dat is een zeer ernstige zaak, vooral tegen een politieagent. Wil je dat ik je arresteer?'

Johnny schudde zijn hoofd.

'Dat zou ik moeten doen. Ik zou het *echt* moeten doen. Ik bedoel, je hebt al bewezen hoe gewelddadig je bent. Shawn Wilkins herhaaldelijk in het gezicht slaan. Wie zegt dat je je vrouw nooit hebt geslagen of je zus nooit hebt pijn gedaan? Misschien haar zelfs vermoord.'

Johnny's voorhoofd rimpelde terwijl zijn gezichtsuitdrukking strakker werd. 'Ik... heb... haar... nooit... vermoord...'

'Dat zeg je, maar ik heb moeite om iets te geloven wat je me nu vertelt. Tot nu toe is alles wat je hebt gezegd een leugen gebleken. Eerst was je weg voor werk, toen had je een affaire, en nu ben je stiekem een dragqueen.' Tomek schoof naar voren op zijn stoel en leunde voorover, met zijn ellebogen op zijn knieën. 'Waarom ben je niet eerlijk tegen me, Johnny? Waarom beginnen we niet met een makkelijke vraag: wat deed je nadat je je act in Cool Cats and Kittens had afgerond op de avond dat Angelica werd vermoord?'

HOOFDSTUK **DRIEËNVEERTIG**

Kasia stond op hem te wachten zodra hij de deur opende, met een bezorgde blik op haar gezicht.

'Ik zag je aankomen vanuit het raam,' vertelde ze hem.

'Oké...'

'Ik wilde je dit geven.'

In haar hand hield ze een envelop.

Nathan.

'Waarom?' vroeg hij. 'Ik dacht dat we hadden afgesproken om het op tafel te laten liggen, voor het geval dat...'

'Ik weet het, maar dit is de derde in, zeg maar, minder dan een week.' Ze haalde haar schouders op. 'Ik weet het niet. Ik wilde gewoon zeker weten dat je hem kreeg.'

Tomek nam de envelop voorzichtig van haar aan en bekeek hem, draaide hem om in zijn handen. De randen van de sluiting waren licht gescheurd. 'Heb je geprobeerd hem open te maken?' vroeg hij.

Kasia schudde haar hoofd.

'Waarom kijk je zo bezorgd?' vroeg hij.

'Ik vind het niet prettig hoeveel we er krijgen,' zei ze. 'Het... het maakt me ongemakkelijk. Ik... ik heb een van die andere brieven gelezen die je hebt gekregen.'

Tomek koos ervoor niet meteen te reageren.

Kasia ging verder: 'En... en ik wou dat ik dat niet had gedaan. Maar het was zo moeilijk om hem niet open te maken. Het spijt me, pap. Ik weet dat ik niet door je spullen had moeten gaan. Ik weet dat het een inbreuk op je privacy was, maar... ik was gewoon nieuwsgierig.'

Voordat Tomek zijn mond opende om te antwoorden, wilde hij er eerst over nadenken. Hij was woedend, witheet van woede omdat ze door zijn persoonlijke eigendommen was gegaan - niet minder dan zijn brieven van de moordenaar van zijn broer. Zoiets verwachtte hij van Abigail, maar niet van Kasia. Kasia zou niet om die brieven moeten geven. Ze zou ze met evenveel achteloze onverschilligheid moeten behandelen als een gemeentebelastingbrief of een brief van de makelaar. Maar dat had ze niet gedaan. Ze had door zijn spullen gezocht en zijn vertrouwen beschaamd. Voor de tweede keer.

Aan de andere kant kwam nu het rationelere deel van zijn hersenen in actie; ze was nieuwsgierig. Ze was pas dertien. Onschuldig, jong, naïef. Misschien had ze het gedaan omdat ze het gevoel had dat ze hem er niet naar kon vragen, of omdat ze niet wist hoe, en dit de enige manier was geweest om zelf de antwoorden te vinden. Het probleem was dat ze nu de volledige waarheid had, met al zijn scherpe randjes en snijwonden, en niet de verzachte, gladgestreken versie die Tomek haar zou hebben gegeven.

'Kash...' begon hij, maar ze onderbrak hem.

'Hoe kent hij mijn naam?'

Fuck.

'Heb jij hem dat verteld?'

'Nee,' antwoordde Tomek. 'Absoluut niet.' Hij legde beide handen op haar schouders, wat haar onmiddellijk kalmeerde. 'Ik weet niet hoe hij je naam kent. Ik heb geprobeerd erover na te denken, de tijd dat ik hem zag te reconstrueren, me af te vragen of ik iets over jou tegen hem heb gezegd, maar ik weet zeker van niet. Ik weet niet hoe hij jouw en Abigails namen kent. Ik ben bezig dat uit te zoeken.' Toen sloeg hij zijn armen om haar heen en trok haar tegen zich aan. Er was niet veel fysiek contact tussen hen als vader en dochter, maar Tomek vond het gepast. Op dit moment had ze geruststelling nodig, een gevoel van veiligheid. In het verleden was ze het slachtoffer geweest van een persoonlijke aanval die haar bijna had gedood. Het was iets waarmee ze elke dag leefde, en Tomek wilde ervoor zorgen dat ze geen angst of zorgen hoefde te hebben.

'Je bent veilig,' vertelde Tomek haar. 'Hij zit in de gevangenis. Hij kan ons geen pijn doen. Hij kan niets doen bij mij, bij jou, bij niemand. Oké?'

Kasia keek naar hem op, angst en paranoia, met een sprankje geloof, zwemmend in haar grote bruine ogen.

Toen ze uit de omhelzing kwamen, vroeg ze: 'Ben je boos?'

Tomek woelde door haar haar. 'Nee, natuurlijk niet. Ik had het je moeten vertellen. Ik had opener moeten zijn tegen je. Dat is mijn schuld. Je hoeft nergens spijt van te hebben, oké?'

'Oké,' zei ze, zonder overtuigd te lijken. 'Het spijt me, pap.'

Tomek trok haar nog een keer tegen zich aan, kneep haar stevig vast en liet haar toen los. 'Als je ooit vragen hebt over wat er met Michał is gebeurd en al het andere, dan vraag je het gewoon, goed? En...' Hij haalde diep adem, zichzelf voorbereidend op het volgende deel. 'Als je ooit iets verdachts ziet of iets waarvan je denkt dat ik het zou moeten weten, laat het me dan weten. Deal?'

'Deal.'

Daarmee opende Tomek de brief en begon te lezen.

Beste Tomek,

Ik hoop dat je ziet dat mijn spelling aanzienlijk verbeeterd is sinds de vorige keer. Sommige mensen hier proberen me met mijn spelling te helpen maar ik zeg ze dat ik het graag zelf wil leren. Ik heb alle tijd van de wereld en ik zou graag ten minste één keer in mijn leven iets voor mezelf doen. Soms denk ik aan de dingen die ik heb gedaan en wat ik misschien zou doen als ik je broer niet had vermoord. Doe jij dat ook wel eens? Heb je ooit nagedacht over wat je zou kunnen doen als je geen politieagent meer zou zijn? Ik denk dat ik schilder of decorateur zou willen zijn, iets doen met mijn handen. We hebben hier veel houtbewerking en handvaardigheidslessen om ons bezig te houden. Dat zijn een paar van mijn favoriten. Laatst heb ik een klein vogelhuisje gebouwd. De man die me leerde hoe ik dat moest doen zei dat hij erg onder de indruk was en dat hij het in een tuincentrum zou zetten om te kijken of iemand het wil kopen. Als dat gebeurt, dan zei de man dat ik wat van het geld kan krijgen. Ik heb hem gezegd dat hij ervoor moet zorgen dat het in een tuincentrum bij jou in de buurt in Essex komt, maar ik weet niet of hij dat zal doen. Ik hou echt van mijn hobby's. Heb jij er ook? De bewaker moet ervoor zorgen dat er veel bewaking is want soms hebben we hamers en ander gereedschap. Sommige andere gevangenen hier hebben geprobeerd ruzie met hen te zoeken, maar ik blijf uit de buurt. Het is allemaal erg dom.

Morgen... Maar het is misschien al voorbij tegen de tijd dat je dit krijgt, ik denk niet dat de post hier erg snel is, en misschien is hij ook niet erg betrouwbaar. Maar goed, morgen komen ze weer en deze keer leren ze me hoe ik iets van ijzer moet maken. Ik weet niet hoe het heet, maar als je geïnteresseerd bent, kan ik het naar je huisadres sturen. De bewakers hier laten normaal gesproken geen dingen van die grootte naar buiten gaan, maar ik denk dat ze voor mij een uitzondering zullen maken.

Hoe dan ook, ik denk aan je.

Nathan

PS - Ik heb nog steeds niets van je gehoord op een van mijn mobiele nummers. Ik heb ze voor de zekerheid nog een keer voor je op de achterkant geschreven. Verlies het alsjeblieft niet.

PPS - Ik heb Michałs naam onderop het vogelhuisje geschreven dat ik heb gemaakt, voor het geval je naar een tuincentrum wilt gaan om ernaar te zoeken.

PPPS - Ik heb pas geleden over dit PS-gedoe geleerd. Het is cool, toch!

'Wat staat er?'

De stem klonk ver weg, alsof deze van buiten kwam, en trok hem weg uit zijn gedachten.

'Papa, wat staat er in de brief?'

'Onzin,' zei hij afwezig.

'Wat?'

'Onzin. Hij... hij praat gewoon over een vogelhuisje dat hij heeft gemaakt.'

Een vogelhuisje met de naam van zijn broer erop.

Tomek wist niet waarom, maar het enige waaraan hij kon denken was dat houten vogelhuisje. Het was waarschijnlijk vier stukken hout die aan elkaar waren gelijmd met een grote cirkel uitgesneden in een van de wanden. Het was waarschijnlijk gemaakt van een bouwpakket: alle onderdelen bij elkaar in een doos en het enige wat Nathan moest doen was ze aan elkaar plakken met wat houtlijm. Er kwam geen vakmanschap bij kijken, geen echte vaardigheid vereist. En toch wilde Tomek het hebben.

Ik heb Michałs naam onderop geschreven.

Tomek gaf haar de brief. Ze nam hem voorzichtig van hem aan en begon te lezen. Hij keek hoe haar ogen van links naar rechts bewogen als ze aan een nieuwe regel begon, haar voorhoofd fronste, haar gezicht vertrok.

'Hij heeft je weer zijn mobiele nummer gegeven?' zei ze.

'Hij wil graag dat ik het heb.'

'Heb je hem een bericht gestuurd?'

Tomek vertelde haar dat hij dat niet had gedaan.

'Ga je dat doen?'

Daarop had hij geen antwoord. De gedachte was verschillende keren bij hem opgekomen. Maar hij had er niets mee gedaan.

Nog niet.

Nadat ze nogmaals haar excuses had aangeboden voor het doorzoeken van zijn spullen, maakte Tomek het avondeten klaar. Ovenpizza's. Pepperoni voor hemzelf. Ham en ananas voor haar. Terwijl het eten in de oven stond, sloop Tomek naar zijn slaapkamer. Onder het mom van zich omkleden uit zijn werkkleren in iets comfortabelers, zat hij op het uiteinde van het bed met de brief in de ene hand en zijn telefoon in de andere.

Hij tikte met zijn duim op het scherm en het kwam tot leven, met zijn achtergrond: een stockfoto van de aarde. De Face ID-instelling deed zijn werk en ontgrendelde het apparaat. Het enige wat hij nu nog moest doen was omhoog vegen, wat hij deed. Toen bewoog hij voorzichtig naar de Contacten-app op zijn telefoon en hield zijn vinger boven het kleine plusje in de rechterbovenhoek van het scherm. Hield hem daar. Denkend, overwegend, afwegend.

En toen deed hij het.

Hij drukte op de knop en voegde beide mobiele nummers die Nathan hem had gegeven toe aan zijn adresboek. Voordat hij er iets mee kon doen, klonk de zoemer van de oven, wat aangaf dat de pizza's klaar waren.

HOOFDSTUK
VIERENVEERTIG

De vogels zijn het enige wat ik kan horen. Tientallen, honderden, zo niet duizenden, die hun koor zingen, met elkaar communiceren hoog in de lucht. Ik kan ze horen boven het geluid van de auto's, van de wind, van de kinderen aan de overkant van de straat. Ik ben te bang om omhoog te kijken, maar ik stel me voor dat ze allemaal boven me vliegen, me in de gaten houden terwijl ik naar het park ren. Misschien proberen ze met me te communiceren. Schreeuwen ze naar me dat ik moet stoppen. Schreeuwen ze dat ik moet opschieten. Proberen ze me te vertellen dat Michał al dood is, dat er niets is wat ik kan doen.

Misschien zijn het de stemmen van de doden bij wie hij zich zo dadelijk zal voegen.

Wanneer ik eindelijk het park binnenkom, verdwijnen de geluiden, overal is het stil, op het geluid na van een enkele vogel die in een nabije boom vliegt. Ik werp er een blik op, maar in het donker is hij onzichtbaar, verdwenen. En dan kijk ik een paar graden naar beneden en zie Nathan Burrows daar staan. Hij is weer veertig jaar oud, gekleed in een spijkerbroek en een dunne bordeauxrode sweater. Hij ziet er normaal uit, alsof hij net op het punt stond om met vrienden uit eten te gaan, en niet alsof hij een levenslange gevangenisstraf voor moord uitzat.

Mijn eerste reactie is dat hij is vrijgelaten, dat hij op de een of andere manier al mijn bewegingen in de gaten heeft gehouden, maar dat kan niet. Ik weet dat dat niet mogelijk is.

Hij staat daar aan de achterkant van het veld met zijn armen achter zijn rug. Ik loop naar hem toe, terwijl ik langzaam mijn rugzak afzet. Ik laat hem op de grond vallen, in de modder en het gras. Tot ik een paar meter bij hem vandaan tot stilstand kom, met mijn dode broer in het midden tussen ons in, zijn lichaam volkomen stil.

Voordat er iets gebeurt, kijk ik naar mijn handen. Ze zijn groot, gespierd, aderig, bedekt met haar. Dit zijn niet de handen van een tienjarige jongen; het zijn de handen van een veertigjarige man. Mijn handen. Twee volwassenen, twee volgroeide mannen die een dertig jaar oude plaats delict opnieuw bezoeken. Het is de eerste keer dat wij tweeën elkaar zo ontmoeten. Ik zou over Michał heen moeten willen springen en mijn handen om Nathans keel moeten willen wikkelen. Ik zou over het zwaar verminkte lichaam van mijn dode broer heen moeten willen springen en hem kapot moeten willen slaan, hem dood moeten willen meppen. Maar ik kan het niet. Ik kan niet bewegen. Sterker nog, ik wil *niet bewegen. Iets houdt me tegen, iets houdt me in bedwang.*

Angst, misschien.

Misschien verdriet, schuldgevoel.

Of misschien is het sympathie.

Ik weet het niet, maar wat het ook is, het houdt me volkomen stil.

Er verstrijken zo een paar momenten. Van stilte, van niets dan de wind die door de bomen ruist.

Er zijn geen auto's, geen vogels nu.

Alleen Nathan en ik.

En dan zegt hij tegen me: 'Het spijt me dat ik je broer heb vermoord, Tomek. Ik heb er elke dag van mijn leven spijt van.'

'Het is oké,' antwoord ik, 'ik begrijp het.'

HOOFDSTUK **VIJFENVEERTIG**

Tomek bleef maar piekeren over de brief, net als over alle andere. De volgende dag sprak hij af om vroeg op zondagochtend te gaan hardlopen met een oude schoolvriend, Warren Thomas. Ze zeiden niet veel tegen elkaar terwijl ze langs de boulevard van Southend jogden, recht tegen de wind in, terwijl ze vroege gezinnen en hondenbezitters ontwijken. Er viel niet veel te zeggen. In plaats daarvan gebruikte Tomek de tijd om zijn hoofd leeg te maken, zijn gedachten te ordenen en de droom te verwerken.

Het is goed... Ik begrijp het.

Waar ging dat in godsnaam over?

Wat was er mis met hem? Waarom veroordeelde hij de moordenaar van zijn broer niet? Waarom vergaf hij hem eigenlijk en verontschuldigde hij alles wat hij Michał had aangedaan en alles wat hij sindsdien zijn familie had aangedaan? Het sloeg nergens op, en eerlijk gezegd verontrustte het hem een beetje. Hij moest óf contact opnemen óf direct alle banden verbreken. Hij gaf de voorkeur aan het eerste, maar zijn zorg was dat hoe meer hij erbij bleef en hoe meer hij Nathan aandacht gaf, hoe meer de man in zijn hoofd zou blijven zitten en zijn dromen zou blijven achtervolgen. Als hij het zou laten rusten en de man uit zijn leven zou blokkeren (hoe precies, daar was hij nog niet zeker van), dan zou hij nooit antwoorden krijgen op zijn vragen, nooit de afsluiting krijgen die hij nodig had.

Het was een vicieuze cirkel, en hij wist niet wat hij moest doen.

Zoals met de meeste dingen (Abigail was hiervan het bewijs) schoof hij het naar de achtergrond van zijn gedachten en liet het daar rusten tot het juiste moment zou aanbreken. Het was zondag. De rustdag. Het kon nog wel een dag wachten.

Nadat hij afscheid had genomen van Warren, was hij teruggereden via Leigh Broadway en had hij een lege parkeerplaats langs de hoofdstraat gezien – een zeldzaamheid op elke dag van de week, laat staan op zondag – en was er snel ingereden. Na het afzetten van de motor stapte hij uit de auto en begaf zich naar Whitaker's.

De winkel was leeg, een rustige dag volgens elke standaard, en Rose zat achterin het pand met haakwerk op haar schoot.

'Stoor ik niet, hè?' zei hij sarcastisch. 'Je lijkt het druk te hebben. Ik kan ook terugkomen als het rustiger is.'

Zodra ze besefte dat hij het was, verdween de beginnende uitdrukking van ergernis die door zijn opmerkingen was veroorzaakt.

'En jij ziet eruit alsof je net een duik in de zee hebt genomen,' kaatste ze terug. 'Ik hoop dat je geen zand op mijn vloer brengt.'

Tomek wees naar de grote vitrinekast met daarin het modelzeiljacht dat haar man voor haar had gekocht. 'Voeg het gewoon toe aan je strandscenario,' antwoordde hij.

'Wil je het hebben?' vroeg ze, waarmee ze hem verraste.

'Pardon?'

'De boot. Wil je hem hebben?'

'Waarom zou ik?'

En toen begreep hij het.

'Ik denk dat je er een aardig bedrag voor kunt krijgen,' zei hij.

'Ik wil geen aardig bedrag. Het kan me niet schelen of het afbrandt of dat een meeuw erop schijt. Ik wil er vanaf.'

'Slechts één meeuw of een hele zwerm? Want dat is veel poep voor maar één meeuw.'

'Volgens mij is er geen tekort aan meeuwen,' zei ze. 'Het enige wat ik hoef te doen is het een uurtje of twee buiten zetten en het wordt ofwel gestolen ofwel ondergekakt door het wildlife daarbuiten.'

Tomek schudde zijn hoofd terwijl hij naar haar toe liep. 'Je moet die meeuwen niet gebruiken, die zijn veel te gevoelig. Ik ken iemand.'

'Je kent iemand?'

'Ja.'

'Een meeuwenman?'

'Ja. Ik heb meeuwenconnecties.'

Rose liet haar haakwerk in haar schoot vallen en barstte in lachen uit tot op het punt dat Tomek dacht dat hij tranen in haar ogen zag vormen.

'Wie heeft er in godsnaam "meeuwenconnecties"?'

'Ik in ieder geval niet.' Tomek maakte een pistooltje met zijn vinger naar haar. 'Maar ik wed dat dit de eerste keer is dat je hebt gelachen in wat voelde als een lange tijd, klopt dat?'

'Misschien,' zei ze, plotseling verlegen.

'Mooi. Dan is mijn taak hier volbracht.'

'Je kunt nu een andere jonkvrouw in nood gaan redden.'

Tomek grinnikte. Hij genoot van de vrijblijvende flirt. En tot zijn verbazing voelde hij zich er deze keer helemaal niet schuldig over.

'Ik hoopte eigenlijk dat ik je over iets kon spreken,' zei hij.

'Dat gaat je wat kosten.'

'Dat is waar ik al bang voor was.' Hij draaide op zijn plek en liep naar de vitrine in het midden van de winkel. Bij het raam wees hij naar een zilveren armband met twee groene bedeltjes: een klavertje vier en een klein katje dat een bolletje garen tegen zich aan drukte. 'Ik zoek deze,' zei hij.

'Dus de dingen met je vriendin zijn weer op het goede spoor?'

Tomek wierp haar een blik toe die zei: "Doe niet zo gek".

'Ik dacht eigenlijk meer aan mijn dochter. Ze is dertien, woont een paar maanden bij me, en ik denk dat ze het nodig heeft. Ze heeft veel meegemaakt, en ik weet niet waarom, maar ik voel dat dit een leuk gebaar voor haar zou kunnen zijn.'

'Het is een *prachtig* gebaar voor haar. Ze zal er dolblij mee zijn.'

Rose trok een paar handschoenen aan, stak een sleutel in de bovenkant van de vitrine en haalde de armband eruit. Toen legde ze die op een klein pluchen kussentje.

'Nu, voordat we verdergaan, krijg ik vriendenkorting, of op zijn minst hulpverlenerskorting?'

Rose's wangen werden warm. 'Je kunt nog beter krijgen dan dat. Omdat je me hebt opgevrolijkt, geef ik je familiekorting en haal ik er vijftig procent af.'

Tomek was verbaasd. 'Dat kan ik onmogelijk... Dat is te gul.'

Ze raakte hem speels aan op zijn arm, hoewel er een zekere intentie achter zat. 'Onzin. Of je neemt het aan of ik verkoop het helemaal niet aan je, en dan blijft je dochter teleurgesteld achter.'

'Emotionele chantage... Je bent echt een goede verkoopster.'

'Zo heb ik geleerd om te krijgen wat ik wil.' Rose liep naar de kassa en begon de armband in te pakken. Eerst kwam het kleine, donkerblauwe vilten zakje, compleet met Whitaker's logo in zilveren folie. Daarna een 'Met Dank' visitekaartje erop. Vervolgens legde ze beide items op een bedje van stropapier en wikkelde het twee keer in, voordat ze het uiteindelijk in een papieren tas met logo deed. Tomek keek toe hoe ze behendig en elegant tussen elke fase van het proces bewoog.

'Je hebt dit eerder gedaan.'

'Dit is pas mijn tweede keer. De zaken lopen niet zo goed.'

Tomek grijnsde en maakte zijn betaalpas klaar.

Een paar seconden later rekende ze het totaalbedrag af en betaalde hij. Daarna stopte ze de bon in de tas en liet haar hand daar rusten, wachtend tot hij zijn hand zou uitsteken om het aan te pakken.

'Dit was niet de enige reden waarom je hierheen kwam, toch?' vroeg ze.

Tomek stotterde.

'Het gaat over mijn man, nietwaar?'

'Heb je met hem gesproken?' Tomek reikte naar het cadeau. Uiteindelijk gaf ze toe en liet hem het pakken.

'Niet sinds ik hem eruit heb geschopt, nee.'

'Zou je willen weten waar hij is?'

'Niet bepaald. Zolang hij nog leeft om de scheidingspapieren te ondertekenen, maakt het me niet uit waar hij is, wat hij doet of hoe het met hem gaat. Hij heeft me toch lang genoeg over al die dingen voorgelogen, hij zou het moeten kunnen verdragen. Inmiddels is hij er een verdomde expert in.'

Tomek keek naar de vloer. 'Hij ligt in het ziekenhuis. We vonden hem in The Prince Albert, vlakbij Roy en Daphne. Zwaar dronken. We dachten bijna dat we zijn maag moesten laten leegpompen. Hij had niet veel aardigs over je te zeggen, maar ik neem aan dat jij ook niet veel aardigs over hem te zeggen hebt. Hoe dan ook, hij ligt in Broomfield als je zin hebt in de reis.'

'Absoluut niet. Hij kan daar voor mijn part blijven, want hij komt zeker niet in de buurt van hier, het huis of de flat boven. Kun je geloven dat hij probeerde daar te blijven nadat ik hem eruit had geschopt?'

'Dat kan ik,' antwoordde Tomek zonder neerbuigend of sarcastisch te willen klinken.

Als ze beledigd was, liet ze dat niet merken. 'Ik zei hem dat hij kon oprotten. Mijn naam staat op alle overeenkomsten. Ik draag al het risico. Het zijn *mijn* eigendommen. Hij mag er niet in de buurt komen.'

Tomek werd herinnerd aan zijn gesprek met Johnny Whitaker.

'Is hij ooit gewelddadig naar je geweest?'

Rose schudde haar hoofd.

'Heeft hij je ooit emotioneel misbruikt?'

Nog een hoofdschudding.

'En zijn vader, Roy? Heb je ooit agressie bij die man gezien?'

Deze keer deed Rose er langer over om de vraag te beantwoorden. Ze dacht erover na, liet de gedachten door haar hoofd gaan terwijl ze door haar geheugen zocht.

'Nou, hij is nooit fysiek gewelddadig naar mij geweest, soms wel een beetje vreemd en agressief, maar ik heb maar één keer gehoord over iets tussen hem en Daphne. Johnny vertelde me dat er een keer was tijdens een vakantie dat hij haar in het gezicht sloeg terwijl de kinderen in het zwembad waren. Johnny wist niet zeker of hij het had gezien of niet. Het enige wat hij zag was zijn moeder die haar gezicht vasthield. Maar hij zei er destijds niets over. Ik denk dat hij, ik weet niet, tien, elf was, dus waarschijnlijk wist hij niet beter.'

Tomek verschoof zijn gewicht van de ene voet naar de andere.

'En dat was de enige keer?'

Ze haalde haar schouders op. 'Waarover hij me vertelde. Dat betekent niet dat het niet gebeurde als zij er niet bij waren.'

Tomek dacht terug aan zijn bezoeken aan het huis van de familie Whitaker; of hij iets ongepasts had gezien. De dynamiek tussen Roy en Daphne was meerdere keren veranderd. Soms was Daphne degene die de leiding had, voor Roy zorgde, en dan was het weer andersom. Er was geen duidelijke machtsdynamiek of dreigende ondertoon die hij had kunnen oppikken. Desondanks maakte hij een mentale notitie om dit met Anna op te volgen. Zij had meer tijd met de familie doorgebracht; zij had misschien iets gezien of opgemerkt.

Net toen Tomek wilde vertrekken, voegde Rose toe: 'Hij is nooit fysiek met me geweest, maar...'

Tomek gaf haar zoveel tijd als ze nodig had om verder te gaan. Dit was niet iets wat gehaast kon worden.

'Hij... hij maakte een keer avances naar me, wat ik nogal vreemd vond.' Ze haalde diep adem, alsof ze zich voorbereidde om de herinnering opnieuw te beleven. 'We waren op een familiebruiloft - een of andere verre, tweede neef-zes-keer-verwijderde-iets. Ik kende niemand, en Johnny ook niet, maar hij zei dat hij erheen wilde omdat hij van bruiloften houdt en ze altijd een goed excuus zijn om een leuke tijd te hebben en zo dronken te worden als je wilt. Dit was in de periode dat hij het ergst met zijn drankprobleem worstelde.'

'Daphne en Roy hebben me daarover verteld,' onderbrak Tomek. 'Ze zeiden dat ze hem voor God hadden gezet en hem cold turkey van de drank af hadden gehaald.'

Rose snoof. 'Dat wilden ze graag geloven, maar het duurde niet lang. Begrijp me niet verkeerd, Johnny dronk nog steeds, maar hij dronk niet zoveel. En wanneer we bij zijn ouders langsgingen voor een maaltijd of evenement, was hij gewoon heel goed in het verbergen ervan en ervoor zorgen dat hij niet betrapt werd - samen met al het andere, zo blijkt.' Rose rolde met haar ogen en ging verder met haar verhaal. 'Hoe dan ook, ongeveer twee uur in die bruiloft stond Johnny al op de dansvloer, dansend, pratend tegen iedereen en alles dat hem aandacht wilde geven; ik denk dat ik hem op een gegeven moment tegen een plant zag praten. Maar terwijl Johnny aan het dansen was, kwam Roy naar me toe, ging naast me zitten en legde zijn arm om mijn rug. Eerst dacht ik, oké, hij is gekomen om iets te zeggen, maar toen hij zijn arm niet weghaalde, begon ik me zorgen te maken. Toen begon hij mijn arm te strelen, in mijn schouder te knijpen. Ik voelde me super ongemakkelijk, en alsof ik niet om hulp kon roepen. Er was niemand anders in de buurt om me te komen redden: Angelica en Daphne waren ook op de dansvloer, met elkaar aan het zwieren. En toen leunde hij naar mijn oor en gromde.'

'Gromde?'

'Ja. Zo'n seksueel grom-achtig geluid.'

'Zei hij iets?'

Ze knikte.

'Ja. Hij noemde me een engel omdat ik zo goed voor Johnny zorgde, en ging toen weg. Ik bedoel, hij was ook behoorlijk dronken, maar... ik weet niet, het voelde gewoon raar, snap je?'

'Ja,' zei Tomek. 'Ik snap het.'

HOOFDSTUK
ZESENVEERTIG

Hij had geen idee wat er op televisie was. Een of andere onzin die hij Kasia had laten opzetten omdat ze een berg huiswerk moest maken op haar laptop, had ze hem verteld, en blijkbaar kon ze zich niet concentreren tenzij ze iets had aanstaan op de achtergrond. Haar tienerbrein hield niet van stilte, en haar aandachtsspanne was zo kort geworden door de constante stroom dopamine van haar telefoon dat ze zich niet langer dan een paar minuten op één ding kon concentreren, wat betekende dat Tomek het ook moest verduren.

Hij had geprobeerd zichzelf bezig te houden met boodschappen en klusjes, maar zijn geest en lichaam waren uitgeput. Zijn benen deden pijn van het hardlopen en zijn hoofd deed zeer van de informatie die Rose hem had gegeven. Terwijl hij daar zat, starend naar het televisiescherm, had hij gedachten over Johnny en Rose Whitaker door zijn hoofd laten gaan. Over het zwembad, over de huwelijksceremonie. Over Roy Whitaker, de gerespecteerde en hooggedecoreerde piloot, die de ene vrouw had aangevallen en bij een andere over de schreef was gegaan.

'Pap, mag ik een glas cola, alsjeblieft?'

Kasia zat met gekruiste benen op de bank, haar laptop rustend op haar knieën. Aan haar pols bungelde de nieuwe armband waarvoor ze Tomek wel honderd keer had bedankt. De armband rinkelde bij elke beweging van haar pols, botsend tegen de zijkant van de laptop, waardoor Tomek onmiddellijk spijt kreeg dat hij hem had gekocht.

'Je weet waar de koelkast staat,' zei hij tegen haar.

Ze keek hem kwaad aan. 'Ik ben bezig.'

'Ik ook.'

'Ik moet wiskundehuiswerk maken!'

'En ik ook. Zoals uitrekenen hoeveel het me gaat kosten om je armband te verzekeren voor het geval je hem ooit verliest.'

Haar gezichtsuitdrukking veranderde. 'Grappig. Mag ik nu een cola, alsjeblieft? Je kunt er zelf ook eentje pakken, als je wilt.'

'Zal ik verdomme het drankje meteen zelf maken, of wat?' zei hij terwijl hij van de bank opstond.

'Vloeken!' riep ze.

Tomek kreunde en graaide in zijn zak, vond wat kleingeld en liet het in een pot vallen. In de afgelopen paar weken hadden ze een vloekpot geïntroduceerd. Het was voornamelijk voor Tomek, die soms weinig controle had over zijn mond, maar er waren een paar gelegenheden geweest waarbij Kasia gedwongen was in haar zakken te tasten (die eigenlijk *zijn* zakken waren) en wat geld (dat eigenlijk *zijn* geld was) bij te dragen aan het fonds. Uiteindelijk, als de pot vol was, zouden ze het ongetwijfeld uitgeven aan een afhaalmaaltijd zoals pizza of Chinees, wat meer een beloning dan een straf was, en het doel van de vloekpot leek teniet te doen. Maar geen van beiden klaagde.

Terwijl Tomek de koelkast opende en naar binnen reikte voor het blikje frisdrank, voelde hij zijn telefoon trillen. Hij controleerde de nummerweergave voordat hij opnam.

'Waaraan heb ik dit genoegen te danken?' zei hij.

'Jij mag al het genoegen hiervan hebben, maat,' antwoordde Nick luid.

'Oh.'

'Want ik ga geen enkel genoegen beleven aan wat ik je nu ga vertellen, jongen.'

Tomek keek naar Kasia, die verwachtingsvol terugkeek. Hij pakte een blikje cola uit de koelkast en gaf het aan haar voordat hij terug naar de keuken liep, waar het rustiger en meer privé was.

'Ga door,' zei hij tegen Nick.

'Ik wilde je een voorwaarschuwing geven,' vervolgde de hoofdinspecteur. 'Zodat je het kunt horen van iemand die je kent voordat het algemeen bekend wordt. Vanaf morgen neemt Victoria de leiding over als SIO van Operatie Butterfly. Je behoudt nog steeds een rol als adjunct-

SIO, maar zij zal de rest van het team erbij halen om te assisteren bij het onderzoek. Ze heeft haar zorgen geuit over hoe lang dingen duren en hoeveel van het budget onnodig is uitgegeven aan overuren en forensisch onderzoek. Ze is bezorgd dat het allemaal verspild is en ineffectief beheerd, en in dit geval ben ik het met haar eens. Sorry, het is een kloterig iets om je op zondag te vertellen, maar deze dingen gebeuren, maat. Het is niets persoonlijks. We doen gewoon wat het beste is voor het onderzoek.'

Dat hij had geleid. Dat hij vanaf het begin had gerund. Het was onmogelijk om het niet persoonlijk op te vatten. Hij voelde zich verraden, in de rug gestoken. De grond was onder zijn voeten vandaan getrokken, en hij was zo hard op zijn kont gevallen dat hij Nick niet had horen ophangen. Pas toen hij de kiestoon in zijn oor hoorde, kwam hij weer bij zinnen.

'Is alles in orde?' vroeg Kasia voorzichtig vanuit de woonkamer.

Tomeks ogen vielen op de vloekpot.

'Ja,' loog hij. 'Alles... alles is prima. Kom op, ga terug naar je huiswerk. Maar verwacht alsjeblieft niet dat ik je met iets ervan help, want algebra was een van mijn minst favoriete vakken.'

HOOFDSTUK **ZEVENENVEERTIG**

Tomek merkte toen hij de volgende ochtend het kantoor binnenkwam meteen dat alle ogen op hem gericht waren. Om de een of andere reden was hij een van de laatsten die binnenkwam, en dus had hij het 'genoegen' om de oordelende en ongemakkelijke blikken van het team te trotseren die zijn kant op gericht waren terwijl hij naar zijn bureau liep. Hij kon hun gedachten ook voelen, die zijn schedel verpulverden. Medelijden, een grote dosis medelijden vermengd met een extra portie schuldgevoel.

Tomek had het niet nodig. Hij was er niet voor in de stemming. En hij was zeker niet in de stemming voor een gesprek met Victoria.

Het gesprek met Victoria.

Maar hij had geen keuze; een minuut later kwam ze haar kantoor uit en riep hem. Tomek voelde zich als een kind dat net door de directeur uit de klas was gehaald en liep naar haar kantoor, alleen waren er dit keer geen spottende opmerkingen van zijn klasgenoten.

'Goedemorgen, Tomek,' zei Victoria, terwijl ze de deur voor hem openhield.

Tomek gromde een begroeting.

'Ga zitten, alsjeblieft.'

Hij deed wat hem werd opgedragen.

'Ik weet dat het maandagochtend is, maar er is iets dat ik je moet vertellen-'

'Ik weet het,' antwoordde hij. 'Nick heeft het me verteld.'

'Ik begrijp het,' zei ze kalm. Als ze teleurgesteld en overstuur was door het verraad, liet ze dat niet merken. Sterker nog, er klonk een soort berusting in haar stem die aangaf dat ze al wist dat Nick degene zou zijn die het nieuws als eerste zou brengen. 'En heeft Nick uitgelegd waarom?'

Tomek trok zijn lippen samen, beloofde zichzelf dat hij niets zou zeggen, en knikte toen.

'Ik begrijp het. En... heeft hij het deel over Abigail genoemd?'

Tomek kantelde zijn hoofd opzij. 'Abigail?'

Zuchtend rolde Victoria met haar ogen en mompelde: 'Natuurlijk heeft hij dat niet gedaan, de lafaard.'

'Wat heeft Abigail hiermee te maken?'

'Ze belde laatst,' legde Victoria uit, 'en sprak met Martin. Ze vroeg hem naar details over de zaak en in wat alleen omschreven kan worden als een toestand van milde paniek, gaf hij haar wat informatie.'

'Martin deed dat?'

Victoria stak een hand op om hem te kalmeren. 'Maak je geen zorgen. Het wordt afgehandeld. Ik zorg ervoor.'

Hij balde zijn vuist op zijn knie en drukte zijn nagels in zijn dijbeen. 'Wat heeft hij haar verteld?'

'De informatie over de engelenvleugels en de locatie waar Angelica Whitakers lichaam werd gevonden. Ook dat ze werd meegenomen een paar minuten nadat ze thuis was afgezet.'

'Zoveel?'

'Ik ben bang van wel. En...' Ze haalde scherp adem. 'Hij heeft misschien ook laten doorschemeren dat ze... hoe zal ik het zeggen? Dat ze in het verleden veel seksuele partners heeft gehad.'

'Geweldig.'

'Een aantal van de reacties op de sociale mediaposts van de *Southend Echo* zijn op zijn zachtst gezegd teleurstellend.'

'Verkrachtingssympathisanten van middelbare leeftijd die zeggen dat ze het op de een of andere manier verdiende?'

Ze keek naar beneden. 'Ik ben bang van wel.'

Tomek liet een lange, diepe zucht ontsnappen. 'Wanneer is dit gebeurd?'

'Zaterdag,' antwoordde ze.

Na The Nights of Eden. Na de ruzie.

'En Martin?'

Ze snoof, hoofdschuddend. 'Zoals ik al zei, ik regel het.'

En daarmee was de kwestie afgedaan. Er was niets meer dat hij kon doen. Niets meer om toe te voegen. Abigail, die kwaadaardige trut, was om hem heen gegaan, had achter zijn rug om gehandeld en had gejaagd op een duidelijk onbekwame en onervaren DC die niets met het onderzoek te maken had, en hij had haar alles verteld wat hij had opgevangen en alles wat ze wilde weten. *Die berekenende, sluwe...*

Victoria klapte in haar handen, waardoor hij uit zijn gedachten werd getrokken. 'Zoals Nick heeft uitgelegd, zal ik vanaf nu de leiding over alles hebben, dus je rapporteert aan mij. Eigenlijk net zoals je al deed sinds ik erbij kwam, alleen is het nu-'

'Ik ben terug bij mijn vorige functietitel.'

'Zo ongeveer.'

Tomek verliet nijdig de kamer en liep rechtstreeks naar het kleine keukengedeelte achterin het kantoor. Daar richtte hij zich op de koffiemachine. Terwijl de machine tot leven kwam, leunde hij tegen het aanrecht en staarde in het afvoerputje van de gootsteen. Een seconde later begon zijn telefoon te trillen.

Een deel van hem hoopte dat het Abigail zou zijn, zodat hij een verbale aanval op haar kon lanceren en officieel hun relatie kon beëindigen omdat ze zijn betrokkenheid bij Operatie Butterfly had verminderd. Een deel van hem wilde tegen haar uitvallen en haar de volle laag geven. Maar tot zijn teleurstelling was zij het niet. Het was een nummer dat hij niet herkende.

Aarzelend nam hij de telefoon op en hield hem tegen zijn oor. 'DS Tomek Bowen.'

'Detective, u bent het!'

Het Franse accent verraadde hem onmiddellijk.

'Goedemorgen, Florian. Is alles in orde?'

'Zo goed als kan. Ik heb het hele weekend niet kunnen stoppen met nadenken over alles.'

'Soms kan het even duren om het te verwerken.'

'Zoals ik al zei, ik was aan het nadenken,' ging de man verder, alsof hij helemaal niet naar Tomek luisterde.

'O, ja?'

'En ik herinnerde me wat u zei over bellen als ik denk dat iets belangrijk zou kunnen zijn.'

'Oké...'

'En ik heb hier het hele weekend over nagedacht, en ik hoop dat u het me vergeeft dat ik het niet eerder heb genoemd. Ik dacht niet dat het belangrijk was, maar nu wel...'

'Wanneer je maar wilt, Florian,' zei Tomek, terwijl hij op zijn horloge keek.

'Ja. Natuurlijk. Neem me niet kwalijk. Ik ben in jaren niet zo nerveus geweest.'

Tomek stelde zich voor hoe de kunstenaar door zijn atelier ijsbeerde, omringd door nog een dozijn schilderijen van Angelica aan de muren.

'Het gaat over Angelica...' vervolgde de man.

'Ja, dat begreep ik al.'

'Bij meerdere gelegenheden hebben zij en ik... wij... we brachten de avond door met een andere vrouw. De drie van ons, in een van de kamers. En... en ik ben er vrij zeker van dat zij met dezelfde vrouw alleen heeft geslapen. Ik weet niet of het belangrijk is, maar... ik dacht dat ik het u zou laten weten.'

HOOFDSTUK
ACHTENVEERTIG

Tomek vond het wel degelijk belangrijk. Hij vond het zelfs zeer belangrijk. Na het telefoongesprek met Florian ging zijn gedachten onmiddellijk naar de plaats delict van Angelica, naar haar lichaam dat met het gezicht naar boven op de vloer lag. De make-up, het scheren, de zorg en aandacht - de bijna *vrouwelijke* zorg en aandacht - die was besteed aan het reinigen en bewaren van haar lichaam na de dood. En toen bracht zijn geest hem naar een van de kamers. Met Florian, met Rachel, met het hemelbed in het midden van de kamer en de seksspeeltjes die erop lagen.

De dildo.

Al die tijd hadden ze geconcludeerd dat ze was verkracht door een man. Een man die een condoom had gedragen en zichzelf had schoongemaakt. Maar wat als er helemaal geen penis was geweest? Wat als het een dertig centimeter lange rubberen dildo was geweest, zoals degene die hij op het bed had gezien?

Het was niet onmogelijk.

Na zijn gesprek met Florian had Tomek Rachel en Chey eropuit gestuurd om te praten met Angelica's beste vriendinnen, Xanthia, Elodie en Zoë. Als Angelica's biseksualiteit verder ging dan het verkennen en experimenteren in de kamers van Melback Manor, dan wilde Tomek dat weten. Als ze andere vrouwelijke sekspartners had waar zij en haar familie niets van wisten, zouden ze die moeten opsporen en ondervragen, want Tomek was ervan overtuigd dat er daar een aanwijzing lag. Een vage, bijna ongrijpbare aanwijzing, maar toch een aanwijzing (en na zijn eerdere betoog aan Victoria over het omdraaien van alle stenen en het opvolgen van alle sporen, wilde hij niet dat deze hem in zijn kont zou bijten). Om zichzelf een voorsprong te geven, was Tomek intussen onderweg naar het landhuis. Hij werd vergezeld door Oscar, de enige andere agent die hij op dit moment volledig vertrouwde, en een van de laatste overgebleven leden van zijn oorspronkelijke team. Tot nu toe hadden ze beiden niets gezegd, geen van beiden wilde de olifant in de cabine aanpakken, maar Tomek vond dat niet erg. Soms genoot hij van de stilte, het vacuüm van een lange rit. Het hielp zijn gedachten te resetten. En toen hij dertig minuten later bij Melback Manor aankwam, had hij maar één gedachte in zijn hoofd: Micky Tatton.

Nadat hij de auto langzaam tot stilstand had gebracht op de parkeerplaats aan de andere kant van het gebouw, werd Tomek teruggebracht naar die vrijdagavond. Hoe anders zag de plek eruit bij daglicht, nu het in zijn gedachten getint was met verdorvenheid en wellustig gedrag. Hij kon niet meer op dezelfde manier naar het gebouw kijken, naar het personeel dat dingen had gezien waarover ze tot geheimhouding waren verplicht. Ze droegen allemaal een geheim met zich mee, en hij vroeg zich af hoeveel meer ze er nog zouden kunnen hebben.

En in het bijzonder, hoeveel meer Micky Tatton er nog zou kunnen hebben.

Tomek en Oscar vonden de eigenaar buiten op het landgoed. Hij stond in een houten prieel dat in het midden van een klein meer ten zuiden van het landgoed was geplaatst, diep in gesprek met een personeelslid. Het prieel was maanwit geschilderd, met zes houten staanders die het in het water ondersteunden. Kleine lantaarns sierden het looppad en slingers van kunstbloemen waren rond de pilaren van het prieel gewikkeld. In het water dreven waterlelies en gevallen bladeren op het oppervlak, die zachtjes bewogen in de bries. Rond de waterlijn stond een arboretum van eiken, iepen en berken, waarvan de bladeren begonnen uit te lopen nu de zaden van de lente begonnen te groeien. Aan de rechterkant stuurde een grote waterfontein waternevels de lucht in. Tomek vond het geluid rustgevend. Het deed hem denken aan een waterfontein die ze thuis hadden gehad toen hij opgroeide; als tiener in de tuin liggen in de zomer, de zon zijn lichaam laten verzengen, het zachte geruis van water van de fontein naast zijn hoofd horen alsof hij midden in een Indonesisch regenwoud was.

Toen ze naderden, zag Micky Tatton, de hoteleigenaar, hen, fluisterde iets tegen het personeelslid en stuurde haar toen weg. Het vrouwelijke personeelslid vermeed hun blik toen ze langs hen gleed op het smalle looppad.

'Rechercheur,' zei Micky. 'Wat een aangename verrassing.'

Hij stak zijn hand uit naar Tomek. Tomek nam hem aan en stapte toen opzij voor Oscar.

'Wie hebben we hier?' vroeg Micky.

'Agent Perez.'

'Aangenaam,' antwoordde Tatton.

'Geen bruiloften vandaag?' vroeg Tomek.

'Niet op een maandag. Niemand wil op een maandag trouwen, zelfs niet als het aanzienlijk goedkoper is.'

'Ik neem aan dat u nog steeds veel schoonmaakwerk te doen heeft.'

Micky's gezicht vertrok ongemakkelijk. 'Er is altijd genoeg schoon te maken. Zelfs de meest nette gasten maken meer rommel dan ze zich realiseren.'

'Ik kan me alleen maar voorstellen hoeveel rommel de slechtst gedragende gasten maken,' antwoordde Tomek. Vanuit zijn ooghoek zag hij dat Oscars gezicht zich vertrok in beleefde verwarring.

Voordat hij antwoordde, draaide Micky zich naar het water en gebaarde naar de bomen. 'Prachtig, nietwaar? Dit is mijn favoriete deel van het hele landgoed. Natuurlijk zijn er nog wat originele elementen van bij de oprichting - zoals de schoorstenen, de deuren en sommige ramen - en je hebt de tunnels en enkele hoofdslaapkamers. Maar hier buiten... hier buiten voel je je geïsoleerd van alles. Dit is waar we herinneringen creëren voor mensen, en door hier te staan, voel ik me op de een of andere manier daar deel van.'

Dus niet alleen maakte hij deel uit van de seksuele afwijkingen van mensen, maar hij probeerde zich ook in de gelukkigste herinneringen van zijn klanten te wringen. De man was een controlfreak.

Hij vervolgde: 'Soms kom ik hier voor wat stille bezinning. En ook voor wat spookjagen!'

'Spookjagen?' vroeg Tomek, zonder het cynisme in zijn stem te kunnen verbergen.

'Als u in dat soort dingen gelooft, natuurlijk. Ik wel, maar niet veel mensen zijn het daarmee eens. Bovendien is het leuk voor de kinderen, houdt ze bezig.'

'Welke geest?' vroeg Tomek, besluitend om de man zijn zin te geven.

'Er wordt gezegd dat de vrouw van mijn betovergrootvader hier een paar honderd jaar geleden zelfmoord heeft gepleegd. Volgens de legende was ze niet zo gelukkig met het huwelijk, en in die tijd zag ze geen uitweg, dus maakte ze een einde aan haar leven. Maar het verhaal gaat dat ze zo van het landgoed hield dat ze besloot te blijven, en ik denk dat ze ook wat wraak wilde nemen, want haar geest is verschillende keren gezien. Ik heb haar één keer gezien, maar ik weet dat ze vaker aanwezig is geweest. Soms kan ik haar aanwezigheid in de kamer voelen.'

'Was ze er in het weekend?' vroeg Tomek. 'Ik kan me niet voorstellen dat ze erg blij zou zijn geweest met wat ze zag.'

Oscars gezicht vertrok nog meer.

'Dat zullen we misschien nooit weten. Het is niet alsof ik in elke kamer beveiligingscamera's heb geïnstalleerd...' Micky kuchte. 'Maar goed, heren, ik dwaal af. Ik neem aan dat u hier bent om me nog wat vragen te stellen over Angelica?'

'Ja,' zei Oscar. 'We zijn erachter gekomen dat ze hier de nacht heeft doorgebracht met een vrouw. Kunt u zich herinneren wie?'

Micky leunde opzij, tuurde om Tomek heen om te zien of er iemand in de buurt was. Toen hij ervan overtuigd was dat niemand hen kon horen, antwoordde Micky: 'Dat is niet ongebruikelijk. Onze gasten brengen de nacht door met wie ze maar willen.'

'Ja, maar er was een specifieke vrouwelijke gast met wie Angelica alleen de nacht doorbracht, en dat meer dan eens.'

Micky kruiste zijn armen voor zijn borst. 'Florian heeft u dat verteld, nietwaar?'

'Florian?' herhaalde Tomek, terwijl er alarmbellen afgingen. 'Ik dacht dat u zijn naam niet kende?'

De man stotterde. 'Ik...'

'Hoeveel weet u nog meer over hem? Mag ik uw telefoon zien?'

De hand van de man vloog onwillekeurig naar zijn borstzak. 'Nee. Absoluut niet.'

'Waarom niet? Wat heeft u te verbergen?'

'U kunt niet zomaar vragen om mijn telefoon te zien.'

'Jawel, dat kan ik wel. Ik neem hem niet met geweld af. Ik geef u de kans om uw telefoon vrijwillig aan mij te geven. Als u mij toestemming geeft, is daar niets mis mee. Het feit dat u niet wilt dat ik hem zie, doet me echter denken dat u iets te verbergen heeft. Wat, gezien het feit dat u tegen ons gelogen heeft over het niet kennen van de naam van The Donkey Man-'

'Donkey Man?' onderbrak Oscar, wiens nieuwsgierigheid de overhand kreeg.

'Ik zal het later uitleggen,' zei Tomek tegen hem, en wendde zich snel weer tot Micky. 'Het feit dat u tegen me gelogen heeft over het niet kennen van Florian doet me denken dat u inderdaad meer te verbergen heeft. Nu ga ik het opnieuw vragen, en deze keer maak ik het makkelijker voor u: kent u de vrouw waar Florian naar verwijst?'

De man aarzelde, een innerlijke strijd was duidelijk op zijn gezicht te zien. Het was duidelijk dat hij het antwoord wist, maar het niet wilde prijsgeven.

'Ik wil er nog aan toevoegen dat als u nalaat ons deze informatie te geven, en later blijkt dat u wist wat we zochten, dit betekent dat u een onderzoek belemmert en dat kan leiden tot een gevangenisstraf,' voegde Oscar eraan toe.

Dat werkte altijd.

'Goed dan,' zei de man geïrriteerd, en haalde toen zijn telefoon uit zijn zak en overhandigde deze aan Tomek. 'Haar naam is Emilia Solveig. Ze heeft een eigen haar- en schoonheidssalon in Southend. Ze komt nu ongeveer een jaar naar The Nights of Eden. Ik heb haar voor het eerst uitgenodigd nadat ik haar in haar salon was tegengekomen. Het was laat en ik had een knipbeurt nodig. Zij had de enige zaak die nog open was.'

'En u begon zomaar te praten over gestoorde seksfeesten en orgieën met een volslagen vreemde?' zei Tomek opzettelijk luid. Zijn stem droeg over het water, maar werd snel overstemd door de spuitende fontein.

'Stil! Zeg het niet zo luid. Niet iedereen weet wat hier gebeurt.' Micky zuchtte diep. 'Ze... ze zat in een moeilijke situatie, oké. Ik weet zeker dat ze u er alles over zal vertellen als u haar ziet.'

HOOFDSTUK
NEGENENVEERTIG

Emilia Solveig was tweeëndertig jaar oud, met lang blond haar dat in strakke, perfecte krullen was gedraaid. Haar gezicht was bedekt met make-up, maar het was vakkundig aangebracht, alsof ze elke ochtend ruim twee uur besteedde aan het aanbrengen ervan en meerdere jaren van haar leven had besteed aan een professionele opleiding. Ze was bezig het haar van een klant te knippen toen Tomek en Oscar haar salon binnenkwamen. Het interieur van de salon was een kakofonie van geluid: zware bassen op de achtergrond, föhns die warme lucht bliezen, water dat uit een douchekop stroomde, en luid geklets, gecombineerd met het geluid van knippende scharen en scheurende aluminiumfolie. Tomek had geen idee wat er allemaal aan de hand was; hij was gewend aan een eenvoudige kort opgeschoren coupe met een beetje bijknippen aan de bovenkant, maar dit was industrie op een ander niveau. Er waren in totaal vier klanten, die elk werden verzorgd door een personeelslid, allemaal in verschillende fasen van het knipproces.

Emilia, aan het andere einde van de rij stoelen, merkte hen op in de spiegel en draaide zich om naar Tomek.

'Alles goed, heren?' vroeg ze. 'Alleen op afspraak, jongens. We doen geen inloop.'

'Maar voor Micky Tatton deed u dat wel,' zei Tomek.

Daarop pauzeerde Emilia, legde haar schaar neer op de toonbank en liep behoedzaam naar Tomek toe. Terwijl ze naderde, bestudeerde

Tomek haar gezicht, in een poging te achterhalen of hij haar vrijdagavond had gezien, of hij haar herkende zonder kostuum.

'Waarom noem je die naam hier?' vroeg ze, terwijl ze haar stem laag hield. 'Wie ben je?'

'De politie,' fluisterde Tomek. Hij hield zijn legitimatiebewijs in zijn zak, zodat haar klanten of collega's het niet zouden zien. 'We vroegen ons af of we u een paar vragen mochten stellen over een vriendin van u.'

'Een vriendin? Wie?'

'Angelica.'

Emilia's gezicht verstarde. Haar lippen gingen iets uit elkaar en haar uitdrukking verdween achter een muur van diepe gedachten.

'Angelica? Zij... wat is er gebeurd?'

'Zouden we ergens kunnen praten waar het wat privé is?'

Emilia keek achter zich. 'Er is nergens plek. Ik...'

Tomek gaf haar de gelegenheid om haar klant af te werken. In de tussentijd namen hij en Oscar genoegen met een zitplaats. Tomek keek met verbazing naar het proces. Het knippen, het wassen, het shampooën, de aluminiumfolie, het verven. Allemaal om hun haar er mooier uit te laten zien. Tomek stond nooit echt stil bij zijn eigen haar. Gewoon kort houden, af en toe wat gel aanbrengen, en de natuur en de wind de rest laten doen. Hij realiseerde zich dat hij het veel makkelijker had. Om nog maar te zwijgen van goedkoper. Hij had geschrokken van de prijs voor een volledige knipbeurt voor Kasia toen ze hem ernaar had gevraagd. Meer dan tweehonderd pond voor een volledige knipbeurt, verfbeurt en de rest, wat dat ook inhield. Voor die prijs, grapte hij, zou hij een hypotheek moeten afsluiten. Uiteindelijk had hij een doosje verf in de supermarkt gekocht voor een fractie van de prijs en haar onder zijn toezicht laten verven. Verder ging het allemaal aan hem voorbij.

Twintig minuten later was Emilia Solveig klaar. Ze pakte haar jas van de muur achter de toonbank en hield de deur voor hen open.

'Ik heb dringend behoefte aan koffie,' zei ze toen ze de salon verlieten. 'Hoewel ik voor dit gesprek vrees dat ik iets sterkers nodig heb.'

Tomek sprak haar niet tegen. Gelukkig was het koffietentje waar ze hen mee naartoe nam direct naast de deur, en na een paar minuten wachten vonden ze een klein bankje in een nabijgelegen park.

'Ten eerste,' begon Tomek, 'bedankt dat u de tijd neemt om met ons te praten. We begrijpen dat dit allemaal een beetje uit de lucht komt vallen, en u waarschijnlijk veel vragen heeft. Hopelijk kunnen we er een paar voor u beantwoorden, maar we hopen dat u al onze vragen kunt beantwoorden.'

'Natuurlijk,' antwoordde ze, met zwakke stem.

'Vorige week is Angelica Whitaker, een vrouw die u naar onze mening goed kent, vermoord.'

'Vermoord?'

'Vermoord, ja. Hoe kent u Angelica?'

'Zij...' Emilia nipte langzaam aan haar drankje, nam de tijd om het allemaal in zich op te nemen. 'We hebben elkaar ontmoet in het landhuis, tijdens een van De Nachten.'

'Kunt u zich herinneren wanneer?'

'Ik denk dat het haar eerste keer was. Ergens in september, misschien. Ik... we liepen tegen elkaar aan bij de bar. Ze leek nerveus, een beetje geschokt door het allemaal. Ik probeerde met haar te praten, maar ze stond er niet erg voor open. Ik denk dat het haar allemaal een beetje te veel was.'

'Maar jullie twee groeiden naar elkaar toe tijdens de volgende bijeenkomsten?'

Emilia liet haar hoofd zakken. 'De tweede keer liep ik haar weer tegen het lijf - ze droeg altijd dezelfde outfit, dus ik wist dat zij het was - en toen brachten we de nacht door met een man verkleed als ezel.'

Florian.

Tot nu toe klopte alles; voordat ze met haar waren gaan praten, had Micky Tatton de basis uitgelegd van alles wat hij had gezien, opgepikt of opgevangen over de zich ontwikkelende relatie tussen Emilia en Angelica. Het was nu aan Emilia om het skelet van vlees te voorzien.

'We hebben met z'n drieën de nacht doorgebracht. Ik denk... ik denk dat het haar eerste keer met een vrouw was, ik weet het niet zeker. Maar ze vond het fijn. We waren voorzichtig met haar. Behoedzaam.'

Net toen Tomek zijn mond opende om een vraag te stellen, scheurde een tiener op een fiets langs hen heen, met muziek blèrend uit een speaker die aan de achterkant van zijn fiets hing.

'Hebben jullie twee ooit samen de nacht doorgebracht, alleen jullie twee?' vroeg hij.

'Twee keer,' zei ze. 'Het was... Hoeveel details wil je?'

'Zoveel als u bereid bent te delen,' antwoordde Tomek, en hij maakte zich schrap.

'Het was magisch,' antwoordde ze. 'Een van de beste seks die ik ooit met een vrouw heb gehad. Ik weet niet wat het was, maar er was iets anders aan Angelica. Meer ervaren, vaardiger, meer... experimenteel. Ze was compleet anders dan toen ik haar voor het eerst ontmoette, en dat allemaal binnen een paar bezoeken. Ik weet niet of dat betekende dat ze met iemand anders experimenteerde of zo, maar...' Ze nam nog een slokje koffie terwijl haar stem wegstierf. 'Daarna zaten we te praten, weet je? Elkaar op een dieper, persoonlijk niveau leren kennen. Ze was... ze was bijzonder, weet je? Ik weet dat het stom klinkt om te zeggen, gezien de context van hoe we elkaar hebben ontmoet en alles, maar...'

'Je begon gevoelens voor haar te ontwikkelen?' zei Tomek, die al aanvoelde waar dit naartoe ging.

'Ja. Ze was gewoon... zo charismatisch, weet je? Ze begreep me gewoon, begreep me op een dieper niveau. Zoals ik al zei, ik weet niet of het de alcohol of de drugs was, maar het werd voor mij steeds diepgaander.' Een lange, zware zucht ontsnapte aan haar lippen, en haar blik viel op haar voeten. 'Maar voor haar niet,' vervolgde ze. 'Ik kreeg haar nummer en probeerde een paar keer buiten The Nights af te spreken, maar het... het werkte gewoon niet. Ze had het altijd te druk, en ik runde deze zaak. Ze ghostte me een paar keer. Maar ik keek er altijd naar uit om haar weer te zien, de nacht met haar door te brengen in het landhuis, weet je?' Ze aarzelde, nam nog een slokje. 'En toen zag ik haar met een andere vrouw, een vrouw gekleed in een zwarte overall en een lasmasker. Ik weet haar naam niet of hoe ze eruitzag onder haar kostuum, maar zij en Angelica werden onafscheidelijk. Ik heb daarna geen nacht meer met haar doorgebracht. Ze was weg, was verder gegaan naar het volgende.'

Tomek wist niet wat hij moest zeggen. Het was niet echt iets waar je iemand over kon troosten. En zelfs als dat wel zo was, had hij geen idee hoe hij moest reageren. En te oordelen naar de verwarde en verloren blik op Oscars gezicht, hij ook niet.

'Hoe voelde dat voor je?' vroeg Tomek uiteindelijk, terwijl de radertjes in zijn hersenen begonnen te draaien. 'Boos? Verdrietig?'

'Verraden,' antwoordde Emilia.

'Hield je van haar?'

'Ik... ik denk het wel. Ook al klinkt het stom om het te zeggen.'

'Niet als dat is hoe je je voelde,' merkte Tomek op. Hij besloot van koers te veranderen. 'Hoe lang doe je al haar en make-up?'

'Mijn hele leven. Het was het enige waar ik op school goed in was, dus ik heb mijn diploma's gehaald en ik run mijn zaak nu ongeveer vijf jaar. Daarvoor deed ik haar en make-up voor een paar televisieprogramma's op BBC en ITV.'

'Mooi,' zei Tomek. 'Je moet er veel geduld voor hebben. Ik hoor dat het soms uren kan duren om haar en make-up te doen.'

Ze haalde haar schouders op en knikte. 'Dat kan. Maar als je eenmaal weet wat je doet, kun je die tijd aanzienlijk verkorten.'

Nu was het Tomeks beurt om te knikken en een slokje van zijn drankje te nemen. Voor een lang moment zei niemand iets. Tomek keek naar een groep moeders die hun kinderwagens over het veld duwden. Een van hen liet een hond los van de lijn en lanceerde met behulp van een katapult een bal vijftig meter over het gras. De hond rende over het veld om hem te pakken, ving hem uiteindelijk in zijn bek en rende terug naar zijn baasje.

'We moeten het vragen,' begon Oscar, de stilte verbrekend. 'Maar wat deed je afgelopen vrijdagavond? Niet die net voorbij is; die daarvoor.'

Emilia begon met het bekertje in haar handen te spelen, terwijl ze zichzelf in bedwang hield. Dertig seconden later beantwoordde ze de vraag.

'Ik was uit met mijn vrienden. We waren in Memo bar in Southend. Ik zag Angelica aan de bar, dansen met wat jongens, maar ik denk niet dat ze me herkende. Ik wilde naar haar toe gaan om met haar te praten, maar eerlijk gezegd was ik op dat punt klaar met haar. Ik wilde niets meer met haar te maken hebben.'

Interessant, dacht Tomek. Misschien was Emilia zo klaar met haar, zo van streek en verraden door Angelica's acties, dat ze had gereageerd en haar had vermoord.

HOOFDSTUK **VIJFTIG**

Tomek had in zijn leven maar weinig momenten gekend waarop hij zich echt zorgen maakte. Zoals die keer dat hij oog in oog stond met de moordenaar van zijn broer, of toen hij boven een spoorbaan aan een brug hing te bungelen. Maar geen van die momenten kwam in de buurt van de bezorgdheid die hij voelde toen hij het gezicht van rechercheur Chey Carter zag bij zijn terugkeer naar kantoor. De grijns op het gezicht van de agent was breed, loerend, griezelig. En om het nog erger te maken was er een duivelse blik in zijn ogen, alsof hij door iets bezeten was en Tomek zijn volgende slachtoffer zou worden.

'O God,' zei Tomek. 'Wat heb je gedaan? Je hebt het ofwel zwaar verknald, ofwel sta je op het punt me het beste nieuws ooit te geven.'

Chey zei niets. In plaats daarvan gebaarde hij Tomek om hem naar een kleine kamer te volgen. De agent droeg zijn laptop in zijn armen. Toen hij de deur achter hen sloot, zei Tomek: 'Je komt toch niet je ontslag indienen, hè?'

'Wat, en elke kans verspelen om je beste vriend te worden? Dat denk ik niet, brigadier. Je raakt niet zo makkelijk van me af.'

'Net zomin als ik van die verdomde glimlach af kan komen,' antwoordde Tomek. 'Hou op. Het maakt me bang.'

Het gezicht van de agent betrok op commando.

'Beter?'

'Beter. Veel, veel, veel beter. Glimlach nooit meer zo. Je laat jezelf nog arresteren.'

'Ik zou er niets op tegen hebben als jij me zou arresteren, brigadier. En na de verhalen die ik hoor over het weekend, zou jij dat misschien ook wel willen doen.'

Tomek hield zijn adem in. 'Wat betekent dat in godsnaam? Welke verhalen heb je gehoord? Wat heeft Rachel je verteld?'

Hij wist dat het een slecht idee was om die twee samen te zetten. Ze waren niet te vertrouwen. Rachel - zij was het probleem. Ze had veel te veel genoten van vrijdagavond. Hij wist dat ze het aan iedereen in het team zou willen vertellen, en hij was dom geweest om te denken dat ze het geheim konden houden, ondanks hun afspraak.

'Niets sappigs, chef. Alleen dat je behoorlijk wat aandacht trok,' antwoordde Chey.

Tomek zette zijn borst vooruit en probeerde zijn verlegenheid te verbergen. 'Ik deed het best goed, bedankt.'

'Rach ook. Hoewel niet het soort aandacht waar ze naar op zoek was, als haar verslag klopt.'

'We waren daar strikt voor politiezaken, Chey. Er is niets gebeurd.'

De agent zette zijn laptop op de tafel in het midden van de kamer en klapte hem open. 'Denk je dat je voor mij ook een uitnodiging voor zo'n feestje kunt regelen, misschien?'

Tomek gaf geen antwoord.

'Ook op strikt professionele basis natuurlijk.'

'Sloerie,' antwoordde hij gniffelend. 'De organisator was al niet erg blij dat wij er waren. Ik kan me niet voorstellen dat hij er erg enthousiast over zal zijn als we ons gaan vermenigvuldigen en er elke maand andere mensen opduiken.'

Chey rolde met zijn ogen. 'Spelbreker.' Daarna richtte de jonge man zijn aandacht op zijn laptop, en terwijl hij inlogde, legde hij uit: 'We hebben weer met Angelica's vrienden gesproken, zoals gevraagd. En een van hen, Xanthia heet ze, wel, zij gaf ons een beetje meer dan waar we op hoopten.'

'Juist.'

Chey maakte af waar hij mee bezig was op de computer en keek naar Tomek. 'Het blijkt dat Xanthia en Angelica een kleine affaire hadden,' legde hij uit. 'Een dronken one-night-stand achtig iets.'

'Ja, dat begreep ik.'

'Maar het was meer een two-, three-night-stand iets. Ze hadden een paar nachten samen doorgebracht nadat ze als groep wat waren gaan drinken. Het was altijd na een avondje uit, en ze noemden het nooit tegenover iemand anders.'

'Het was hun kleine geheimpje,' zei Tomek, zijn gedachten draaiden op volle toeren. Zou dit de andere persoon kunnen zijn waar Emilia Solveig naar had verwezen? De lasser?

'Het was meer dan een geheim,' vervolgde Chey. 'Voor Angelica, zo is mij verteld, is het nooit gebeurd. Ze ontkende het altijd wanneer Xanthia het probeerde ter sprake te brengen, maar wanneer ze later samen dronken werden, gebeurden er dingen. En de volgende dag herinnerde Angelica zich niets meer.'

De radertjes begonnen nu sneller te draaien.

'Zou Xanthia Angelica gedrogeerd kunnen hebben zodat ze het zou vergeten?'

Chey dacht daar even over na. 'Ik... Daar had ik niet aan gedacht. Maar we kunnen het onderzoeken. Ze werkt in een apotheek, dus ze zou wel kunnen weten hoe ze aan dat soort dingen komt.' Er flitste een besef over Chey's gezicht, en Tomek kon zien dat de jonge man een mentale notitie maakte, een referentiekader voor zijn leerproces later in zijn carrière. Eindelijk had Tomek wat wijsheid overgebracht op de agent.

'Was dat alles? Is dat waar die glimlach op je gezicht over ging, of was er nog iets anders?'

De glimlach keerde terug. Tomek kon de man niet in de ogen kijken.

'Iets anders,' antwoordde Chey.

Wijzend naar de laptop, zei Tomek: 'Vooruit, laat me zien. Je gezicht doet me denken aan sommige kerels van vrijdagavond, die aan de rand van de kamer stonden te rukken.'

Dat leek de glimlach te doen verdwijnen; Chey drukte op de Enter-toets van zijn toetsenbord, en nadat het scherm was opgelicht, draaide hij het apparaat naar hem toe. Op het scherm stond Angelica Whitaker's blog. "Mijn Kleine Hoekje van het Internet" prijkte bovenaan de pagina, met een kleine afbeelding van een strand aan de rechterkant. Daaronder stond een artikel van twee weken geleden, getiteld "Waar zou ik zijn zonder jou?"

Tomek nam de laptop over en scrollde naar beneden, zijn ogen scannend over de lengte van het bericht.

'Heb je de samenvatting, of wil je dat ik alles lees?'

'Geen van beide, brigadier,' zei Chey, terwijl hij de laptop terugnam. 'Ik wil dat je luistert.'

Verrast, en een beetje beledigd, leunde Tomek achterover in zijn stoel, sloeg het ene been over het andere, en wachtte geduldig op de uitleg.

'Je vroeg me om alle blogberichten uit te printen, toch?'

'Ja.'

'Wat ik heb gedaan. En ik heb ze uitgedeeld aan elk teamlid, zodat ze konden beginnen met lezen, toch?'

'Juist.'

'Maar toen ik terugkwam van mijn gesprek met Xanthia, realiseerde ik me dat er een klein probleem was met het printen. Eigenlijk was het een enorm fucking probleem-'

'Wat was het probleem?'

'...maar ik heb het opgelost, en-'

'Wat was het probleem, Chey?' drong Tomek aan.

De man zuchtte, draaide zich naar het scherm en scrollde naar de onderkant van de webpagina. Toen hij het apparaat omdraaide, merkte Tomek de fout op. Onderaan het blogbericht was een sectie voor reacties. Een plek waar willekeurige vreemden, of goede vrienden en familieleden, hun gedachten konden achterlaten over wat ze hadden gelezen op Angelica's Kleine Hoekje van het Internet.

'Dit is weggelaten uit de blogposts toen ze werden afgedrukt.'

'Dus onze mensen hebben eigenlijk een hoop onzin zitten lezen?'

Chey haalde zijn schouders op. 'Niet helemaal. Er staat wel wat belangrijke informatie in, maar het echte sappige gedeelte is dit hier.' De agent prikte zo hard op het scherm dat het apparaat bijna achterover kantelde. Hij wees naar de reactie onderaan de webpagina.

'Zo trots op alles wat je hebt overwonnen, mijn engel. Je hebt je vleugels terug. Denk altijd aan je.'

Cheys ogen werden groot van genoegen.

'Mijn engel...' vervolgde Tomek, zijn gedachten schoten alle kanten op. 'Mijn engel...'

'En er zijn er nog veel meer zoals deze, allemaal met vergelijkbare teksten. Soms reageert Angelica, soms niet.'

Tomek kwam eindelijk bij zinnen. 'Communiceert ze met die persoon?'

Chey knikte.

'Betekent dat dat ze weet wie het is?'

Een schouderophaling. 'Mogelijk. Er is geen manier om dat te weten. We kunnen het haar niet bepaald vragen.'

Tomek dacht hier een moment over na, liet zijn gedachten door zijn hoofd gaan. Toen wees hij naar het laatste woord van de reactie.

'Kunnen we achterhalen waar de berichten vandaan komen?'

De glimlach keerde terug op Cheys gezicht. 'Ik hoopte al dat je dat zou vragen. Ik heb de posts van de laatste paar maanden doorgenomen en ongeveer vijftien verschillende reacties gezien die allemaal hetzelfde zeggen, dus heb ik het naar de digitale afdeling gestuurd, en zij konden het IP-adres traceren.'

Tomek voelde zichzelf onwillekeurig naar voren leunen.

'En?'

Net toen Chey wilde antwoorden, ging de deur open. Rachel stapte binnen. Ze bleef in de deuropening staan.

Chey ging gewoon door. 'De berichten komen van een openbare computer in de bibliotheek van Hadleigh.'

Tomek kon zijn opwinding nauwelijks onderdrukken. Nu was het zijn beurt om een griezelige glimlach te dragen. 'Goed werk, maat. Je doet me steeds meer denken aan een jonge Tomek Bowen.'

'Jezus christus,' zei Rachel, nog steeds in de deuropening staand. 'Dat is het laatste wat de wereld nodig heeft.'

HOOFDSTUK **EENENVIJFTIG**

In de tijd die het de agenten in uniform kostte om Shawn Wilkins in de bibliotheek van Hadleigh te vinden en hem mee te nemen, hadden Tomek en het team slechts de laatste acht maanden aan blogberichten van Angelica's Little Corner of the Internet kunnen doorzoeken en analyseren. In totaal vonden ze meer dan honderd reacties van hun mysterieuze reageerder, allemaal met dezelfde tekst: 'My angel's got her wings back.' Precies dezelfde woorden die Shawn Wilkins onder haar Instagram-posts had geplaatst. Chey had de reacties zelfs in een online programma kunnen invoeren dat ze omzette in een woordwolk: een visuele weergave van hoe vaak elk woord voorkwam. Hoe groter het woord, hoe vaker het was gebruikt. Het was geen verrassing dat 'my' en 'angel' bovenaan de lijst stonden en het grootste deel van de ruimte in de woordwolk domineerden. Tomek had de software nog nooit eerder gezien en was aanvankelijk sceptisch over het nut ervan, maar na het zien van de resultaten besloot hij ze af te drukken en mee te nemen naar de verhoorkamer.

Sinds Tomek hem voor het laatst had gezien, was Shawn Wilkins' haar slordig en onverzorgd geworden, alsof hij het de hele week niet had gewassen. In de verhoorkamer zat hij onderuitgezakt op de stoel, leunend tegen de muur, met zijn slaap rustend tegen het oppervlak. Zijn ogen waren bloeddoorlopen, een dunne lijn stoppels was zichtbaar op zijn kaak, en de sporen van zijn ontmoeting met Johnny Whitaker van enkele dagen geleden waren nog steeds zichtbaar op zijn neus.

'Goedemiddag,' zei Tomek terwijl hij binnenkwam en een map op tafel liet vallen.

De man gromde als antwoord en vermeed oogcontact.

Tomek trok de stoel onder de tafel vandaan en sloeg zijn ene been over het andere. Zelfvertrouwen borrelde onder zijn oppervlakte en hij kon de grijns op zijn gezicht niet onderdrukken.

'Hoe gaat het vandaag met je, Shawn?' vroeg hij op een opgewonden toon.

'Waarom ben ik hier?'

'We hebben gewoon nog wat vragen voor je.'

'Waarom moesten jullie me hierheen brengen?' vroeg hij, klinkend als een dwarse tiener. 'Nu weet iedereen op mijn werk dat ik ondervraagd word over deze shit.'

Dat klonk als een probleem van Shawn, niets wat met hem te maken had.

'Ik hoop dat je geen scène hebt gemaakt,' zei Tomek. 'Anders zou dat alleen maar meer speculaties veroorzaken.'

Shawn trok zijn neus op voor Tomek en trok een gezicht. 'Je hebt me nog steeds niet verteld waarom ik hier ben.'

'Alles op zijn tijd,' antwoordde Tomek terwijl hij naar de map op tafel wees. 'Alles op zijn tijd.' Tomek trok de map langzaam naar zich toe en opende hem op zijn knie, buiten het zicht van Shawn. Toen keek hij naar de eerste pagina. Daar, voor hem, was de homepage van Angelica's blog. Tomek haalde het uit de map en schoof het over de tafel. 'Herken je dit, Shawn?'

Shawn wierp er een seconde lang een blik op. 'Ja.'

'Wat is het, alstublieft?'

'Angelica's blog.'

'En hoe weet u daarvan?'

'Omdat ik het eerder heb gezien.'

'Hoe vaak zou u zeggen dat u het hebt gezien?'

Een schouderophaling. Nonchalant, afwijzend, alsof hem net was gevraagd of hij de volgende ronde wilde halen - alleen als het echt moest.

'Als u er een getal aan zou moeten verbinden,' hield Tomek vol. 'Hoe vaak? Een dozijn keer? Vijftig? Honderd?'

'Weet ik niet.'

'Dus we kunnen veilig aannemen dat u het vaak hebt gezien?'

'Misschien.'

'En hoe bent u bij dit kleine hoekje van het internet terechtgekomen, Shawn? Heeft Angelica u de link rechtstreeks gestuurd, of hebt u het via andere wegen gevonden?'

Shawn zuchtte diep, zwaar. Zo diep dat Tomek de lucht langs zijn knokkels voelde strijken.

'Ik zag het in een van haar Instagram-posts,' bekende de stalker. 'Daar is niets mis mee. Als ze het privé had willen houden, had ze dat kunnen doen. Als ze niet had gewild dat mensen het zouden vinden, dan had ze het niet online moeten zetten. Zij is degene die het heeft geplaatst. Het is niet alsof ik ernaar op zoek was.'

'En dat is absoluut juist,' zei Tomek.

'Hè?' mompelde Shawn, verbaasd.

'Ik ben het met je eens. Het is een website, websites zijn er om gevonden te worden. Net als sociale mediapagina's. Ik heb er geen probleem mee dat je ernaar kijkt, maar waar ik wel een probleem mee heb, en waar ik wat meer duidelijkheid over wil, is of je ooit iets in de reacties hebt geplaatst? Voor zover ik begrijp, kreeg deze website niet veel bezoekers, dus was dit een andere manier van jou om contact te zoeken met Angelica, om haar te laten weten dat je haar in de gaten hield, haar leven volgde?'

'Nee!' De stem van de man vulde de kleine ruimte.

Tomek luisterde niet. In plaats daarvan haalde hij het volgende vel uit de map en legde het op tafel. 'Dit is een van de reacties die we hebben gezien: "Wishing I was inside you right now, my angel." Geplaatst om half twee 's middags op drieëntwintig januari. Behoorlijk walgelijke tekst voor tijdens de lunch, vind je niet?' Hij haalde nog een vel tevoorschijn, las het, en legde het boven op de eerste. 'Deze is wat minder expliciet: "You are the most precious thing in the world to me, my angel." Ook geplaatst rond dezelfde tijd. En dan is er deze. En deze. En deze.'

En zo ging het door, telkens legde Tomek een afdruk boven op de vorige, tot hij bij de laatste pagina kwam - de woordwolk.

'Je noemde Angelica een engel, nietwaar? Het is hier een vrij veel voorkomende uitdrukking,' zei hij, wijzend naar de woordwolk. 'Ik heb gezien dat je hetzelfde schreef in haar Instagram-posts en in haar directe berichten. Dat was een typische uitdrukking van jou, toch?'

'Veel mensen noemden haar zo.'

'Hoe weet je dat?'

Shawn gaf geen antwoord.

'Herken je een van deze reacties?' vroeg Tomek terwijl hij de vellen over de tafel uitwaaierde.

'Nee,' antwoordde de man kortaf.

'Weet je het zeker?'

'Ja.' Hij leunde naar voren in zijn stoel. 'Ik heb die nog nooit van mijn leven gezien.'

'Weet je het zeker? Vind je het niet interessant dat alle reacties ongeveer rond dezelfde tijd zijn geplaatst? Hoe laat lunch jij gewoonlijk als je aan het werk bent?'

'Rond enen.'

'Interessant. En hoe lang zei je ook alweer dat je in de bibliotheek werkt?'

'Een jaar of twee.'

'Nog interessanter.'

Tomek zei dertig seconden niets. Hij wachtte tot Shawn zou happen op zijn laatste opmerking, maar toen dat niet gebeurde, voegde hij toe: 'Wil je weten waarom?'

'Nee.'

'Nou, ik ga het je toch vertellen. Kijk, we hebben het IP-adres van deze reacties getraceerd, en raad eens waar ze vandaan worden geplaatst.'

Shawn zei niets. Ofwel hij was ongelooflijk dom en wist het antwoord niet, of hij wist het antwoord wel degelijk en was te bang om het toe te geven.

Tomek haalde nog een vel tevoorschijn. Erop stond een afdruk van Google Maps streetview. Hij schoof het document uit de map en legde het voorzichtig neer, voordat hij met zijn vingernagel in het midden van de pagina prikte.

'Precies daar,' zei hij. 'Komt het je bekend voor?'

Shawn hoefde het document niet te zien om te weten waar Tomek naar verwees.

'Heb je daar iets over te zeggen?' vroeg Tomek.

'Ik heb die reacties niet geplaatst. Ze waren niet van mij.'

'Je werkt in de bibliotheek. Je bent de enige met een connectie met Angelica. Je bent de enige die haar op elk denkbaar platform hebt gestalkt, en toen ze je op de rest blokkeerde en een contactverbod tegen je kreeg, dacht je dat je haar wel kon lastigvallen op haar blog, haar eigen hoekje op het internet. Klopt dat ongeveer?'

Shawn sloeg met zijn vuist tegen de muur. 'Ik heb die reacties verdomme niet geplaatst!'

'Hoe kun je dat bewijzen?'

Het gezicht van de man vertrok van woede.

'Hebben jullie bewakingscamera's in de bibliotheek waar we misschien naar kunnen kijken?'

'Natuurlijk niet. Het is verdomme een bibliotheek. We hebben al nauwelijks genoeg geld om draaiende te blijven. Bovendien, niemand wil verdomme boeken stelen.'

'Dus geen bewakingscamera's?'

'Nee, oké? Nee, we hebben geen verdomde bewakingscamera's.' Nog een klap tegen de muur. 'Maar ik heb die reacties niet geplaatst, en ik had niets te maken met de moord op Angelica. Want als dat zo was, had u mijn DNA op haar gevonden, maar dat is niet zo, toch? U hebt geen enkel stukje concreet bewijs dat naar mij wijst. Als dat alles is wat u hebt, dan zou ik graag terug willen naar mijn werk, en kom nooit meer naar mijn werkplek. Begrijpt u me?'

'Of wat?' vroeg Tomek terwijl Shawn de stoel achter zich weggooide en boven hem uittorende. 'Vermoord je mij ook?'

HOOFDSTUK **TWEEËNVIJFTIG**

Het verhoor met Shawn Wilkins had niets opgeleverd. Tomek had niet het resultaat gekregen waar hij op hoopte - een bekentenis van welke aard dan ook - en aan het einde had Shawn gedreigd een formele klacht in te dienen bij het Onafhankelijk Bureau voor Politiegedrag vanwege Tomeks houding en wat Shawn als 'intimidatie' had bestempeld. Nadat Rachel hem had overtuigd om dat niet te doen, door zijn ego (en zijn arm) een beetje te strelen, was Shawn woedend het bureau uitgestormd en teruggegaan naar de bibliotheek.

Toen hij terugkwam bij zijn bureau, vond Tomek Oscar in zijn stoel. De agent was verwikkeld in een diep gesprek met Anna over het gedrag van de stalker. Toen hij binnenkwam, legde Oscar uit dat de geüniformeerde agenten die naar de bibliotheek waren gestuurd om een onderzoek uit te voeren, hadden bevestigd dat de bewakingsbeelden niet langer dan achtenveertig uur werden bewaard, en dat er geen manier was om te achterhalen wie er toegang had gehad tot de computer en wat ze hadden bekeken. Het leek er dus op dat er geen tastbaar, fysiek bewijs was dat kon worden gebruikt om Shawn Wilkins aan te klagen. Zo was het vanaf het begin geweest. Niets concreets. De moordenaar had zo'n voorbeeldig werk verricht bij het doden van Angelica en het schoonmaken van de plaats delict zonder een spoor achter te laten, dat Tomek en het team in het duister tastten.

Tomek droeg nog steeds de last van het onderzoek op zijn schouders. Hoewel het officieel was overgedragen aan Victoria, beschouwde hij het nog steeds als zijn eigen zaak. Hij was ermee begonnen, en nu wilde hij het afmaken. Het enige probleem was de tol die het van zijn lichaam eiste. Hij had niet goed gegeten. Hij had een handvol diners en lunches overgeslagen, omdat hij had willen doorwerken zonder pauzes. Hij had ook niet goed geslapen, zijn geest toonde hem beelden van Angelica's engelenvleugels elke keer dat hij zijn ogen sloot, en toen hij die dag in de badkamerspiegel keek, realiseerde hij zich voor het eerst het effect dat het had gehad op zijn haar en baard. Wat ooit een onberispelijke, bijna pikzwarte bos dik haar was, en een donkere, opvallende baard, was nu besmeurd met enkele grijze haren. Een ramp.

Op weg naar huis stopte hij bij de supermarkt en kocht haar- en baardverf. Dat was zijn avond geregeld - nadat Kasia naar bed was gegaan, natuurlijk. Hij zou de spot en het misbruik die hij ongetwijfeld zou krijgen als ze hem zag, niet aankunnen. Hij, een veertigjarige man, die zijn baard en haar verfde? Waar ging de wereld naartoe? Ze zou het aan haar vrienden vertellen, en dan zouden zij het aan hun andere vrienden vertellen, en uiteindelijk zou zijn geheim bekend zijn bij alle ouders en leraren.

Maar zijn plannen voor de avond werden bedreigd door de figuur die buiten zijn huis stond, gekleed in een lange, dunne jas, met een sigaret in haar hand.

'Wanneer is *dat* begonnen?' vroeg Tomek, wijzend naar het staafje tabak.

Abigail blies een grote rookwolk de lucht in. 'Ongeveer rond de tijd dat ik ontdekte dat ik redacteur zou worden. Promoties zijn niet alles wat ze beloven te zijn.'

Dat kun je wel zeggen.

'Wat doe je hier, Abigail?'

'Volledige naam, hè? Is het zo erg?'

'Beantwoord de vraag.'

Ze nam nog een lange trek van de sigaret en liet de rook uit haar mond ontsnappen terwijl ze sprak. 'Ik wilde je zien. Ik hoopte dat we een gesprek konden hebben.'

'Niet daarbinnen,' zei hij, gebarend naar het raam van de woonkamer op de eerste verdieping. 'Niet na de vorige keer.'

'Prima. Waar dan?'

Tomek stak zijn hand op, rammelde met zijn autosleutels en

ontgrendelde de auto. Achter hem knipperden de oranje lichten en klonk een kleine *piep*. Seconden later zaten ze erin.

'Ik heb geprobeerd je te bellen,' zei ze, terwijl ze de deur achter zich sloot.

'Oh ja?'

Hij wist dat ze dat had gedaan. Hij had de talloze telefoontjes gezien en had ze genegeerd - sommige in ieder geval. De andere waren binnengekomen terwijl hij in verhoren zat of buiten aan het werk was.

'Ik ben druk bezig geweest,' zei hij.

'Is het zo dat het gaat?' vroeg ze, met een beschuldigende toon. 'Ik bel en jij negeert me? Ik bel en jij doet alsof ik niet besta?'

'Ik zei dat ik druk bezig was, niet dat ik je uit mijn geheugen heb gewist.'

'Zo voelt het wel,' zei ze, terwijl ze geleidelijk aan steeds woedender werd. Ondertussen hield Tomek zijn stem koel, beheerst. Ze waren in een besloten ruimte, en hoewel niemand hen zou kunnen horen, wilde hij genoeg ruimte hebben om zichzelf te verdedigen als de dingen... fysiek zouden worden.

'Ik herinner me dat ik degene was die ruimte wilde, Abi. Hoe ziet ruimte er voor jou uit en wat betekent het voor jou?' Hij haalde zijn telefoon tevoorschijn en opende het oproeplogboek. 'Want op dit moment zie ik vijftien telefoontjes in de laatste drie dagen en jij staat recht voor mijn voordeur. Dat lijkt niet op mij ruimte geven.'

Daarop had Abigail niets te zeggen. De geur van rook lekte van haar kleren, adem en huid, en Tomek kon voelen dat het in de stof van zijn stoelen trok, de binnenkant van zijn auto bevlekte. Hij wilde dit afhandelen.

'Bovendien,' vervolgde hij, 'wat hoor ik nu over jou die achter mijn rug om Martin om informatie vraagt - informatie die hij niet voorbereid was om te geven - over *mijn* zaak?'

'Je... je vroeg om ruimte. En... en dat was mijn manier om je ruimte te geven. Ik wilde je er niet mee lastigvallen.'

'Nee, je ging een stap verder en ondermijnde me bij Victoria en Nick. Nu hebben ze Victoria teruggehaald en me gedegradeerd tot plaatsvervangend hoofdonderzoeker. Dat is op een heel ander niveau ingrijpen in mijn leven.'

'Maar het is mijn carrière,' zei ze, bijna verslagen klinkend.

'En het is ook de mijne.'

Ze keek naar haar schoot en begon met haar duim in haar handpalm te drukken. 'Waar gaan we vanaf hier naartoe?'

'Ik weet het niet.'

'Ik bedoel, met betrekking tot werk. Ik zal nog steeds naar jou moeten komen voor informatie, en jij zult nog steeds naar mij moeten komen voor ondersteuning.'

Tomek haalde diep adem en vermande zich. Hij kon niet geloven wat hij hoorde. Daar zat ze, spelend met haar duimen, zich onschuldig en verlegen voordoend, bezorgd over hoe dit hun werkrelatie zou beïnvloeden, hoe het *haar* carrière zou beïnvloeden.

'Laat me het dan makkelijk voor je maken, Abigail. Heel makkelijk. Jij en ik - klaar. Het is voorbij. Geen logeerpartijen meer, geen etentjes meer, geen seks meer. We zijn uit. En wat onze professionele relatie betreft, daar verandert niets aan. Hoewel ik denk dat we voor de nabije toekomst zoveel mogelijk moeten vermijden om met elkaar samen te werken. En als je ooit nog eens onaangekondigd bij mijn huis langskomt, zal ik het leven voor je heel moeilijk maken.' Tomek leunde over de auto, reikte over haar schoot heen en opende het portier voor haar. 'Goedenavond Abigail,' vervolgde hij. 'Geniet van je avond.'

HOOFDSTUK
DRIEËNVIJFTIG

Tomek was nog twintig minuten in de auto blijven zitten, ademhalend, nadenkend, zijn woede onder controle houdend, totdat het gerommel in zijn maag zo luid en zo agressief werd, en de maagpijn zo hevig, dat hij wel naar boven moest gaan op zoek naar eten. Gelukkig trof hij Kasia aan die bezig was met het maken van witte bonen in tomatensaus op toast, en toen ze vroeg of hij er ook wat van wilde, zei hij dat hij er moord voor zou kunnen plegen. Er was iets zo heerlijk eenvoudigs aan bonen op toast dat hem en zijn maag opwond. Misschien deed het hem denken aan zijn jeugd. Of misschien was het de knapperigheid van het licht geroosterde brood, de zoetheid van de ongezonde hoeveelheid tomatensaus en de ziltigheid van de gesmolten cheddar die eroverheen was gestrooid. Hoe dan ook, het was een van de beste maaltijden die hij in lange tijd had gehad, veel beter dan de maaltijd die ze hadden gehad om Abigails promotie te vieren.

Tomek dacht er nog steeds aan toen hij de volgende ochtend het kantoor binnenkwam. Hij had er zelfs aan gedacht om hetzelfde als ontbijt te nemen. Het enige probleem was dat nu zijn favoriete café, Morgana's, onlangs was gesloten na een onderzoek naar mensenhandel, Tomek op zoek was naar een nieuwe zaak waar hij zich kon overgeven aan de verrukkelijke geneugten van vettig spek en dubbele hartaanvalspecials. In plaats daarvan werd hij bij binnenkomst op kantoor begroet met een deprimerend zakje Quaker Oats in zijn bureaula, een relikwie van een historische dieetfase die hij enkele jaren eerder had doorgemaakt. Hoe vaak hij ook probeerde gezond te eten, het lukte nooit. Het enige wat hem ervan weerhield om serieus aan te komen was zijn dagelijkse hardlooprondje langs de boulevard en recreatieve sportactiviteiten in het weekend - hoewel de meeste daarvan in de afgelopen maanden waren komen te vervallen.

'Dat is een treurig uitziende kom pap,' zei Chey toen Tomek met tegenzin terugkwam naar zijn bureau, met de kom eten die zijn handen verbrandde. 'Het lijkt wel alsof een hond net heeft overgegeven.'

Tomek keek naar de kom, toen naar Chey, en toen weer naar de kom. 'Godverdomme. Waarom moest je dat zeggen? Nu wil ik het alleen maar over je heen gooien.'

Tomek deed alsof hij de kom naar Chey gooide, en de jonge agent dook opzij. Terwijl hij struikelde, bleef zijn voet haken achter een bureaustoel en hij wankelde achteruit, vallend op de grond. Het kantoor barstte uit in een koor van gelach.

'Dat zal je leren om de draak te steken met mijn eten,' zei Tomek terwijl hij naar de keuken liep en het in de prullenbak begon te gieten.

Een moment later kwam Oscar achter hem binnen en ging in de deuropening staan om te voorkomen dat iemand anders naar binnen kwam.

'Goedemorgen, brigadier,' zei hij, met voorzichtigheid in zijn stem.

'Goedemorgen, kapitein.'

'Heb je het laatste nieuws al gehoord?'

'Dat op drie scheuren stappen de rug van mijn moeder zal breken? Ja.'

'Nee. Over het DNA.'

Tomek stopte met wat hij aan het doen was en zette de kom op het aanrecht.

'DNA? Welk DNA?'

Tomek hield zijn adem in.

'Het DNA dat is gevonden op de plaats delict van Angelica.'

Tomeks ogen werden groot. Hij hield zijn adem in. 'We hebben de resultaten?'

'Zeven uur vanochtend.'

Tomek schoof dichter naar de agent toe.

'En?'

'We hebben een match.'

Eindelijk. Na al zijn volharding.

Krijg de klere, Nick. En krijg de klere, Victoria.

'En?' zei hij. 'Van wie is het? Shawn?'

Oscar schudde zijn hoofd. Er verscheen een grijns op zijn gezicht.

'Het gevonden DNA behoort toe aan Johnny, brigadier. Johnny Whitaker.'

HOOFDSTUK
VIERENVIJFTIG

Tomek reed de oprit van Daphne en Roy Whitaker op. Hij sprong uit de auto nog voordat deze volledig tot stilstand was gekomen in de parkeermodus en, de deur achter zich dichtslaand, rende hij over het voorplein naar de voordeur van de Whitakers. Hij beukte met zijn vuisten. Drie, vier keer. Geen antwoord.

Hij probeerde het opnieuw, dit keer leunend naar de zijkant en zijn gezicht tegen de ramen van de woonkamer drukkend. Geen beweging.

Eerst het ziekenhuis, en nu dit.

Tomek wist niet waar Johnny Whitaker was, en het ziekenhuis evenmin. Volgens de wijkverpleegkundige was Johnny enkele uren eerder ontslagen, zonder opgaaf van een vervolgadres of communicatie met zijn naaste familie, die toevallig zijn ouders waren. Tomek had een team samengesteld en hen opgedragen The Prince Albert te bezoeken, voor het geval de broer van Angelica was teruggekeerd naar zijn stamkroeg, maar ze hadden niets gevonden en waren nu onderweg om hem te ontmoeten.

Tomek draaide zich om naar de voordeur en beukte er opnieuw met zijn vuisten op. Nog steeds niets.

Net toen hij hurkte en de brievenbus opende om erdoorheen te schreeuwen, vloog de deur open. Tomek stapte naar binnen zonder goedkeuring en zonder te wachten tot zijn aanwezigheid werd opgemerkt.

'Wat de fuck?' schreeuwde Daphne toen ze door Tomeks plotselinge en krachtige binnenkomst achteruit werd gedwongen.

'Johnny,' zei hij, bijna ademloos. 'Waar is hij?'

'Wie?'

'Uw zoon.'

Even, een lang, pijnlijk moment, zei Daphne niets, staarde hem alleen aan alsof hij haar naar de vierkantswortel van een miljoen had gevraagd.

'Waar is uw zoon?' herhaalde Tomek. 'We moeten met hem spreken.'

Nog steeds niets. Misschien was het de schok van zijn plotselinge aanwezigheid. Of misschien was het het langzame besef van wat Tomek vroeg: dat de enige reden waarom Tomek naar haar zoon kon vragen - *opnieuw* - was omdat ze iets hadden gevonden, iets dat hem verbond met de dood van zijn zus.

'Ziekenhuis...' mompelde ze, met haar gedachten mijlenver weg.

'Ontslagen. Vanaf drie uur geleden. Nu weten we niet waar we hem kunnen vinden. Hebt u hem gezien?'

Langzaam, starend in de zwarte ruimte achter hem, schudde Daphne haar hoofd.

'Waar is uw man?'

'Buiten. In de tuin.'

Alsof het zijn teken was, verscheen Roy Whitaker in de gang, met een paar tuinhandschoenen aan en een lichtgroen fleece vest.

'Sergeant...' begon hij. 'Wat doet u-?'

'Hij wil weten waar Johnny is,' antwoordde Daphne.

'Johnny? Weer? Waarom?'

'Omdat we hem nog wat vragen willen stellen.'

'Waarover?'

Tomek wilde daar nu niet op ingaan, maar hij besefte al snel dat het de enige manier zou zijn om het proces te versnellen.

'Bewijs,' zei hij samenhangend, zijn ademhaling weer normaal. 'We hebben zijn DNA gevonden op de plaats delict van Angelica. We willen alleen weten hoe het daar terecht is gekomen.'

Daphnes handen vlogen onmiddellijk naar haar mond. Roys blik van ontzetting en bezorgdheid veranderde in angst en ongeloof.

'Johnny... Angelica... Nee... Dat kan toch niet...'

'Toch wel,' zei Tomek.

En noem me geen Shirley.

'Maar hoe? Wanneer? Waarom?'

'Dat weet ik niet, maar ik hoop dat uw zoon die vragen voor mij kan beantwoorden. Wanneer hebt u hem voor het laatst gezien?'

Roy trok zijn handschoenen uit en legde ze op een nabijgelegen oppervlak. 'Niet sinds hij laatst vertrok. Zoals ik u vertelde. Hebt u hem in de pub gevonden?'

Tomek knikte en legde uit dat ze hem vervolgens naar het ziekenhuis hadden gebracht.

'Hebt u het daar geprobeerd?' vroeg Roy.

Godverdomme, ze draaiden in cirkels.

Tomek bevestigde dat ze dat hadden gedaan en vroeg toen: 'Hebt u enig idee waar hij zou kunnen zijn? Enig idee?'

Johnny's ouders keken elkaar aan, met grote ogen en open monden.

Toen schudden ze allebei hun hoofd en zeiden nee, ze hadden geen idee waar hun zoon kon zijn.

Maar Tomek wel. Op dat moment wist hij precies waar hij hem kon vinden.

HOOFDSTUK **VIJFENVIJFTIG**

'Deze, deze is een van mijn favorieten,' legde ze uit. 'Hij is gesneden uit mijn favoriete steen, saffier.'

'Handgemaakt?'

Ze knikte beleefd. 'Ja. Alles wat je hier ziet is door mij met de hand gemaakt. Ik heb een kleine werkplaats achter waar ik mijn kleine creaties maak.'

De vrouw schoof de ring om haar vinger en hield hem tegen het licht, waarbij ze hem een moment bewonderde. 'Je bent erg getalenteerd.'

'Dank je.'

Rose had genoeg gehoord. Deze vrouw was een tijdverspiller. Simpel en duidelijk. Geïnteresseerd in één ding en één ding alleen: Rose's tijd verspillen. Door de jaren heen had ze een talent ontwikkeld, een sluw vermogen om de rommel te onderscheiden van de "ik betaal alles voor deze rommel!" en ze kon ze meestal van mijlenver zien aankomen. Deze vrouw had haar echter reden gegeven tot het voordeel van de twijfel. Er was iets aan haar geweest waardoor Rose haar instinct in twijfel had getrokken. Misschien was het de designerkleding geweest, of het vers gebleekte blonde haar, of de echtgenoot die duidelijk boven zijn stand leefde, kwijlend achter haar aan bij elke stap, maar zodra ze haar tanden had laten zien bij het prijskaartje aan de ring en haar verdomd stomme vragen begon te stellen, had Rose besloten dat de tijd van de vrouw om was. Tijd om weg te gaan en terug te komen wanneer ze zich haar sieraden konden veroorloven. Ze nam de ring terug en begon hen met minachting te behandelen, om er zeker van te zijn dat ze wisten dat ze hen door had. Na nog wat interacties kregen ze eindelijk de hint en begonnen ze te vertrekken. Rose wees hun de weg naar buiten.

'Als je nog iets nodig hebt, weet je me te vinden,' zei Rose achter een geforceerde glimlach. Het stel verdween snel in de drukke winkelstraat, wegsmeltend in de achtergrond van andere voetgangers. Terwijl ze de deur achter zich sloot, fluisterde ze tegen zichzelf: 'Stomme idioten,' en ging terug naar haar haakwerk.

Ze had de engelpop afgemaakt die ze ter nagedachtenis aan Angelica had gemaakt, en was nu bezig met haar volgende creatie: een kleine politieagent, compleet met blauwe pet en blauw uniform, ook al leek het voorbeeld dat ze gebruikte meer op Postbode Siemen dan op Agent Bromsnor.

Ze was bezig haar spullen tevoorschijn te halen toen de winkeldeur openging. Voordat ze de klant begroette, haalde ze diep adem, zette de vriendelijke, klantgerichte glimlach op die steeds moeilijker werd om vol te houden, en draaide zich toen om naar de nieuwkomer.

Ze verstijfde.

Daar, in de deuropening, stond haar echtgenoot. De man die ze nauwelijks kende, zijn schouders gebogen, torenhoog, intimiderend.

Rose's eerste gedachte was niet voor haar eigen veiligheid, maar voor de veiligheid van haar creaties. De man was een wandelende aap, en aan de bleke, uitgemergelde, licht gelige wangen in zijn gezicht te zien - om nog maar te zwijgen van de stank van alcohol die uit zijn poriën sijpelde - was hij nog steeds dronken.

'*Jij*,' zei hij.

Ze dacht niet dat het mogelijk was om een woord van één lettergreep te brabbelen, maar op de een of andere manier lukte het hem.

'Wat doe jij in godsnaam hier?' beet ze terug. 'Rot op uit mijn winkel. Je bent hier niet welkom.'

Maar hij sloeg geen acht op de waarschuwing. In plaats daarvan sloot hij de deur achter zich, duwde de deurgrendel op zijn plaats en draaide vervolgens het nachtslot om. De geluiden echoden door de winkel als geweerschoten, weerkaatsend in haar oren.

En toen werd het stil.

De twee werden slechts door een paar meter gescheiden. Hij, die drie keer zoveel woog als zij. Zij, zonder telefoon binnen handbereik of de reactiesnelheid om sneller te bewegen dan hij.

Johnny maakte de eerste beweging. Ondanks zijn dronken toestand overbrugde hij de winkelvloer in bijna één enkele stap, botste onderweg tegen de vitrines op, en stond in een ogenblik bij haar. Zonder aarzeling greep hij haar blouse bij de kraag, trok haar weg van haar stoel en sleepte haar aan haar haren naar de achterkant van de winkel. Rose schreeuwde toen er een brandende pijn op haar hoofdhuid ontstond. Er was niets dat ze kon doen, niets waar ze aan kon denken behalve Johnny's hand vasthouden om de vlammende pijn te verminderen.

Na wat gerommel met deurklinken aan de achterkant van de winkel, kwamen ze in een kleine hal. De deur aan hun rechterhand leidde naar de flat boven, waar Rose bijna elke nacht van de afgelopen paar maanden had doorgebracht. En toch had ze er weinig van te laten zien. Er lag nog geen tapijt. De vloer was rommelig en bedekt met gereedschap en zaagsel. De muren moesten worden geschuurd, plinten worden aangebracht en pleister worden aangebracht op de oppervlakken. De lampen, radiatoren en keukenapparatuur hadden allemaal een elektricien nodig, net als de stopcontacten en de afzuigkap. Het enige dat wel werkte, was echter het water. Ze had veel stromend water, en de meest geavanceerde kamer in de flat was de badkamer.

Maar Johnny leek zich daar niet om te bekommeren. Hij leek zich nergens anders om te bekommeren dan Rose pijn te doen.

Zodra de voordeur van de flat tegen de aangrenzende muur sloeg, gooide hij haar op de grond en ging schrijlings op haar zitten. Zijn enorme gewicht drukte haar naar beneden en hield haar daar. Hij was veel te sterk voor haar.

En toen sloeg hij zijn handen om haar keel. Onmiddellijk voelde ze lucht uit haar keel en longen stromen. Toen voelde ze haar ademhaling verstrakken, haar keel dichtknijpen, haar longen ineenstorten.

'Jij verdomde teef!' schreeuwde Johnny. 'Je moest het verdomme uitvinden, hè? Je moest verdomme mijn leven ruïneren! Ik zal je dit nooit vergeven!'

Er was een demonische blik in zijn ogen. Dezelfde die ze één keer eerder had gezien. Toen ze net bij elkaar waren en Johnny haar had beschermd tegen een enge kerel in de trein na een dagje uit in Londen.

De woede en razernij waren die keer op iemand anders gericht geweest, maar waren er desondanks. Destijds had ze het dwaas aangezien voor veiligheid, een vorm van bescherming. Nu besefte ze dat diezelfde mate van bescherming haar aan het doden was, haar snel het leven uit haar longen perste. En er was niets dat ze eraan kon doen.

HOOFDSTUK
ZESENVIJFTIG

Als er één ding was waar Tomek het meest een hekel aan had in zijn geboorteplaats Leigh-on-Sea, dan was het wel het parkeren. Hij was absoluut, ondubbelzinnig, honderd procent zeker dat hij meer dan een dag van zijn leven had verloren met het zoeken naar een verdomde parkeerplaats, vooral langs Leigh Broadway. En nu, uitgerekend vandaag, was er niets. Hij had rondgereden, op en neer, in en uit, vijf minuten lang, in een poging een geschikte plek te vinden. Uiteindelijk had hij zijn autoriteit laten gelden en was hij op de stoep voor de winkel gaan staan. Hij stapte in een oogwenk uit de auto en haastte zich naar de voordeur van de juwelierszaak.

Die was op slot.

Bij de twee gelegenheden dat hij er was geweest, was de deur nooit op slot geweest. Hij controleerde de tijd - 13:37.

Midden in de middag. Whitaker's had open moeten zijn. De etalages waren nog steeds compleet gevuld, dus waar was Rose?

Tomek bonkte en bonkte, maar hij wist dat het zinloos was. Dat hij te laat was. Dat Johnny ergens daarbinnen was. Hij drukte zijn gezicht tegen het glas maar zag niets, slechts een lege winkel.

En toen herinnerde hij zich de flat erboven. Tomek stak zijn nek uit en keek omhoog, in de hoop dat hij de twee van hen vriendschappelijk door het glas zou zien praten, maar hij wist dat dat geen mogelijkheid was.

Johnny was boos, woedend zelfs. Hij had eerder gedood en hij zou heel goed opnieuw kunnen doden.

Achter Tomek stond een groep agenten in uniform die zijn bewegingen hadden gevolgd. Twee van hen waren net naast hem geparkeerd en waren bezig uit hun voertuig te stappen toen hij hun opdracht gaf om de achterkant van de winkel te proberen. Ondertussen waren er nog twee agenten te voet gearriveerd. Een van hen droeg een stormram, een groot breekijzer ontworpen om zelfs de sterkste deuren te vernietigen. De agent hief hem hoog in de lucht en liet, met de hulp van ervaring en een goede set spieren, de zwaartekracht de rest doen. De deur had slechts één klap nodig voordat deze boog en toegaf.

Meteen stroomden Tomek en de rest van de agenten de winkel binnen, waarbij ze langs elkaar heen drongen en vochten om als eerste binnen te komen. Het interieur was leeg, verlaten. Achterin de ruimte merkte Tomek een open deuropening op. Hij liep er rechtstreeks naartoe en kwam in een kleine hal die hem deed denken aan zijn eigen flat - krap, oud en ruikend naar vocht. De deur aan zijn directe rechterkant stond open, en daar, in de hal, hoorde hij geluiden van ongemak en worsteling.

'Deze kant op!' riep hij naar de agenten.

Tomek ging als eerste. Eerst de sprong wagen en de trap op rennen. Hij nam de treden twee tegelijk totdat hij boven kwam en door de deur aan de bovenkant van de trap barstte.

Daar was hij, Johnny Whitaker schrijlings op zijn vrouw, haar vastpinnend, het leven uit haar persend.

Tomek aarzelde niet. Hij benaderde de man van achteren, sloeg één arm om Johnny Whitakers nek, vergrendelde die vervolgens met zijn andere arm en begon te knijpen. Hard. Hem een voorproefje gevend van zijn eigen medicijn. Verrassend genoeg hield de man het langer vol dan Tomek had verwacht - tien seconden in plaats van vijf - voordat hij uiteindelijk zijn greep op de keel van Rose losliet en op de grond viel. Tomek hield hem vast totdat de man buiten bewustzijn raakte en de spieren in zijn bovenlichaam zich ontspanden.

HOOFDSTUK **ZEVENENVIJFTIG**

Vier uur later was Johnny Whitaker eindelijk klaar om verhoord te worden. Een snelle test van zijn alcoholgehalte en een blik op enkele CCTV-beelden hadden uitgewezen dat de dragartiest sinds zijn ontslag uit het ziekenhuis naar The Broadway was gegaan, een pub die direct tegenover de juwelierswinkel van Rose lag. Daar had hij een tafeltje bij het raam gevonden, vijf biertjes besteld en ze geduldig opgedronken, terwijl hij zijn tijd afwachtte en de ingang van de winkel nauwlettend in de gaten hield. Toen Rose haar laatste klant had weggewerkt en Johnny genoeg afkeer en frustratie jegens zijn vrouw had verzameld, was hij de straat overgestoken, de winkel in gestrompeld en had hen beiden opgesloten.

Tomek kende de rest.

Bij hem in de verhoorkamer waren Rachel, Johnny, die er slechter uitzag dan toen Tomek hem voor het laatst had gezien, en zijn advocaat, die op een losse stoel achterin de kamer zat. In de hoeken van de ruimte legden videocamera's de bijeenkomst vast, en op de tafel tegen de muur stond een digitale recorder. Rachel drukte op de aan-knop en begon op te nemen. Nadat ze de formaliteiten had afgehandeld, was het Tomeks beurt om Johnny te ondervragen.

'Wat deed je vanmiddag bij Whitaker's juwelierszaak?' vroeg Tomek, terwijl hij moeite had een geeuw te onderdrukken die uit het niets kwam. Het was een lange dag geweest, en hij had na dit alles behoefte aan een drankje.

'Geen commentaar.'

'Wat is er gebeurd in de winkel van je vrouw, Johnny?'

'Geen commentaar.'

'Waarom heb je de deur op slot gedaan?'

'Geen commentaar.'

'Hoe ben je boven de winkel in het appartement gekomen?'

'Geen commentaar.'

'Wat is er gebeurd in het appartement boven de winkel?'

'Geen commentaar.'

Johnny's gezicht was vastberaden, samengetrokken in een strakke bal van verontwaardiging en minachting. Zijn armen waren over zijn borst gevouwen en zijn schouders waren opgetrokken, bijna tot in zijn nek. De man was aanzienlijk veranderd sinds Tomek hem voor het eerst had ontmoet. Hij was een schaduw van zichzelf geworden, gebroken. Hij zag eruit alsof hij in weken niet had gegeten en uitsluitend op alcohol had geleefd.

'Waarom heb je je vrouw gewurgd, Johnny?'

De man verroerde geen spier.

'Geen commentaar.'

Tomek zuchtte inwendig. Dit zou een lange avond worden.

'We hebben bewijs dat je het hebt gedaan. Verschillende getuigenverklaringen van politieagenten. Ik heb het met mijn eigen ogen gezien. Waarom beantwoord je de vraag niet? Waarom heb je geprobeerd je vrouw te vermoorden?'

Johnny stak zijn nek uit en siste: 'Geen commentaar,' en kromp toen weer ineen.

'Is het omdat ze je heeft ontmaskerd, je geheim heeft ontdekt?'

'Geen commentaar.'

Tomek keek naar zijn aantekeningen en vond het gesprek dat hij een paar dagen geleden met Johnny in het ziekenhuisbed had gevoerd.

'Je zei laatst tegen me, en ik citeer: "Ik zweer bij God, de volgende keer dat ik haar zie..." Wat bedoelde je daarmee, Johnny? De volgende keer dat je haar zag, zou je haar vermoorden? Wilde je haar vermoorden omdat je denkt dat ze je leven heeft geruïneerd?'

Niets. De uitdrukking van de man was leeg.

'Want van waar ik zit, lijkt het erop dat je dat allemaal zelf hebt gedaan.' Tomek liet zich in de stoel zakken en spiegelde Johnny's houding. 'Jij bent degene die al die jaren tegen haar heeft gelogen. Jij bent degene die tegen je ouders heeft gelogen... je zus.' Tomek liet de laatste opmerking even in de lucht hangen voordat hij verder ging. 'Vertel me over het moment waarop ze ontdekte dat je een dragqueen was.'

Voordat hij antwoordde, draaide Johnny zich langzaam naar zijn advocaat, wierp de man een blik toe en richtte toen zijn aandacht weer op Tomek. 'Ze was naar een van mijn shows gegaan,' zei hij. 'Het was compleet toeval. Ze wist niet dat ik daar zou zijn, en ik had er ook geen idee van dat zij er zou zijn. Het was... het was een schok.'

'Wie zag wie het eerst?'

'Waarom is dat relevant?'

Tomek haalde zijn schouders op. 'Nieuwsgierigheid.'

'Zij zag mij,' antwoordde Johnny met een zucht. Hij begon met zijn duim over zijn knokkels te wrijven. 'Ze kwam me achter de coulissen opzoeken toen ik klaar was. Gelukkig bespaarde ze me de vernedering door niet met haar vrienden backstage te komen.'

'Wat zei ze?'

Meer gewrijf. Dit keer agressiever, terwijl hij de gebeurtenissen in zijn hoofd herleefde.

'Ik had meer van haar verwacht, weet je. Zij was de jongere, de vrijere. Degene die had weten te ontsnappen aan alle onzin van mam en pap, ondanks dat ze haar er praktisch om haatten. Ze had niet dezelfde religieuze ketenen die ze mij probeerden op te leggen. Ze hoefde niet elke zondag naar de kerk zoals ik. Ze hoefde met niets van dat alles om te gaan, en ik dacht dat ze, van alle mensen, meer begrip zou tonen. Maar ze was walgend. Zei dat wat ik deed immoreel en onethisch was. Dat ze het aan mam en pap zou vertellen. Dat ze het aan Rose zou vertellen.'

Er klonk een hardheid in zijn stem, alsof hij zijn tranen probeerde te bedwingen.

'En heeft ze dat gedaan?'

Johnny schudde zijn hoofd.

'Omdat jij ervoor zorgde dat ze dat niet kon, toch?'

'Nee! Absoluut niet.' De man sloeg met zijn hand op tafel. Tomek had genoeg klootzakken gezien om te weten wanneer zo'n beweging eraan zat te komen, dus hij verstijfde niet. 'Ik weet waar je naartoe wilt, maar ik had niets te maken met wat er met Angelica is gebeurd. Ik heb haar overtuigd om niets tegen iemand te zeggen - geld, het ging bij haar altijd om geld, en veel ook - maar ze hield het altijd tegen me. Zoals broers en zussen doen. Ze beloofde dat ze niets zou zeggen, en ik geloofde haar. Ik had geen reden om haar te vermoorden.'

Tomek haalde een vel papier tevoorschijn en schoof het over de tafel. Nieuwsgierig boog Johnny zich voorover en bekeek het document. Tomek tikte met zijn wijsvinger op het papier.

'Dit zegt iets anders,' legde hij uit.

'Wat is het?'

'Dit hier is bewijs dat jouw DNA overeenkomt met het DNA-monster dat werd gevonden op de plaats delict van je zus.'

'*Wat?*'

'Welk deel heb je verduidelijking bij nodig? Hoe lang je straf zou kunnen zijn, want-'

'Dat is verdomme mijn DNA niet!' schreeuwde Johnny. 'Dat is niet van mij. Ik ben erin geluisd. Ik ben-'

'Dus je was niet in Park Road op de avond van haar moord?'

'Nee!'

'Maar dit zegt dat je er wel was...'

'Nee! Ik was er niet!'

'Als je er niet was, vertel me dan wat je aan het doen was?'

Johnny zei niets.

'Je kunt het me nog steeds niet vertellen, hè? Volgens mijn aantekeningen was je klaar bij de club rond één uur 's nachts. Op dat moment was Angelica nog in Memo. Ze werd pas om half twee afgezet, en ze vertrok pas ongeveer tien voor twee, wat je genoeg tijd zou hebben gegeven om Cool Cats and Kittens te verlaten en naar haar huis te rijden om haar op te pikken.'

'Ik... ik... ik zei je toch dat ik erin ben geluisd! Dat was ik niet. Ik was daar niet, echt niet. Ik was...'

Tomek wachtte, knikte langzaam. 'Ga door.'

Johnny liet een lange, gestage zucht ontsnappen. 'Ik was bij iemand. Een man. Een klant van de club. Hij... we raakten aan de praat nadat ik klaar was met werken en we gingen naar zijn huis. Hij... hij heeft een woning aan de boulevard in Westcliff. We... we hebben de nacht samen doorgebracht. Zijn naam... zijn naam is James Fry. Ik kan je al zijn gegevens geven. Maar... ik zweer je, dat was ik niet.'

HOOFDSTUK **ACHTENVIJFTIG**

De Fork and Spoon stonk naar zweterige mannen en oudbakken bier. De eigenaar, Jim, een oude vriend van Tomek, had de standaarden laten versloffen sinds zijn laatste bezoek. Het meubilair was vies en versleten, het tapijt bevlekt en onverzorgd, en de bierselectie slecht op voorraad. Het enige teken van renovatie en innovatie was de automaat in de hoek die een licht uitstraalde dat net zo fel en schadelijk voor de huid was als de zon. De automaat zou een extra inkomstenbron voor de eigenaar moeten zijn, maar Tomek was er vrij zeker van dat hij hetzelfde zakje Walkers Salt & Vinegar chips al sinds de installatie op dezelfde plek had zien bungelen, net iets over de rand. Aan de bar zaten Sean, Rachel, Oscar en Chey. Tomek had dringend behoefte gehad aan een drankje, en dus was de rest van het team met hem meegekomen. Er was geen reden om te vieren, nog niet tenminste; Johnny's alibi moest nog gecontroleerd worden, maar het zag er goed uit. Ze hadden DNA dat hem verbond met de plaats delict. Daar was geen ontkomen aan. Bovendien paste hij in het profiel: hij wist alles over Angelica; hij kende de betekenis van de kerk; hij wist dat haar bijnaam Angel was; hij wist hoe je make-up moest aanbrengen; hij was in het bezit van een penis, dus zou haar makkelijk hebben kunnen verkrachten. Het enige waar Tomek zich zorgen over maakte, en die zorg was snel gegroeid sinds Johnny met zijn nieuwe alibi naar voren was gekomen, was dat zijn woede-uitbarstingen niet pasten bij het profiel van de moordenaar. Johnny had al bewezen dat hij agressief en gewelddadig was, zoals de blauwe plekken rond de keel van zijn vrouw bevestigden, maar er was geen fysiek bewijs op Angelica's lichaam gevonden. Niets. Geen blauwe plekken, geen stomp trauma. Niets dat erop wees dat hij wild tekeer was gegaan. Tomek moest toegeven dat hij moeite had zich voor te stellen dat dezelfde man die hij bovenop zijn vrouw had zien zitten met zijn handen om haar keel, het bloed van zijn zus had afgetapt en vervolgens voorzichtig haar lichaam had schoongemaakt.

Het verontrustte hem.

Voor hij er verder over kon nadenken, kwam het team terug van de bar. Sean zette Tomeks drankje voor hem neer en schoof naast hem op een wiebelende stoel.

'Bedankt voor de hulp, maat. Echt top dat je de drankjes voor ons hebt gedragen,' grapte Sean.

'Ik heb dit team al lang genoeg gedragen tijdens het onderzoek. Wordt tijd dat jij hetzelfde doet.'

'Ons gedragen?' reageerde Anna terwijl ze een slokje van haar gin-tonic nam. 'Jij was niet degene die al je tijd doorbracht met Roy en Daphne. Nog nooit heb ik een stel gezien dat zo afstandelijk en gescheiden van elkaar was. En mijn ouders zijn gescheiden.'

Tomek zette zijn glas neer op tafel. 'Was het zo erg?'

'Dat zou je niet geloven. Een paar keer kwam ik daar aan en had Daphne geen idee waar Roy was. Ze zei dat hij gewoon was weggegaan zonder iets te zeggen.'

De radertjes begonnen te draaien.

'Doet hij dat vaak?'

'Ja. Een paar keer per week, al dertig jaar lang, blijkbaar. Op allerlei tijdstippen.'

'Weet zij wat hij doet of waar hij naartoe gaat?'

Anna haalde haar schouders op. 'Hij gaat meestal wandelen.'

'Wandelen?'

'Ja, waarbij je de ene voet voor de andere zet,' onderbrak Chey, wat gelach opleverde.

Tomek stak zijn middelvinger naar hem op en ging verder met zijn gesprek met Anna.

'Hij gaat gewoon lange wandelingen maken?'

'Ja,' zei ze. 'Het stond allemaal in mijn rapporten. Heb je... heb je die niet...?'

Nee, dat had hij niet. Hij had geen tijd gevonden om de dagelijkse samenvattingen van het team door te nemen, dankzij de mentale afleiding die Abigail de afgelopen dagen had veroorzaakt. Dat, en het gevoel dat hij volledig uit zijn diepte was. De stap naar inspecteur, realiseerde hij zich nu, was een cultuurschok geweest die hij niet had verwacht. De schijnwerpers die op hem werden gericht, de arbeidsintensieve administratie, het gevoel van angst dat zich exponentieel in zijn maag verstrakte naarmate elke dag zonder succes voorbijging. En om het allemaal af te maken, was er de tijd die het had weggenomen van thuis zijn en bij Kasia zijn.

Zijn dochter was een nieuwe verantwoordelijkheid in zijn leven geworden, en hij was niet zeker of hij klaar was voor nog een verantwoordelijkheid.

'Weten we zeker dat deze man geen stalker of seriemoordenaar is?' vroeg Rachel oprecht.

Het duurde even voordat Tomek weer bij was. Hij schudde zijn hoofd.

'Nee. Nee, dat weten we niet.'

Net toen Rachel haar mond opende om te reageren, onderbrak Martin haar.

'Genoeg over werk,' zei hij. 'Dat doen we de hele dag, elke dag.' Hij nam een eerste slok van zijn bier, zette het neer en draaide zich toen naar Tomek. 'Ik zag je vriendinnetje laatst.'

'Welke was dat?' reageerde Sean. 'Er zijn er nogal wat geweest door de jaren heen.'

'Degene die voor de *Echo* schrijft.'

'Ze is niet meer mijn vriendinnetje.'

Het team draaide zich plotseling naar hem toe, met geschokte gezichten.

'Sinds wanneer?' vroeg Rachel.

'Sinds een paar dagen geleden. De dingen werden een beetje te... transactioneel, laten we het zo zeggen.'

Rachel legde een hand op zijn schouder. 'Zeg maar niets meer.'

'Ik wilde me er wel voor verontschuldigen,' ging Martin verder, hoewel niemand hem aandacht schonk. 'Ze vroeg me om informatie, en...'

'Ik weet het,' antwoordde Tomek.

'Je weet het? Hoe?'

'Omdat het een van de redenen is dat Victoria weer is ingestapt als inspecteur.'

'Fuck.' De uitdrukking van de man werd leeg, en hij staarde in het niets. 'Mijn fout.'

'Het is goed. Ik ben er eerlijk gezegd oké mee. Een moment van inzicht, zeg maar.' Hij nam nog een snelle slok van zijn drankje, verrast door hoe weinig hij al over had. 'Maar ik zou bij Abigail uit de buurt blijven als ik jou was. Ze wil je voor één ding en één ding alleen.'

'Zijn irritant mooie lange haar dat beter is dan dat van elke vrouw die ik ooit heb gezien?' grapte Rachel. 'Geen aanval op jou, Anna.'

'Voel me niet aangevallen. Ik zou het allemaal afscheren en aan mezelf geven als ik kon.'

'Grappig dat je dat zegt,' begon Martin, terwijl hij zijn keel schraapte. 'Want het meisje met wie ik aan het daten ben, wil dat ik het afscheer.'

'Wat!?' klonk het eensgezinde echo van de hele tafel.

'Waarom wil ze dat doen?' vroeg Chey.

Maar voordat Martin kon antwoorden, sprong Rachel ertussen en zei: 'Wacht, wacht even, wacht even. Er zijn een paar punten die we moeten bespreken. Ten eerste: *vriendin*? Sinds wanneer?'

'Nee. Geen vriendin. Meisje dat ik zie.'

'Kap met die onzin. Het is hetzelfde. Hoe lang is dit al aan de gang, en waarom heb je ons niks verteld?'

'Omdat... ik er gewoon niet aan heb gedacht, denk ik.'

Tomek dacht dat hij wist waarom. Martin was een van de nieuwste aanwinsten van het team, hij was tegelijk met Victoria gekomen, en een deel van hem had zich buitengesloten gevoeld, licht verstoten door het team terwijl hij moeite had gehad om zich door een kier te wurmen in een al hecht team. Het was alleen maar natuurlijk dat hij zich nog niet comfortabel genoeg had gevoeld om intieme details van zijn privéleven met hen te delen.

'Je moet het ons vertellen,' vervolgde Rachel. 'We hebben het recht om het te weten. We zijn een werkfamilie.'

Voor het eerst in lange tijd zag Tomek een glimlach op het gezicht van de man.

'Vertel ons alles,' drong Anna aan.

'Ze heet Lauren. Ze werkt in digitale marketing, woont in Leigh-on-Sea, en we hebben elkaar... we hebben elkaar online ontmoet.'

'Heerlijk,' zei Rachel terwijl ze over de tafel leunde en liefdevol over zijn arm streek. 'Ik ben blij voor je. Vind je haar leuk?'

Martin werd verlegen, als een schooljongen. 'Ik denk het wel.'

'Heb je de familie al ontmoet?'

'Ja.'

Een koor van "*oohs*", zwaar benadrukt en overdreven, kwam van de hele tafel.

'Moet serieus zijn,' zei Chey.

'Ja, maar haar vader is een klootzak.'

'Dat komt omdat vaders klootzakken *zijn*,' zei Tomek. 'Ik ben hetzelfde met Kasia. Overbeschermend. En het is mijn taak om haar en iedereen die in haar leven komt in verlegenheid te brengen.'

Gedachten aan Roy Whitaker flitsten door zijn hoofd.

'Bedankt voor het advies,' zei Martin.

'Als we het toch over advies hebben,' begon Rachel, 'wat is dat gedoe met je haar? Waarom wil ze dat je het knipt?'

Martin keek naar de tafel en begon met zijn vinger een cirkel te tekenen op een bierviltje, zijn paardenstaart viel toevallig over zijn linkerschouder. 'Ze vindt het gewoon niet leuk. Zegt dat het te lang is. Was alleen in de jaren zeventig in de mode. Denkt dat ik het allemaal moet afscheren en naar een goed doel moet sturen.'

De teleurstelling in Rachels schouders was zichtbaar. Ze legde beide handen op die van Martin en keek hem in de ogen.

'Weet je wat ik daarop zeg?'

'Wat?'

'Het doet me pijn om het te zeggen, maar ik denk dat je het moet weten. Dat is wat families doen. Ze vertellen ons wanneer dingen goed gaan en wanneer dingen slecht gaan. Maar fuck die trut. Niemand zou jou minder over jezelf moeten laten voelen. Als ze het niet leuk vindt, dan kan ze de deur vinden. Je hebt iemand nodig die je wil om wie je bent. En niet alleen iemand die je gaat vormen naar haar eigen beeld. Echt niet.'

'Fuck die trut,' antwoordde Martin. Hij zei het zo zachtjes, zo kalm, dat Tomek hem bijna niet hoorde. 'Ja. Weet je wat? Je hebt gelijk. Fuck. Die. Trut.' Toen dronk hij de rest van zijn pint op, sloeg het glas op tafel, en zei: 'Goed. Wie wil er nog een? Volgende ronde is van mij. En ik heb zin in dubbele.'

HOOFDSTUK
NEGENENVIJFTIG

Tomek voelde zich beschaamd door de hevige hoofdpijn die hij de volgende dag had. Nu wist hij hoe Johnny Whitaker zich de afgelopen week had gevoeld, toen hij zijn zorgen verdronk in een eindeloze reeks drankjes. Tomek had zichzelf beloofd dat hij maar voor één rondje zou blijven - dat van Martin - maar één was twee geworden, twee werd drie, en na de vijfde was hij gedwongen naar huis te lopen. Kasia had hem, tot haar eer, geen enkel medelijden getoond toen hij om het nog steeds respectabele tijdstip van negen uur 's avonds door de deur strompelde, noch toen hij de volgende ochtend uit zijn slaapkamer kwam nadat hij zich had verslapen. Hij was geen eenentwintig meer, en hij hield niemand voor de gek als hij dacht dat hij Chey en Rachel, die aanzienlijk jonger waren dan hij, kon bijhouden. De wandeling naar de parkeerplaats van de pub die ochtend voelde als een walk of shame, elke stap herinnerde hem aan de katerangst, pijn en spijt. Bij het betreden van het kantoor klaarden zijn emoties echter een beetje op toen hij besefte dat iedereen er net zo slecht aan toe was. Rachels haar hing los en onverzorgd, haar make-up was nog rommeliger. Chey hing in zijn stoel met een grote twee-literfles water onder zijn kin, klaar om elk moment genuttigd te worden. Martin droeg een zonnebril, en Sean had een pakje paracetamol naast zijn muis liggen, dat, te zien aan de aanblik, al was leeggehaald door de rest van het personeel.

'Goedemorgen, team!' bulderde Tomek opzettelijk luid, wat beantwoord werd met een koor van kreunen.

Plotseling voelde hij zich een stuk beter. En al met al was hij waarschijnlijk het minst brak van iedereen. Misschien kon hij toch nog doen alsof hij eenentwintig was.

'Ik ga ervan uit dat we allemaal goed hebben geslapen, maar we kunnen niet zelfgenoegzaam worden. We-'

'Tomek,' onderbrak Sean zwakjes. 'Ik hou van je en zo, maar hou alsjeblieft je kop.'

Voordat Tomek kon reageren, gingen de vaste telefoons op kantoor over. Vanuit zijn ooghoek zag hij Rachel en Chey hun oren bedekken en zich van de telefoons afwenden. Na enkele momenten had niemand opgenomen, en niemand leek bereid dat te doen.

'Zal ik dan maar opnemen?'

Tomek pakte de dichtstbijzijnde telefoon en nam op.

'Hallo?'

'Hoi,' zei de stem. 'Met Sharon. Kan een van jullie naar beneden komen? Er is hier een vrouw die graag met iemand wil spreken over de zaak Angelica Whitaker.'

'Zei ze waar het over ging?'

Tomek kon voelen dat Sharon haar hoofd schudde. 'Nee, sorry.'

'Geen probleem. Ik kom nu naar beneden. Zeg haar dat ik er over twee minuten ben.'

Tomeks eerste gedachte was dat de vrouw die Angelica's hart had gestolen van Xanthia en Emilia Solveig was binnengekomen - ze hadden de mysterieuze lasser van de The Nights of Eden-feesten nog steeds niet kunnen vinden - maar dat was het helemaal niet. De vrouw die die ochtend het politiebureau was binnengekomen, was in de zestig. Sylvie. Klein, tenger, met professioneel gestyled, gebleekt blond haar. Ze droeg lichte make-up op haar gezicht en was netjes gekleed. Ze zag eruit alsof ze aantrekkelijk was geweest toen ze jonger was, en na jaren van goed voor zichzelf zorgen, zag ze er nog steeds aantrekkelijk uit.

'Ik hoop dat ik u niet van iets belangrijks heb weggehaald,' zei ze.

'Helemaal niet,' antwoordde Tomek. 'We helpen u graag. Waarvoor bent u hier?'

Tomek had een doos tissues op tafel gezet voor het geval datgene waarover ze wilde praten rauw en pijnlijk zou zijn en een veelheid aan emoties naar boven zou brengen. Ze trok een tissue uit de doos en begon ermee te spelen, meer als een vorm van troost dan om tranen weg te vegen.

'Ik begrijp dat een jonge vrouw genaamd Angelica Whitaker een paar weken geleden is vermoord,' zei ze zachtjes.

'Dat klopt.'

'Heeft u al arrestaties verricht?'

'Dat hebben we,' antwoordde Tomek na een korte pauze.

'Ik vroeg me af of u me misschien zou kunnen vertellen wie u gearresteerd heeft?'

Tomek nam nog een moment. Deze keer om te voorkomen dat hij per ongeluk de naam van Johnny Whitaker zou lekken aan een volkomen vreemde.

'Nee, dat kan ik niet met u delen. Het is een privé- en vertrouwelijke zaak.'

'Ah. Ik begrijp het. Nou...' Ze maakte een kleine scheur in de tissue. 'Als ik zijn naam noem, wilt u die dan noteren?'

Tomek bevestigde dat hij daar geen probleem mee had.

'Zegt de naam Roy Whitaker u iets?'

Tomek begon de naam op te schrijven terwijl ze het zei, maar hield zichzelf weer in.

'Dat was geen onderdeel van de afspraak. Dat was niet erg eerlijk.'

'Ik weet het,' zei ze. 'Vergeeft u me alstublieft.'

Tomek legde zijn pen op tafel. 'Waarom noemt u die naam?'

'Omdat...' Nu kwamen de tranen. Langzaam, gestaag, eerst niet meer dan een enkele traan. Ze hield de tissue zachtjes onder haar oog in afwachting. 'Omdat we ongeveer vijfendertig jaar geleden samenwerkte. Hij was piloot bij British Airways en ik was stewardess op verschillende van zijn vluchten.'

Dat verklaarde haar goede uiterlijk.

'We maakten samen veel langeafstandsvluchten. Bali, Indonesië, de Caraïben. En dus moesten we vaak een paar nachten in hotels doorbrengen om van de jetlag te herstellen voordat we terugvlogen. Op een avond zaten we te drinken in de hotelbar in Barbados en, nou ja, hij heeft misbruik van me gemaakt.'

Tomek knikte langzaam, om haar te laten weten dat hij naar haar luisterde.

'Misbruik van je gemaakt, hoe?'

'Hij... Verkrachting. Hij heeft me verkracht. In de hotelkamer. Ik herinner het me niet volledig, maar ik weet dat het is gebeurd. Ik had wat gedronken, maar niet genoeg om te vergeten wat er de avond ervoor was gebeurd.'

'Heb je hem ermee geconfronteerd?'

Ze schudde haar hoofd.

'Heb je het aan iemand verteld?'

'Alleen aan enkele voormalige collega's, vele, vele jaren later.'

'Hadden die mensen met Roy gewerkt? Heeft iemand van hen iets soortgelijks meegemaakt als jij?'

Sylvie knikte zwakjes.

'Zes van hen zeiden dat hij hen ook had verkracht. Ik sta niet alleen. Ik weet niet wat er met die arme vrouw is gebeurd, en ik heb zo'n medelijden met haar familie, maar niet met die man. Die man is kwaadaardig en gevaarlijk. En u moet hem onderzoeken want ik vrees dat hij iets veel ergers heeft gedaan dan hij ooit eerder heeft gedaan.'

HOOFDSTUK **ZESTIG**

Roy Whitaker was zonder ophef binnengekomen. Hij had niet tegengestribbeld. Hij had geen scène gemaakt of geprobeerd te ontsnappen. Hij had zich netjes gedragen, helemaal vanaf zijn voordeur tot aan de verhoorruimte waar hij zich nu bevond.

'Ik zal het kort houden,' begon Tomek. Maar hij was helemaal niet van plan het kort te houden. Hij wilde dat de man zou blijven zitten en steeds onrustiger zou worden naarmate hij daar langer werd vastgehouden. 'Zegt de naam Sylvie Weiss u iets?'

'Sylvie...? Weiss?'

'U kent haar misschien onder haar meisjesnaam: Greene.'

'Sylvie Greene? Ja. Dat doet een belletje rinkelen...' De terughoudendheid in zijn stem was tastbaar.

'Kunt u me vertellen waar u haar van kent?'

Roy aarzelde, streek zijn haar naar achteren en klopte het herhaaldelijk aan, zodat het stevig op zijn plaats bleef zitten. 'We werkten vroeger samen. Ze was een van de stewardessen. We maakten veel langeafstandsvluchten samen, naar de andere kant van de wereld.'

'Verbleven jullie weleens in hotels als jullie aan de andere kant van de wereld waren?'

'Dat deden we allemaal. Het was een voorwaarde van de luchtvaartmaatschappij. We hadden net tien, elf, twaalf uur gevlogen. Ze gingen ons niet meteen terug laten vliegen. We hadden rust nodig, dus bleven we een paar nachten en keerden dan terug.'

'Herinnert u zich nog veel van de eerste keer dat u Sylvie ontmoette?'

'Waarom?'

Roys toon werd steeds scherper, net als de bezorgdheid in zijn stem.

Tomek negeerde de tegenvraag en ging verder. 'Had u Daphne toen al ontmoet, of kwam Sylvie vóór u uw vrouw leerde kennen?'

'Ik zie niet wat dit met wat dan ook te maken heeft.'

'Herinnert u zich een verblijf in het Hilton in Barbados?'

'Wat?'

'De zomer van achtentachtig.'

Roy schudde ongelovig zijn hoofd, alsof hij probeerde zijn gedachten op een rijtje te krijgen.

'Ik heb geen flauw idee waar je het over hebt!'

'U herinnert zich dus niet dat u met Sylvie aan de bar zat in het Hilton in Barbados tijdens de zomer van achtentachtig?'

Een lange, lege zucht ontsnapte aan Roys lippen. 'Ik dacht dat je me hier had gebracht om over Angelica te praten.'

'Dat klopt, maar eerst wil ik ontdekken wat er gebeurde tussen u en Sylvie in de nacht van vijftien juli 1988.'

En toen stopte het toneelstukje. De verwarde en ongelovige uitdrukking verdween van zijn gezicht en werd vervangen door een sinistere blik.

'Ze is dus bij je langs geweest, hè?' vroeg hij.

'Dat is niet relevant. Beantwoord de vraag: wat gebeurde er tussen jullie twee in de nacht van vijftien juli?'

Roy grinnikte en vouwde zijn armen over zijn borst. 'Ik wed van wel, hè? Ze heeft waarschijnlijk het een en ander te zeggen, denk ik. Heeft het je waarschijnlijk al verteld, anders zou je me hier niet naar vragen.' Hij schudde zijn hoofd, lichtjes gniffelend. 'Ik heb nooit gedaan waarvan ze me beschuldigt. Ik weet niet wat ze denkt dat ik heb gedaan, maar ik heb het niet gedaan.'

'En wat zes andere vrouwen zeggen dat u hebt gedaan?'

'Wat is dat?'

Tomek ging verder met het gesprek.

'Ik begrijp dat u graag verdwijnt en willekeurig het huis voor een paar uur verlaat, klopt dat?'

'Heb je ook met mijn vrouw gesproken?'

Tomek trok een gezicht. 'Daar is toch geen probleem mee, of wel? Tenzij u bang bent dat er iets is wat ze ons zou kunnen vertellen.'

De muren van Roys verdediging gingen weer omhoog.

'Geen commentaar,' zei hij.

'Waar gaat u heen als u alleen het huis verlaat?'

'Geen commentaar.'

'Wat doet u dan?'

'Geen commentaar.'

'Met wie spreekt u af?'

'Geen commentaar.'

'Hoe lang doet u dit al?'

'Geen commentaar.'

'Begon het na uw avond met Sylvie? 's Nachts rondsluipen-'

'Ik *sluip niet rond.* Ik ben geen verdomde seriemoordenaar, als dat is wat je probeert te insinueren.' De verdediging van de eenenzestigjarige stortte weer in. En Tomek had moeite om de balans te vinden om hem te houden waar hij hem wilde hebben.

'Wat doet u dan?'

'Wandelen. Mijn gedachten ordenen. Soms kijk ik naar de lucht en zie ik de vliegtuigen overvliegen.'

Vliegtuigen kijken? Was dat wat hij midden in de nacht en overdag deed, urenlang? Tomek was sceptisch.

'En op de avond van Angelica's moord?' vroeg hij.

'Serieus?' siste Roy, geschokt. 'Wil je die kant op gaan? Ik heb je team al verteld dat ik thuis was, in slaap naast mijn vrouw. Ik had niets te maken met haar moord. Ik kan niet geloven dat je me ervan zou beschuldigen iets te maken te hebben met wat er met haar is gebeurd. Het is al erg genoeg dat Johnny in dit alles is meegesleept.'

'U heeft gelijk, u zei inderdaad dat u sliep. Maar gezien wat we nu weten over uw willekeurige en soms onverklaarbare verdwijningen, dacht ik dat ik nog eens zou vragen naar uw verblijfplaats op de avond van de dood van uw dochter. Is er nog iets anders dat u me wilt vertellen?'

De man zakte terug in zijn stoel en vouwde zijn armen weer. 'Absoluut niet. Ik had absoluut niets te maken met de dood van mijn lieve engel. Ik vind de insinuatie weerzinwekkend. Ten eerste sliep ik toen het gebeurde. Ten tweede woon ik een half uur rijden verderop, dus je zou mijn auto door de verkeerslichten en flitspalen hebben zien rijden. Kijk maar. Je kunt het controleren.'

Tomek zei niets. Wachtte.

'Ten tweede, en dit had eigenlijk het eerste punt moeten zijn, in alle eerlijkheid: *waarom*? Waarom zou ik dat mijn dochter aandoen? Ik hield meer van haar dan van wat dan ook. Ik aanbad de grond waarop ze liep. Waarom zou ik haar vermoorden?'

'Omdat jij, een zeer toegewijde methodist, het niet eens was met verschillende van haar gewoontes. Je kon het niet verdragen dat ze weer zwanger was, dat ze relaties had met zowel mannen als vrouwen, dat ze drugs gebruikte en alcohol misbruikte. Je kon niet verdragen dat ze in een donkere periode zat en alles deed wat jij verafschuwde.'

Tomek kon niet geloven dat hij dat zojuist had gezegd. Maar hij voelde in welke richting het gesprek ging - bergafwaarts - en dus wilde hij alles in de openbaarheid brengen.

'Ze sliep met vrouwen? Gebruikte drugs? Mijn Angelica?'

'Doe je alsof je het niet wist?'

'Ik *vertel* je dat ik het niet wist.'

Tomek slikte diep. De afdaling werd geleidelijk steeds steiler.

'Maar toch...' vervolgde Roy. 'Ik... Dat zou me niet hebben gestoord. Helemaal niet. Ik heb geen enkel probleem met die dingen.'

Uit zijn toon was duidelijk op te maken dat hij zelf geen woord geloofde van wat hij net had gezegd.

'U hebt blijkbaar ook geen probleem met verkrachting,' zei Tomek. De woorden verlieten zijn mond voordat hij ze kon tegenhouden, en hij had er meteen spijt van.

'Pardon? Gaat het daarover? Is dat wat Sylvie over mij heeft gezegd? Absoluut niet. En jij gelooft haar? Je hebt geen enkel bewijs tegen mij voor haar beweringen. En je hebt geen enkel bewijs tegen mij voor wat er met Angelica is gebeurd.'

'Is dat een bekentenis?'

Roy beheerste zich voordat hij antwoordde. 'Absoluut niet. Ik heb mijn dochter niet vermoord. Niet alleen heb ik geen voldoende reden daartoe, maar ik lag ook te slapen toen het gebeurde, en ik kan de helft van de dingen die je beschreef niet eens doen.'

'Wat bedoelt u?' vroeg Tomek.

Roy zuchtte en rolde zijn mouwen op. 'Ik weet helemaal niet hoe je make-up aanbrengt.'

'U hebt uw hele leven gewerkt met prachtige vrouwen die voortdurend make-up droegen. Uw vrouw en dochter deden hetzelfde. Het is mogelijk dat u het door osmose hebt opgepikt.'

'Door *osmose*? Ben je gestoord?'

'U kunt schilderen,' zei Tomek, die zich snel realiseerde dat hij deze slag aan het verliezen was, dat de afdaling nu bijna verticaal was geworden en er geen manier was om zichzelf tegen te houden.

'Ik kan schilderen? Wat heeft dat in godsnaam met iets te maken? O, je bedoelt de *vleugels*? Alsjeblieft. Ik schilder miniatuurvliegtuigen, dat is niet hetzelfde.'

'Het vereist een vaste hand en geduld, allemaal kwaliteiten die de moordenaar bezat.'

'Hoor je jezelf nu? Hoor je de woorden die uit je mond komen? Je denkt echt dat ik mijn dochter heb vermoord, en de enige reden waarom je het mij in de schoenen schuift, is omdat ik een verdomde kwast kan gebruiken? Ben je incompetent?'

Tomek zei niets. Voelde zichzelf in vrije val gaan.

Roy vervolgde: 'Bovendien heb ik mijn lichaam nooit geschoren; mijn oksels, mijn armen, benen, dijen. Alleen ooit mijn gezicht, en zelfs dan heb ik nooit veel kunnen laten groeien. Ik heb nooit de verkrachtingsdrug of wat het dan ook was dat jullie in haar systeem vonden gebruikt. En ik heb *nooit* iemand verkracht in mijn leven. Hoe durf je dit mij in de schoenen te schuiven terwijl je heel goed weet dat je geen enkel bewijs hebt om deze bullshit en bizarre beweringen te onderbouwen.'

HOOFDSTUK
EENENZESTIG

Tomek had de man laten gaan, hoewel niet zonder strijd. Terwijl Tomek hem uit de verhoorruimte en het gebouw begeleidde, had Roy Whitaker lege dreigementen en beledigingen in zijn oor gefluisterd: dat hij een verschrikkelijke rechercheur was, dat hij op een dag in een greppel zou eindigen omdat hij de verkeerde persoon tegen zich in het harnas had gejaagd, dat hij het niet verdiende om rechercheur te zijn, en dat hij rechtstreeks naar zijn advocaat ging. Tomek incasseerde de beledigingen; hij had ze allemaal eerder gehoord, en nog veel meer. Maar dat weerhield ze er niet van om diep te snijden, ver onder de oppervlakte. Hij voelde ze snijden in zijn identiteit, zijn ego, zijn geloof in zichzelf. Maar de pijn was zo verdoofd, zo gedempt na al die jaren dat hij had geleerd deze te negeren, terzijde te schuiven tot het geen probleem meer was. Totdat het op een dag misschien naar de oppervlakte zou komen, als een lijk dat op het water drijft.

Terwijl hij de deur achter zich sloot, slaakte Tomek een diepe zucht en liet de spanning in zijn schouders, rug en nek los. De afgelopen uren, waarin hij Sylvie's beschuldigingen had aangehoord, ze met het team had onderzocht en met Roy Whitaker had gesproken, hadden hem mentaal, emotioneel en fysiek uitgeput. En de bonkende hoofdpijn had ook niet geholpen.

Hij telde af van tien voordat hij terug naar boven ging naar de incidentenkamer, terug naar de waanzin. De tocht was traag en moeizaam terwijl hij door de gangen dwaalde, zijn tijd nam en nadacht over wat hij anders had kunnen doen, wat hij beter had kunnen doen. Maar uiteindelijk besloot hij dat er niets was. Zijn voorgevoel dat Roy Whitaker iets te maken had met Angelica's dood was onjuist. Het bewijs tegen zijn zoon, Johnny, was onweerlegbaar - het DNA dat op de plaats delict was gevonden, en het last-minute alibi dat een leugen bleek te zijn - en Tomek had zichzelf van het tegendeel proberen te overtuigen.

Toen hij eindelijk, zo'n twee minuten later, terug was in de incidentenkamer, riep hij Oscar en vroeg hem om Johnny Whitaker uit de cel te halen. Ze hadden nog een paar uur over op de klok van de hechtenis, maar Tomek zag geen reden om hem daar langer te houden. Terwijl Oscar naar beneden snelde, klopte Tomek op Victoria's deur en ging naar binnen zonder op antwoord te wachten. Hij trof haar aan tijdens een telefoongesprek. Ze verontschuldigde zich bij de persoon aan de telefoon en hing op.

'Dit moet wel belangrijk zijn,' zei ze. 'Enig succes met Roy?'

Tomek schudde zijn hoofd.

'En de kleding?'

'Nog steeds niets.' Na de DNA-ontdekking en Johnny's arrestatie had Tomek het team opdracht gegeven het huis van de Whitakers te doorzoeken, op zoek naar Angelica's vermiste kleding en mobiele telefoon. De zoektocht was zonder succes gebleven. 'Mijn vermoeden is dat hij ze ergens heeft weggegooid.'

'Oké. Waarvoor kwam je hier?'

'Om u te vertellen dat ik Johnny Whitaker wil aanklagen voor de moord op Angelica.'

Victoria dacht even na. 'Je hebt al het papierwerk afgerond?'

Tomek knikte.

'En het Openbaar Ministerie gebeld?'

'Dat ga ik nu doen.'

'Goed. En het bewijs?'

'Waterdicht. Tenzij hij nog meer denkbeeldige onenightstands heeft.'

'Dan is hij de jouwe.'

Tomek voelde zich beroofd. Er zat geen plezier in hem, geen enthousiasme. Het leek uit hem weggelekt te zijn op dezelfde manier als waarop Johnny Whitaker het leven uit het lichaam van zijn zus had laten weglopen. Ze hadden hun man. Ze hadden hun moordenaar. Waarom voelde hij zich dan zo? Was het omdat hij het zo verpest had met Roy dat hij zich nog steeds schuldig voelde, of was dit de moeder aller katers die hem een monumentale dosis katerangst gaf, hem vervullend met een eindeloos gevoel van angst en twijfel? Hij wist het niet. Maar hij voelde zich in ieder geval niet zo slecht als Johnny Whitaker. Nadat hij de man had uitgelegd dat hij werd aangeklaagd voor de moord op zijn zus, en dat hij in voorlopige hechtenis ergens heen zou worden gestuurd, was de man ingestort in een oncontroleerbare huilbui, smekend of Tomek het wilde heroverwegen. Er was geen kans, had Tomek hem verteld. Het was te laat, de schade was aangericht. Er viel niet aan te ontkomen; hij zou voor de rest van zijn leven met zijn daden moeten leven. Aanvankelijk had Tomek verwacht dat de man in een woede-uitbarsting zou uitbarsten, zich op hem zou storten, hem zou aanvallen en hem met zijn vuisten zou proberen te overtuigen om van gedachten te veranderen, maar Johnny Whitakers reactie was anders geweest. Een van berouw. Op dat moment veranderde zijn mening over de man.

'Is er iemand die je wilt bellen?' vroeg Tomek hem bij de balie van de bewaring. 'Laatste kans.'

Johnny Whitaker stond in het door de politie verstrekte trainingspak, roodogig en gebroken. Hij staarde leeg naar de muur, zijn gedachten volledig verdwenen.

'Wil je je ouders bellen?'

Niets.

'Rose?'

Johnny draaide langzaam zijn hoofd naar Tomek. 'Absoluut fucking niet.'

HOOFDSTUK **TWEEËNZESTIG**

Tomek nam de man niets kwalijk. Hij zou zelf ook niet bepaald in een spraakzame bui zijn geweest. Maar hij had genoeg mensen gearresteerd om te weten dat ze er later spijt van zouden krijgen, dat ze alles zouden doen om nog één keer als vrij persoon te kunnen bellen.

Kort nadat Johnny was ingeboekt, was Tomek vertrokken om Rose het nieuws te vertellen. Eerst had hij bij Rose en Johnny's huis geprobeerd, maar er was niemand thuis geweest. Toen herinnerde hij zich dat ze in het appartement zou zijn, bezig met het slopende en eindeloze renovatiewerk. Na het incident met Rose en haar echtgenoot was de plek onderzocht op bewijsmateriaal, maar het was snel vrijgegeven. De talrijke getuigenverklaringen van de politie hadden de noodzaak weggenomen om langer te blijven dan nodig was. Tomek had sinds die avond niet meer met haar gesproken, maar hij wilde degene zijn die haar persoonlijk vertelde wat er met haar echtgenoot gebeurde.

Gelukkig, alsof de goden hem goedgezind waren, vond hij bij de eerste poging een parkeerplaats langs de Broadway, direct voor Whitaker's Juweliers. Hij stapte op de stoep en liep naar de achterkant van de winkel, waar hij binnenkwam via de achterdeur, die tot zijn verbazing niet op slot was, en bleef staan in de gang. Direct voor hem was de ingang naar de achterkant van de juwelierswinkel. Tomek herinnerde het zich van de andere avond. Door de opening zag hij de kleine kantoorruimte en de garderobe. De jassen en bezittingen van Angelica Whitaker hingen er nog steeds, aan een paar haken aan de muur. Tomek stak aarzelend zijn hoofd naar binnen, voor het geval hij bewegingsdetectoren of alarmen zou activeren zoals in een *Mission: Impossible*-film. De binnenkant van de juwelierswinkel was leeg, nog steeds. Griezelig stil, alsof je midden in de nacht een museum binnenloopt. En toen hoorde hij het: het zachte gerommel van muziek uit een luidspreker, overstemd door het geluid van geklop en geboord.

Tomek draaide zich om en ging de trap op.

'Rose?' riep hij vanaf de onderste trede om zijn aanwezigheid aan te kondigen. 'Rose?'

Geen antwoord.

Chey wilde niets liever dan naar huis gaan. Hij had zich niet meer zo brak gevoeld sinds het weekend in Zante met zijn schoolvrienden. Daar had hij de zon, overvloedige hoeveelheden vet eten, suikerige drankjes om te hydrateren, en het prachtige strand om hem de kater te doen vergeten. In plaats daarvan was hij hier omringd door mensen die hij als veel ouder dan zichzelf beschouwde, een muf kantoor dat bedorven vuile lucht liet circuleren, en een koffiemachine die, ondanks alle lofbetuigingen van de rest van het team, slappe koffie uitspuwde. Het enige wat hij wilde was naar huis gaan en een langdurige, broodnodige slaap nemen. Maar de gemeente Castle Point had daar een stokje voor gestoken. Ze hadden net verschillende stapels CCTV-beelden doorgestuurd van de parkeerplaats van de bibliotheek in Hadleigh. Het had een eeuwigheid geduurd voordat een of andere arme ambtenaar de beelden had gevonden, en zelfs toen hadden ze maar twee weken terug kunnen gaan, precies rond de tijd van het laatste commentaar op Angelica's Little Corner of the Internet. Ja, hij wilde naar huis, maar hij wilde dit ook afmaken, van zijn lijst afstrepen zodat hij de volgende ochtend één ding minder had om zich zorgen over te maken, aangezien er ongetwijfeld iets nieuws zou zijn tegen de tijd dat hij aankwam. Of twee, of drie.

Met wat hij zichzelf vertelde dat zijn laatste kop koffie van de dag was, keerde Chey terug naar zijn stoel en ontgrendelde de computer. Op het scherm stond een stilstaand beeld van de parkeerplaats van de bibliotheek in Hadleigh. Daarachter lag de drukke London Road, en daarachter de Morrisons-supermarkt. De tijd op het scherm was 13:18, ongeveer vijf minuten voordat het commentaar vanuit de bibliotheek was geplaatst.

Chey drukte op afspelen en keek toe hoe tientallen, honderden auto's over de weg raasden, in een race om de dichtstbijzijnde verkeerslichten te halen. Totdat een auto die opmerkelijk veel leek op die uit de korrelige beelden van buiten Angelica Whitaker's huis van de weg afdraaide en een lege parkeerplek inzwenkte.

'Jezus Christus,' mompelde hij toen hij de bestuurder uit het voertuig zag stappen. 'Tomek!?'

Chey keek om zijn monitor heen, zoekend naar Tomek, maar de sergeant was er niet.

'Weet iemand waar Bowen is?' riep hij naar het halfvolle kantoor, terwijl hij opstond.

'Hij is erop uit, denk ik,' antwoordde Rachel.

'Ik denk dat hij naar Rose Whitaker is gegaan om haar het nieuws over haar man te vertellen,' voegde Martin toe.

'Godverdomme.'

Tomek hield zijn adem in toen hij de laatste trede bereikte. Voorzichtig stak hij zijn hoofd door de open deur en klopte luid, maar het geluid werd overstemd door het geklop. Rose, gekleed in een witte overall bedekt met verf, stond met haar rug naar hem toe en was bezig een boekenplank te slopen met een hamer.

'Rose!' riep Tomek.

Nog steeds geen antwoord.

Hij wilde haar niet benaderen. Niet terwijl ze een hamer vasthield. Hij kon zich alleen maar voorstellen wat voor schade ze hem zou kunnen toebrengen als ze dacht dat hij een aanvaller was. Of, erger nog, haar echtgenoot die terugkwam voor ronde twee.

In plaats daarvan pakte hij een stuk gebroken triplex en gooide het voorzichtig in haar richting. Het raakte haar linkerbeen, en ze draaide zich ter plekke om, de hamer met beide handen zwaaiend, klaar en bereid om hem te gebruiken. Zodra ze Tomek herkende, verdween de spanning uit haar lichaam en liet ze het voorwerp zakken. Voordat ze iets zei, rende ze naar de speaker en zette de muziek uit.

'Tomek,' zei ze, terwijl ze naar hem toe slenterde en het haar uit haar ogen streek. 'Wat doe jij hier?'

'Sorry dat ik stoor,' zei hij. 'Ik wilde niet te dicht bij je komen, niet terwijl je dat ding in je hand hebt.'

Rose keek naar de hamer en legde hem toen op een gereedschapskist.

'Ben je gekomen om te helpen?'

'Niet echt,' zei hij. 'Dit soort dingen is nooit iets voor mij geweest. Mijn vader bouwde vroeger huizen voor de kost, had zijn eigen bouwbedrijf, dus dit is echt zijn ding.'

'Je zou hem moeten uitnodigen. Misschien kan hij me een handje helpen.'

'Ik zal kijken of hij beschikbaar is.' Tomek plaatste zijn handen op zijn heupen en bekeek de ruimte. In de dag sinds hij er voor het laatst was geweest, was Rose erin geslaagd de keuken volledig te strippen en een muur af te breken die deze met de woonkamer verbond, waardoor er een mooie, open ruimte was ontstaan. 'Je bent druk bezig geweest.'

'Ik heb veel meegemaakt,' antwoordde ze. 'Blijkt dat dingen slopen goed is voor de ziel en het immuunsysteem.'

Tomek grinnikte.

'Ben je hier om mijn werk te complimenteren?'

'Nee.'

'Als je niet bent gekomen om te helpen,' begon ze, 'en als je niet bent gekomen om mijn werk te complimenteren, waarvoor ben je dan wel gekomen?'

'Het gaat over Johnny.'

Bij het horen van de naam van haar echtgenoot verdween de vreugde van haar gezicht.

'Oh.'

'We hebben hem vanmiddag aangeklaagd voor de moord op Angelica en poging tot moord op jou. Hij wordt naar HMP Chelmsford gestuurd, waar hij in voorlopige hechtenis zal blijven tot het proces. We hebben nog geen datum, maar ik denk dat je wordt verwacht om in de rechtbank te verschijnen, vooral na wat hij jou heeft aangedaan.'

Rose pakte een handdoek van de gereedschapskist en begon haar handen af te vegen. Toen draaide ze zich zonder iets te zeggen van hem weg en liep naar het keukengedeelte. Tomek volgde haar. Aan zijn rechterhand zag hij een enorm gat in de muur.

'Ben je er per ongeluk doorheen gevallen?' grapte hij.

Rose wees naar een voorhamer aan de andere kant van de keukenvloer. 'Nee, maar die jongen wel.'

Staand in wat ooit de deuropening was geweest, bekeek Tomek de rest van het skelet van de keuken. Bruine cirkels bezaaiden de vloer door gemorste vloeistoffen in de loop der jaren. Draden en kabels staken uit de muren op de plek waar ooit de oven en wasmachine hadden gestaan. Gereedschap en puin lagen verspreid over de linoleumvloer, en er stond een grote doos aan de andere kant van de keuken.

Rose liet haar handdoek erop vallen. Tomek keek hoe de handdoek op de doos viel, en wenste meteen dat hij dat niet had gedaan.

Daar, verborgen onder de handdoek, lag iets wat hem zijn adem deed inhouden: een lasmasker en een zwarte overall. De outfit van de mysterieuze vrouw van The Nights of Eden-feesten. De outfit van de vrouw waarmee Angelica verschillende nachten had doorgebracht. De vrouw die haar had weggehaald bij Emilia Solveig. Eronder, uitstekend uit het materiaal, was iets wat Tomek onmiddellijk herkende. Nog een uitnodiging van Micky Tatton voor The Nights of Eden. Geadresseerd aan Angelica.

Tomek opende zijn mond, maar stotterde.

'Alles in orde?' vroeg Rose.

Hij struikelde over zijn woorden. In zijn zak begon zijn telefoon te trillen.

'Jij...' Zijn gedachten holden op hol. 'Je zei... Je zei dat de badkamer klaar was? Is het goed als ik die gebruik?'

'Je hebt me nog niet eens een drankje aangeboden,' antwoordde ze.

'Ha. Sorry. Ik...'

'Natuurlijk mag je. Denk je dat je hem kunt vinden?'

De telefoon stopte met rinkelen.

'Ja, dat moet lukken.'

Langzaam schuifelde Tomek weg. Terwijl hij naar de badkamer liep, leken de kamer, de muren en de vloer allemaal zwart te worden, versmeltend tot één geheel. Zijn hoofd voelde duizelig, licht. Zijn hartslag bonsde in zijn oren, en even dacht hij dat Rose de muziek weer had aangezet. Hij voelde alsof hij uit zijn lichaam was getrokken, zijn ledematen bewogen vrij en onafhankelijk van elkaar, alsof hij niet aan het roer stond.

Uiteindelijk, na wat aanvoelde als de langste wandeling ter wereld, kwam Tomek de badkamer binnen en sloot de deur achter zich. Ze had gelijk. De badkamer was klaar. De witte tegels op de vloer, het porseleinen toilet en de wastafel naast elkaar, het raam erboven, het bad weggestopt in de hoek, de rieten opbergkast in de andere hoek. Het was alsof hij een andere wereld betrad. Een wereld die Tomek nog verder in verwarring bracht.

Toen ging zijn telefoon opnieuw, en haalde hem uit zijn gedachten.

Hij haalde hem tevoorschijn en nam op.

'Het was Rose,' schreeuwde Chey in zijn oor. 'Rose was degene die berichten op Angelica's blog plaatste vanuit de bibliotheek. Je moet daar nu meteen weg. Agenten in uniform zijn onderweg.'

Net toen Tomek wilde antwoorden, hoorde hij het geluid van een deur die dichtsloeg.

De voordeur.

Ze ontsnapte!

Tomek gooide zijn telefoon in zijn zak en rukte de badkamerdeur open.

Het licht dat weerkaatste op de metalen hamerkop trok eerst zijn aandacht, en hij reageerde instinctief door onder de zwaai te duiken, waarmee hij de dodelijke klap op zijn schedel ontweek. Rose, die haar lasmasker droeg, brulde terwijl ze de hamer ophief om die opnieuw op hem neer te laten komen. Maar hij was te snel voor haar. Hij reikte ernaar, greep haar vast en smeet de hamer toen bij hen vandaan. Het metalen gereedschap vloog door de lucht en knalde tegen de muur aan de andere kant van de badkamer, waar het een groot gat veroorzaakte. Onder zijn greep gebruikte Rose haar andere hand om hem in zijn ribben en gezicht te stompen en te krabben. Ze was verrassend sterk, en haar nagels scheurden door de huid van zijn wang en nek. Met tegenzin liet Tomek zijn greep op haar arm los, en zodra hij losliet, sloeg ze beide armen om hem heen en duwde hem achteruit, terwijl haar nagels zich in zijn vlees boorden. Voor hij het wist, lag hij in het bad en sloeg met zijn achterhoofd tegen de muur. Toen zette Rose het water aan. De waterstraal desoriënteerde hem, liet hem stikken. Ze hield zijn hoofd een paar seconden onder water voordat ze zich omdraaide en wegsprintte. Met zijn handen, verblind door het water in zijn ogen, vond Tomek grip aan de rand van het bad en trok zichzelf eruit. Rose probeerde te vluchten, maar Tomek had andere plannen. Hij stak een hand uit, greep haar overall, sloeg zijn armen om haar middel in een berenklem en tilde haar voeten van de grond. Roses armen en benen maaiden door de lucht. Toen vonden ze houvast op het toilet, en met alle kracht in haar benen duwde ze hem achteruit. Samen, alsof ze in een scène uit *Titanic* zaten, strompelden ze achteruit, waarbij Tomeks bovenrug door de gipsplaat kraakte en een groot gat veroorzaakte. Terwijl hij op de vloer viel, buiten adem en verdoofd, werden ze bedolven onder gipsplaat en verfschilfers. Rose krabbelde van hem af en begon naar de uitgang te gaan.

Toen hij bij bewustzijn kwam en met zijn handen over het oppervlak van de vloer gleed, vond hij de hamer. Hij sloot zijn vingers om het handvat, hief hem op, mikte en gooide. De hamer tuimelde door de lucht totdat deze in contact kwam met de achterkant van Roses hoofd en haar tegen de wastafel smeet, die onder haar gewicht bezweek. Terwijl haar lichaam op de grond viel, spoot het water uit de wastafel en spatte in de lucht, waarbij het snel de vloer en muren bedekte. Binnen enkele seconden kwam Tomek op adem en strompelde op handen en voeten naar haar toe. Eerst pakte hij de hamer en gooide die de woonkamer in, toen draaide hij haar lichaam om en voelde naar een hartslag.

Ze leefde nog. Ze ademde, maar was bewusteloos.

Tomek zakte op de vloer, leunend tegen de zijkant van het bad, terwijl het water uit de gebroken wastafelleiding hem bleef besproeien. Hij zat daar enkele momenten, op adem komend, hijgend. Hij draaide zich om naar de verwoesting die hun confrontatie had veroorzaakt. Het gebroken porselein op de vloer. De plas bloed van de wond aan de achterkant van Roses hoofd die zich mengde en wervelde met het stijgende water. De hamer, bedekt met puin van de gipsplaat achter hem. En toen zag hij het, glinsterend in het licht.

Langzaam krabbelde hij overeind en stapte eropaf, terwijl hij zijn ribben vasthield en de zijkant van zijn gezicht masseerde.

Bij de aanval had Tomek een enorm gat in de gipsplaat naast het bad geslagen, en daarin verborgen zat een grote plastic Ziplock-zak. Hij trok hem eruit en bekeek de inhoud. Erin zaten de jurk en het ondergoed die Angelica droeg op de avond dat ze was gestorven. Haar mobiele telefoon. Een dertig centimeter lange dildo die was gebruikt om haar te verkrachten. Een wit engelenkostuum en een paar vleugels. Een kwast nog bedekt met bloed. Een lange, dunne plastic buis, en een groot blik verf, bedekt met opgedroogd bloed.

Bewijs van de moord die hier had plaatsgevonden.

Bewijs dat Rose Angelica had vermoord, vermoedelijk in deze kamer, haar lichaam had leeggebloed, haar had verkracht, gereinigd, en vervolgens een laag make-up op haar gezicht had aangebracht.

Terwijl hij naar de zak bleef kijken, vloog de voordeur van het appartement open en kort daarna stroomden verschillende agenten binnen. Chey was de eerste die in de badkamer aankwam. Hij kwam abrupt tot stilstand in de deuropening en nam de situatie in zich op.

'Is ze dood?' vroeg hij bot.

'Nee,' antwoordde Tomek, 'maar Angelica is wel dood door haar toedoen.'

HOOFDSTUK **DRIEËNZESTIG**

Na twee dagen van intensieve ondervraging had Rose eindelijk toegegeven en hun alles verteld. Vanaf het moment dat ze haar schoonzus voor het eerst had gezien, was ze geobsedeerd geraakt door haar schoonheid en haar vriendelijke ziel. Door de jaren heen waren dat verlangen en die lust alleen maar gegroeid, en naarmate ze voelde dat ze en Johnny uit elkaar groeiden, werden haar gevoelens alleen maar sterker. Maar het was pas toen Angelica haar had verteld over de Nights of Eden-feesten dat Rose een excuus had gevonden om hun relatie naar een hoger niveau te tillen. Ze had op een middag een uitnodiging uit Angelica's jas gestolen en die gebruikt om toegang tot het feest te krijgen. Daar had ze, vermomd als lasser, Angelica benaderd en samen hadden ze de nacht in bed doorgebracht. Het was een verrassing voor Angelica geweest om haar schoonzus daar te zien, maar het had haar totaal niet gestoord. Als gevolg daarvan hadden ze in het geheim een relatie ontwikkeld, waarbij ze elkaar elke maand ontmoetten voor seks, wat tijd samen en de troost van elkaars gezelschap. Angelica had dezelfde intense gevoelens gekoesterd, had Rose uitgelegd, maar zodra ze over de baby had gehoord, had Rose besloten dat hun relatie niet kon doorgaan. Angelica had tegen haar gelogen, haar verraden. De baby zou alles veranderen, alles verpesten, en dat kon Rose niet verdragen. Als zij haar niet kon hebben, kon niemand haar hebben. En dus had Rose haar op de avond van Angelica's dood een bericht gestuurd via WhatsApp, wetende dat ze dronken zou zijn, haar opgehaald, naar het appartement gebracht en haar vervolgens gedood. Gelukkig, althans in haar opinie, had ze hulp gekregen van Adam Egglington, die erin was geslaagd om Angelica de verkrachtingsdrug toe te dienen toen ze niet keek, waarvan de effecten al binnen enkele minuten na hun aankomst in het appartement merkbaar waren. De rest van de avond was verlopen met tederheid en de affectie die Angelica verdiende, had Rose hun verteld.

Tomek kon de rest zelf invullen en stopte daarom met het bekijken van de livestream in de incidentkamer. Hij verliet de kamer en ging naar zijn bureau, terwijl schuldgevoelens door zijn lichaam en geest raasden. Hij zat nog maar een paar ogenblikken aan zijn bureau toen Victoria zijn naam riep vanaf de andere kant van het kantoor.

'Heb je even?' vroeg ze.

Tomek bevestigde dat hij tijd had en liep langzaam naar haar toe.

'Ga zitten,' zei Victoria toen hij de deur achter zich sloot.

Tomek deed wat hem gezegd werd.

'Hoe voel je je?'

Hij merkte de zachtheid en gevoeligheid in haar toon op.

'Ik heb me beter gevoeld,' antwoordde hij.

'Wat zit je dwars?'

'Ik had bijna een onschuldig man naar de gevangenis gestuurd.'

Victoria kauwde op haar onderlip. 'Deze dingen gebeuren,' zei ze. 'Je moet gewoon dankbaar zijn dat je de juiste persoon op het juiste moment te pakken hebt gekregen.'

Tomek vond daar weinig troost in.

'Heb je vrij nodig?' vroeg Victoria.

Hij pauzeerde om daarover na te denken. Vrij? Om de gedachten en schuldgevoelens te laten woekeren? Nee, bedankt.

'Het gaat wel.'

'Nou, als je ooit iemand of iets nodig hebt, dan weet je met wie je moet praten.'

'Nick?'

'Krijg de klere,' zei ze, terwijl ze een lach onderdrukte. '*Mij*. Ik praat graag met je als je iets nodig hebt. Ik ben er ook om je te helpen werken aan verbeteringen die je kunt maken om een betere inspecteur te worden.'

Tomeks blik viel op de tafel. 'Daarover...' begon hij. 'Ik heb wat nagedacht.'

Daarover en over al het andere.

'En?'

'En ik denk niet dat ik klaar ben om inspecteur te zijn. Begrijp me niet verkeerd, ik ben dankbaar voor de kans die je me hebt gegeven, maar ik moet voorlopig bedanken. Ik heb bijna een onschuldig persoon in de gevangenis laten belanden, en ik denk niet dat ik zou kunnen leven met de mogelijkheid om diezelfde fout nogmaals te maken.'

HOOFDSTUK
VIERENZESTIG

Tomek zat in een hoek van The Fork and Spoon, draaide zijn bierglas rond in zijn hand en staarde naar het voetbal op de televisie. Bij de bar stonden twee kerels in spijkerbroeken die eruit zagen alsof ze in jaren niet gewassen waren, traag van hun drankjes te nippen terwijl ze naar de spelers op het veld schreeuwden en vloekten, alsof die hen op honderden kilometers afstand konden horen.

Tomek dronk het laatste restje van zijn biertje op en liep naar de bar.

'Geef godverdomme die bal dan, klootzak!' schreeuwde de man die het dichtst bij hem stond. En een moment later: 'Geef hem godverdomme! Je verdient honderdduizend pond per week en je kunt die verdomde bal niet eens overspelen!'

Tomek negeerde hem en wachtte tot de eigenaar, Jim, naar hem toe zou komen. Een paar seconden later verscheen hij en reikte naar Tomeks glas.

'Nog een keer hetzelfde, maat?'

'Graag, Jim.'

Jim pakte het glas van hem aan en begon zijn biertje te tappen. Tomek keek toe hoe de dikke, gele vloeistof langzaam in het glas steeg, met belletjes die naar het oppervlak stroomden.

'Cent voor je gedachten?' vroeg Jim terwijl hij het drankje voor hem neerzette.

Naast Tomek bleef de voetbalfan scheldwoorden naar het scherm schreeuwen.

'Die zou je niet willen weten,' antwoordde hij en draaide zich toen naar de plek in de kroeg waar ooit de automaat had gestaan. 'Geen succesvolle zakelijke onderneming geweest, hè?'

'Je hebt geen idee,' antwoordde Jim. 'Ik zweer bij God, als ik ooit de klootzak te pakken krijg die hem aan mij heeft verkocht, sla ik zijn knieën aan gruzelementen.'

'Niet iets wat je aan een agent zou moeten toegeven, Jim. Maar ik zie het voor deze keer door de vingers.'

'Je bent een smeris?' krijste de voetbalfan terwijl hij zijn bovenlichaam naar Tomek toedraaide.

'Helaas wel,' antwoordde Tomek. 'Iemand ergens in de hiërarchie besloot dat het een goed idee was om mij er een te maken.'

Aanvankelijk had Tomek verwacht dat de man naar hem zou uithalen of een confrontatie zou beginnen, maar de werkelijkheid was heel anders. De man zette zijn bier op de bar en klopte Tomek op zijn rug. 'Goed werk. Mijn vader werkte in de jaren zeventig en tachtig bij de hondenbrigade. Heb veel respect voor jou en het werk dat je doet.'

'Bedankt,' antwoordde Tomek, enigszins verbaasd.

'Heb je aan die moord gewerkt, met dat jonge meisje in de kerk?'

'Ja.'

'Ik zag dat jullie iemand hebben gearresteerd. Goed zo. Verdomd verschrikkelijk wat er met dat meisje is gebeurd.'

'Bedankt,' zei Tomek. 'Ik was een tijdje de hoofdonderzoeker.'

De man stak zijn hand uit. Die was zweterig en klam, maar Tomek vond het niet erg.

'Goed werk. De wereld kan wel wat meer mensen zoals jij gebruiken.'

Tomek glimlachte ongemakkelijk. Hij wist niet wat hij moest zeggen. Het gebeurde niet vaak dat hij lof kreeg, laat staan van een buitenstaander.

Even later legde Jim het pinapparaat voor Tomek neer.

'Klaar als jij het bent,' zei hij.

Toen Tomek in zijn portemonnee naar zijn kaart zocht, hield de man hem tegen en zei: 'Deze is van mij, oké?'

'Nee, dat kan ik niet aannemen.'

'Onzin. Het is het minste wat ik kan doen.'

Op dat moment voelde Tomek zich echt nederig. Dat een volslagen vreemdeling het werk dat hij deed waardeerde, dat hij de tol begreep en erkende die het van hem eiste, was iets dat hij nog nooit eerder had meegemaakt. En nadat hij de man in zijn zak had laten reiken en wat contant geld had laten overhandigen, bleef Tomek aan de bar staan en keek samen met hem naar het voetbal. Hij deelde in de frustraties van de man over het totale gebrek aan passvaardigheid van de spelers, en samen schreeuwden ze tien minuten lang naar de televisie tot aan de rust.

Net toen het fluitsignaal klonk, voelde Tomek zijn telefoon trillen in zijn zak.

Hij stak een vinger op naar zijn nieuwe vriend, verontschuldigde zich en liep weg. Hij nam de oproep aan zonder de beller-ID te controleren en hield zijn telefoon tegen zijn oor.

Enkele seconden lang was er niets dan stilte.

Toen klonk er zwaar ademhalen.

En toen: 'Hallo, Tomek. Waarom heb je niet geprobeerd me te bellen? Ik zit al weken naast mijn telefoon te wachten. Hoe gaat het met je? Ik heb een kleine verrassing voor je als je thuiskomt. Die zou vandaag met de post moeten zijn aangekomen.'

OVER DE AUTEUR

Jack Probyn is een Britse misdaadschrijver en de auteur van de Jake Tanner misdaadthrillerserie, die zich afspeelt in Londen.

Hij woont momenteel in Surrey met zijn partner en kat, en werkt aan een nieuwe detectiveserie die zich afspeelt in zijn geboortestreek Essex.

Wil je je niet aanmelden voor nog een maillijst? Dan kun je op de hoogte blijven van Jacks nieuwe uitgaven door een van de onderstaande accounts te volgen. Je krijgt bericht wanneer ik een nieuw boek uitbreng, zonder de rompslomp van het aanmelden voor mijn maillijst.

BookBub Auteurspagina "Volgen":

1. Vergelijkbaar met Amazon hierboven, klik op deze link: https://www.bookbub.com/authors/jack-probyn

2. Naast mijn profielfoto staat een knop met "Volgen"

3. Klik daarop, en BookBub zal je informeren wanneer ik een nieuw boek uitbreng

Als je meer actuele informatie wilt over nieuwe uitgaven, mijn schrijfproces en alles daartussenin, dan is mijn Facebook-pagina de beste plek om op de hoogte te blijven. We hebben daar een kleine gemeenschap die groeit. Waarom zou je er geen deel van uitmaken?

www.ingramcontent.com/pod-product-compliance
Lightning Source LLC
Chambersburg PA
CBHW020535020726
47494CB00006B/1780

* 9 7 8 1 8 0 5 2 0 2 1 6 5 *